Als eine Polizeistreife nach einem Notruf einen einsamen Bauernhof erreicht, empfängt sie ein grausamer Anblick. Die dort lebende
Familie ist offenbar brutal ermordet worden. Doch von den Opfern fehlt jede Spur. Als schließlich ein Verdächtiger festgenommen wird, hoffen die Ermittler, auch die verschwundenen Leichen
finden zu können. Der am ganzen Körper tätowierte Mann aber,
den die Medien »Enigma« nennen, schweigt hartnäckig. Nur die
ehemalige Polizistin Mila Vasquez scheint dem Rätsel auf den
Grund gehen zu können. Auf Drängen ihrer früheren Vorgesetz-
ten übernimmt sie die Ermittlungen und findet bald heraus, dass
Enigmas Tätowierungen Koordinaten in einem ominösen Videospiel darstellen. Sie folgt ihnen in die so geheimnisvolle wie gefährliche virtuelle Schattenwelt ihres Gegenspielers, ein düsterer
Grenzbereich zwischen Realität und Virtualität …

Donato Carrisi, geboren 1973 in einem Dorf in Apulien, lebt in
Rom. Er studierte Jura und spezialisierte sich auf Kriminologie
und Verhaltensforschung. Nach einer kurzen Tätigkeit als Anwalt
arbeitet er heute als Autor und Regisseur. Neben Carrisis Best-
seller *Der Nebelmann* wurde auch sein Thriller *Diener der Dunkelheit* fürs Kino verfilmt. In *Enigmas Schweigen* wird Carrisis
Ermittlerin Mila Vasquez, bekannt aus *Der Todesflüsterer,* mit
einem neuen Fall konfrontiert.

Susanne Van Volxem und **Olaf Matthias Roth** übersetzen gemeinsam bekannte Autoren wie Luca D'Andrea und Maurizio de
Giovanni.

DONATO CARRISI

ENIGMAS SCHWEIGEN

THRILLER

Aus dem Italienischen von
Susanne Van Volxem und
Olaf Matthias Roth

Atrium Verlag · Zürich

Taschenbuchausgabe
1. Auflage 2021
© Atrium Verlag AG, Zürich, 2021
Alle Rechte vorbehalten
Die Originalausgabe erschien 2018 unter dem Titel
Il Gioco del Suggeritore bei Longanesi & C., Mailand.
© Donato Carrisi 2018
Aus dem Italienischen von Susanne Van Volxem
und Olaf Matthias Roth
Umschlaggestaltung und Motiv:
Hauptmann & Kompanie Werbeagentur, Zürich
Satz: Greiner & Reichel, Köln
Druck und Bindung: GGP Media GmbH, Pößneck
Printed in Germany
ISBN 978-3-03882-124-3

www.atrium-verlag.com
www.facebook.com/atriumverlag
www.instagram.com/atriumverlag

Für Antonio,
meinen Sohn und mein weiteres Leben

Für Luigi Bernabò,
meinen Freund

Ein heftiges Unwetter war aufgezogen, als der Anruf in der Notrufzentrale der Polizei einging. Eine Frau rief von einem Handy aus an und verlangte panisch nach einem Streifenwagen, der zu einem abseits gelegenen Bauernhof etwa fünfzehn Kilometer außerhalb der Stadt kommen sollte.

Mechanisch notierte der diensthabende Polizist Datum und Uhrzeit: dreiundzwanzigster Februar, neunzehn Uhr siebenundvierzig. Auf seine Frage nach dem Grund ihres Anrufs erwiderte die Frau, ein Fremder sei in den Hof eingedrungen. Er befinde sich draußen im Dunkeln, im Regen. Ihr Mann sei vor die Tür gegangen, um ihn zu verjagen, aber der Unbekannte habe darauf nicht reagiert. Er sei immer noch da und starre stumm herüber.

Die Frau konnte den Eindringling nicht näher beschreiben. Wegen des strömenden Regens, der die Sicht erschwerte, und dem Flackern der Blitze war er kaum zu erkennen. Er sei in einem alten grünen Kombi gekommen, fügte sie hinzu. Und ihre beiden Töchter hätten große Angst.

Der Polizist nahm die Adresse auf und versicherte der Frau, er würde jemanden vorbeischicken, bat sie aber, Geduld zu haben, da es wegen des Unwetters zahlreiche Unfälle und Überschwemmungen gegeben hatte.

Erst um fünf Uhr morgens stand ein Streifenwagen zur Verfügung, gut neun Stunden nach dem Anruf. Die Polizisten brauchten unverhältnismäßig lange für die Strecke zum

Bauernhof, da in der Nacht ein Fluss über die Ufer getreten war und die Fahrbahn an mehreren Stellen unter Wasser gesetzt hatte.

Als die beiden Beamten kurz nach Sonnenaufgang ihr Ziel erreicht hatten, bot sich ihnen ein friedlicher Anblick. Ein weiß getünchtes Holzhaus im Kolonialstil, daneben ein Silo zur Lagerung von Äpfeln. Ein riesiger Bergahorn, der seinen Schatten auf den Vorplatz warf. Eine Hollywoodschaukel unterhalb der Veranda und zwei nahezu identische rosafarbene Fahrräder, die an einem Geräteschuppen lehnten. An dem roten Briefkasten war ein Namensschild mit der Aufschrift »Familie Anderson« angebracht.

Nichts, was an ein Unheil denken ließ. Höchstens die Stille, die nur vom Kläffen des an seine Hütte geketteten Mischlingshundes unterbrochen wurde.

Die Polizisten riefen laut nach den Bewohnern des Bauernhofs, ohne eine Antwort zu erhalten. Da offenbar niemand zu Hause war, schienen sie nicht mehr gebraucht zu werden. Bevor sie wieder fuhren, ging einer der beiden Beamten zur Vergewisserung die Eingangsstufen hoch und klopfte an die Tür. Er stellte fest, dass sie nur angelehnt war. Als er einen Blick durch den Türspalt warf, bemerkte er das Chaos.

Per Funk ließen sich die Polizisten von der Zentrale einen Durchsuchungsbefehl geben. Erst dann traten sie ein.

Die Tische und Stühle im Erdgeschoss waren umgekippt, der Fußboden übersät von den Splittern des zu Bruch gegangenen Inventars. Überall lagen Glasscherben. Doch es kam noch schlimmer.

Die erste Etage glich einem Meer aus Blut.

Sämtliche Kissen und Decken waren von der mittlerweile geronnenen Flüssigkeit durchtränkt. Blutspritzer überzogen die Alltagsgegenstände, hier einen Hausschuh, dort eine Haarbürste, die Gesichter der Puppen in den Kinderzimmern. Am Boden waren lang gezogene Blutspuren zu sehen, an den Wänden rote Handabdrücke – Hinweise auf verzweifelte Fluchtversuche. Das reinste Massaker.

Am verstörendsten aber war für die Polizisten, was sie nicht vorfanden.

Es gab keine Leichen.

Von den Bewohnern des Hauses, den vier Familienmitgliedern – Vater, Mutter und zwei achtjährigen Zwillingsmädchen –, waren nur die Fotos geblieben, gerahmte Porträts auf Kommoden, Regalen oder an der Wand. Die Andersons mit ihren lächelnden Gesichtern waren zu Zeugen ihres eigenen Gemetzels geworden.

Gegen acht Uhr morgens wimmelte es auf dem idyllischen Fleckchen Land nur so von Polizisten. Während die Ermittlungsteams, unterstützt von ihren Spürhunden, das Gelände auf der Suche nach menschlichen Überresten durchkämmten und jeden noch so versteckten Winkel, jede noch so unscheinbare Bodensenke unter die Lupe nahmen, widmete sich die Spurensicherung dem Schlachtfeld im Inneren des Bauernhauses und versuchte, die Ereignisse zu rekonstruieren.

Mehrere Zielfahndungskommandos waren im Einsatz. Die Jagd galt der verdächtigen Person, von der Ms. Anderson bei ihrem Notruf gesprochen hatte. Von der sie nur das Geschlecht gewusst und weder das Erscheinungsbild noch irgendein Detail hatte beschreiben können, das die Identifizierung erleichtert hätte. Der einzige brauchbare Hinweis war der grüne Kombi, den die Frau erwähnt hatte. Aber ohne die Marke und das Nummernschild war auch diese Spur praktisch nutzlos.

Noch am Vormittag ging eine dürre Pressemeldung zu der Tat und den laufenden Ermittlungen an die Medien. Doch sie reichte aus, um die Gemüter zu erhitzen. Bereits um die Mittagszeit waren die Andersons nicht mehr nur irgendeine Familie, sondern die Opfer einer Tragödie, die Millionen von Menschen im ganzen Land in Atem hielt.

Das Geheimnis der vermissten Familie.

Zugespitzt wurde das Drama durch die Tatsache, dass die Familie aufs Land gezogen war, wo sie fernab jeder Zivilisation gelebt hatte. Ohne Strom und Internet. Nicht einmal einen Telefonanschluss hatte es in dem Haus gegeben. Die einzige Ausnahme war ein Handy, das für Notfälle angeschafft und nur dieses eine Mal benutzt worden war, um Hilfe zu holen.

Die wenigen makabren Details, die an die Öffentlichkeit durchgesickert waren, genügten, um Panik zu verbreiten. Die Angst ging um, dass sich das Vorgefallene wiederholen könnte, auf welche Weise auch immer. Jeder sehnte ein rasches Ende der Ermittlungen herbei, das – natürlich – in der Verhaftung des Mörders gipfeln sollte. Doch die Polizei hatte nichts vorzuweisen, was über die bereits bekannten Fakten hinausging. Trotz des erheblichen personellen und technischen Aufwands kamen die Ermittler lediglich zu dem Schluss, dass der Mörder die Leichen mit dem Kombi weggeschafft haben musste – um Gott weiß was mit ihnen anzustellen.

Zu wenig, um auf ein rasches Ende zu hoffen.

Obwohl die Ermittler davon ausgingen, dass der Täter den Fluchtwagen bereits abgestoßen hatte, kontrollierten sie die Videos der Verkehrssicherheit, die unmittelbar vor und nach dem Anruf von Ms. Anderson aufgenommen worden waren. Sie vertrauten darauf, dass der Wagen wegen seines älteren Baujahrs nicht zu übersehen war. Zudem wurde eine Hotline eingerichtet, bei der sich Zeugen melden konnten, die einen alten grünen Kombi bemerkt hatten. Wie zu erwarten, gingen unzählige Anrufe bei der Polizei ein, von denen keiner hilfreich war.

Bis auf einen.

Am späten Nachmittag meldete ein anonymer Anrufer einen VW-Passat, Baujahr 1997, auf dem Gelände eines ehemaligen Schlachthofs, der in einer unbenutzten Lagerhalle stand. Als die Fahnder den Wagen mit ihren Spürhunden näher untersuchten, konnten sie die blutgetränkten Sitze bereits durch die Fensterscheiben erkennen.

Gefasst auf einen grauenvollen Fund, hebelten sie den Kofferraum auf. Fündig wurden sie auch hier nicht, doch noch während die Männer die Fundstelle für die Spurensicherung absperrten, brachen die Hunde plötzlich in Gebell aus. Sie witterten etwas in der Schlachterei.

In weniger als dreißig Minuten war der ganze Block gesichert. Kurz darauf drangen schwer bewaffnete Spezialkräfte in den Gebäudekomplex ein. Die Trupps verteilten sich über das Grundstück und durchsuchten jeden Winkel, jedes mögliche Versteck. Das Echo von Stiefelknallen, Hundegebell und Kommandoschreien erfüllte das verlassene Gelände. Bis einer der Einsatzbeamten über Funk »*etwas* im dritten Stock« meldete. Sofort stürmten die Trupps an den genannten Ort.

In einem dunklen Zimmer, umgeben von alten Computern und anderem Elektroschrott, entdeckten sie einen Mann. Reglos stand er vor einer Wand aus schwarzen Monitoren. Nackt, die Hände erhoben. Langsam drehte er sich zu den Polizisten um, die mit Maschinenpistolen auf ihn zielten und ihn mit ihren grellen Taschenlampen blendeten.

Abgesehen von dem ungewöhnlichen Versteck versetzten zwei weitere Besonderheiten an dem Mann die Beamten in Erstaunen. Sein undefinierbares Alter. Und die über seinen ganzen Körper, inklusive Gesicht und Schädel, verteilten Tätowierungen.

Zahlen über Zahlen.

Der Mann leistete keinen Widerstand. Schweigend ließ er sich die Handschellen anlegen. Neben ihm lag eine Sichel, blutbefleckt. Höchstwahrscheinlich die Tatwaffe.

Die Gefangennahme des mutmaßlichen Täters war keine achtundvierzig Stunden nach Eingang des Notrufs von Ms. Anderson erfolgt. Nach ihrer anfänglichen Ratlosigkeit hatte die Polizei den Fall zu einer unerwartet raschen Lösung geführt, wenn auch nur dank eines anonymen Hinweises. Vor einem Wald aus Mikrofonen dankte der Polizeichef offiziell dem unbekannten Tippgeber für seinen Dienst an der Gerechtigkeit und verkündete, dass das Böse ein weiteres Mal besiegt worden sei. Trotz der fehlenden Leichname der Andersons sei ihr schrecklicher Tod inzwischen traurige Gewissheit und durch die Festnahme des Tätowierten Sicherheit und Ordnung wiederhergestellt, die Bevölkerung könne aufatmen. Die Ermittlungen seien abgeschlossen und der Zeitpunkt gekommen, in Würde der Opfer zu gedenken und, wo auch immer sich ihre sterblichen Überreste befänden, für ihre Seelen zu beten.

Niemand ahnte, dass die Zeit der Angst tatsächlich gerade erst begonnen hatte.

ENIGMA

1

Der Brief kam im Februar, wie jedes Jahr.

Der Inhalt war immer der gleiche: Man informierte sie, dass das Krankheitsbild unverändert und die weitere Entwicklung nicht absehbar sei. Das Schreiben endete stets mit den Worten: »Die Gesundheitsschäden des Patienten sind irreversibel.«

Der Satz beinhaltete die unausgesprochene Aufforderung, eine Entscheidung zu treffen, ob die künstliche Beatmung und Ernährung ein weiteres Jahr fortgesetzt oder dem vegetativen Zustand des Patienten nicht besser ein für alle Male ein Ende bereitet werden sollte.

Mila legte den Brief in eine Schublade und schaute aus dem Küchenfenster. Der See spiegelte die Abendsonne in seltsamen Grauabstufungen, und auf der Wiese nahe der Brücke jagte Alice dem vom Wind aufgewirbelten Laub hinterher. Die beiden Linden neben dem Haus hatten wegen des harten Winters schon vor längerer Zeit ihre Blätter verloren. Woher wohl das Laub kam, fragte sie sich. Eigentlich konnte es nur vom Wald am anderen Ufer herübergeweht worden sein.

Alice trug einen dicken Pullover und einen Schal, der wie ihre Haare im Wind flatterte. Es war so kalt, dass ihr Atem in kleinen Wolken aufstieg, trotzdem wirkte sie zufrieden. Mila hingegen war froh, zu Hause im Warmen zu sein. Sie war dabei, einen Gemüseauflauf für das Abendessen vorzubereiten, und im Ofen befand sich bereits ein Apfelkuchen, der die Küche mit seinem aromatischen Duft nach Zimt erfüllte. In den letzten Monaten hatte sie eine erstaunliche Entdeckung gemacht. Sie, die Essen immer nur als lästiges Übel betrachtet hatte, um dem Körper die erforderlichen Nährstoffe zu liefern, hatte inzwischen begonnen, ihre Mahlzeiten regelrecht zu genießen. Und Alice war darüber sicher noch erstaunter als sie, denn Kochen war etwas, was andere Mütter taten, aber nicht ihre.

Im letzten Jahr hatte sich viel getan. Nicht nur die neuen Gewohnheiten hatten ihren Alltag verändert, ihr ganzes Leben war ein anderes.

Bei ihrer letzten Ermittlung hatte sich Mila großen Gefahren ausgesetzt. Die Vorstellung, bei einem Einsatz ums Leben zu kommen, hatte sie bis dahin nie eingeschränkt. Für sie war es stets ein Risiko gewesen, das jeder normale Polizist auf sich nahm. Aber nach jener existenziellen Erfahrung war sie ins Nachdenken gekommen. Zum ersten Mal war sie gezwungen gewesen, sich mit einer ganz simplen Frage zu befassen: Was würde aus Alice werden, wenn sie tot wäre?

Es war schon schwierig genug für ihre Tochter, ohne Vater aufzuwachsen. Aber ganz allein?

Also hatte sie beschlossen, ihre Uniform an den Nagel zu hängen. Inzwischen schien es Jahrhunderte her, dass Mila Vasquez sich mit Leib und Seele der Fahndung nach vermissten Personen gewidmet hatte.

Sie hatte sich nie für eine gewöhnliche Polizeibeamtin gehalten. Schon ihre Persönlichkeit war alles andere als gewöhnlich. Sonst hätte sie sich wohl kaum dafür entschieden, den Schatten hinterherzujagen.

Im Alter von etwa sechzehn Jahren hatte Mila bemerkt, dass sie sich von anderen Menschen unterschied: Sie konnte keine Gefühle empfinden. Lange Zeit hatte sie sich für diese Eigenschaft geschämt, die sie nicht zuletzt daran hinderte, Beziehungen einzugehen, und sie in den Augen der anderen oft als *seltsam* erscheinen ließ. Als sie mit Mitte zwanzig endlich den Mut fand, sich einer Psychologin anzuvertrauen, hatte diese dem Phänomen sogleich einen Namen gegeben: *Alexithymie*. Eine Art emotionaler Analphabetismus. Tatsächlich war Mila unfähig, andere Menschen zu lieben. Sie konnte nicht mal ihre Gefühle deuten oder beschreiben. Im Grunde war es so, als hätte sie keine.

Irgendjemand hatte es »Seelenkälte« genannt. Allmählich hatte sie begriffen, was die Ursache für diesen düsteren Wesenszug war. Sie hatte verstanden, dass sie selbst eine Art Tor, ein geheimer Zugang zu etwas Dunklem, Unheilvollem war. Und nun, da die Schleuse einmal geöffnet war, konnte sie nicht mehr geschlossen werden.

Aus dem Dunkel komme ich. Und ins Dunkel kehre ich zurück …

Als Polizistin hatte sie in ihrer Behinderung eine willkommene Verbündete gesehen, die ihr ermöglichte, ihre Fälle mit der nötigen Distanz zu betrachten. Besonders hilfreich war sie ihr bei der Suche nach vermissten Kindern, bei der jede Form von emotionaler Betroffenheit die Objektivität des Fahnders einschränkte. Oft genug neigten die Kollegen dazu, einen Fall aufzugeben, um die schreckliche Wahrheit nicht erfahren zu müssen, die fast immer am Ende einer Ermittlung stand.

Mila wusste: Ein vermisstes Kind zu suchen, war wie einem farblosen Regenbogen zu folgen. Am Ende wartete kein Goldschatz, sondern ein stummes Monster, das sich in Blut und Unschuld gesuhlt hatte.

Die Alexithymie war Fluch und Segen zugleich. Das Fehlen jeglicher Empathie bewirkte eine gefährliche Nähe zu den Monstern, die sich an den Qualen ihrer Opfer labten, ohne einen Funken Mitleid zu empfinden. Um sich von ihnen abzugrenzen, hatte Mila sich häufig insgeheim mit einer Rasierklinge beholfen, mit kleinen Akten der Selbstzerstörung, die sie tief in ihrem Inneren den Schmerz der anderen spüren ließen. Letztlich waren die Narben auf ihrem Körper so etwas wie der Beweis dafür, dass sie sich mit den von ihr gesuchten Vermissten identifizierte. Das körperliche Leiden ersetzte das seelische und bewirkte, dass sie sich wegen ihrer Indifferenz weniger schuldig fühlte.

Das einzige Mal, dass sie etwas gespürt hatte – etwas Menschliches –, war während der Schwangerschaft gewesen. Eine beglückende Erfahrung, die zu ihrer beider Nachteil mit der Geburt geendet hatte. Danach war es Mila nie mehr gelungen, ihre Rolle als Mutter auszufüllen, weder im guten noch im schlechten Sinne. Es entsprach einfach nicht ihrem Naturell. Ihre Fürsorge für Alice glich der für eine Pflanze. Und doch kümmerte sie sich um ihre Tochter auf die für ihre Verhältnisse bestmögliche Art.

All das gehörte jedoch der Vergangenheit an. Vor ungefähr einem Jahr hatte Mila beschlossen, dass es Zeit war, diesem emotionalen Stillstand etwas entgegenzusetzen. Sie hatte das Haus am See gemietet und war mit Alice vor der Welt geflüchtet.

Es war nicht einfach gewesen. Sie mussten sich erst aneinander gewöhnen. Aber mit der Zeit stellten sie fest, dass sie sich nicht vollkommen fremd waren. Auch wenn Mila oft mit der Versuchung zu kämpfen hatte, sich im Bad einzusperren, eine Rasierklinge aus der Schachtel im Spiegelschrank zu holen und sich an einer bereits geschundenen Stelle ihres Körpers zu ritzen. Um mit dem Blut einen Schmerz aus sich herauszupressen, der sie daran erinnerte, dass sie ein Mensch war. Denn manchmal zweifelte sie daran.

Während Mila an diesem ungemütlichen Tag Ende Februar

ihrer Tochter beim Spielen zusah, fragte sie sich unwillkürlich, wie viel von ihr wohl in Alice steckte. Ihre Tochter war zehn Jahre alt. Nicht mehr lange, und die Hormone würden ihr Leben durcheinanderwirbeln. Die unschuldigen Kinderspiele würden gnadenlos beiseitegeschoben. Und auch Alice würde, wie alle anderen, von einem Tag auf den anderen vergessen, was es bedeutete, Kind zu sein. Zugleich aber würde sie sich für immer nach dieser Zeit sehnen.

Die Sorge ihrer Mutter war freilich eine ganz andere. Mila befürchtete, dass mit Alices Pubertät, genau wie bei ihr, die »Seelenkälte« aufkommen könnte. Es gab keine wissenschaftlichen Erkenntnisse darüber, ob Alexithymie erblich war, aber die Statistiken ließen darauf schließen. Die Alternative war, dass Alice genetisch nach ihrem Vater kam, aber auch das konnte Mila nicht akzeptieren.

Nicht nach diesem Mann. Nicht nach ihm, sagte sie sich und dachte an den Brief aus dem Krankenhaus. Nie sprach sie seinen Namen aus. Er verdiente es nicht, auch nur gedacht zu werden. Nicht mal Alice nannte ihn jemals.

Als hätte sie die Blicke ihrer Mutter gespürt, drehte sich das Mädchen zu ihr um. Hinter der Fensterscheibe gab Mila ihr ein Zeichen, ins Haus zu kommen.

»Im Baum ist ein Eichhörnchennest«, verkündete Alice, als sie vollkommen verfroren hereinkam.

Mila legte ihr stumm eine Wolldecke um die Schultern. Eine andere Mutter hätte ihre Tochter mit einer wärmenden Umarmung empfangen. Alice aber hatte keine andere Mutter, Alice hatte sie.

»Keine Spur von Finz?«, fragte sie schließlich.

Alice zuckte mit den Schultern.

Ihr Desinteresse an dem Verschwinden der Katze beunruhigte Mila. War das etwa schon ein Symptom?

»Was gibt es zum Abendessen?«, wechselte ihre Tochter das Thema.

»Gemüseauflauf, danach Apfelkuchen.«

Alice musterte sie neugierig.

»Wenn ich den Gemüseauflauf aufgegessen habe, kann ich dann den Kuchen mit in meine Höhle nehmen?«

Ihre »Höhle« war eine Art Unterschlupf aus Decken, den sie sich am Ende der Treppe gebaut hatte. Sie verbrachte viel Zeit dort, las mithilfe einer Taschenlampe oder hörte Musik auf einem alten iPod – seit Kurzem hatte sie eine wahre Leidenschaft für Elvis Presley entwickelt.

»Das sehen wir dann«, sagte Mila, die sich so schnell nicht erweichen ließ.

»Meinst du, dass er dieses Wochenende kommt?«

Die Frage verstörte Mila. Früher hatte Alice sie selten gestellt, aber jetzt war es schon das dritte Mal innerhalb eines Monats, dass sie nach *ihm* fragte. Warum versteifte sich Alice so darauf, dass ihr Vater sie besuchen kommen würde? Mila hatte ihr erklärt, dass das nicht passieren würde, dass dieser Mann schon seit Jahren im Koma liege und nicht mehr aufwachen würde. Jedenfalls nicht in diesem Leben. Vielleicht in der Hölle. Aber Alice hatte sich nun mal in den Kopf gesetzt, dass ihr Vater früher oder später auftauchen und sie Zeit miteinander verbringen würden, wie eine richtige Familie.

»Das wird nicht passieren«, sagte Mila zum x-ten Mal und sah das kleine Leuchten in den Augen ihrer Tochter erlöschen.

Alice straffte die Schultern unter der Wolldecke und setzte sich in den alten Sessel neben dem Kamin, in dem bereits ein Feuer prasselte. Sie vertiefte das Thema nie.

Mila wusste Dinge, die sie lieber nicht gewusst hätte. Die niemand wissen sollte. Unsagbare Dinge. Über das Böse, das Menschen ihresgleichen antaten. Und Alice sollte auf keinen

Fall erfahren, dass auch ihr Vater zur Spezies der Sadisten gehörte, dafür war es noch zu früh. Sie hatte dafür gesorgt, dass ihre Tochter so spät wie möglich von dem finsteren Geheimnis erfuhr, das sich hinter ihrer Geburt verbarg. Und genauso wenig von der Grausamkeit, die die Welt beherrschte.

Sie musste sie beschützen.

Da es nicht in ihrer Macht stand, das Dunkel gänzlich aus ihrem Leben fernzuhalten, hatte sie alle Brücken hinter sich abgebrochen. Auch wenn sie noch immer eine Pistole in ihrem Nachttisch aufbewahrte, musste sie nicht mehr auf die Jagd gehen. Wenn sie aufhörte, das Dunkel zu suchen, würde das Dunkel auch nicht mehr nach ihr suchen, so ihre feste Überzeugung.

Aus den Augenwinkeln nahm sie eine Veränderung vor dem Fenster wahr. Ein Aufblitzen, die Spiegelung der untergehenden Sonne in der Windschutzscheibe eines herannahenden Autos. Mila spürte ein vertrautes Kribbeln im Nacken. Eine ungute Vorahnung stieg in ihr auf.

Die Limousine mit den abgedunkelten Scheiben hielt auf dem Vorplatz vor dem Haus, gleich neben ihrem Hyundai. Mila beobachtete die Szene durch das Küchenfenster. Ein paar Sekunden, in denen der Motor noch weiterlief, regte sich gar nichts. Dann öffnete sich die hintere Wagentür, und Joanna Shutton stieg aus.

Die Frau machte dem Chauffeur ein Zeichen, im Auto zu warten. Mit der einen Hand richtete sie ihre Haare, die in weichen Wellen auf den beigefarbenen Mantel fielen. In der anderen trug sie eine Aktenmappe. Leicht schwankend, da ihre Pfennigabsätze immer wieder im Rasen versanken, trat sie auf das Haus zu.

Wenn die Untersuchungsrichterin die Mühe auf sich nahm,

höchstpersönlich bei ihr aufzukreuzen, musste es ernst sein. Eine Parfümwolke wehte ihr entgegen, als sie die Haustür öffnete. Für einen Moment fühlte sie sich unbehaglich, weil sie ihre ehemalige Vorgesetzte in Jogginganzug und Pantoffeln empfing.

Die Shutton musterte sie mit schiefem Blick, bevor sie sich ein Lächeln abrang.

»Ich wollte nicht stören«, entschuldigte sie sich wenig überzeugend. »Ich hätte mein Kommen gerne vorher angekündigt, aber wir konnten leider deine Telefonnummer nicht ausfindig machen.«

»Wir haben kein Telefon.«

Die Untersuchungsrichterin schaute sie an, als hätte sie etwas Beleidigendes gesagt, enthielt sich aber jeden Kommentars.

Mila wich nicht einen Zentimeter von der Tür. Sie wollte von Anfang an klarstellen, dass zwischen ihrem früheren und ihrem jetzigen Leben ein tiefer Graben lag, der nur schwer zu überwinden war.

Die Shutton hielt ihrem kühlen Blick stand. Die Chefin der Polizeidienststelle war eine selbstbewusste Frau, die sich nicht die Butter vom Brot nehmen ließ. Und doch war sie intelligent genug zu wissen, wann man Kompromisse eingehen musste. Nicht von ungefähr wurde sie »die Richterin« genannt.

»Ich habe einen langen Weg hinter mir, Vasquez. Deswegen möchte ich dich bitten, mir wenigstens eine Tasse Tee anzubieten, bevor du mich wieder wegschickst.«

Mila fixierte sie und beschloss, sich wenigstens anzuhören, was die Shutton ihr zu sagen hatte. Wobei sie sich schwor, sich nicht von ihr einwickeln zu lassen und sie nach dem Tee wieder dorthin zu schicken, wo sie hergekommen war.

Sie machte den Herd aus, weil das Abendessen nun warten musste, und legte einen Deckel auf den Topf. Dann nahm sie den Apfelkuchen aus dem Ofen und stellte ihn zum Abkühlen aufs Fensterbrett. Alice schickte sie nach oben.

»Warum darf ich nicht bleiben?«, protestierte das Mädchen. Sie bekamen so gut wie nie Gäste, und der Besuch der fremden Frau versprach eine willkommene Abwechslung.

»Ich will, dass du dir ein heißes Bad einlaufen lässt«, erwiderte die Mutter bestimmt. »Morgen musst du in die Schule.«

»Darf ich vorher noch ein bisschen Elvis in meiner Höhle hören?«

»Meinetwegen«, stimmte Mila zu. Ihr war jedes Mittel recht, um zu verhindern, dass Alice mitbekam, was die Shutton ihr mitzuteilen hatte.

Mit einer dampfenden Tasse Tee in der Hand kehrte sie zur Richterin zurück. Die Frau trank in kleinen, hastigen Schlucken und stellte die Tasse auf dem niedrigen Tisch vor dem Sofa ab, auf dem sie Platz genommen hatte. Die geheimnisvolle Aktenmappe hatte sie neben sich gelegt.

»Schön habt ihr's hier«, sagte sie und ließ ihren Blick umherschweifen.

Das Feuer knisterte im Kamin und erfüllte das Zimmer mit seinem warmen Schein.

»Mein Vater war ein leidenschaftlicher Angler. Er hatte eine Hütte am See. Als wir klein waren, mussten meine Schwester und ich unendlich lange Wochenenden mit ihm in den Wäldern verbringen.«

Mila konnte sich die Shutton beim besten Willen nicht in Trekkinghose und Wanderschuhen vorstellen. Vielleicht betonte sie ihre Weiblichkeit deswegen so stark, weil ihr Vater sich eigentlich einen Sohn gewünscht hatte.

»Wir angeln nicht. Meine Tochter und ich sind Vegetarierinnen.«

Kommentarlos nahm die Richterin ihre Bemerkung zur Kenntnis. Mila beobachtete sie schweigend und fragte sich, wann sie sich endlich dazu durchringen würde, sie um den Gefallen zu bitten, dessentwegen sie gekommen war.

»Deine Entscheidung, alles hinzuwerfen, hat mich ziemlich erstaunt, weißt du das?«, sagte sie stattdessen. »Ich hätte gedacht, eine knallharte Polizistin wie du würde einen Ausstieg niemals in Erwägung ziehen.«

»Vermisst ihr mich etwa?«, fragte Mila mit provozierendem Unterton.

»Viele Kollegen haben es bedauert, dass du gegangen bist.«

»Aber Sie nicht …?«

»Stimmt«, erwiderte die Shutton ohne falsche Scheu.

Immer noch kein Wort zur Aktenmappe. Wenn sie weiterhin um den heißen Brei herumredete, dann wohl nur, weil sie es sich nicht leisten konnte, unverrichteter Dinge wieder nach Hause zu fahren. Milas Neugier wuchs, endlich das Anliegen ihres Besuches zu erfahren.

»Habt ihr keinen Fernseher? Ich sehe hier gar keinen«, sagte die Richterin und machte eine ausladende Geste.

Mila schüttelte den Kopf.

»Auch kein Internet?«, fragte die Shutton erstaunt.

»Wir haben Bücher. Und ein Radio.«

»Also hast du die Nachrichten gehört …«

Bevor Mila etwas sagen konnte, kam die Shutton ihr zuvor.

»Der Fall Anderson … Sagt dir das was?«

»Ihr habt den Tätowierten doch geschnappt. Ich dachte, damit wäre die Sache erledigt.«

Die Richterin lächelte schwach und schlug die Beine übereinander.

»Am Tatort und im Auto des Verdächtigen war so viel Blut, dass man von einem wahren Massaker sprechen kann«, sagte sie betont forsch. »Die Tatsache, dass der Mann die Mordwaffe bei sich hatte, hat dem Staatsanwalt die Arbeit sehr erleichtert: Er hat nicht eine Sekunde gezögert, Anklage auf mehrfachen Mord zu erheben.«

»Also wird wohl auch kein Anwalt dieser Welt den Mann aus der Scheiße, in die er sich manövriert hat, wieder raushauen können«, sagte Mila, um der Frage auszuweichen. »Wo ist das Problem?«

»So einfach ist es leider nicht«, gab die Shutton zu. »An dem Ort, wo wir ihn festgenommen haben, befanden sich ein Klappbett, ein paar Klamotten, ein Campingkocher und Konserven. Er hat wie ein Penner inmitten von ausrangierten Computern gelebt. Deswegen und wegen der Zahlen haben die Medien ihn ›Enigma‹ getauft.«

»Woher hatte er sie?«

Die Frage schien die Shutton aus dem Konzept zu bringen.

»Was?«

»Die Computer.«

»Was spielt das für eine Rolle? Er wird sie irgendwo zusammengeklaubt haben, aus Müllcontainern oder verlassenen Büros auf dem Schlachthofgelände. Scheint ein echter Hort für ausgediente Elektrogeräte zu sein.« Die Shutton nahm einen weiteren Schluck Tee, als wollte sie ihre Nerven beruhigen. »Die Presse will das Ganze natürlich zu einer Riesensache aufbauschen, aber ich werde nicht zulassen, dass irgendein dahergelaufener Irrer zum Promi wird.«

Mila begriff, dass die Shutton das eigentliche Problem noch immer nicht genannt hatte. Da war noch etwas, mit dem die Richterin haderte.

»Ihr wisst nicht, wer er ist, stimmt's?«

Die Shutton nickte.

»Nirgendwo eine Übereinstimmung – weder in den Datenbanken noch im DNA-Archiv noch bei den Fingerabdrücken. Aber der wahre Clou ist ein anderer. Als das mit den Tattoos öffentlich wurde, hat sich niemand gemeldet, der ihn identifizieren konnte. Niemand! Keiner hat ihn je zuvor gesehen – kannst du dir das vorstellen?« Ihr war anzuhören, wie die Wut in ihr stieg. »Wie kann jemand, der von Kopf bis Fuß tätowiert ist, noch dazu ausschließlich mit Zahlen, inklusive Handflächen und Fußsohlen, völlig unbemerkt durch die Gegend laufen?« Die Shutton begann, an den Fingern abzuzählen: »Erstens: Niemand hat ihn registriert oder fotografiert, nicht mal aus Versehen. Zweitens: Die Überwachungskameras, die man inzwischen in jeder hinterletzten Ecke der Stadt findet, haben ihn nicht ein Mal erfasst. Drittens: Außerhalb des Lagers, wo wir ihn nach dem Hinweis des anonymen Anrufers aufgespürt haben, gibt es nicht eine Spur von ihm ... Aus welchem Loch, zum Teufel, ist dieser Mann hervorgekrochen? Warum hat er sich versteckt? Woher hatte er die Sachen, die er brauchte? Wie hat er sich etwas zu essen besorgt? Und wie hat er es geschafft, die ganze Zeit unsichtbar zu bleiben?«

»Natürlich redet er nicht mit euch«, ergänzte Mila lapidar.

»Seit wir ihn gefunden haben, nicht ein Wort.«

»Will sagen: Es besteht die Gefahr, dass die Leichen der Andersons niemals gefunden werden ...«

Für einen Moment hüllte die Shutton sich in Schweigen. Das Zeichen für Mila, dass sie mit ihrer Bemerkung ins Schwarze getroffen hatte.

»Die Zahlen auf seinem Körper sind der einzige Hinweis, den wir haben«, gab die Richterin zu.

Endlich nahm sie die Aktenmappe, öffnete sie und begann, auf dem Couchtisch Fotos auszubreiten, die den Körper des Mannes zeigten und von Bild zu Bild detaillierter wurden.

»Wir wissen, dass der Mann sich die Tätowierungen selbst gestochen hat. Mit Blick auf den Zustand der Tinte wissen wir auch, dass es nach und nach passiert sein muss ... Zurzeit versuchen wir herauszufinden, ob sich hinter den Zahlen irgendeine Logik verbirgt oder ob es einfach nur die Obsession eines Irren war.«

Der Versuch, den Mann als Verrückten darzustellen, ließ Mila erahnen, dass die Shutton Angst vor dem hatte, was er tatsächlich sein könnte.

»Haben Sie schon ein Persönlichkeitsprofil erstellen lassen?«

Noch während sie die Frage formulierte, wunderte sich Mila über sich selbst. Hatte sie sich nicht geschworen, sich auf keinen Fall in die Sache hineinziehen zu lassen? Stattdessen hatte sie sich von ihrem Jagdinstinkt überrumpeln lassen.

Die Shutton nahm ihre Reaktion prompt als Zugeständnis und beeilte sich, auf ihre Frage zu antworten.

»Die Vielzahl an Spuren macht ihn eindeutig zum Tatverdächtigen. Das Ganze wirkt vollkommen unorganisiert, als hätte er aus einem Impuls heraus gehandelt ... Dabei wirkt er überaus kühl und gelassen. *Kontrolliert*. Als hätte er das alles vorhergesehen und würde sich, während wir verzweifelt mehr über ihn herauszufinden versuchen, köstlich amüsieren.«

Mila betrachtete die Fotos auf dem Tisch, unterdrückte jedoch den Impuls, sie in die Hand zu nehmen. Die Zahlen auf der Haut des Mannes, die stets aus einer oder höchstens zwei Ziffern bestanden, bedeckten fast jeden Millimeter seines Körpers. Manche waren winzig klein, andere größer oder etwas in die Breite gezogen.

Es lag eine Methodik in diesem über Jahre vollendeten Werk, eine Akribie, die sie zutiefst beunruhigte. Er ist nicht einfach irgendein Psychopath, sagte sie sich. Ein Schauer lief ihr über den Rücken.

»Warum sind Sie zu mir gekommen?«, fragte sie und riss ihren Blick von den Fotos los, als wollte sie sich von einem Fluch befreien. »Ich habe keine Ahnung, wie ich Ihnen helfen könnte.«

»Hör zu, Vasquez ...«

»Nein, das tue ich nicht«, erwiderte Mila brüsk, um jede Diskussion im Keim zu ersticken. »Ich weiß, was Sie vorhaben: Sie brauchen jemanden, der Ihnen hilft, die Leichen der Andersons zu finden. Eine Fahnderin, die sich seit längerer Zeit zurückgezogen hat und im Falle eines Scheiterns die Reputation der Polizei nicht allzu sehr beschädigen kann, kommt Ihnen da gerade recht.«

Tatsächlich würde die Polizistin, die nur durch ein Wunder den allerletzten Einsatz ihrer Karriere überlebt hatte, die Aufmerksamkeit der Presse auf sich ziehen und damit erst einmal vom Fall ablenken. Mila fühlte Übelkeit in sich aufsteigen.

»Falls Sie es immer noch nicht begriffen haben sollten, Ms. Shutton: Ich werde Ihnen nicht helfen. Weil ich für immer mit dieser Scheiße abgeschlossen habe.«

»Ich bin nicht hergekommen, um dich zu fragen, ob du die Andersons für uns suchen kannst«, erwiderte die Richterin in aller Seelenruhe.

Mila zögerte.

»Ich bin hergekommen, Vasquez, weil du vermutlich der einzige Mensch bist, der das Rätsel um Enigmas Identität lösen kann.«

Mila wusste nicht, was sie sagen sollte.

Die Shutton hatte sich von ihrer Verunsicherung nicht beeindrucken lassen und seelenruhig begonnen, in den Fotos herumzuwühlen.

»Zwischen all den tätowierten Zahlen haben wir auch ein Wort gefunden, ein einziges. Auf dem linken Arm, kaum zu erkennen zwischen den anderen Zahlen und der Ellbogenbeuge, steht das hier …«

Endlich hatte sie das gesuchte Foto gefunden und reichte es ihr. Zögernd nahm Mila es entgegen. Als sie das Foto genauer betrachtete, erschauderte sie.

Vier Buchstaben. Ein Name.

Ihr Name.

2

Wohl wissend, dass sie kein Auge zumachen würde, hatte Mila die Nacht auf dem Sofa verbracht, auf dem Joanna Shutton sie ein paar Stunden zuvor mit einer Wahrheit konfrontiert hatte, die sie niemals hätte wissen wollen.

Vermutlich bist du der einzige Mensch, der das Rätsel um Enigmas Identität lösen kann.

Die Worte der Richterin hallten noch immer in ihr nach. »Du musst ihm nicht gegenübertreten«, hatte die Shutton ihr versichert. »Es reicht, wenn du dir anhörst, was wir über ihn wissen, und uns sagst, wenn es dich an etwas erinnert. Danach kannst du alles wieder vergessen.«

»Wieso seid ihr so sicher, dass es sich ausgerechnet um meinen Namen handelt?«, hatte sie protestiert. »›Mila‹ kann tausend Dinge bedeuten, genauso wie die Zahlen, von denen ihr auch nicht wisst, was sie meinen.«

»Vielleicht irren wir uns ja, aber wir haben die Pflicht, es zumindest zu versuchen.«

Indem sie an ihr Pflichtgefühl appellierte, hatte die Shutton einen Volltreffer gelandet.

Mila beobachtete, wie die Flammen im Kamin allmählich erstarben, bis das Feuer ganz ausgegangen war und sie in einer Eiseskälte zurückließ, die ihr wohlvertraut war. In der Stille des Hauses waren die Geräusche aus dem Wald gut zu hören. Der Wind, der gegen die Baumkronen peitschte, um sich seinen Weg zu bahnen, das Plätschern der Wellen am Seeufer.

Alice hatte gespürt, dass etwas nicht in Ordnung war, und schien beunruhigt. Mila fühlte sich schuldig, weshalb sie dem Wunsch ihrer Tochter nachgegeben hatte, ausgerüstet mit Taschenlampe, Lieblingsbüchern, iPod mit Elvis-Songs und bewacht von den lächelnden Gesichtern ihrer Stofftiere, in ihrer Deckenhöhle zu schlafen.

Das Dunkel war zurückgekehrt, um sie zu suchen. Mila musste eine Entscheidung fällen, die auch ihre Tochter betreffen würde. Eine Entscheidung, die notfalls rückgängig gemacht werden konnte.

Es war alles so gut gelaufen – bis zu diesem Moment. Warum hatte sie der Richterin bloß die Tür aufgemacht? Es war, als hätte sie gemeinsam mit ihr ein unheilvolles *Etwas* ins Haus gelassen, das keinen Namen hatte, sich von Wut und den Schreien unschuldiger Opfer ernährte und sich nicht mehr vertreiben ließ. Mila konnte es auch jetzt noch spüren.

Der Schlächter der Andersons hatte sich ihren Namen auf die Haut tätowiert.

Der Gedanke quälte sie. Doch nicht die Tatsache selbst erschreckte sie, sondern das Wissen, dass jemand anders seine Haut mit solchen Zeichen versah. Wie oft hatte sie sich selbst geritzt, um eine Ahnung von menschlicher Regung zu bekommen, einen Schmerz zu empfinden, der dem Mitgefühl nahe kam, zu dem sie nicht in der Lage war. Die Ähnlichkeit oder, schlimmer noch, die Nähe zwischen ihr und diesem Monster schockierte sie. Es konnte kein Zufall sein. *Er weiß es.* War das der Grund, warum er versuchte, sie in die Sache hineinzuziehen?

Fragen und Zweifel überkamen sie, und eine Stimme in ihrem Inneren verlangte, sie sollte alles so schnell wie möglich vergessen, die Worte der Shutton und den Fall Anderson aus ihrem Hirn verbannen und sich in die selbst gewählte Einsamkeit zurückziehen, um mit ihrer Tochter ihr neues Leben weiterzuführen. Schließlich könnte niemand sie dazu zwingen, das Rätsel um Enigma zu lösen.

Denn eines wusste Mila genau: Dieses Tattoo war eine Einladung.

Ich lasse mich nicht manipulieren, sagte sie sich. Die Vorstellung, sich mit diesem Mann zu befassen, obwohl sie ihm nicht mal von Angesicht zu Angesicht begegnen musste, setzte ihr zu. Und doch sehnte sich ein Teil von ihr, irgendwo tief in ihrem Unterbewusstsein, danach, sein Geheimnis zu lüften.

Ich will sehen, was sich hinter dem Vorhang verbirgt, dem Magier in die Augen schauen und seine Tricks entlarven.

Das Dunkel rief nach ihr, sie spürte es, konnte es nicht ignorieren, sosehr sie sich auch bemühte. Denn selbst wenn es Mila gelang, ihre zweite Natur in Schach zu halten, so war sie doch nicht in der Lage, sie zu beherrschen.

Mit dem Morgengrauen wichen ihre letzten Widerstände, gemeinsam mit den Schatten der Nacht. Trotz der langen Nacht war Mila hellwach. Sie wusste, selbst wenn sie Enigmas Botschaft ignorierte, würde sie dieser Fall früher oder später aus dem warmen Nest vertreiben, das sie sich so mühevoll am Seeufer gebaut hatte, lauschig und behaglich wie die Höhle von Alice. Also konnte sie die Sache auch angehen.

Sie versuchte, sich einzureden, dass sie es für die Andersons tat, damit ihre Leichen gefunden wurden und sie ein würdiges Begräbnis erhielten. Aber wenn sie ehrlich war, musste sie zugeben, dass das nicht stimmte. Die Vorstellung, das Rätsel zu lösen, faszinierte sie. Nicht der mögliche Ruhm war es, der sie reizte. Nein, es war die absurde Überzeugung, dass sie die Welt zu einem sichereren Ort machen könnte, wenn sie den Kampf gegen das Dunkel aufnahm. Nicht zuletzt um ihrer Tochter willen.

Sie beschloss, Alice mit dem Duft von frisch gebackenen Pancakes zu wecken. Ihre Höhle hatte sie sich mithilfe von Decken, Wäscheklammern und einer Leine auf dem oberen Treppenabsatz gebaut, direkt vor der Speichertür. Mila schob das rot-grün karierte Plaid beiseite, das als Eingangstür diente. Ein Sonnenstrahl fiel in das Versteck.

Alice hob den Kopf mit den verstrubbelten Haaren vom Kissenberg auf den Eichendielen. Sie hatte wieder mal mit den iPod-Stöpseln in den Ohren geschlafen. Verwundert rieb sie sich die Augen und starrte auf das Tablett in Milas Händen.

»Pancakes? Heute ist doch gar nicht Samstag.«

Intuitiv hatte das Mädchen gespürt, dass die Veränderung ihrer täglichen Routine etwas zu bedeuten hatte.

Mila lenkte sofort vom Thema ab.

»Heute gehst du nach der Schule zu Jane. Ich werde gleich ihrer Mutter Bescheid sagen.«

»Warum denn das?«

»Ich muss in die Stadt und komme erst heute Abend zurück. Das ist doch okay für dich, oder?«

Alice blickte erneut auf die Pancakes, ohne etwas zu erwidern. Ihre Tochter schien zu glauben, sie hätte ihr Lieblingsfrühstück nur deswegen zubereitet, weil sie ein schlechtes Gewissen hatte. Und sie hatte ja recht: Tatsächlich suchte sie nach einer Rechtfertigung dafür, ihr neues Leben so einfach aufzugeben.

»Gehst du zu ihm?«

Mila seufzte.

»Nein, ich gehe *nicht* zu deinem Vater.«

»Okay.«

Wie immer begnügte sich Alice mit der erstbesten Antwort. Trotzdem würde sie ihre Tochter zum Psychologen bringen müssen, wenn diese Fixierung nicht allmählich aufhörte.

»Auf jeden Fall bin ich rechtzeitig zum Abendessen wieder da.«

»In Ordnung, Mama.«

Mila horchte auf. Alice nannte sie fast nie »Mama«. Und wenn sie es doch einmal tat, verspürte sie stets einen Stich, weil sie sicher war, dass ihre Tochter ihr damit etwas Wichtiges mitteilen wollte, sie die Botschaft aber nicht verstand.

Sie reichte ihr das Tablett mit den Pancakes, dem Ahornsirup und einem Glas Milch.

»Finz ist heute Nacht wieder nicht nach Hause gekommen«, sagte sie. »Vielleicht müssen wir im Wald nach ihm suchen.«

Alice nahm einen Bissen und schwieg.

»Zieh dich bitte an, wenn du gegessen hast. Der Schulbus kommt in einer halben Stunde«, sagte Mila und ging sich fertig machen.

Tief unten in ihrem Kleiderschrank bewahrte sie eine Kiste auf. Sie zog sie hervor und holte nacheinander ihre Springerstiefel, eine schwarze Jeans, einen Rollkragenpullover und eine Lederjacke hervor – Kleidungsstücke, mit denen sie sich früher unsichtbar gemacht hatte. Ein dunkler Fleck unter tausend anderen, angepasst an die unendliche Farbenvielfalt der Erde.

Doch tief unten in der Kiste befand sich noch etwas, das sie lange nicht benutzt hatte: Das Handy stammte aus Zeiten, als von Smartphones noch keine Rede war. Doch es schien nach wie vor zu funktionieren, stellte sie fest, als sie das Kabel in eine Steckdose steckte, um den Akku aufzuladen. Sie musste dringend ein paar Anrufe tätigen. Der erste galt der Shutton.

»Zwölf Stunden«, sagte sie, kaum hatte die Richterin sich am anderen Ende der Leitung gemeldet. »Danach bin ich draußen.«

Sie fuhr mit ihrem alten Hyundai zum Bahnhof. Der Zug ging um halb acht. Dreißig Minuten später hatte sie die Stadt erreicht. Sie hatte kaum den Fuß auf den Bahnsteig gesetzt, als der Lärm sie bereits umhüllte. Ihr neues Leben am See hatte sie vergessen lassen, was es bedeutete, ohne die Stille zu leben. Plötzlich fühlte sie sich eingeengt.

Neben einem Kiosk auf dem Bahnhofsvorplatz wartete wie verabredet Simon Berish. Ihr alter Freund hatte sich nicht verändert, kleidete sich noch immer wie ein echter Gentleman. Er sah sie schon von Weitem und hob einen Arm, um ihr zu winken.

»Ich habe nicht damit gerechnet, dich so schnell wiederzusehen.« Er wirkte irgendwie enttäuscht.

»Ich auch nicht«, erwiderte Mila.

Sie hatten sich Lebewohl gesagt, als sie den Polizeidienst quittiert hatte. Sie erinnerte sich noch gut an ihr letztes Gespräch. Auch wenn Mila es nicht explizit erwähnt hatte, schloss die Absicht, mit allem Schluss zu machen, ihn mit ein. Berish hatte es akzeptiert. Am Ende hatten sie sich verabschiedet wie immer, aber in dem Bewusstsein, sich nie mehr wiederzusehen.

»Hast du Zeit für einen Kaffee?«, fragte er.

»Ich fürchte, nein. Die Richterin hat zu meinen Ehren in zwanzig Minuten ein Briefing anberaumt.«

Ohne zu insistieren, führte Simon sie zu seinem Auto. Am Himmel ballten sich graue Wolken. Es hatte geregnet, und auf dem Asphalt hatten sich zahlreiche Pfützen gebildet. Berish lief voran. Mila hatte den Verdacht, dass er ihrem Blick ausweichen wollte. Aber sie kannte ihn gut genug, um zu wissen, dass er nicht mehr lange würde an sich halten können. Tatsächlich ließ er sie nicht warten.

»Ich kann es immer noch nicht glauben, dass die Shutton dich überredet hat, zurückzukommen«, sagte Berish irritiert.

»Ich bin nicht ›zurückgekommen‹«, entgegnete Mila. »Ich bin nur für ein paar Stunden hier.«

»Ich hatte sogar deine Telefonnummer gelöscht. Als mein Handy heute Morgen geklingelt hat, wusste ich nicht, dass du es bist, sonst wäre ich nicht rangegangen.«

Er gab vor, verärgert zu sein, doch Mila wusste, dass er es nur zu ihrem Besten tat. Um ihr die Entscheidung zu erleichtern, hatte Berish ein Jahr zuvor ihre Nachfolge in der »Vorhölle« angetreten – so nannten sie die Vermisstenstelle. Es war sicher nicht der begehrteste Job im Polizeipräsidium, er hatte ihr damit die Zweifel nehmen wollen: Ihre Arbeit würde nicht umsonst gewesen sein und die Vermissten auf den Fotos im »Saal der verlorenen Schritte« nicht in Vergessenheit geraten.

Sie gingen auf einen Kleinwagen zu, dessen Fenster einen Spaltbreit geöffnet waren, um Luft hereinzulassen. Berish wühlte in seiner Jackentasche nach dem Schlüssel. Im Fond des Wagens war bereits Hitchs Schnauze zu sehen.

»Hallo, mein Süßer«, sagte Mila.

Der Hovawart war alt geworden, hatte sie aber sofort erkannt. Immerhin einer, der sich freute, sie zu sehen, dachte Mila.

»Und, wie ist das Leben so am See?«, fragte Simon kurz darauf, während er den Wagen durch den Freitagmorgenverkehr Richtung Dienststelle steuerte.

»Anders, und das reicht mir.«

Im Innenraum des Autos war ein süßlicher Duft wahrzunehmen – nach Maiglöckchen und Jasmin. Vielleicht hatte sich auch in Berishs Leben etwas verändert?

»Und wie geht es Alice? Fühlt ihr euch nicht ein bisschen einsam da draußen?«

»Alice wird erwachsen, und wir sind keineswegs einsam. Wir haben sogar eine Katze, einen kleinen Tiger. Sie heißt Finz.«

Bei dem Wort »Katze« gab Hitch ein Knurren von sich.

»Ihr tut gut daran, so weit draußen zu leben, hier ist alles noch viel schlimmer geworden«, sagte Berish. »Glaub bloß nicht an das Märchen von der gesunkenen Kriminalitätsrate, an den neuen Frieden zwischen den Banden und ähnlichen Bullshit.«

Sie nannten es »die Shutton-Methode«, und tatsächlich hatte sie unerwartete Früchte getragen. Mila wusste, dass man in der Stadt seit ein paar Jahren, seit die Richterin im Amt war, deutlich besser lebte, doch das hatte ihre Entscheidung wegzuziehen nicht umstoßen können.

»Immerhin kann man jetzt abends ausgehen, während sich früher nach Einbruch der Dunkelheit kein Mensch mehr auf die Straße getraut hat«, musste Berish zugeben. »Aber so richtig dran glauben kann ich immer noch nicht.«

Mila hatte nicht vergessen, dass man vor ein paar Jahren noch riskierte, ausgeraubt zu werden, wenn man sich abends nach sechs Uhr noch vor die Tür getraut hatte, und das war noch das Harmloseste gewesen.

»Wo sind sie bloß hin, die ganzen Kriminellen, Diebe, Vergewaltiger, Drogenhändler? Klar, inzwischen können wir ins Kino oder in die Eisdiele gehen, ohne uns fragen zu müssen, ob wir heil wieder nach Hause kommen. Aber keiner wundert sich, was aus diesem ganzen Hass geworden ist, der hier vorher herrschte ...«

»Hast du eine Idee?«, fragte Mila, während sie die Hochhäuser im Seitenspiegel an sich vorbeiziehen sah, eins höher als das andere.

»Oberflächlich betrachtet, scheint alles normal, sauber und blitzeblank zu sein ... Aber schau dich mal ein bisschen im Netz um, und du wirst sehen, dass überhaupt nichts in Ordnung ist«, bemerkte Berish. »Die sind alle voller Wut, auch wenn man nicht weiß, weshalb. Und wenn sich die Wut aus dem Netz auf die Straßen überträgt, halten wir das bloß für Zufall ... Vorgestern hat einer einen Elfjährigen blutig geprügelt, nur weil der ihm aus Versehen vor sein Smartphone gelaufen ist, als er gerade ein Foto machen wollte.«

Berish, das wusste Mila, war nicht bloß ein frustrierter Bulle. Er kannte sich aus mit dem, was er sagte. Jahrelang hatte er die besten Verhöre der ganzen Dienststelle geführt. »Alle wollen sie mit Berish reden«, hieß es unter den Kollegen, »selbst die größten Schwerverbrecher.« Simon kannte die Stadt und ihre Bewohner besser als jeder andere.

»Dieser Enigma hat uns gerade noch gefehlt«, sagte der Polizist und warf ihr einen schrägen Blick zu. »Ich weiß, dass du seinetwegen hier bist.«

Mila hatte ihm den Grund für ihren Besuch in der Stadt nicht genannt. Sie hatte nur gesagt, dass die Dienststelle sie um eine Einschätzung gebeten hatte, ohne näher ins Detail zu gehen.

»Was hältst du von der Sache?«, fragte sie.

»Das Ganze gefällt mir überhaupt nicht«, erwiderte Berish besorgt. »Die Dienststelle steht Kopf, und ich habe das Gefühl, dass man uns nicht alles sagt, dass sie etwas vor uns verbergen ...«

Mila schwieg.

»Nach dem geheuchelten Entsetzen über den Tod der Andersons wird jetzt im Netz die Sau rausgelassen. Die Zivilisiertesten unter den Hetzern regen sich über die Polizei auf, weil die erst Stunden nach dem Hilferuf eine Streife zum Hof geschickt hat. Andere wettern gegen die Andersons selbst: wie man nur fernab von jeglicher Zivilisation mit zwei Kindern in der Pampa leben kann, ohne Strom ... Aber die Schlimmsten sind die, die diesen tätowierten Psychopathen feiern.« Berish senkte die Stimme. »Sie bejubeln seine Tat, als wäre er ihr

Sektenführer. Verstehst du, der Horror endete nicht etwa in jener Nacht auf dem Bauernhof, im Gegenteil, er verbreitet sich wie ein Tsunami weiter und wird noch viel mehr Zerstörung bringen. Du denkst, diese Fanatiker sind nur eine kleine Minderheit, doch dann stellst du fest, dass es ganz normale Büroangestellte sind, der Student von nebenan, der nette Familienvater ... Und das Allerschlimmste ist, dass sie sich offen äußern, dass sie keine Skrupel haben, das unter dem eigenen Namen zu tun.«

»Wie erklärst du dir das?«

Simon Berish kratzte sich an der ergrauten Schläfe.

»Ich habe Dutzende von Mördern verhört und zum Geständnis gebracht: Irgendwann kommt immer der Moment, in dem sie sich für ihre Tat schämen, selbst die Härtesten unter ihnen. Normalerweise passiert das, wenn sie den Namen des Opfers nennen. Es dauert nur einen Moment, aber du kannst es in ihren Augen sehen ... Vielleicht sind wir wirklich bessere Menschen und die Kriminellen weniger geworden, wie die Shutton behauptet, aber eins steht fest: Die allgemeine Moral ist völlig verkommen.«

Wie gut sie daran getan hatte, den Kontakt zu ihm abzubrechen. Eine Freundschaft zwischen zwei Polizisten »funktionierte« einfach nicht mehr, sobald einer von beiden die Uniform an den Nagel gehängt hatte. Berish konnte nur noch über ein Thema reden: Mord und Totschlag und was es sonst noch so an Elend gab. Klar, er wusste, dass es dienstliche Gründe waren, die sie in die Stadt geführt hatten. Aber hätte sie ihn übers Wochenende in ihr Haus am See eingeladen, sie hätten sich wohl nichts zu sagen gehabt.

Berish hielt etwa zwanzig Meter vor dem Eingang des Polizeipräsidiums. Mila streichelte Hitch ein letztes Mal über die Schnauze, dann stieg sie aus.

»Wann fährt dein Zug heute Abend?«, fragte ihr alter Freund in einem Ton, der keinen Widerspruch duldete.

»Um sieben.«

»Okay, ich hole dich um halb sieben ab und bringe dich zum Bahnhof.«

3

Das Meeting fand in einem Konferenzraum im vierten Stock des Polizeipräsidiums statt. Blaue Plastikstühle waren in mehreren Reihen aufgestellt worden. Davor ein Rednerpult und ein Monitor. Die Fenster gingen auf den Hof hinaus und waren mit einem Sichtschutz versehen, dessen Lamellen halb geöffnet waren. Trotz des Rauchverbots in öffentlichen Räumen, das seit über dreißig Jahren bestand, roch es noch nach kaltem Rauch.

Mila erkannte den abgestandenen Geruch sofort wieder, als sie eintrat. Sie musste nur einmal tief durchatmen, um die Uhr zurückzudrehen und in ihr altes Leben einzutauchen.

Sofort richteten sich die Blicke sämtlicher Anwesender auf sie. Neben der Shutton in ihrem makellosen Nadelstreifenkostüm standen Bauer und Delacroix, die beiden mit dem Fall betrauten Ermittler. Bauer war blond und dick, mit buschigem Schnauzer und finsterem Gesichtsausdruck. Der dunkelhäutige Delacroix schien der Aufgewecktere von beiden zu sein. Außerdem waren anwesend: ein mittelalter Mann in einem blütenweißen Hemd – den Mila als den zuständigen Rechtsmediziner identifizierte – und eine junge Kollegin in der Uniform der Spurensicherung. Sie hatte das spitze, leicht verkniffene Gesicht einer stolzen Polizistin. Auch Corradini hatte sich im Konferenzraum eingefunden, der persönliche Referent der Richterin, der in seinem dunklen Anzug eher wie ein Manager aussah. Mila hatte ihn nie kennengelernt, aber immer dann im Fernsehen gesehen, wenn die Dienststelle sich wieder einmal mit der Klärung eines Falles brüsten konnte. Er war der Stratege hinter der »Shutton-Methode«.

Keiner der Anwesenden begrüßte sie. Nur die Richterin ging ihr entgegen, um sie zu empfangen.

»Herzlich willkommen, Kommissarin Vasquez«, sagte sie mit einem Lächeln.

Mila fühlte sich unangenehm berührt. Sie war keine Kommissarin mehr und trug lediglich ein »Besucher«-Badge um den Hals. Sie konnte sich vorstellen, was in den Köpfen der anderen vor sich ging. Ob sie das Tattoo mit ihrem Namen für die Exkollegen zu einer Komplizin von Enigma machte? Oder lag es allein daran, dass sie von nun an in den Fall involviert war? Auch dass sie ihre Uniform an den Nagel gehängt hatte, sprach nicht gerade für sie. Echte Bullen zogen sich nicht zurück, so lautete die alte Devise. Entweder sie gingen in Rente oder starben im Einsatz.

Auch die Shutton schien die Anspannung zu spüren, tat aber so, als wäre alles in bester Ordnung.

»Fangen wir an.«

Die Richterin setzte sich in die Mitte der ersten Reihe und sorgte dafür, dass Mila neben ihr Platz nahm. Es behagte ihr gar nicht, so exponiert zu sitzen, aber sie hatte keine andere Wahl. Während auch die anderen sich einen Platz suchten, dimmte Corradini das Licht und stellte sich hinter das Rednerpult. Er wandte sich direkt an Mila.

»Wie Sie wissen, haben wir Sie bei Ihrem Eintreffen ein Dokument unterzeichnen lassen, in dem Sie sich zur Geheimhaltung über die hier verhandelten Dinge verpflichten. Anderenfalls droht Ihnen eine Konventionalstrafe wegen Begünstigung von Dritten und Behinderung polizeilicher Ermittlungen ...«

Mila war verärgert. Es war wirklich nicht nötig, sie auf diese Selbstverständlichkeit hinzuweisen. Aber sie war nun mal inzwischen eine »Zivile« und musste diese penible Einhaltung von Formalitäten wohl oder übel akzeptieren.

»Ich werde Ihnen erklären, wie wir vorgehen, Ms. Vasquez. Aber zuerst werden die Kollegen Bauer und Delacroix den Mordfall Anderson noch einmal für Sie aufrollen, damit Sie uns Ihren ersten Eindruck schildern können.«

Mila war sich nicht sicher, ob sie eine große Hilfe sein würde. Mit einiger Wahrscheinlichkeit würde sie ihre ehemaligen Kollegen enttäuschen müssen.

»Du kannst den Vortrag jederzeit unterbrechen, um Fragen zu stellen, die dir wichtig erscheinen«, mischte sich die Shutton ein. »Wir wollen herausfinden, warum der Tätowierte dich in den Fall involvieren wollte.«

Die Richterin hatte den Anwesenden offensichtlich untersagt, den Verdächtigen bei dem Namen zu nennen, den die Medien ihm gegeben hatten. Mila aber beschloss, ihn weiter »Enigma« zu nennen.

Bauer ergriff das Wort.

»Okay, rekapitulieren wir, was in besagter Nacht auf dem Bauernhof der Andersons passiert ist.«

Auch wenn die Zusammenfassung eindeutig nur für Mila bestimmt war, wandte der Polizist sich an das gesamte Auditorium – ein unverhüllter Affront gegen die ehemalige Kollegin. Bauer nahm die Fernbedienung und schaltete den unter der Zimmerdecke angebrachten Beamer ein. Auf dem Monitor waren die Fotos vom Tatort zu sehen.

»Ausgehend von Ms. Andersons Notruf, können wir festhalten, dass der Mörder gegen acht Uhr abends auf dem Bauernhof eintraf.«

Ob die Andersons durch das Aufleuchten der Blitze während des Gewitters auf den Eindringling aufmerksam geworden waren? Falls ja, musste ihnen das Ganze wie ein Albtraum vorgekommen sein, eine Fata Morgana. Etwas, an dessen Existenz zu glauben sich das Gehirn im ersten Moment weigerte. Wer hatte ihn zuerst gesehen – Frida, Karl oder eines der Mädchen?

»Er hatte die ganze Nacht, um das Massaker anzurichten. Aber wir nehmen an, dass ihm wenige Stunden genügt haben.« Bauer drückte auf die Fernbedienung. »Erstes Element: die Sichel.« Eine Großaufnahme der Tatwaffe wurde eingeblendet. »Wir gehen davon aus, dass der Mörder sie nicht mitgebracht hat. Vermutlich hat er sie im Geräteschuppen gefunden. Möglicherweise hegte er zunächst gar keine Tötungsabsicht, sondern wollte nur einen Diebstahl begehen.«

Klinge und Griff der Sichel waren mit dunkelroten Blutflecken übersät.

»Es ist uns nicht gelungen, Fingerabdrücke auf der Waffe zu isolieren«, bemerkte die Mitarbeiterin von der Spurensicherung eifrig. »Zu viel Blut.«

»Zweites Element: das Mobiltelefon.«

Das nächste Foto zeigte das Handy, von dem aus der Notruf getätigt worden war. Es lag auf einem Hängeschrank. Durch das Fenster daneben sah man das Eingangstor des Bauernhofs und den Vorplatz.

»Von hier aus hat Ms. Anderson die Polizei angerufen. Obwohl sie wegen des starken Regens nicht gut sehen konnte, was draußen abging, hat die Frau behauptet, ihr Mann hätte vor dem Haus mit dem Eindringling geredet.«

Mila stellte sich Karl vor, wie er seinen ganzen Mut zusammennahm und nach draußen ging, um in Erfahrung zu bringen, was der Fremde wollte. Sicherlich hatte er tief in seinem Herzen schon geahnt, dass der Mann nicht so einfach zu verjagen sein würde. Aber er musste seine Frau und seine Kinder beschützen, daher war er nicht umgekehrt.

»Wir gehen davon aus, dass Karl Anderson den Eindringling wegschicken wollte.«

Vor ihrem geistigen Auge sah Mila Karl die paar Meter zurücklegen, die ihn von dem Mann trennten, während er fieberhaft überlegte, wie er ihn zum Rückzug bewegen sollte. Vielleicht hatte er ihm Geld anbieten wollen, um ihn nicht massiver bedrängen zu müssen und ein Risiko für seine Familie einzugehen. Ihm war bestimmt das Herz stehen geblieben, als er plötzlich das tätowierte Gesicht vor sich hatte, dachte Mila. Angst, Entsetzen, Panik, wie irrational auch immer, mussten in ihm aufgestiegen sein.

»Als Karl Anderson bemerkte, dass der Eindringling eine Waffe bei sich trug, war ihm vermutlich sofort klar, dass er keine Chance haben würde«, ergänzte Bauer. »Was auch immer er gesagt oder getan hätte, es hätte wohl nichts am Lauf der Dinge geändert.«

Dennoch, dachte Mila, hatte er die Form gewahrt. Ja, Karl Anderson hatte es trotzdem versucht. Opfer, die wussten, dass es für sie keinen Ausweg mehr gab, konnten gar nicht anders, als sich mit ihren Henkern zu verbünden. Im ersten Moment zeigten sie, so absurd es auch sein mochte, Verständnis für den Täter. Dann, wenn sie merkten, dass diese Taktik nicht aufging, versuchten sie es auf die Mitleidstour. Viele sadistische Psychopathen zögerten die Tat bis zu diesem verhängnisvollen Moment hinaus, und zwar nicht, weil sie plötzlich von Skrupeln befallen wurden, sondern weil das Flehen ihrer Opfer für sie die größte Befriedigung darstellte.

Auf dem Monitor war ein Foto erschienen, das den Bauernhof aus der Vogelperspektive zeigte.

»Drittes Element: das Blut. Es ist der einzige Beweis für unsere Annahme, dass die Morde vor Ort verübt wurden. Obwohl der starke Regen das Blut außerhalb des Hauses weggespült hat, konnten wir rekonstruieren, dass Karl Anderson im Hof getötet wurde.« Er zeigte den genauen Tatort auf dem Foto. »Anschließend ist der Mörder ins Haus gegangen.«

Es folgten Fotos von den verwüsteten Innenräumen.

Mila stellte sich die Ehefrau vor, die vom Fenster aus ihren Mann zu Boden stürzen sah. Ohne lange nachzudenken, musste sie sich ihre beiden Kinder geschnappt und sie an den vermeintlich einzigen sicheren Ort im Haus gebracht haben: das obere Stockwerk.

»Der Mörder hat seine Aggressionen zunächst an den Möbeln und Einrichtungsgegenständen ausgelassen. Vielleicht suchte er nach den anderen Opfern, vielleicht hat er sich auch nur daran geweidet, sie zu Tode zu erschrecken.« Bauer nickte mit finsterer Miene.

Dann ist er nach oben gegangen, dachte Mila. Kurz meinte sie sogar, die schweren Schritte auf der Treppe hören zu können.

Bauer zeigte Aufnahmen von zertrümmerten Zimmertüren, blutigen Handabdrücken an der Wand, roten Fußspuren auf den Dielen.

»Im Haus haben wir nur Blut von der Frau und den Zwillingen gefunden«, schaltete sich die junge Mitarbeiterin von der Spurensicherung ein. »Was die These unterstützt, dass Karl Anderson als Erster getötet wurde, draußen im Hof.«

»Arterielles Blut«, präzisierte der Rechtsmediziner, der bisher noch kein Wort gesagt hatte. »Dies würde darauf schließen lassen, dass die Opfer keine Fluchtmöglichkeit hatten.«

Bauer schaute starr in Milas Richtung.

»Frida Anderson muss wie eine Löwin gekämpft haben, um Eugenia und Carla zu schützen, davon zeugen die Kampfspuren. Nicht mal das verzweifelte Flehen zweier achtjähriger Mädchen hat den Mörder stoppen können.«

Der Polizist machte eine Pause. Ein bedrücktes Schweigen legte sich über den Konferenzraum.

»Den Rest kann man sich leicht vorstellen«, endete Bauer. »Der Mörder schnappt sich die Leichen, hievt sie in den grünen Kombi und bringt sie Gott weiß wohin, um sich dann seelenruhig in sein Schlupfloch zurückzuziehen.«

Die Untersuchung des Ablaufs der Bluttat war abgeschlossen. Nun galt es, sich Enigmas Persönlichkeitsprofil zu widmen. Bauer gab Delacroix die Fernbedienung und überließ ihm das Pult.

Anders als sein Vorredner wandte sich dieser direkt an Mila.

»Auch im Hinblick auf das Persönlichkeitsprofil des Mörders ist das erste beachtenswerte Element Blut«, begann er. »In dem vorliegenden Fall spielt Blut eine enorm wichtige Rolle. Zum einen befand sich an dem sekundären Tatort – dem Schlachthof, auf dem der Tätowierte lebte – ein Auto, in dessen Innenraum Blut der Andersons gefunden wurde. Zum anderen stellt das Blut des Täters selbst ein Rätsel dar: Laut Laborergebnis war es mit einer chemischen Substanz durchsetzt.«

»PCP«, kam ihm der Gerichtsmediziner zu Hilfe. »Eine halluzinogene Mischung, die auch als ›Engelsstaub‹ bekannt ist.«

Eine synthetische Droge, dachte Mila. Konnte das der Grund für den Furor des Mörders sein? Hatte der Täter unter Einfluss dieser Substanz gehandelt?

»Ich weiß, was Sie sich gerade fragen, Ms. Vasquez«, las Delacroix ihre Gedanken. »Aber wir werden diesem Bastard nicht erlauben, sich aus der Affäre zu ziehen, indem er auf verminderte Schuldfähigkeit wegen Drogenkonsum plädiert.«

»Wie dem auch sei«, mischte sich die Shutton ein, »das ist im Moment nicht unser Problem. Unser Mann weigert sich nämlich nicht nur, mit uns zu sprechen, sondern schweigt sich auch gegenüber dem Pflichtverteidiger aus, der ihm von der Staatsanwaltschaft zugeteilt wurde.«

»Zweites Element: die Identität«, nahm Delacroix den Faden wieder auf. »Weil wir den Namen des Mörders nicht kennen, haben wir versucht, ein Persönlichkeitsprofil zu erstellen … Der Campingkocher, die Lebensmittel, die Kleidungsstücke und andere am Tatort gefundene Gegenstände zeigen uns, dass er in der Lage ist, für sich selbst zu sorgen. Die Eigenart, sich mit alten oder kaputten Computern zu umgeben, muss keine besondere Bedeutung haben. Vielleicht hat er die Teile verkauft, um sich seinen Lebensunterhalt zu verdienen. Vielleicht deutet es aber auch einfach auf eine obsessiv-kompulsive Störung hin.«

Mila wusste, dass Psychopathen gelegentlich Dinge sammelten, um ihren Besitzanspruch zu manifestieren. Der gleiche Mechanismus griff auch bei ihren Opfern, die sie oft als Dinge und nicht mehr als Menschen sahen. Der Tötungsakt wurde dadurch zu etwas Abstraktem für sie.

Delacroix drückte erneut auf die Fernbedienung. Mehrere Aufnahmen von Enigmas Versteck flackerten über den Bildschirm. Ein Raum mit feuchtem Gemäuer und einem Fußbodenbelag, der sich an einigen Stellen gelöst hatte. Aufeinandergestapelte Monitore aus längst vergangenen digitalen Epochen, Phosphor-Bildschirme, Bildröhren. Von der Zimmerdecke tropfte es auf die Mauer aus Monitoren. Die Computergehäuse, überwiegend noch mit Öffnungen für Floppy Disks oder Disketten, bildeten einen wüsten Haufen in einer Ecke des Zimmers – von Rost zerfressen und teils ausgeweidet bis auf die bloße Hülle. Mila kam sich vor wie auf einer Zeitreise. Es war, als wären seit der Entwicklung dieser Art Computer bereits Hunderte von Jahren vergangen, dabei waren sie gerade mal seit einem guten Jahrzehnt nicht mehr in Gebrauch.

»Unsere IT-Abteilung überprüft derzeit, ob eins von den Teilen noch funktioniert«, fuhr Delacroix fort. »Oder ob vielleicht auf irgendeiner Festplatte Hinweise auf die Identität unseres Mannes zu finden sind.«

Genau das war der Punkt: Enigma schien keine Vergangenheit zu haben.

»All das bringt uns zu der Frage, wie er sich ungestört bewegen konnte, ohne von jemandem bemerkt zu werden.«

Er musste gewusst haben, wie er sich vor den Blicken der Passanten und den Überwachungskameras schützen konnte, dachte Mila. Wahrscheinlich war er nur nachts aus seinem Versteck hervorgekommen, hatte die Gleichgültigkeit der Gesellschaft gegenüber den Armen und Geächteten ausgenutzt, um unsichtbar zu werden, und hatte sie alle an der Nase herumgeführt. Ein Verhalten, das ein beachtliches Maß an Disziplin und Verzicht erforderte. Mila musste zugeben, dass ihr eine solche Willenskraft imponierte.

»Was können Sie zu dem anonymen Anrufer sagen, der ihn gemeldet hat?«, fragte sie.

Delacroix schien aus dem Konzept gebracht.

»Der Anruf kam über einen normalen Telefonanschluss von einem anonymen Anrufer. Was ist daran so ungewöhnlich?«

»Ich finde es seltsam, dass unser Mann erst so lange unsichtbar bleiben konnte und ihn dann plötzlich jemand ohne großen Aufwand findet – mehr nicht.«

»Der grüne Kombi wurde gemeldet, nicht er«, präzisierte die Shutton kurz angebunden. »Und jetzt bitte weiter im Text.«

»Das dritte Element sind die eintätowierten Zahlen des Tatverdächtigen.« Delacroix ließ die Großaufnahmen über den Bildschirm laufen, die die Richterin Mila bereits bei ihrem Besuch am Vorabend gezeigt hatte. »Sie gehen von null bis neunundneunzig, manchmal wiederholen sie sich auch. Aufgrund der Wiederholungen ist es uns gelungen, vier Zahlengruppen voneinander zu unterscheiden: linke Flanke, rechte Flanke, Becken und untere Gliedmaßen, Oberkörper und Kopf.«

Mila hatte die ganze Nacht darüber nachgedacht: Eine Zahlenobsession war bei bestimmten Typen von Psychopathen nichts Ungewöhnliches. Manche Serienkiller stützten sich beispielsweise bei der Entscheidung, wer wann und auf welche Weise ihr nächstes Opfer sein sollte, auf komplizierte Berechnungen oder selbst erfundene Formeln. Weil ihnen die entsprechenden mathematischen Kenntnisse fehlten, war die Logik, nach der sie handelten, oft nur für sie selbst zu verstehen und somit für die Ermittler nicht zu knacken. Die meisten Profiler hielten solche Zahlenspiele daher bei Ermittlungen selten für hilfreich, um den Modus Operandi des Täters nachzuvollziehen.

»Alles so weit klar, Ms. Vasquez?«, fragte Delacroix.

»Ja«, erwiderte Mila. Ihr Ton machte deutlich, dass sie das bis zu dem Punkt Gehörte für die Identifikation des Tätowierten als nicht sehr hilfreich empfand.

Delacroix hielt die Fernbedienung erneut in Richtung Beamer. Ein Porträt Enigmas erschien. Das erkennungsdienstliche Foto war direkt nach der Festnahme aufgenommen worden und zeigte ein Gesicht ohne jeden Ausdruck. Unwillkürlich wich Mila beim Betrachten der Aufnahme auf ihrem Plastikstuhl zurück. Die Augen des Mannes, die von einem Gewirr aus Zahlen umgeben waren, wirkten so durchdringend, dass sie aus dem Foto zu treten und sich in ihren Kopf zu bohren schienen. Die Macht dieses Blickes konnte einem regelrecht Angst einjagen.

»Schauen Sie ihn genau an, Ms. Vasquez: Haben Sie das Gefühl, ihn zu kennen?«

Mila folgte der Aufforderung von Delacroix und studierte das Foto gründlich. Nach einer Weile schüttelte sie den Kopf. Der Polizist ließ sich nicht entmutigen.

»Wir haben das Gesicht des Tatverdächtigen einer Bildbearbeitung unterzogen – der Verdächtige ohne Tätowierungen.«

Das Gesicht, das nun auf dem Bildschirm erschien, war das eines ganz gewöhnlichen Mannes. Bartlos, mit ebenmäßigen Zügen. Er konnte irgendwer sein. Nur die Augen besaßen noch immer dieselbe dunkle Energie, die Mila so verstört hatte.

Wieder musste sie den Beamten enttäuschen.

»Ich kenne ihn nicht. Nie gesehen«, sagte sie.

Ein frustriertes Murmeln breitete sich im Konferenzzimmer aus. Auch die Shutton wirkte enttäuscht.

»Bist du dir sicher?«, fragte die Richterin.

»Ja, absolut«, bestätigte Mila. »Und das, was ich hier erfahren habe, sagt mir auch nichts.«

Wieder brachten die Kollegen ihren Unmut zum Ausdruck. Die Shutton dachte nach und spielte mit dem schweren Goldreif an ihrem Handgelenk.

»Warum haben Sie das bearbeitete Foto nicht an die Öffentlichkeit gegeben?«, fragte Mila. »Ohne die Tätowierungen dürfte doch bestimmt jemand Enigma wiedererkennen.«

»Das fehlte uns gerade noch, dass sich der Mythos vom Monster verbreitet!«, entgegnete die Richterin. »Da draußen im Netz sind schon genug Spinner unterwegs, die voll des Lobes für ihn sind.«

Auch Berish hatte bereits auf die Fanatiker angespielt, doch Mila empfand es trotzdem als falsch, das bearbeitete Foto Enigmas nicht zu verbreiten. Ihn als ganz normalen Menschen darzustellen, hätte sicher geholfen, ihn seiner mystischen Aura zu berauben.

»Ich muss kurz mit euch reden«, sagte die Shutton und erhob sich, um eine Ecke des Konferenzraums anzusteuern. Ihre Mitarbeiter und der Rechtsmediziner folgten ihr.

Mila war klar, dass sie nicht gemeint war. Wahrscheinlich war ihre Anwesenheit nicht mehr erforderlich, also tat man ganz einfach so, als wäre sie nicht da. Sie versuchte, dem Wortwechsel bewusst nicht zu folgen und sich stattdessen auf das zu konzentrieren, was sie bis hierhin erfahren hatte.

Letztlich hatten die Recherchen nicht mehr als Folgendes ergeben: Der wohnsitzlose, Drogen konsumierende mögliche Psychopath Enigma verdiente sich seinen Lebensunterhalt mutmaßlich mit dem Handel von Ersatzteilen aus ausrangierten Computern, war besessen von Zahlen und eines Abends aus Zufall in die Nähe des Bauernhofs der Andersons gekommen, wo er – möglicherweise beflügelt durch den Effekt des Engelsstaubs – ein grausames Blutbad angerichtet hatte.

So gesehen passte alles zusammen.

Aber warum bin ich dann hier, fragte sich Mila erneut.

Weil Enigma sich meinen Namen auf den Arm tätowiert hat, rief sie sich in Erinnerung. Das Motiv liegt auf der Hand: Er wollte, dass ich hier bin. Und der Grund kann nur ein einziger sein.

Die Lösung des Rätsels um Enigma bin ich.

Sie hatte sich die Rekonstruktion der Mordtat angehört und das Persönlichkeitsprofil des Mörders erläutert bekommen, doch ein Element fehlte noch.

Die Opfer.

»Die Leichen verschwinden zu lassen ist enorm wichtig für ihn«, hörte sie sich plötzlich sagen.

Sämtliche Blicke im Raum richteten sich auf sie.

»Was wissen wir über die Andersons?«, fuhr sie fort, ohne sich darum zu kümmern, dass sie das Gespräch der kleinen Gruppe um die Shutton unterbrochen hatte.

Sprachlos starrten die anderen sie an.

»Was spielt das für eine Rolle?«, warf Bauer schließlich missmutig ein.

»Ich glaube, der Tätowierte ist überaus intelligent. Vielleicht hat er vorhergesehen, dass es ein Meeting wie dieses hier geben würde«, erklärte Mila. »Vielleicht hat er damit gerechnet, dass die zuständigen Ermittler anwesend sein würden, ein Rechtsmediziner und jemand von der Spurensicherung. Nehmen wir an, er wollte mich aus einem einzigen Grund dabeihaben: damit ich Ihnen meine Sicht der Dinge darlege.«

»Da wäre ich mir nicht so sicher, Vasquez«, höhnte Bauer.

»In meiner Zeit in der ›Vorhölle‹«, erklärte Mila, »wusste ich nie, ob sich hinter dem Verschwinden einer Person nicht eine freiwillige Flucht verbarg, ein Unfall oder die Tat eines Dritten. Anders als bei einem Mord, wo ich eine Leiche habe, eine Waffe und im Zweifelsfall auch ein Tatmotiv, war für mich der einzige Anhaltspunkt der Vermisste selbst ... Also wurde mir klar, wie wichtig es ist, das Verhalten des Vermissten vor seinem Verschwinden zu analysieren. Ich habe mir folgende Fragen gestellt: Ist die Person, nach der ich suche, gefährdet oder nicht? Hat sie etwas gesagt oder getan, das sie in Gefahr gebracht oder zu einem potenziellen Opfer gemacht hat? Kann sie durch ihr Verhalten eine Reaktion bei jemand anderem ausgelöst haben?«

Den Kniff, die Aufmerksamkeit vom Tatverdächtigen aufs Opfer zu lenken, hatte sie schon oft angewandt.

»Vor einiger Zeit hat mir ein Kriminologe gesagt, dass man sich nicht in den Kopf eines Serienkillers hineindenken könne, da seine Verhaltensweisen die Folge von Trieben, Instinkten, Fantasien wären, die sich über Jahre hinweg, ja, seit der Kindheit gebildet hätten. In den Kopf eines Opfers aber könne man sich sehr wohl hineinbegeben.«

Sie erwähnte nicht, dass besagter Kriminologe zugleich der Vater ihrer Tochter war, doch an den Blicken der Anwesenden erkannte sie, dass ihre Argumentation sie überzeugt hatte.

»Auch wenn es schwierig ist, das zu akzeptieren: Gelegentlich suchen Opfer und Täter einander. Weil sie Dinge gemeinsam haben. Sie ähneln sich, ohne es zu wissen.«

Jeder von uns hat seinen Mörder. Wie eine Zwillingsseele. Manchmal begegnen wir ihm, manchmal nicht.

»Mach weiter«, ermutigte die Shutton sie.

»Wie gesagt, die Leichen verschwinden zu lassen, war wichtig für den Tätowierten. Der Mörder hinterlässt Blutspuren, nimmt die Leichen aber mit – warum? Das Blut ist sein Hinweis für uns, dass die Andersons tot sind. Er will die Spuren seiner Tat also nicht verwischen, im Gegenteil, er inszeniert sie geradezu, gibt uns jedoch gleichzeitig zu verstehen, dass wir uns nicht mit dem Offensichtlichen zufriedengeben dürfen … Vielleicht sollten wir nicht einfach nur nach den Leichen suchen. Vielleicht müssen wir, um sie zu finden, erst auf etwas anderes stoßen, etwas über sie erfahren … Nicht: ›Wo sind die Andersons?‹, sondern: ›Warum ausgerechnet sie?‹«

Delacroix und die Shutton wechselten einen Blick. Der Polizist nahm einige Papiere, die auf einem Stuhl neben ihm lagen, zur Hand. Er begann, sie zu überfliegen.

»Wie wir wissen, lebten die Andersons auf dem Land, fernab der Zivilisation«, fasste er zusammen. »Und zwar ohne irgendwelche technischen Geräte.«

Ihre Art zu leben war von der Öffentlichkeit heftig kritisiert worden, erinnerte sich Mila. Hätten die Andersons nicht an einem so einsamen Ort gelebt, hätte die Polizei ihnen vielleicht rechtzeitig zu Hilfe kommen können. Oder Enigma wäre gar nicht erst bei ihnen aufgetaucht.

»Man hat sie mit den Amish People verglichen«, fuhr Delacroix fort, »aber das trifft nicht zu. Sie haben sich ganz normal gekleidet und durchaus Medikamente genommen, sie hatten nur keinen Strom, keine Haushaltsgeräte, keinen Fernseher, keinen Computer oder Internet. Die einzige Ausnahme war ein Handy für den Notfall.«

Mila wusste, dass es verschiedene Bewegungen gab, die sich komplett der Zivilisation verweigerten – Luddisten etwa oder Technologienachzügler. Manche aus ethischen oder religiösen Gründen, andere aus politischen.

Auf dem Monitor war inzwischen ein Familienfoto zu sehen: Vater, Mutter und die Zwillinge, die alle den gleichen roten Pullover trugen und in die Kamera strahlten. Weihnachten vor ein paar Jahren. Die Andersons in einem anderen Leben.

»Bevor Karl Anderson beschloss, Landwirt zu werden, war er Broker bei einer Handelsbank, der SPL & T. Er muss verdammt gut verdient haben«, stellte Delacroix nüchtern fest.

Mila war davon ausgegangen, dass die Andersons schon immer auf dem Land gelebt hatten. Doch sie hatte sich geirrt. Und dennoch: Hatten sie wirklich so viel Geld besessen? Warum hatten sie dann auf sämtlichen Komfort verzichtet, um mit ihren Töchtern in der Einöde zu leben? Eigentumswohnung im schicken Innenstadt-Wohnkomplex. Lebensversicherung mit hoher Prämie. Wertpapieranlagen. Segeljacht. Limousine in der Tiefgarage. Privatschule für die Zwillinge. Urlaub an exotischen Orten im Luxusresort. Wieso tauschte jemand ein solches Leben gegen ein so vollkommen anderes ein? Opfer und Täter waren einander manchmal gar nicht so unähnlich, erinnerte sie sich. Vielleicht war auch Enigma, bevor er zum Obdachlosen wurde, die Bürgerlichkeit in Person gewesen, mit Familie, Arbeit und Grundbesitz.

»Unseren Informationen zufolge haben die Andersons den Bauernhof ungefähr vor einem Jahr gekauft.«

Mila betrachtete erneut das Weihnachtsfoto auf dem Monitor. Plötzlich verspürte sie wieder das vertraute Kribbeln im Nacken – ein untrügliches Anzeichen für eine Vorahnung.

»Sie haben den Hof in Raten abbezahlt. Den Rest ihres Vermögens haben sie angelegt. Es sollte den Mädchen mit Erreichen der Volljährigkeit zur Verfügung stehen.« Delacroix machte eine Pause, um die Unterlagen genauer zu studieren. Plötzlich machte er ein Gesicht, als könne er seinen Augen nicht trauen. »Laut einiger enger Verwandter hat Karl Anderson rigoros entschieden, Frau und Kinder an diesen abgelegenen Ort zu verfrachten. Offenbar hat er von einem Tag auf den anderen seinen Job, sein Bankkonto und sämtliche auf ihn laufenden Verträge gekündigt, vom Bezahlfernsehen übers Internet bis zur Wasser- und Stromversorgung.«

Also hatte Karl für alle entschieden, stellte Mila verblüfft fest. *Warum hat er das getan?* Sie erinnerte sich an die Worte der Richterin bei ihrem Besuch im Haus am See. »Habt ihr keinen Fernseher?«, hatte die Richterin sie gefragt. Und auf Milas Verneinen hin erstaunt hinzugefügt: »Auch kein Internet?« »Wir haben Bücher. Und ein Radio«, hatte ihre Antwort gelautet.

Wie die Andersons, sagte sie sich, und diese Tatsache störte sie gewaltig. *Sie ähneln nicht Enigma, sie ähneln mir.* Auch sie hatte, wie Karl Anderson, alles aufgegeben und sich in die Einsamkeit zurückgezogen, zusammen mit ihrer Tochter und ohne Rücksicht auf deren Wünsche. Auch wenn ihre Entscheidung nicht so radikal war, lag das Motiv für ihren rigorosen Schritt auf der Hand: Sie hatte Angst um Alice, Angst, dass das Dunkel sie finden würde.

Von wegen »aus Liebe zur Natur«: Die Andersons waren auf der Flucht gewesen. Karl hatte Angst um seine Familie gehabt, daher waren sie so weit weggezogen.

Sie blickte erneut zum Monitor. Plötzlich fiel ihr etwas ins Auge, das sie vorher nicht gesehen hatte. Sie sprang auf und trat näher an den Bildschirm heran.

»Was ist los?«, fragte die Shutton irritiert.

Mila blieb stumm. Dann sagte sie wie aus einem Reflex heraus:

»Enigma und Karl Anderson kannten sich.«

Die anderen starrten sie verblüfft an.

»Woher willst du das wissen, verdammte Scheiße?«, fragte Bauer.

Mila zeigte auf das Weihnachtsfoto.

»Die Uhr«, sagte sie bloß.

Am Handgelenk von Karl Anderson, zwischen Ärmelbündchen und Herrensportuhr, war eine Tätowierung zu sehen.

Eine Zahl.

4

Sie hatte sich geirrt, was Karl Anderson betraf.

Als Enigma auf dem Bauernhof auftauchte, war der Familienvater nach draußen gegangen, um mit ihm zu reden. Aber über was? Vielleicht ahnte er die Absichten des Eindringlings und wollte ihn stoppen?

Und die Ehefrau? Wusste Frida, wer Enigma war? Aus dem Anruf bei der Polizei ging das nicht hervor. Aber es war Nacht, es war dunkel und schüttete wie aus Eimern. Außerdem war der Tätowierte zu diesem Zeitpunkt noch ein gutes Stück vom Haus entfernt. Dennoch hatte Mila das Gefühl, dass die Frau vollkommen ahnungslos gewesen war.

Karl Anderson jedoch hatte ganz offensichtlich einen Grund, Angst vor Enigma zu haben. Deswegen hatte er seine Familie aus der Stadt gebracht und seinen gut bezahlten Job und seine sichere Existenz aufgegeben. Was für die anderen Ermittler absolut unerklärlich schien, sah für Mila eindeutig nach Flucht aus. Das Schicksal der Familie Anderson kam ihr vor wie ein düsteres Echo ihres eigenen Lebens, ihrer eigenen Entscheidungen. Die Vorstellung gefiel ihr überhaupt nicht. Natürlich erwartete sie nicht, dass ihre Exkollegen die Sache genauso sahen. Noch vom Flur aus, wo sie auf die anderen wartete, konnte sie den heftigen Wortwechsel in Shuttons Büro hören.

Die Richterin und Corradini diskutierten mit Bauer und Delacroix, ob sie sich ihre, Milas, These zu eigen machen und damit akzeptieren sollten, dass es ein Motiv für die Bluttat gab. Würden sie diese ungeheure Grausamkeit hingegen dem kranken Hirn eines Psychopathen zuschreiben, könnten sie den Fall zu den Akten legen.

Doch das Tattoo von Karl Anderson verkomplizierte die Sache.

Die Bürotür ging auf, und mit einem Kopfnicken forderte Corradini sie auf einzutreten. Die Stimmung im Raum war aufgeheizt.

»Ein Umzug fünfzehn Kilometer raus aus der Stadt ist noch lange keine Flucht«, sagte die Shutton. »Wenn die Andersons ihr altes Leben aufgegeben hätten, um in ein anderes Land zu ziehen, wäre das schon eher wahrscheinlich.«

»Nicht die Distanz ist hier meiner Ansicht nach ausschlaggebend, sondern der Verzicht auf sämtliche technische Errungenschaften«, erwiderte Mila entschieden, auch wenn ihr bewusst war, dass es keinen unmittelbaren Zusammenhang zwischen den beiden Sachverhalten gab. »Enigma umgibt sich mit schrottreifen Computern, und die Andersons verweigern sich jeglichem Fortschritt: Sehen Sie da keine Verbindung?«

»Das sind doch alles nur Vermutungen, Ms. Vasquez«, warf Corradini ein. »Gefährliche Vermutungen.«

»Um eine solche These zu untermauern, brauchen wir handfeste Beweise«, gab Delacroix zu bedenken.

»Ist das Tattoo am Handgelenk von Karl Anderson etwa kein Beweis?«

»Die Zeichnung ist nicht sehr klar«, entgegnete Bauer. »Es könnte auch etwas anderes sein. Ich erkenne hier keine Ziffer. Nur einen verschwommenen Fleck.«

Mila glaubte, sich verhört zu haben.

»Ich bin aus einem ganz bestimmten Grund hier einbestellt worden«, rief sie den Anwesenden in Erinnerung. »Und nicht

Sie haben mich gerufen, sondern der Mann, der sich bei Ihnen in U-Haft befindet.« Wie konnten sie etwas so Offensichtliches nicht bemerken? »Vielleicht bin ich ja der Schlüssel zu dem Ganzen, meinen Sie nicht?«

Niemand widersprach ihr. Mila wertete es als gutes Zeichen.

»Ich kenne den Tätowierten nicht, das ist eine Tatsache. Aber vielleicht weiß ich etwas, dessen ich mir nicht bewusst bin«, fuhr sie fort. »Unstreitig ist jedenfalls: Enigma hat uns zu verstehen gegeben, dass er mich kennt.«

Die Shutton wirkte unschlüssig. Mila hätte nicht sagen können, ob *irgendjemand* im Raum bereit war, ihrer Argumentation zu folgen.

»Wenn ich mich beeile, kriege ich den Zug in einer halben Stunde. Ich wäre eher zu Hause, auch schön. Entscheiden Sie, Frau Richterin.«

Die Shutton überlegte einen Moment, dann wandte sie sich an Corradini.

»Was würdest du vorschlagen?«

Der Berater zuckte mit den Achseln.

»In Ordnung«, sagte sie daraufhin resolut. »Bringen wir sie zu dem Mann.«

Niemand hatte von einer Gegenüberstellung gesprochen. Im Gegenteil, die Richterin hatte diese Option explizit ausgeschlossen, als sie bei ihr gewesen war und sie um ihre Unterstützung gebeten hatte. Mila verspürte nicht die geringste Lust auf ein Tête-à-tête mit Enigma. Sie hatte es schon bereut, dass sie zugestimmt hatte, sich den aktuellen Stand der Ermittlungen berichten zu lassen. Immerhin hatte sie mit ihrer Schlussfolgerung die ehemaligen Kollegen von ihrer vorgefassten Meinung abgebracht. Um sie von ihrer These zu überzeugen, gab es nur eine Möglichkeit: Sie musste den Mann treffen, der sie in die Sache hineingezogen hatte. Sie konnte nicht mehr zurück.

Der Hochsicherheitstrakt befand sich in einem Gebäude nur drei Blocks vom Polizeipräsidium entfernt. Auch wenn das Gefängnis eher die Dimensionen eines Wolkenkratzers hatte, wurde es »die Gruft« genannt, weil man, einmal drinnen, nie mehr herauskam. Die Fassade wies kein einziges Fenster auf, von ihren Zellen aus konnten die Insassen nur in den Innenhof schauen. Das Gefühl, lebendig begraben zu sein, wurde dadurch verstärkt, dass die Sonne lediglich wenige Minuten am Tag in den engen Hof fiel, um exakt zwölf Uhr mittags.

Als Mila, chauffiert von Bauer und Delacroix, etwa um diese Uhrzeit dort eintraf, hatte sich bereits ein Grüppchen von Korrespondenten mehrerer Nachrichtensender und Onlinemagazine vor dem Gefängnis versammelt. Natürlich, sie mussten ihre Zentralen mit Informationen über den Neuzugang versorgen, dachte Mila, die sie durch das Autofenster beobachtete.

Die Party hatte gerade erst begonnen und wurde eindeutig zu Ehren Enigmas gefeiert.

Während sie durch das erste von drei Toren fuhren, die den Hochsicherheitstrakt von der Außenwelt trennten, warf Mila einen letzten Blick zum Himmel und dem riesigen grauen Monolithen, der sich der fast senkrecht stehenden Sonne entgegenzustrecken schien. Was die Verurteilten wohl dachten, wenn sie zum ersten und damit letzten Mal diese Schwelle überschritten?

Sie parkten in der Tiefgarage, und sofort wurde der Wagen einem Sicherheitscheck unterzogen. Eine Routinekontrolle, auch wenn es sich um ein Polizeiauto handelte. Doch die Angst war einfach zu groß, dass es jemandem ohne Kenntnis des Fahrzeughalters gelingen könnte, einen Sprengkörper ins Gebäude zu schmuggeln. Immerhin befanden sich unter den Häftlingen führende Mafiosi und Terroristen, die nach Ansicht gewisser Leute vielleicht besser um die Ecke gebracht werden sollten, bevor der harte Gefängnisalltag Reuegefühle und Kooperationsbereitschaft in ihnen aufkommen ließ.

»Willkommen in der Gruft, Ms. Vasquez«, empfing sie einer der Wachmänner hinter dem ultramodernen Empfangstresen mit Monitor und Hightech-Kommunikationsanlage. »Ich bin Leutnant Rajabian, ich werde Sie durch das Gebäude führen.« Er überreichte ihr ein mit einem Strichcode versehenes Badge. »Hängen Sie sich das bitte um und legen Sie es auf keinen Fall ab. Anderenfalls registrieren die Infrarotkameras Sie als Eindringling, und unsere Beamten sind befugt, auf Sie zu schießen.«

Mila hängte sich das Badge um den Hals.

»Jetzt müssen Sie sich ausziehen, Leibesvisitation.«

Auch Bauer und Delacroix mussten die Prozedur über sich ergehen lassen. Mila waren zwei Frauen zugeteilt. Nach der Kontrolle bekamen die Besucher eine Art blaue Uniform ähnlich derjenigen der Häftlinge ausgehändigt, die je nach Abteilung verschiedene Farben hatten.

Mila hatte das Gefühl, sich in einer fremden Welt zu befinden, in der alles nach eigenen Regeln funktionierte und die Zeit ihre Bedeutung verloren hatte.

Rajabian führte sie durch mehrere lange, identisch aussehende Korridore, die von kaltem LED-Licht erhellt wurden. Eine Klimaanlage regelte die Luftzufuhr. Bei der Vorstellung, sich innerhalb mindestens drei Meter dicker Mauern zu befinden, verspürte Mila erste Anzeichen eines klaustrophobischen Anfalls. Sie atmete tief durch, dachte an das Funkeln des Sees, an den Wind, der durch die Zweige der beiden Linden vor ihrem Haus fegte, und konnte ihr Unwohlsein unterdrücken.

Sie kamen zu einem Aufzug.

»Waren Sie schon einmal bei uns, Ms. Vasquez?«, fragte Rajabian sie, nachdem er auf den Knopf gedrückt hatte. »Ich weiß, dass Sie bis vor Kurzem noch Polizistin waren.«

»Wohl kaum. Sie hat in der Vorhölle gearbeitet«, erwiderte Bauer mit einem kleinen Lächeln an ihrer Stelle.

»Dann darf ich Ihnen ein paar Dinge erläutern«, fuhr der Wachmann fort. »Die Gruft besteht aus dreiundzwanzig Etagen. In den untersten fünf befinden sich Büros, Lager- und Wirtschaftsräume. Ab dem sechsten Stock beginnt das eigentliche Gefängnis. Die Abteilungen werden durch verschiedene Farben voneinander abgegrenzt und die Häftlinge je nach Straftat eingekleidet. In den unteren Etagen haben wir die Wirtschaftskriminellen, politische Gefangene oder solche, die wegen Totschlag einsitzen. Je weiter man nach oben kommt, desto gefährlicher die Insassen und desto höher die Sicherheitsstufe.«

Wie in Dantes Inferno, dachte Mila. Nur dass es hier nach oben ging.

Endlich kam der Aufzug. Rajabian ließ den Besuchern den Vortritt. In der Kabine hielt er eine Magnetfeldkarte zum Entsperren vor den Tastenblock und drückte einen Knopf. Als Mila die Zahl auf dem Knopf sah, dachte sie an die Worte des Leutnants und verspürte einen Stich im Magen.

Dreiundzwanzig – sie fuhren in die oberste Etage.

Nach knapp dreißig Sekunden hatten sie ihr Ziel erreicht. Mila kam es vor wie eine Ewigkeit. Die automatischen Türen öffneten sich auf einen rosafarbenen Korridor. Die Wirkung war befremdlich. Alles war in dieser Farbe gehalten, vom Fußboden bis zu den Deckenlampen.

»Nach Ansicht einiger Psychologen dämpft Rosa Aggressionen«, sagte Rajabian prompt, der ihre Verwunderung bemerkt zu haben schien.

Mila erinnerte sich an ein ähnliches Experiment, das in den Achtzigerjahren in einem Hochsicherheitstrakt durchgeführt worden war: Die Gefangenen hatten zuerst den Putz gegessen und waren anschließend den Wärtern an die Gurgel gegangen.

Der Leutnant führte sie in den Flügel mit den Zellen.

»Hier verwahren wir die Psychopathen«, sagte er. »Serienkiller, Massenmörder, Pyromanen, Pädophile: das Maximum an Bösartigkeit, zu dem die menschliche Natur fähig ist. Sogar einen Kannibalen haben wir hier.«

Delacroix wandte sich an Mila.

»Du wirst den Tätowierten in seiner Zelle treffen. Ihn woanders hinzubringen, würde ihn nur unruhig machen. So können wir seine Reaktion besser einschätzen.«

Mila wollte etwas erwidern, doch Delacroix kam ihr zuvor.

»Ihr werdet keinen direkten Kontakt haben: Euch wird eine zehn Zentimeter dicke Glasscheibe trennen.«

»Aber er kann mich sehen, oder?«

»Klar«, entgegnete Delacroix. »Das habe ich doch gerade gesagt.«

Mila bereute die Frage sofort. Die Nervosität machte sie unkonzentriert.

Sie kamen zu einer Panzertür.

»Du wirst mit ihm alleine sein«, informierte Delacroix sie. »Unsere Anwesenheit würde ihn nur hemmen oder verärgern. Vielleicht öffnet er sich dir ja.«

»In Ordnung.«

»Wir werden euch die ganze Zeit via Kamera im Auge haben«, versicherte ihr der Beamte.

»Du brauchst mich nicht zu beruhigen, ich habe schon Schlimmeres erlebt«, ließ sie ihn wissen. Was der Wahrheit entsprach. Und doch war sie, was diese Situationen anging, aus der Übung.

»Ich weiß«, sagte Delacroix. »Wenn du abbrechen willst, gib uns ein Zeichen, indem du dir an die Haare fasst.«

Leutnant Rajabian tippte einen Code in das Display neben der Panzertür. Auf dem Display wurde ein kurzer Countdown von fünf Sekunden eingeblendet, begleitet von einem elektronischen Soundsignal. Das Schloss wurde entsperrt. Delacroix blickte zu Mila.

»Bereit?«

Die ehemalige Polizistin atmete einmal tief durch und nickte. »Ja.«

»Ach, noch was«, bemerkte Bauer. »Er weiß noch nicht, dass du hier bist.«

Wenn du dich da mal nicht irrst, dachte Mila. Er weiß es. Die Tür ging auf, und sie trat in einen dunklen Raum.

Jeder Psychopath war sich selbst bereits Gefängnis genug, rief sie sich in Erinnerung. Und in seinem Inneren hauste ein Dämon, dessen ganzes Sein darauf ausgerichtet war, aus diesem Gefängnis auszubrechen. Selbst die grausamsten Mörder wirkten auf Außenstehende fast immer harmlos und freundlich. Doch die Gewalt konnte jeden Moment aus ihnen herausbrechen. Durch sie wollte der Dämon der Welt begreiflich machen, dass es ihn gab und er seinen Wirt vollständig beherrschte.

Die Panzertür schloss sich hinter ihr. Sie befand sich in einem kleinen, schwach beleuchteten Raum. Während sich ihre Augen an das fahle Licht gewöhnten, wurde langsam eine Trennwand vor ihr hochgefahren.

Enigma, in einem rosafarbenen Overall, stand reglos in der Mitte der Zelle. Die Mittagssonne, die durch einen schmalen Fensterspalt eindrang und ihn gleichsam umhüllte, ließ ihn wie einen bösen Engel erscheinen. Er hatte die Hände auf Hüfthöhe verschränkt und starrte sie an.

Er weiß es, sagte sich Mila und dachte an die letzten Worte von Delacroix. Er hat meine Anwesenheit gespürt. Er hat auf mich gewartet.

Mila machte einen Schritt auf die Glasscheibe zu, damit er sie besser sehen konnte. Aber auch sie wollte ihn genauer betrachten. Die Tätowierungen auf den Teilen seines Körpers, die nicht vom Overall bedeckt waren, wirkten, als wären sie mehr als bloße Zeichnungen. Die Zahlen bewegten sich, tanzten auf seiner Haut – als wären sie lebendig. Mila schüttelte sich unwillkürlich. Was war denn los mit ihr? Offensichtlich spielte ihre Fantasie verrückt. Sie musste höllisch aufpassen, dass sie einen klaren Kopf behielt.

Er ist ein Mensch, sagte sie sich, kein Monster. Er besteht aus Fleisch und Blut. Er ist nicht unverwundbar, man kann ihn töten. Und er kann Leid erfahren.

»Ich nehme an, du weißt, wer ich bin«, eröffnete sie das Gespräch.

Der Mann antwortete nicht.

»Hier bin ich. War es nicht das, was du wolltest?«

Enigmas Schweigen verunsicherte sie. In Gedanken suchte sie fieberhaft nach einem Thema, mit dem sie ihn zum Reden bringen konnte. Sie ließ ihren Blick durch die Zelle schweifen. Abgesehen von einer am Fußboden festgeschraubten Pritsche und einem Stahlklo war der Raum leer. Nackte Wände, kein persönlicher Gegenstand. Vier Überwachungskameras waren permanent auf den Gefangenen gerichtet, nichts konnte ihnen entgehen.

Mila ließ ein paar Sekunden verstreichen, bevor sie erneut zu sprechen begann.

»Wenn du deine Meinung geändert hast, wenn du mich nicht hier haben willst, kann ich auch wieder gehen.«

In dem Moment löste der Mann seine Hände aus der Verschränkung. Ruckartig hob er die rechte Hand, um sich erst am Hals und dann an der Schläfe zu kratzen. Seine stockenden Bewegungen wirkten, als wären sie Ausdruck eines nervösen Ticks.

»Erzähl mir von Karl Anderson«, sagte sie. »Ich habe die Zahl an seinem Handgelenk gesehen, ich nehme an, ihr kanntet euch.«

Keine Reaktion.

»Vielleicht irre ich mich ja auch, aber ich habe das Gefühl, du bist nicht zufällig auf dem Bauernhof gewesen. Meiner Meinung nach bist du ganz bewusst dort hingegangen. Was hattest du da zu suchen?«

Enigma setzte sich erneut in Bewegung. Dieses Mal strich er mit der Handfläche in Höhe des Brustbeins eine Falte auf seiner Uniform glatt, um dann so zu tun, als wischte er etwas von seiner linken Schulter.

Jetzt schienen seine Gesten schnell und bewusst. Hypnotisch. Fast elegant.

»Ich glaube, du hast mich hierher bestellt, weil du mir etwas mitteilen willst. Oder liege ich da falsch? Vielleicht willst du mir sagen, was wirklich an dem Abend passiert ist. Ich bin gespannt auf deine Version der Geschichte.«

Der Häftling wirkte nicht sonderlich interessiert an ihren Ausführungen. Er starrte sie weiter aus seinen tiefschwarzen Augen an. Als suchte er mit seinem Blick eine Öffnung, um in sie einzudringen, dachte Mila mit Schaudern.

»Sieht ja nicht gerade so aus, als würde unser Gespräch Früchte tragen«, versuchte sie, ihre Empfindungen zu überspielen und das Ganze ins Lächerliche zu ziehen. »Wenn du weiter mauerst, lassen sie mich nicht mehr zu dir – das weißt du, oder?«

Egal, was sie sagte: Enigma schien jedes ihrer Worte gleichgültig zu sein. In Wirklichkeit hatte Mila nicht das geringste Bedürfnis, jemals wieder einen Fuß an diesen Ort zu setzen. Noch ein paar Stunden, dann saß sie im Zug zurück nach Hause. Und doch würde nichts mehr so sein wie zuvor, auch das war ihr bewusst. Selbst wenn dieser Mann niemals wieder aus seiner Zelle herauskommen sollte – allein der Gedanke, dass jemand wie er existierte, versetzte sie in Unruhe.

Wer bist du? Was bedeuten die Zahlen, die du dir in die Haut geritzt hast? Warum hast du mich herbestellt?

Sie beschloss, aufs Ganze zu gehen, und wühlte in ihrer Tasche, um den einzigen Gegenstand hervorzuholen, den sie in die Zelle hatte mitnehmen dürfen. Eine Kopie von Enigmas retuschiertem Erkennungsfoto.

Das Gesicht eines normalen Mannes.

Mila hielt den Ausdruck gegen die Glasscheibe, sodass er das Bild gut sehen konnte.

»Hiervor läufst du weg, stimmt's?«, fragte sie provozierend. »Vielleicht hoffst du ja, deinen Mitmenschen durch dein jetziges Aussehen Angst einzujagen. Frida Anderson und ihre Töchter hast du mit Sicherheit zu Tode erschreckt, bevor du sie umgebracht hast. Toll gemacht, du hast die Monster aus ihren Märchen zum Leben erweckt ... Aber ich will dir was sagen: Du bist genauso banal wie alle anderen Mörder, Triebtäter und Gewaltverbrecher. Die Geschichte ist voll von Leuten wie dir, du bist nichts Besonderes. Deine Taten taugen allenfalls für ein paar Werbespots vor und nach den Nachrichten, für die paar Firmen, die mit deiner Hilfe ein bisschen Waschmittel mehr verkaufen. Aber das macht dich noch lange nicht unsterblich. Okay, okay, im Moment bist du Gesprächsthema Nummer eins, aber schon bald werden sie sich auf das nächste Verbrechen stürzen, die nächste Horrorstory, die sie in Atem hält. Und dich werden sie vergessen ... Du bist schon tot, auch wenn du es noch nicht gemerkt hast. In ein paar Jahren, wenn du aufgehört hast, die Tage zu zählen, wird es dir schlagartig bewusst werden. Und genauso schlagartig wirst du begreifen, dass du dich hier drinnen noch nicht mal umbringen kannst.«

Mila hatte kaum zu Ende gesprochen, als der Mann erneut eine seiner seltsamen Bewegungen auszuführen begann: Er legte die Hand auf seinen linken Ellbogen und ließ sie den Unterarm hinabgleiten bis zum Handgelenk. Dann beugte er sich zu ihr vor. Mit leiser Stimme, fast flüsternd, sagte er ein einziges Wort:

»*Gräääte* ...«

Mila wich zurück. Ein Zittern ergriff sie am ganzen Körper. Nie mehr würde sie dieses grauenvolle Zischen vergessen. Es würde sie aus dem Hochsicherheitstrakt nach draußen begleiten, sie bis zu ihrem Haus am See verfolgen, sich in die Gutenachtgeschichten einschleichen, die sie Alice abends zum Einschlafen erzählte.

Wie gelähmt saß sie da, während Enigma wieder seine ursprüngliche Haltung mit den im Schoß verschränkten Händen einnahm. Innerhalb von wenigen Sekunden war die Mittagssonne verschwunden, und eine bleierne Finsternis legte sich über die Zelle. Schließlich wandte der Gefangene sich um und drehte ihr den Rücken zu. Deutlicher konnte er ihr das Ende ihrer Begegnung nicht signalisieren.

Mila wartete noch einen Moment in der vergeblichen Hoffnung, dass er seine Meinung ändern würde. Als nichts weiter geschah, hob sie die Hand und strich sich wie mit den Kollegen verabredet übers Haar. Prompt begann ein Sichtschutz vor der Glasscheibe herunterzufahren, und nach fünf Sekunden klickte das elektronische Schloss der Panzertür.

»Verdammt, Vasquez, du hättest insistieren müssen!«, blaffte Bauer sie an, als sie den Vorraum der Zelle betreten hatte.

Wortlos ging Mila an ihm vorüber.

»Gibt es hier eine Toilette?«, wandte sie sich stattdessen an den Leutnant. Sie fühlte sich nicht gut, befürchtete, sich jeden Moment übergeben zu müssen.

»Bei den Wachleuten unten im Foyer ist eine fürs Personal«, erwiderte Rajabian.

Wütend trat Bauer ihr in den Weg.

»Das Einzige, was dein Besuch bei Enigma gebracht hat, ist ein Wort. Das uns noch dazu einen Scheiß nützt! ›Gräte‹ – was soll das denn heißen? Ich wusste doch, dass wir dich nicht hätten einschalten sollen. Was hat eine Ex-Polizistin aus der Vorhölle schon bei einer Ermittlung zu suchen?«

Delacroix versuchte, ihn zu beschwichtigen.

»Lass gut sein, Bauer, es ist nicht ihre Schuld. Wir finden schon einen Weg.«

Bauers Tirade hatte Mila ihre Übelkeit von einem Moment auf den nächsten vergessen lassen. Ohne Delacroix weiter zu beachten, wandte sie sich direkt an den früheren Kollegen.

»Meiner Meinung nach hat Enigma mir alles gesagt, was es zu sagen gibt.«

»Was brabbelst du da, Vasquez?«

»Dieser Tick von ihm … Erst hat er sich am Hals gekratzt, dann an der Schläfe. Danach hat er mit der Hand eine Falte auf seiner Brust geglättet und sich etwas von der linken Schulter gewischt. Zum Schluss hat er sich an Ellbogen und Handgelenk berührt, beide Male links.«

Bauer starrte sie an, als hätte sie nun vollkommen den Verstand verloren. Aus den Augenwinkeln sah Mila hingegen Delacroix wie zur Bestätigung nicken.

»Lasst uns das Video noch mal ansehen und checken, welche Zahlen an seinem Körper er genau berührt hat … Vielleicht wollte er uns eine Botschaft übermitteln.«

5

Für die Auswertung des Videos kehrten sie in die Dienststelle zurück.

Die Zahlen zu identifizieren, auf die der Gefangene während seines stummen Dialogs mit Mila gezeigt hatte, war keine große Kunst. Insgesamt waren es sechs, die jedoch keine offensichtliche Verbindung aufwiesen. Eine zufällige Folge von Zahlen.

Auch für »Gräte«, das einzige Wort, das der Tätowierte gesagt hatte, gab es keine plausible Erklärung.

Die Shutton hatte den besten Kryptografen der Stadt hinzugezogen. Sie nannten ihn »Surf«, weil er das Netz und die Wellen liebte. Er war korpulent, hatte jedoch einen erstaunlich kleinen Kopf im Verhältnis zu seinem Körper, als hätte man ihn falsch zusammengesetzt. Auch im Winter trug er Cargo-Shorts und Hawaiihemd.

Auf seinem Gebiet war er konkurrenzlos.

Surfs Labor lag im Untergeschoss der Dienststelle, dem einzigen Raum im ganzen Gebäude ohne Heizung. Doch ein Dienstzimmer war etwas anderes: Überall standen Computer herum, auf denen komplizierte Decodierungsprogramme zu laufen schienen, Bücherstapel, aber auch Surfbretter und Proteinshakes. Eine dicke Staubschicht bedeckte sämtliche Gegenstände im Raum. An den Wänden hingen Poster von exotischen Stränden. Die vier Schreibtische waren überhäuft von Landkarten.

Für Surf aber schien das Chaos eine Ordnung zu haben. Seine Spezialität war die Entschlüsselung der immer komplexer werdenden Codes, die das Organisierte Verbrechen zur Abwicklung von Bankgeschäften verwendete. Vor ein paar Jahren hatte Mila ihn schon einmal in Aktion erlebt, im »Fall Kreuzworträtsel«. Damals ging es um einen Serienkiller, der bei jedem Mord ein Rätselheft am Tatort hinterlassen hatte. Anhand der vom Täter eingetragenen Antworten war es Surf gelungen, die nächsten Schritte des Mörders vorherzusagen, wodurch die Polizei ihn letztlich stoppen konnte.

»Erstes Buch Mose: ›Als nun die sieben reichen Jahre um waren im Lande Ägypten …‹«, las Surf vor und sah die anderen an. »Sagt euch das nichts?«

Niemand antwortete.

»Evangelium nach Matthäus: ›Die Gesetzlosigkeit wird immer mehr überhandnehmen und die Liebe bei vielen erkalten‹«, zitierte Delacroix.

Mila und Bauer schüttelten den Kopf. Auch der Shutton sagten die Worte nichts. Corradini hatte sich mit seiner E-Zigarette von der Gruppe entfernt, hörte aber weiter zu. Seit anderthalb Stunden probierten sie bereits eine Kombination nach der anderen, doch ohne befriedigendes Ergebnis. Dabei war der Gedanke, dass Enigmas Zahlen sich auf Bibelstellen beziehen konnten, gar nicht mal aus der Luft gegriffen. Laut Forschungsliteratur gehörten zur Kategorie »sadistische Mörder« auch die sogenannten Missionare, die in dem Glauben töteten, die Welt von den Sünden der Menschheit befreien zu müssen, und jeden umbrachten, der in ihren Augen unrein war. Normalerweise suchten sie sich ihre Opfer unter Homosexuellen und Prostituierten, doch befanden sich ebenso Ehebrecher oder Anwälte darunter. Diese Art Mörder hinterließ häufig Bibelzitate am Tatort.

»Vielleicht müssen wir es mit einem anderen Ansatz versuchen«, schlug Mila vor. »Unser Mann scheint mir kein Prediger zu sein.«

»Woher willst du das wissen?«, widersprach Bauer. »Vielleicht hat der Mörder sich mit kaputten Computern umgeben, weil er ein Prediger des Fortschritts ist und die Andersons dafür bestrafen wollte, dass sie sich dem Fortschritt versagt haben.«

Mila konnte nicht glauben, dass es in diesem Raum immer noch Leute gab, die Enigma für einen einfachen Irren hielten. Ihrer Meinung nach musste der Mörder der Andersons über einen ungewöhnlich hohen IQ verfügen und alles andere als triebgesteuert handeln. Er wusste genau, was er tat.

»Ich glaube noch immer, dass das Wort ›Gräte‹ der Schlüssel zu allem ist«, sagte die Richterin. »Wenn wir herausfinden, in welchem Zusammenhang es mit den Zahlen steht, finden wir die Lösung.«

»Das haben wir doch schon versucht«, entgegnete Surf. »Ohne dass der Computer eine Verbindung aufgezeigt hätte.«

»Auch Computer können sich irren«, warf Bauer ein.

»Meiner nicht.«

Surf ging auf das Whiteboard zu, das bereits mit zahlreichen Notizen bedeckt war, und starrte wie betäubt darauf. Seine mächtigen Arme hingen leblos am Körper herab.

»Okay, Reset«, sagte er und begann hektisch, das Gekritzel wegzuwischen. »Vergessen wir die Bibel, und nehmen wir einmal an, unser Tattoo-Mann ist einer von der raffinierteren Sorte«, überlegte der Kryptograf laut und zog aus der Tasche seiner Cargo-Shorts die notwendigen Utensilien, um sich einen Joint zu drehen.

Fassungslos schüttelte die Shutton den Kopf und drehte sich zu den anderen um, die ähnlich überrascht schienen. Doch niemand sagte etwas.

»Vielleicht benutzt er eine geheime Zahlensprache«, mutmaßte der Experte, während er das Gras in die Tüte stopfte. »Könnte doch sein, dass unser Freund früher mal beim Militär oder Geheimdienst war.«

»Wenn es so wäre, hätten wir seine Fingerabdrücke und seine DNA im Archiv gefunden«, musste Delacroix ihn sogleich enttäuschen.

»Und wenn er einfach nur Mathematiker ist?«, fragte der andere.

Er schien seinen Joint ganz vergessen zu haben, denn plötzlich eilte er zum anderen Ende des Raums und begann, in einem Pappkarton mit Handbüchern zu wühlen.

»Ich hatte irgendwann mal was mit komplexen Zahlen zu tun … Was im Übrigen ziemlich interessant war.«

»In welcher Hinsicht?«, fragte Corradini skeptisch.

»Eine komplexe Zahl besteht aus einem Real- und einem Imaginärteil«, erklärte Surf, als handelte es sich um die einfachste Sache der Welt. »Daher kann sie in der Form $a + b \cdot i$ dargestellt werden, wobei a und b reelle Zahlen sind und i die imaginäre Einheit ist.«

»Drück dich so aus, dass wir dich verstehen«, sagte Bauer charmant wie immer.

Surf musterte ihn ernst.

»Kennst du das, wenn du eine endlose Reihe von Zahlen in den Taschenrechner tippst, das Ergebnis mittels Gegenprobe überprüfst und dann irgendein Quatsch dabei herauskommt? Vielleicht will unser Tattoo-Mann dich ja auch einfach verarschen, Bauer.«

Der Polizist kochte vor Wut. Doch Mila kam ihm zuvor.

»Er verachtet uns, er hält uns für seiner nicht ebenbürtig, aber er würde niemals einen zu komplizierten Code verwenden: Er will uns zwar demütigen, gleichzeitig aber will er verstanden werden. Sonst hätte das, was er getan hat – sein ›Werk‹, sein ›Meisterwerk‹ –, keinen Sinn gehabt.«

»Sie hat recht«, stimmte Delacroix ihr zu. »Der Code muss lösbar sein.«

Surf dachte nach.

»Okay, lasst uns noch mal das Video anschauen.«

Er ging zu dem fahrbaren Tisch mit dem Monitor, auf dem sie das Video von Mila und Enigma bereits mehrfach hatten laufen lassen, und zog ihn in die Mitte des Raumes. Dann nahm er noch einmal die Fotos der Tätowierungen zur Hand.

Obwohl sie das Video nun schon x-mal gesehen hatte, wurde Mila von den gleichen Gefühlen übermannt wie bei ihrer leibhaftigen Begegnung mit Enigma. Am liebsten hätte sie den Blick abgewandt. Doch es war zu wichtig, sie musste es ein weiteres Mal durchstehen.

Enigma befand sich in der Mitte der Zelle, getaucht in das Mittagslicht, das ihn wie ein Heiligenschein umgab. Aus der Kameraperspektive wirkte er noch unheimlicher.

»Die Zahlen auf seinem Körper gehen von 0 bis 99«, sagte Surf mehr zu sich selbst als zu den Anwesenden. »Die meisten tauchen mehrmals auf und können bestimmten Gruppen oder Typen zugeordnet werden.«

Er wiederholte das, was Mila von Delacroix im Morgenbriefing und seit sie sich in diesem Raum befanden schon mindestens zehn Mal gehört hatte.

»Linke Flanke, rechte Flanke, Becken und untere Extremitäten, Oberkörper und Kopf«, bestätigte Surf mit Blick auf die Fotos in seiner Hand.

In den Gesichtern der anderen sah Mila wenig Hoffnung auf eine baldige Lösung des Rätsels. Der Experte zählte noch einmal die Gesten Enigmas auf.

»Erst kratzt er sich am Hals, dann an der Schläfe. Danach

am Sternum und an der linken Schulter. Zum Schluss an Ellbogen und Handgelenk des linken Arms.«

»Vielleicht müssen wir uns externe Hilfe holen«, schlug Corradini vor, der als Erster die Geduld verlor. »Wir könnten jemanden von den Diensten befragen.«

Schweigend dachte die Shutton über seinen Vorschlag nach.

»Ich finde, wir sollten nichts unversucht lassen«, bemerkte ihr Berater.

Scheinbar unbeeindruckt, spulte der Kryptograf den Film zurück. Während die Bilder in umgekehrter Reihenfolge über den Monitor flackerten, sah Mila, wie sich der Gesichtsausdruck des Experten veränderte. Surf hatte etwas gesehen.

»Schaut euch das mal an!«, sagte er mit leuchtenden Augen.

Sämtliche Gesichter wandten sich dem Bildschirm zu.

»Was denn? Ich kann nichts erkennen«, protestierte die Shutton.

»Warten Sie, ich zeige es Ihnen noch mal von Anfang an …« Surf spulte den Film erneut zurück, wieder im Schnelldurchlauf.

Und plötzlich bemerkte auch Mila etwas, das sie bislang übersehen hatte: Enigmas wandernder Schatten, auf der Seitenwand der Zelle, der bei normaler Abspielzeit kaum zu erkennen war.

Keiner der Anwesenden verstand den tieferen Sinn dieser Entdeckung. Aber Surf schien eine Erleuchtung zu haben, denn er sprang auf, um zu einem seiner Schreibtische zu eilen. Hektisch fing er an, in den Papierbergen zu wühlen. Mit einem Stadtplan in der Hand kehrte er zu den Wartenden zurück. Nervös flog sein Blick über die Karte.

»Die Gruft liegt im Nordwesten der Stadt: Die Zellenfenster befinden sich im Inneren des Gebäudes, nur um Punkt zwölf dringt etwas Sonnenlicht ein.«

»Surf, würden Sie uns bitte erklären, wovon Sie reden?«, fragte Delacroix, der ebenso wie die anderen gebannt den Ausführungen Surfs folgte.

Nur Mila verstand sofort.

»Enigma wusste, welche Position die Sonne um diese Uhrzeit einnimmt. Er hat die Zahlen davon ausgehend angegeben. Indem er erst Oberkörper und Kopf und dann die linke Seite seines Körpers berührt hat. Also Nord und Ost.« Sie fügte hinzu: »Wie ein Kompass ... Ein menschlicher Kompass.«

»Jesus, die Zahlen sind geografische Koordinaten«, murmelte die Shutton.

»Breiten- und Längengrade«, bestätigte Surf.

Er trat zu einem der Computer und begann, nach einem Ortungsprogramm zu suchen. Erwartungsvoll umringten ihn die Polizisten.

»Ich versuch's mal mit dem Sexagesimalsystem, Grad, Winkelminute, Sekunde ...«

Er gab die Zahlen in ein Raster ein, das auf dem Bildschirm erschien, und teilte sie in zwei Gruppen zu jeweils drei ein: *Nord*, dann *Ost*. Der Rechner brauchte weniger als eine Sekunde.

»Wir haben es«, verkündete Surf mit Blick auf den Stadtplan. »Die alte Raffinerie am Golf.«

6

Enigma hatte ihnen den Ort gezeigt, an dem er die Leichen der Andersons versteckt hatte, davon waren sie alle überzeugt. Doch bei genauerer Betrachtung vermochte niemand mit Sicherheit vorherzusagen, was sie dort finden würden. Und wenn er sie ein weiteres Mal an der Nase herumgeführt hatte? Letztlich war es immer noch ein Rätsel, warum der Mörder die sterblichen Überreste der Opfer nach dem Massaker weggeschafft hatte. Was, wenn er sie bloß in eine Falle lockte?

Die Shutton wollte kein Risiko eingehen: Sie verfügte, dass zunächst eine Spezialeinheit die ehemalige Raffinerie einer Überprüfung unterziehen sollte, damit ihre Mitarbeiter dort anschließend gefahrlos ihrer Arbeit nachgehen konnten. Bauer und Delacroix sollten sich der Spezialeinheit anschließen, um den Einsatz zu koordinieren.

Die Dienststelle glich schon bald einem Hexenkessel. Über zweihundert Einheiten waren involviert, von den Beamten am Einsatzort bis zu den Hilfskräften im Hintergrund. Als Zivilistin blieb Mila außen vor. Die Polizisten rüsteten sich mit kugelsicheren Westen, Schutzhelmen und Sturmwaffen aus. Da es nicht genug Umkleidekabinen für alle gab, zogen sie sich überall um: auf den Toiletten, in den Büros und auf dem Flur. Ein fiebriges Schweigen hatte sich über die Dienststelle gesenkt, während die Männer ihre Ausrüstungen überprüften und sich gegenseitig die Gürtel der Kevlarwesten festzogen.

Mila spürte die Elektrizität, die die Luft erfüllte, wie immer unmittelbar vor einem Einsatz. Eine plötzliche Sehnsucht nach den Tagen, als sie noch Teil dieses Verbundes aus uniformierten Männern und Frauen war, erfüllte sie. Das Gefühl der Zusammengehörigkeit und der starke Teamgeist hatten die Angst vor einem tödlichen Fehler stets vertreiben können.

Die Richterin trat auf sie zu.

»Ich möchte dich um einen Gefallen bitten«, sagte sie. »Lass uns die Tatsache, dass Enigma und Karl Anderson sich kannten, bitte erst mal für uns behalten.«

Dass die Shutton den mutmaßlichen Mörder bei dem Namen nannte, den zu verwenden sie ihren Mitarbeitern untersagt hatte, verwunderte Mila mehr als ihre Verschleierungstaktik. Letztlich hatte sie das erwartet: Denn sobald die Information an die Öffentlichkeit gelangte, würden die Medien Sturm laufen.

»Dieser Zufall mit der Zahl an Andersons Handgelenk würde nur einen Schatten auf die arme Familie werfen und ihr Andenken beschmutzen, meinst du nicht?«

Mila gab es ungern zu, aber ihre ehemalige Chefin hatte recht. Die Geheimnisse der Toten mussten bei den Toten bleiben. Sie würden sowieso nie herausfinden, wer Enigma war. Und außerdem würde sie in ein paar Stunden wieder im Zug sitzen, der sie nach Hause brachte, und konnte all das für immer vergessen.

»Klar, kein Problem«, erwiderte sie.

»Ich habe dein Wort?«

»Mein Ehrenwort.«

Die Shutton nickte zufrieden.

»Willst du den Einsatz mitverfolgen? Die zwölf Stunden, die du mir geschenkt hast, sind noch nicht ganz rum«, sagte sie in einem scherzhaften Ton. »Davon abgesehen hast du es dir natürlich auch verdient.«

Am liebsten hätte Mila ihr gesagt, dass die ganze Aktion ihr vollkommen egal sei und sie sich ihr Angebot sonst wohin stecken könne, doch so war es nicht.

In der Dienststelle hatten sich sämtliche Abteilungsleiter, ihre Stellvertreter und Assistenten versammelt, außerdem eine beachtliche Anzahl staatlicher Funktionäre. Sie alle wollten live am Monitor verfolgen, was die Action-Cams an den Helmen der Spezialkräfte bei ihrem Einsatz übertrugen. Joanna Shutton war die einzige Frau mit einem höheren Dienstgrad, registrierte Mila. Sie hoffte darauf, ein weiteres Mal die Effizienz der nach ihr benannten Methode unter Beweis stellen zu können.

Mila nahm auf einem der Stühle weiter hinten Platz, während die Richterin sich mit einer kurzen Ansprache an das Publikum wandte.

»Dieses Jahr haben wir einige wichtige Erfolge im Kampf gegen das organisierte Verbrechen erzielt«, begann sie. »Die Mordrate ist um achtzig Prozent gesunken, die der Vergewaltigungen sogar um dreiundneunzig Prozent. Diverse Gangs wurden gesprengt, und auf den Straßen sind immer weniger Junkies und Dealer zu sehen. Auf der anderen Seite – und das ist das Wichtigste – ist das Sicherheitsgefühl innerhalb der Bevölkerung gestiegen. Daher können wir mit Fug und Recht behaupten, dass die betrüblichen Ereignisse auf dem Bauernhof der Andersons eine Ausnahme darstellen. Ich bin stolz, Ihnen mitteilen zu können, dass meine Leute und ich in diesem Fall große Fortschritte gemacht haben: Der Täter konnte sofort der Justiz überstellt werden, jetzt gilt es nur noch, die letzten Details abzuwickeln. Wenn wir, was wir uns alle wünschen, in Kürze die sterblichen Überreste der Familie Anderson finden, können wir den Fall zu den Akten legen … Leider können wir für diese armen Geschöpfe nichts mehr tun. Aber unsere Gebete an ihren Gräbern werden das Versprechen enthalten, dass wir sie niemals vergessen werden.«

Das feierliche Schweigen, das der Ansprache folgte, wirkte so verlogen auf Mila, dass sie fast befürchtete, es könnte sich in einem Applaus entladen. Doch es wurde von Corradini unterbrochen, der auf die Shutton zugetreten war.

»Frau Richterin, wir wären dann so weit.«

Die Anwesenden nahmen ihre Plätze ein.

Die Panzerwagen und Einsatzfahrzeuge der Polizei hatten weniger als eine Viertelstunde gebraucht, um die Stadt zu durchqueren und die verlassene Raffinerie zu erreichen, auf die Enigmas Koordinaten hingewiesen hatten. Eine Art Militärparade im großen Stil, die den Verkehr komplett zum Erliegen brachte. Die Bevölkerung konnte gar nicht anders, als zum Publikum des großen Schaulaufens zu werden. Ob vom Straßenrand oder Wohnungs-, Büro- und Schaufenster aus: Sie alle sahen das polizeiliche Großaufgebot an sich vorbeiziehen. Und natürlich wurden auch die Medien auf den Großeinsatz aufmerksam.

Eine solche Mobilisierung war nur auf eine Weise zu rechtfertigen, dachte Mila: Egal, was sie bei der alten Raffinerie finden würden, dies musste der Epilog des Dramas sein. Die Shutton würde nicht zulassen, dass danach noch ein Wort darüber verloren wurde. Ihr Interesse lag allein darin herauszustellen, wie gut die Truppe unter ihrer Führung gearbeitet hatte. Enigma war im Gefängnis, die Menschen würden ihn bald vergessen haben. Die Show und das Feuerwerk krönten das große Finale.

Deswegen wollte die Richterin auch nicht, dass das Tattoo an Karl Andersons Handgelenk erwähnt wurde, sagte sich Mila. Sie hatte zwar Stillschweigen gelobt, bereute jedoch mittlerweile ihren Entschluss.

Inzwischen hatten sich die Männer der Spezialeinheiten auf dem Gelände der Raffinerie in Position gebracht. Sie warteten auf ihren Einsatz.

Das Grundstück war so groß wie mindestens sechs Fußballplätze, mit einem Haupt- und mehreren Nebengebäuden, die von der Zentrale abgingen und früher einmal die nunmehr stillgelegten Industrieanlagen beherbergt haben mussten. Davor befanden sich die großen Tanklager, die mit einer Pipeline verbunden waren; wie schlafende Riesen, von Rost zerfressen, lagen sie in einer Reihe entlang des Küstenstreifens. Von den elf imposanten Schornsteinen, durch die der bei der Raffination entstehende Rauch entwich, waren nur noch sieben intakt. Sie ließen die Anlage wie eine gespenstische Kathedrale erscheinen.

Normalerweise war dies Niemandsland, auf dem sich lediglich Obdachlose oder Junkies herumtrieben. Den Einsatzregeln zufolge durften die Spezialkräfte auf Sicht schießen, daher wurde vor dem Eindringen noch per Megafon die Aufforderung durchgegeben, das Gelände freiwillig zu verlassen und sich der Bereitschaftspolizei zu stellen. Wie der Einsatzstelle per Funk übermittelt wurde, seien in der Folge sechsundachtzig Personen festgenommen worden, die nun harten Verhören unterzogen würden.

Es gab keinen Grund, länger zu warten. Um Punkt siebzehn Uhr gab Joanna Shutton den Einsatzbefehl.

Dank der Direktübertragung auf den Monitor konnte Mila den Einsatz fast so intensiv erleben, als wäre sie selbst dabei gewesen. Der harte Aufprall der Springerstiefel auf dem Lehmboden oder den Metalltreppen, das dumpfe Geräusch, wenn die Sturmgewehre und Blendgranaten gegen die Schutzwesten schlugen, das Hecheln der Hunde und Keuchen der Männer, vollgepumpt mit Adrenalin. Immer wieder riss die Funkverbindung ab, waren die Stimmen von Bauer und Delacroix, die sie über jedes Detail des Einsatzes auf dem Laufenden hielten, nicht mehr zu verstehen.

»Wir haben ungefähr sechzig Prozent des Geländes durchkämmt«, informierte Bauer sie nach zwanzig Minuten. »Die Pyrotechnik hat bisher weder C 4 noch sonstige hochexplosive Stoffe ausmachen können.«

Immerhin *eine* gute Nachricht, dachte Mila. Es hätte sie nicht gewundert, wenn Enigma ihnen eine schmutzige Bombe beschert hätte, hergestellt aus jederzeit im Internet oder sogar im Supermarkt zu beschaffendem Material. Letztlich hatte er nichts mehr zu verlieren. Er hatte sich schon einmal lebenslänglich eingehandelt und die Hölle sowieso. Ein Dutzend weiterer Polizistenseelen würde daran auch nichts mehr ändern.

Die Shutton hatte sich nicht zu den anderen gesetzt. Als gute Kommandantin hatte sie ihre Kostümjacke über einen Stuhl gehängt und die Ärmel ihrer Seidenbluse hochgekrempelt. Die Hände in die Hüften gestemmt, verfolgte sie im Stehen aufmerksam das Geschehen auf dem Bildschirm. Mila sah, dass sie sich vor Nervosität auf die Unterlippe biss. Auch ihre Glaubwürdigkeit stand bei dieser Aktion auf dem Spiel.

»Weder wittern die Hunde Leichen, noch zeigen die Männer irgendwelche besonderen Vorkommnisse an. Wir ziehen weiter«, verkündete Delacroix per Funk. In seiner Stimme schwang Enttäuschung mit.

Mila beobachtete, wie Corradini auf die Richterin zuging, um ihr etwas ins Ohr zu flüstern. Vielleicht berieten sie schon darüber, wie sie ihr Scheitern am besten verkaufen konnten.

»Moment mal … Was, verdammt, ist das denn?«, entfuhr es Bauer durch das Funkgerät.

Schlagartig hellten sich die Mienen der Wartenden in der Dienststelle auf. Alle Blicke waren auf den Monitor gerichtet.

Die Shutton, die wieder Hoffnung geschöpft hatte, löste sich von ihrem Berater. Doch als endlich eine der Action-Cams die Szene einfing, erstarrten die Anwesenden, wie von einer plötzlichen Eiseskälte erfasst.

»Was soll das denn bedeuten? Wollen die uns verarschen?«, fragte ein hoher Funktionär und sprang von seinem Stuhl auf.

Auf dem Bildschirm waren Dutzende von Spezialkräften zu sehen, die sich in einer riesigen, vollkommen leeren Halle verteilt hatten. Sie hielten ihre Waffen gesenkt und schauten einander mit fragenden Blicken an. Vor ihnen an der Wand war ein verblasstes Graffito zu sehen, das Werk eines Sprayers.

Ein Schriftzug.

Ein einziges Wort.

Gräte.

7

»Was möchtest du zum Abendessen haben?«

»Ich weiß nicht«, erwiderte Alice.

»Ich könnte dir was aus der Stadt mitbringen.«

»Zum Beispiel?«

»Ich dachte an was Indisches. Was Vegetarisches.«

»Indisch mag ich«, stimmte das Mädchen zu.

Es war fast achtzehn Uhr. Mila hatte sich nur rasch vergewissern wollen, dass Alice wie verabredet von Janes Mutter
abgeholt worden war. In einer halben Stunde würde Berish
kommen, um sie zum Bahnhof zu bringen.

»Mama …«

Da war er wieder, der stechende Schmerz.

»Ja?«

»Kann ich dich was fragen?«

Hoffentlich will sie nicht schon wieder wissen, wann ihr
Vater uns besuchen kommt. Mila spürte, wie die Ungeduld
in ihr hochstieg. Mit dem Thema wollte sie sich nun wirklich
nicht befassen müssen.

»Klar …«

»Können wir uns eine neue Katze anschaffen?«

Die Frage überraschte Mila.

»Was stimmt denn mit Finz nicht?«

»Er hasst mich.«

»Finz hasst dich überhaupt nicht. Glaub mir, wir werden
ihn schon wiederfinden.«

»Na gut … Kann ich dann vielleicht ein iPhone haben? Jane kriegt eins zum Geburtstag …«

Mila schüttelte den Kopf. Es war unglaublich, was für ein Talent Kinder besaßen, übergangslos von einem nervigen Thema zum nächsten zu wechseln.

»Du weißt, wie ich darüber denke«, sagte sie, noch immer perplex.

Alice brachte das Thema Smartphone in regelmäßigen Abständen auf, weil alle ihre Schulkameradinnen eines hatten und sie sich benachteiligt und ausgeschlossen fühlte. Doch Mila war sich nicht sicher, ob ihre Tochter schon reif genug war, ein eigenes Handy zu besitzen. Die Andersons kamen ihr in den Sinn, ihre Entscheidung, sich von allem technischen Ballast zu befreien. *Wir glauben, die Dinge zu besitzen, doch in Wirklichkeit besitzen sie uns.*

»Heute habe ich Onkel Simon gesehen«, sagte sie, um Alice auf andere Gedanken zu bringen.

»War Hitch auch da?«

Wenn das Gespräch auf Hunde kam, war Alice immer voll dabei.

»Klar! Vielleicht lade ich sie an einem der nächsten Wochenenden mal ein. Wie fändest du das, wenn sie uns besuchen kämen?«

Sie hatte keine Ahnung, ob es ihr gestattet war, ihre Exkollegen auch privat zu treffen. Aber sie war überzeugt davon, dass es Alice guttun würde, Umgang mit einem männlichen Wesen zu haben. Vielleicht würde sie dann aufhören, ständig ihren Vater zu erwähnen.

»Onkel Simon ist wirklich in Ordnung«, pflichtete Alice ihr bei. »Aber sag ihm, er soll unbedingt Hitch mitbringen.«

»Ich richte es ihm aus«, versprach sie und beendete das Gespräch.

Die Dienststelle war inzwischen wie ausgestorben. Es war kaum zu glauben, welche Hektik noch vor ein paar Stunden geherrscht hatte. Eine ferne Erinnerung, der ein Hauch von Niederlage anhaftete. Ihr Job würde erledigt sein, sobald die Zwölf-Stunden-Frist auslief, die sie der Shutton gewährt hatte. Die Richterin hatte sich mit ihrem Team in ihr Büro zurückgezogen, um eine Strategie zu entwickeln, wie man am besten mit dem mageren Ergebnis umging, das der Großeinsatz gebracht hatte. Ein nie da gewesenes Aufgebot von Männern und Maschinen, um sich am Ende in komplett leeren Räumen wiederzufinden. Der Schriftzug an der Wand, der sich schon seit Ewigkeiten dort befinden musste, wirkte wie blanker Hohn.

Gräte.

In Milas Kopf hallte die düster-flüsternde Stimme Enigmas wider: »*Grääätee …*«

Er hatte sich zu ihr vorgebeugt und sie trotz Trennscheibe mit seinem stechenden Blick durchbohrt. Mila hatte das Gefühl gehabt, sein Flüstern allein würde genügen, den Schutzwall zwischen ihnen niederzureißen. Sie beschloss, nicht mehr daran zu denken. Was für eine Vorstellung, wenn am Ende diese Stimme etwas in ihren Kopf geschleust hatte – einen akustischen Virus, einen Parasiten.

Auf dem Weg zum Ausgang kam sie an der offenen Tür eines EDV-Labors vorbei. Etwa fünfzig ITler untersuchten hier die Rechner, die sie aus Enigmas Schrotthalde geschafft hatten. Die alten Computer waren auf dem Fußboden aufgereiht wie Grabsteine auf einem Friedhof. Sie waren zur Sicherung der Festplatten mit Kabeln an modernere Modelle angeschlossen. Die Ergebnisse der Übertragung wurden auf LCD-Bildschirmen angezeigt. Jeder der Techniker hatte einen der sichergestellten Rechner vor sich.

Neugierig betrat Mila das Labor.

Über die Bildschirme flimmerte alles Mögliche. E-Mails, Textdateien, Fotos. Die Gesichter von unbekannten lächelnden Personen, nie gesehene Landschaften, Urlaubs- oder banale Alltagsfotos. Fröhlichkeit und Traurigkeit, dicht an dicht, Liebes- und Geschäftsbriefe, Verträge, Versicherungspolicen, Listen für Hochzeits- oder Geburtstagstische, Flug- und Bahntickets, Adressdateien und Telefonnummern.

»Schon unglaublich, wie viel von unserem Leben wir einfach so wegwerfen ...«

Mila drehte sich um. Es war Delacroix.

»Wir kaufen uns einen Computer, speichern alles Mögliche auf ihm ab, und wenn er kaputtgeht, werfen wir ihn weg, ohne darüber nachzudenken, dass sich in seinem Inneren neben dem Betriebssystem auch ein Teil von uns selbst befindet.«

»Haben die Kollegen denn schon was gefunden?«, fragte die Ex-Polizistin.

»Sie gehen alles bereits zum x-ten Mal durch, aber so wie es aussieht, befindet sich auf den Festplatten nichts, was Enigma betrifft.«

Für einen Moment hatte Mila sich der Illusion hingegeben, in diesem Haufen Elektroschrott könnten sie auf etwas Brauchbares stoßen.

»Dann fährst du jetzt wohl wieder.«

»Sieht so aus«, erwiderte Mila achselzuckend.

»Wahrscheinlich werden wir nie erfahren, was wirklich hinter der Sache steckt«, sagte Delacroix bitter. »Und unser Tattoo-Mann bleibt für immer namenlos.«

Es geschah öfter, als man meinen sollte: ein grausames Verbrechen, kaum Indizien und die Zeit, die unbarmherzig alle Spuren verwischte. Eine alte Polizistenweisheit besagte, dass eine Ermittlung gescheitert war, wenn ein Fall nicht innerhalb der ersten Woche gelöst wurde.

»Wenigstens sitzt jetzt ein Krimineller mehr hinter Gittern«, versuchte Mila ihn zu trösten.

Keiner der beiden erwähnte die Andersons, aus Angst, ihre Leichen könnten nie mehr gefunden werden.

»Es war eine Ehre, mit dir zusammenzuarbeiten, Vasquez.«

Mila lächelte. Sie war sicher, dass Delacroix es ernst meinte. Letztlich war er der Einzige unter den Kollegen, der ihr nicht das Gefühl gegeben hatte, eine Fremde zu sein.

»Aber sieh zu, dass du das nächste Mal dein Handy eingeschaltet hast. Oder besorg dir wenigstens eine E-Mail-Adresse«, schob er hinterher. »Die Shutton war gestern ganz schön angepisst, als wir dich nicht erreichen konnten.«

»Es wird kein nächstes Mal geben«, versicherte Mila ihm. »Und die Shutton ist mir herzlich egal. Wenn sie unbedingt mit mir reden will, dann muss sie schon zu mir rausfahren.«

Ein breites Grinsen zog sich über Delacroix' Gesicht.

»Es regnet übrigens in Strömen«, warnte er sie, bevor er sich wieder den ITlern zuwandte.

Wenig später gab Mila am Ausgang ihren »Besucher«-Badge ab und fühlte sich, als hätte man sie in die Freiheit entlassen. Sie durchquerte das Atrium. Durch die große Fensterfront sah sie, wie sich draußen das Unwetter über der Stadt entlud. An der gegenüberliegenden Straßenseite stand der Wagen von Berish, der bei laufendem Motor auf sie wartete.

»Und, wie war dein Tag?«, fragte ihr alter Freund, als Mila auf dem Beifahrersitz Platz genommen hatte.

»Ich kann kaum erwarten, dass er zu Ende geht«, gestand sie, wohl wissend, dass Berish genau das von ihr hören wollte.

Der Regen prasselte so stark auf die Windschutzscheibe nieder, dass die Scheibenwischer Mühe hatten, für freie Sicht zu sorgen. Im Wagen herrschte eine angenehme Temperatur, aber der Gestank nach feuchtem Hundefell in Kombination mit dem Damenparfüm, das Mila schon am Morgen bemerkt hatte, war kaum auszuhalten. Berish stürzte sich in den dichten Freitagabendverkehr. Die Geschäfte hatten erst vor Kurzem geschlossen, und Tausende von Menschen versuchten, so rasch wie möglich nach Hause zu kommen.

»Es ging um Enigma, stimmt's? Jetzt kannst du's mir ja sagen ...«

»Je weniger du weißt, desto besser für dich.« Mila wollte sich nicht auch nur eine Sekunde länger als nötig mit dem Tätowierten befassen. »Ich habe Alice versprochen, dass ich ihr etwas vom Inder mitbringe«, versuchte sie, vom Thema abzulenken. »Aber bei diesem Tempo verpasse ich noch meinen Zug. Kannst du nicht schneller fahren?«

Doch Berish blieb hart.

»Euer Schwerverbrecher ist mit seinem ausgefuchsten Plan ja ganz schön baden gegangen«, versuchte er, das letzte Wort zu behalten.

Und wie recht er damit hatte. Im ersten Moment, nach der Sache mit den Koordinaten, hatte Mila geglaubt, Enigma sei von ganz besonderer Raffinesse. Sie hatte fast vergessen, dass er vor allem der Mörder Unschuldiger war. Oder vielleicht wollte sie es auch einfach nicht wahrhaben. Wie so viele hatte sie Schwierigkeiten, die Banalität des Bösen zu akzeptieren.

»Schon seltsam, dass wir uns den Teufel immer als ein cleveres Kerlchen vorstellen«, hatte der Vater ihrer Tochter gesagt, der beste Kriminologe, den sie je kennengelernt hatte. »Vielleicht, weil wir sonst mit dem Frust leben müssten, ihn nicht stoppen zu können.«

Vor ihnen hatte sich ein Stau gebildet.

»Verdammt, ich hätte nicht durch die Innenstadt fahren sollen«, fluchte Berish. Doch dann entdeckte er eine Parklücke und lenkte den Wagen an den Straßenrand.

»Was hast du vor?«, fragte Mila erstaunt.

»Hier um die Ecke gibt's einen Inder, der hat bestimmt einen Take-away-Service.« Schon halb aus der Tür, zwinkerte er ihr zu. »Ich will doch mein Patenkind nicht enttäuschen.«

»Denk dran, sie isst nur vegetarisch«, erinnerte Mila ihn und schaute ihm nach, wie er mit gebeugten Schultern, als würde der Regen ihn niederdrücken, über Pfützen springend verschwand.

Hitch schlief leise schnarchend auf dem Rücksitz. Sein gleichmäßiger Atem und das Tremolo der Regentropfen auf dem Autodach beruhigten ihre Nerven. Kurz gelang es Mila, alles auszublenden, was sich außerhalb des Wagens befand, und ihre Gedanken schweifen zu lassen.

Der Fall Anderson war in eine Sackgasse geraten. Keine der vorliegenden Informationen, kein Element, Beweis oder Indiz passte zum anderen. Es war unmöglich, hinter dem Blutbad ein Muster zu erkennen.

Das *Chaos* dominierte.

Und doch strahlten die Zahlen Ordnung aus, Präzision und Reinheit. Ein Mann der Zahlen konnte sich nicht nur dem Mordinstinkt, dem Zufall und Schicksal überlassen haben. Ein Mann wie Enigma verachtete das Chaos. Sonst hätte er sich diese Art von Tattoos nicht gestochen.

Also, wo war das Muster?

Ohne es zu merken, tat Mila etwas, das sie schon lange nicht mehr getan hatte: Sie hatte begonnen, die Informationen, über die sie verfügte, in einen Zusammenhang zu bringen, sie war auf der Suche nach Überschneidungen. Plötzlich verspürte sie das Bedürfnis, sich Notizen zu machen. Ihr Blick fiel auf das Handschuhfach. Als guter Polizist bewahrte Berish dort bestimmt einen Notizblock und einen Stift auf. Und genau so war es.

Als sie endlich eine freie Seite in dem Block gefunden hatte, notierte sie die folgenden Worte:

– *Blut*
– *Körper*

Fest stand, dass es ein Massaker gegeben hatte, doch wo sich die Leichen der Opfer befanden, war unklar. Ein Teil der Geschichte blieb damit im Dunklen. Doch was für einen Sinn machte es für den Mörder, die Leichen zu verstecken, wenn das ganze Blut, das auf dem Bauernhof vergossen worden war, eindeutig auf die Tat hinwies? Folglich hatte der Mörder wohl vor sich selbst verbergen wollen, was er getan hatte – viele Psychopathen wurden von schrecklichen Schuldgefühlen geplagt, nachdem sie gemordet hatten. Oder das Verstecken der Körper war für ihn von entscheidender Bedeutung.

Enigmas Verhalten ließ auf die zweite Variante schließen.

– *Engelsstaub*

Vom Blut der Opfer kam man zum Blut Enigmas, in dem Spuren einer synthetischen Droge gefunden worden waren, eines Halluzinogens.

– *Tätowierungen*
– *Zahlen*

Tätowierte Zahlen auf Enigmas Körper und Karl Andersons Handgelenk. Die erste Konsequenz, die man daraus ableiten konnte, war, dass die beiden sich gekannt hatten.

Doch welchem Zweck dienten die Zahlen?

In Enigmas Fall dienten sie dazu, ihnen geografische Koordinaten zu liefern. Diese jedoch hatten sie an einen Ort geführt, an dem nichts zu finden gewesen war, außer dem Graffito eines Wortes scheinbar ohne tieferen Sinn.

– Gräte

Was bedeutete das?

Hatte es überhaupt eine Bedeutung, oder handelte es sich bloß um einen dummen Scherz? Enigma hatte das Wort auch bei ihrer kurzen Begegnung in der »Gruft« gesagt und ihr damit einen fürchterlichen Schrecken eingejagt.

Als Nächstes schrieb Mila:

– Angst

Karl Anderson hatte Angst vor Enigma, daher hatte er seine Familie auf den Bauernhof gebracht. Genauer gesagt hatten die Andersons sich unerreichbar gemacht, jedoch nicht unauffindbar. So wie ich, sagte sich Mila, als ich an den See gezogen bin.

Was sie zu einem weiteren Widerspruch brachte.

– Verzicht auf technische Errungenschaften

Mila hatte weder ein Handy noch einen Computer mit Internetanschluss besitzen wollen, um zu verhindern, dass jemand aus ihrer Vergangenheit sie kontaktieren und damit ihren Rückzugsplan vereiteln konnte. Aber es hatte nichts genützt, die Shutton war am Ende höchstpersönlich zum See gekommen.

Enigma hatte das Gleiche getan. Er hatte die Andersons aufgesucht. Ein Schauer durchlief sie bei dem Gedanken.

Schließlich notierte sie:

– Ausrangierte Computer

Die Andersons hatten auf technische Errungenschaften verzichtet, Enigma hatte sich mit ausrangierten Computern umgeben. Eine Symmetrie, die jedoch keiner Logik folgte.

Mila betrachtete ihre Notizen. Sie hatten nichts Neues ergeben, waren nicht mehr als eine stichwortartige Zusammenfassung. Frustration stieg in ihr auf. Sie riss das Blatt vom Notizblock und zerknüllte es wütend.

Was tue ich da? Ich sollte das alles vergessen und verdrängen. Warum fange ich stattdessen an, mir den Kopf zu zerbrechen?

Der Grund lag auf der Hand.

Weil dieser Bastard sich meinen Namen eintätowiert hat.

Die Vorstellung, dass ihr Name für alle Zeiten in die Haut dieses Monsters geritzt war, machte sie geradezu rasend. Fast kam es ihr so vor, als wäre sie für den Rest ihres Lebens mit ihm in eine Zelle eingesperrt.

Wie kann das sein, dass ich da hineingezogen werde?

Sie befürchtete ernsthaft, dass die Angelegenheit sich zu einer Obsession entwickeln könnte. Sie war anders als die anderen Polizisten, sie konnte die Fälle, mit denen sie befasst war, nicht einfach hinter sich lassen. Das war das eigentliche Problem und ihre größte Schwäche während ihrer Zeit in der Vorhölle.

Die Vermissten verfolgten sie. Überallhin.

Sie suchte sie in den Gesichtern der Passanten, wenn sie in der Stadt unterwegs war, dachte ohne Unterlass an ihre zerstörten Leben, schaffte es nicht, unbehelligt ihr eigenes zu führen.

Die Geister ließen sie nicht los.

Dabei war sie felsenfest davon überzeugt gewesen, sie in der Vorhölle zurückgelassen zu haben, in den Mäandern der Vermisstenstelle, zusammen mit … *ihrem alten Leben.*

Mila hielt inne. Sie hatte etwas gespürt, ein Kribbeln im Nacken. Ein Gedanke war in ihr aufgeblitzt, aber zu kurz, sie hatte ihn nicht fassen können.

Sie strich den zerknüllten Notizzettel glatt und las erneut die letzte Zeile.

– Ausrangierte Computer

Die IT-Leute im EDV-Labor der Dienststelle fielen ihr ein, die die Daten von den Festplatten der ausrangierten Computer aus Enigmas Versteck gesichert hatten.

»Schon unglaublich, wie viel von unserem Leben wir einfach so wegwerfen«, hatte Delacroix gesagt.

Sie ergänzte ihre Liste um ein weiteres Stichwort:

– Altes Leben

Der Grund, weshalb Karl Anderson Enigma kannte, lag in der Vergangenheit, in seinem alten Leben. Und wie dokumentierten Menschen heutzutage ihre Existenz? Digital.

Es wäre interessant gewesen, die ausrangierten Computer und Handys der Andersons auf der Suche nach möglichen Hinweisen auf ihren Mörder auszuwerten. Leider war das nicht mehr möglich, sie hatten sich ihrer technischen Geräte entledigt.

Enigma hatte sich ihren, Milas, Namen eintätowiert. Er kannte sie, aber sie kannte ihn nicht.

Und wenn es nicht so wäre? Wenn es doch eine Verbindung zwischen ihnen beiden gäbe?

Die einzige Möglichkeit, es herauszufinden …

»… ist, wenn ich mich meiner eigenen Vergangenheit stelle«, sagte sie laut, ohne es zu merken.

»Ich habe so schnell gemacht, wie ich konnte«, entschuldigte sich Berish, als er bis auf die Haut durchnässt die Autotür aufriss und ihr stolz eine Tüte mit einem aufgedruckten Sonnenbrille tragenden Ganesh überreichte.

Mila gelang es nicht, ihre Aufregung zu verbergen.

»Was ist los?«, fragte er alarmiert, als er ihren Gesichtsausdruck sah.

»Wir müssen zurück«, sagte sie. »Die Antwort wartet in der Vorhölle.«

8

Der Saal der verlorenen Schritte.

Hier wurden, ähnlich wie an einem Wallfahrtsort, die Fotos sämtlicher Vermisster aufbewahrt. Das letzte Porträt, bevor ihre Existenz sich im Nichts verloren hatte. Ein lächelndes Gesicht, aufgenommen in einem Moment der Freude oder Unbeschwertheit – bei einer Geburtstagsfeier, einem Ausflug, einer Examensfeier, Taufe oder Hochzeit.

Wir machen Fotos voneinander, wenn wir glücklich sind, dachte Mila. Niemand kann sich vorstellen, dass sein Foto jemals an einer dieser Wände hängt.

Sie ließ ihren Blick durch den Raum schweifen. Unglaublich, seit einem Jahr arbeitete sie schon nicht mehr in der Vorhölle, doch in der Zwischenzeit hatte sich nichts verändert. Die Abteilung war praktisch verwaist, keiner von ihren alten Kollegen wollte sich freiwillig mit Vermisstenfällen befassen. Zu viele Geheimnisse und zu wenig Aussicht auf Erfolg.

»Also, wonach suchen wir?«, fragte ein unwilliger Berish.

Mila wandte sich zu ihm um.

»Hör zu, ich will, dass du nach Hause gehst.«

»Du machst Witze!«

»Nein. Ich bin nicht befugt, meine Informationen mit dir zu teilen: Ich bin eine einfache Zivilistin.«

Die Wahrheit war, dass sie ihn schützen wollte. Sie war fest davon überzeugt, dass Joanna Shutton versuchen würde, die Verantwortung für ihr Scheitern auf jemand anderen abzuwälzen, dass sie sich ein Bauernopfer suchen würde. Köpfe würden rollen.

»Du bist dabei, dich in irgendein Schlamassel zu stürzen, stimmt's?«, fragte der alte Freund, der ihre Gedanken erriet.

»Ich habe keine Befugnis zu ermitteln«, gab sie zu, »aber ich muss meinem Instinkt folgen. Und der sagt mir, dass hier was faul ist. Du weißt, wie ich gestrickt bin.«

»Und wenn dich hier jemand sieht? Die Vermisstenstelle fällt in meinen Verantwortungsbereich, ich wäre so oder so involviert.«

»Ich kann immer noch behaupten, ich hätte damals einfach den Schlüssel behalten.« Sie lächelte. »Ein Anfall von Nostalgie.«

»Und eine Straftat.« Berish blieb ernst.

Sie musterten einander schweigend.

»Und Alice? Euer Abendessen?«

Das hatte sie völlig vergessen.

»Scheiße«, sagte sie und fühlte sich auf einmal schrecklich schuldig. Doch Berish bohrte nicht weiter nach.

»Wie heißt ihre Freundin?«

»Jane.«

»Ich rufe ihre Mutter an und sage ihr, dass du dich verspätest.«

Mila gab ihm die Telefonnummer.

»Lass dir Alice geben. Sie freut sich bestimmt, mit dir zu reden.«

Missbilligend schüttelte der Polizist den Kopf.

»Hitch hasst Vegetarisches. Ich werde es alleine essen müssen«, sagte er im Hinausgehen.

Mila ging zu ihrem ehemaligen Schreibtisch und knipste die Lampe an.

Sie setzte sich vor den alten Computer. Die Mittel der Vorhölle wurden immer knapper. In Vermisstenfällen lag kein Ruhm, meistens blieben sie ohne Erfolg. Warum, fragten sich die Bürokraten wohl, sollte man für so etwas Geld verschwenden? Mila schaltete den Rechner ein und wartete, bis das Betriebssystem hochfuhr. Es dauerte eine Weile. Dann klickte sie sich sofort zur Liste der archivierten Vermisstenfälle im Archiv durch.

Sie überlegte, was sie in die Suchmaske eingeben sollte. Das erste Wort, das ihr einfiel, war »Tätowierung«. Wie zu erwarten, tauchten Hunderte von Treffern auf. Es handelte sich vor allem um Vermisste, die sich irgendwann einmal ein Tattoo hatten stechen lassen. Eine wertvolle Spur für jemanden, der nach einem Vermissten suchte, vor allem bei Entführungen, und viel brauchbarer als ein altes Foto, um ein Opfer auch nach vielen Jahren noch zu identifizieren.

Sie gab einen weiteren Begriff ein: »Zahlen«. Zwar konnte sie damit drei Viertel der Fälle aussortieren, es blieben jedoch immer noch mehr als genug. Schnell ging sie die Fotos zum jeweiligen Fall durch. Wieder nichts. Außer Aufnahmen von eintätowierten, offensichtlich wichtigen Lebensdaten fand sie nichts. Sie brauchte einen weiteren Begriff, um die Ergebnisse einzugrenzen. Das Wort »Engelsstaub« führte zwar zu einer weiteren Verkleinerung der Auswahl, schickte sie jedoch in eine Sackgasse: Die angezeigten Vermisstenfälle betrafen lediglich Dealer oder Drogenabhängige.

Als sie schließlich »Gräte« eingab, erhielt sie ein einziges Ergebnis. »Na also«, sagte sie halblaut zu sich selbst. »Gleich wissen wir, wer du bist.« Als sie die Datei öffnete, erschien vor ihren Augen das hagere Pickelgesicht eines Siebzehnjährigen. Ein Schnappschuss von einem Grüppchen Schüler beim Frühjahrsball, einer von ihnen rot umkringelt.

Timmy Jackson hielt einen Pappbecher in der Hand und war der Einzige auf dem Foto, der nicht lächelte. Seine große, hagere und krumme Gestalt hatte ihm den Spitznamen »Gräte« eingebracht. Der sieben Jahre alte Polizeibericht, der auf die Vermisstenanzeige der Mutter zurückging, besagte, dass der Jugendliche völlig unerklärlicherweise an einem Mittwochmorgen im März verschwunden war. Vita Jackson hatte ihn wecken wollen, der Junge aber hatte nicht in seinem Bett gelegen.

Die nächsten Zeilen bestätigten Mila, dass sie auf der richtigen Fährte war. Timmy Jackson war bereits wegen Vandalismus und Beschädigung öffentlichen Eigentums auffällig geworden, er hatte Graffiti auf einen U-Bahn-Waggon gesprüht. Ein Sprayer also. Sie musste an den Schriftzug denken, der in der verlassenen Raffinerie entdeckt worden war.

Laut seiner Mutter war Timmy ein ruhiger Junge gewesen. Niemand habe sich vorstellen können, dass er sich einmal in einen Vandalen verwandeln würde. Er habe die Tage eingeschlossen in seinem Zimmer vor dem Computer verbracht, an dem er Videospiele »gezockt« habe, so die lapidare Erklärung.

Vita Jackson zufolge hatte sich ihr Sohn durch den negativen Einfluss einer Onlinebekanntschaft in einen Unruhestifter verwandelt. Wahrscheinlich hatte diese Begegnung auch zu seinem Verschwinden geführt, schloss Mila. Es kam oft genug vor, dass Minderjährige auf Erwachsene hereinfielen, die sich der Anonymität des Internets bedienten, um ihre dunklen Fantasien auszuleben.

Mila musste an Enigma denken.

Deswegen hatte Karl Anderson alle technischen Geräte aus seinem Leben verbannt. *Er hat seinen Mörder im Netz kennengelernt.*

Doch die Trennung von aller Technologie hatte nicht genügt, um sein Leben und das seiner Familie zu retten. Hatte Timmy Jackson das gleiche Schicksal erlitten wie die Andersons? Mila las weiter. Als Timmys Mutter das Zimmer ihres Sohnes durchsucht hatte, war sie auf eine Handvoll blauer Pillen gestoßen, die später als PCP oder »Engelsstaub« identifiziert wurden. Die Frau hatte außerdem erzählt, dass ihr Sohn sich mithilfe eines Kulis und eines Feuerzeugs eine Zahl in die Wade gestochen hatte. Die Sache hatte wohl zu heftigen Diskussionen in der Familie geführt.

»Seit sieben Jahren vermisst«, wiederholte Mila leise.

Das Graffiti an der Wand der verlassenen Raffinerie musste mindestens genauso alt sein. Sie war damals nicht die einzige Beamtin in der Vorhölle gewesen, sonst hätte sie sich an Timmys Fall erinnert.

In einer Fußnote des Berichts war außerdem vermerkt, dass die Polizei auf Bestreben von Vita Jackson den Computer des Jungen untersucht hatte, um seine Onlineaktivitäten unter die Lupe zu nehmen. Wenn dabei etwas herausgekommen wäre, hätte es sicher im Bericht gestanden. Doch das Dokument endete mit einem alphanumerischen Code. Mila wusste, was das bedeutete.

Grätes Computer befand sich noch in Verwahrung im Archiv der Vorhölle.

Das Untergeschoss war ein einziges düsteres Loch. Die Decke war extrem niedrig, und statt Fenstern gab es nur ein paar Lichtschächte auf der Westseite, die mit Sperrholzplatten vernagelt worden waren. Man musste höllisch aufpassen, wenn man die Treppe hinunterging, denn irgendein Genie war so schlau gewesen, den Lichtschalter erst auf Höhe der untersten Stufe anzubringen.

Mila streckte die Hand aus, um den Schalter zu betätigen. Die flackernden Neonleuchten enthüllten ein Labyrinth aus verschachtelten Regalwänden.

Das Archiv der Vorhölle war in zwei Hälften untergliedert. In der vorderen Hälfte wurden die Akten der länger zurückliegenden Fälle aufbewahrt, die wegen ihres Alters nicht in der Datenbank enthalten waren. Im hinteren Teil befand sich das Lager mit den Fundstücken. Es handelte sich dabei nicht um Beweisstücke, sondern um Gegenstände aus dem Besitz der Vermissten, die den Ermittlern vielleicht zu einem späteren Zeitpunkt den entscheidenden Hinweis liefern konnten. Selbst die banalsten Dinge wurden als wertvoll genug erachtet, um hier aufbewahrt zu werden.

Mila hatte die Kollegen aus der Mordkommission oft beneidet, weil sie es mit Waffen, Blut, DNA, anderen Rückständen und vor allem mit Leichen zu tun hatten. Wer jedoch nach Vermissten suchte, hatte rein gar nichts in der Hand.

Sie ging in den hinteren Teil des großen Raums. Der Karton mit Jacksons Gegenständen befand sich ganz oben auf dem Regal, halb versteckt hinter anderen. Mila musste fast in das Regal hineinkriechen, um an die Kiste heranzukommen, und gleichzeitig aufpassen, dass ihr nicht alles entgegenkam. Als sie endlich den Karton hervorgeholt hatte, stellte sie fest, dass die Pappe feucht geworden war und der Karton über kurz oder lang auseinanderreißen würde. Sie beschloss, ihn lieber nicht mit nach oben zu nehmen. Sie würde ihn hier unten öffnen, auf dem Schreibtisch, der zur Akteneinsicht diente.

Vorsichtig hievte sie ihn auf den Tisch. Nach der ganzen Kletterei war ihr warm geworden, und sie zog ihre Lederjacke aus. Mit einem Teppichschneider durchtrennte sie das Klebeband und klappte die Deckelhälften des Kartons um. In seinem Inneren befanden sich ein altes Notebook mit Aufklebern von mehreren Punkbands, ein Gamecontroller mit zwei Analogsticks und eine der ersten VR-Brillen. Mila nahm die Gegenstände heraus und legte sie auf den Tisch. Den Karton stellte sie auf den Boden. Die Hände auf die Tischkante gestützt, betrachtete sie ihren Fund.

Schließlich klappte sie das Notebook auf, schloss es an den Strom an und weckte es aus seinem Dornröschenschlaf. Auf dem Desktop erschien eine Mitteilung der EDV-Kollegen, die darüber informierte, dass der Computer ursprünglich mit einem Passwort geschützt gewesen war, das sie jedoch geknackt hätten. Und tatsächlich wurde Mila nicht dazu aufgefordert, ein Passwort einzugeben.

Das Hintergrundbild zeigte den rauchenden Joe Strummer von The Clash. Die Icons, die sein Gesicht umgaben, gehörten zu älteren Programmen wie einem Grafikprogramm für Sprayer, mit dem man Schriften und Illustrationen gestalten konnte, bevor man sie auf größere Flächen sprühte, oder alte Videospiele. Letztlich schien das Notebook jedoch nichts Besonderes zu enthalten. Der Computer eines Millennials eben. In einer Ecke des Desktops befand sich eine Datei mit dem Logo der Dienststelle: der Report der ITler über das, was sie auf der Festplatte gefunden hatten. Mila öffnete die Datei, die ihr lediglich mitteilte, dass Jackson vor seinem Verschwinden einen Großteil seiner Freizeit mit einem namenlosen Computerspiel zugebracht hatte.

Ohne zu wissen, um welche Art von Spiel es sich dabei handeln könnte, suchte sie nach dem zugehörigen Icon. Es bestand aus einem einfachen blauen Ring.

Als sie auf das Symbol klickte, erschien sofort eine Meldung: Für den Zugang zum Spiel brauchte man eine Internetverbindung, musste man Controller und VR-Brille anschließen. Mila tat, wie ihr geheißen, und versuchte, sich ins WLAN einzuloggen. Sie hoffte, dass es auch im Untergeschoss noch ausreichend Empfang gab. Als der Router-Name in der Liste der Netzwerkverbindungen auftauchte, gab sie das alte Passwort ein. Sie hatte Glück: Es war noch immer gültig. Auf dem Monitor erschien ein stilisierter Globus, der sich um sich selbst drehte.

Also bist du hier verloren gegangen, Timmy Jackson? Es gab nur einen Weg, es zu überprüfen: *indem sie tat, was er getan hatte.*

Mila zog sich einen Stuhl heran und nahm vor dem Computer Platz. Sie rückte die Tastatur zurecht und wollte sich schon die VR-Brille aufsetzen, als das Programm plötzlich stockte und ein neues Fenster aufging. Unter dem rotierenden Globus leuchtete ein Feld auf, in das zwei Daten einzugeben waren.

Längengrad und Breitengrad.

Mila stockte der Atem. Sie legte die Hände auf die Tastatur. Zögernd setzten sich ihre Finger in Bewegung.

Die VR-Brille neben ihr blinkte auf. Doch als Mila nach ihr griff, durchfuhr sie ein Schauer. Was für eine grauenhafte Entdeckung sie wohl erwartete, wenn sie es tat? Sie zögerte noch einen Moment, dann setzte sie kurz entschlossen die Brille auf. Sofort tauchte sie in ein Meer aus Bildern und Klängen ein.

Ein verfallenes Gebäude nahm allmählich Gestalt an. Wände und Stützpfeiler waren in sich zusammengebrochen, der Fußboden nur noch ein loser Verbund aus einzelnen Kacheln. In der Dunkelheit der Nacht war kaum etwas zu erkennen, lediglich das Mondlicht, das durch das eingestürzte Dach drang, sorgte für ein wenig Helligkeit. Der Wind pfiff durch die Ritzen. Von irgendwo her war ein metallisches Scheppern zu hören.

Bei aller Dreidimensionalität war die Grafik relativ flach und die Auflösung alles andere als gut. Kein Vergleich zu modernen Videospielen. Wie alt das Programm wohl sein mochte, fragte sich Mila.

Sie bewegte den Stick des Controllers. Auch das Bild vor ihren Augen bewegte sich.

Mithilfe eines Avatars glitt sie durch die Szenerie. Sie ließ ihre Doppelgängerin den Ort erkunden. Während sie bei ihrem Gang durch die virtuelle Welt mal nach rechts, mal nach links abbog, überfiel sie ein Déjà-vu. Es schien ihr, als wäre sie schon einmal dort gewesen. Mila schüttelte sich unwillkürlich, wie um den Gedanken loszuwerden. Aber als sie sich umwandte und in einen großen Saal hineinschaute, erkannte sie ein Graffito an der Wand.

Ein Schriftzug. *Gräte!*
Ich bin in der verlassenen Raffinerie.

Plötzlich hörte sie ein Geräusch hinter sich. Es klang wie Schritte. Sie drehte sich um. Eine dunkle Gestalt trat langsam auf sie zu, fast lautlos. Als das Mondlicht auf den Schatten fiel, erkannte sie ihn.

Enigma lächelte ihr zu.

Mila erstarrte. Der Tätowierte war nackt, so wie in dem Moment, als sie ihn festgenommen hatten. Er sagte kein Wort. Einige Sekunden lang blieb er reglos stehen. Mit ebenso eleganten wie hypnotisierenden Bewegungen begann er dann, eine Abfolge von Zahlen auf seinem Körper anzuzeigen, genau wie er es in der Gruft getan hatte. Als er fertig war, lächelte er ihr wieder zu. Dann verschwand er.

Mila nahm die VR-Brille ab. Die Rückkehr in die Realität war brutal. Sie musste sich erst einmal einen Augenblick umschauen, um sich an die Umgebung zu gewöhnen. Sie war noch immer im Untergeschoss der Vorhölle, aber etwas sagte ihr, dass sie sich nicht mehr in Sicherheit befand.

Enigma!

Was will er von mir? Warum will er mich in diesen Fall hineinziehen?

Vor ihr auf dem Monitor drehte sich der stilisierte Globus weiter um sich selbst. Mila hatte Zeit genug gehabt, sich die neuen Koordinaten einzuprägen. Aber sie wusste genau: Wenn sie die Koordinaten in den Computer eingab, würde es für sie kein Zurück mehr geben. Doch wenn sie jetzt nicht weitermachte, würde sie für den Rest ihres Lebens von Zweifeln geplagt werden.

Was willst du mir zeigen, du Schwein?

Mit bebenden Fingern tippte sie die Koordinaten in das dafür vorgesehene Feld ein. Und kehrte zurück in die virtuelle Realität.

Es war noch immer Nacht. Durch eine große Frontscheibe vor sich sah sie das Panorama »ihrer« Stadt. Aber etwas war anders: Das Bild vor ihren Augen erschien nur schemenhaft.

Wo bin ich? Ich befinde mich in einem Apartment. In einem Hochhaus. Ganz oben.

Sie schaute sich um. Die Qualität der Grafik ließ wirklich sehr zu wünschen übrig. Die Umrisse waren ohne klare Konturen, und die Pixel verrutschten, sodass entweder die Bilder zitterten oder kleine schwarze Löcher entstanden.

Soweit sie es erkennen konnte, war die Ausstattung des Apartments elegant und luxuriös. Mila befand sich in einem großzügig geschnittenen Wohnzimmer mit einem riesigen Flachbildfernseher, einem in die Wand eingelassenen Gaskamin, weißen Sitzmöbeln und einer mobilen Bar.

Irgendwo in der Wohnung hörte sie jemanden ein Lied vor sich hin trällern. Eine Frau, der Stimme nach zu urteilen. Sie folgte der Melodie durch einen langen Flur, an dessen Ende eine Tür halb offen stand. Licht drang aus dem Raum. Sie stieß die Tür auf und fand sich in einer hübschen Küche mit schwarz lackierten Einbaumöbeln wieder. Eine Frau war dabei, eine Mahlzeit zuzubereiten. Sie drehte ihr fast vollständig den Rücken zu, ihre Figur war unter der formlosen Kleidung kaum zu erkennen, und das wenige, was man von ihrem Gesicht sah, hatte unscharfe Konturen. Dennoch wusste Mila sofort: Die Frau vor ihr war Frida Anderson.

Helles Gelächter ertönte. Zwei verschwommene kleine Gestalten kamen durch eine andere Tür in die Küche. Die Zwillinge, erkannte Mila. Eugenia und Carla spielten Fangen, drehten ein paar Runden um den für das Abendessen gedeckten Tisch und liefen wieder hinaus.

Weder die Mutter noch die Töchter hatten Mila bemerkt. Was passierte da gerade, fragte sie sich. Auch wenn es sich nur um eine digitale Replik der Realität handelte, verstörte sie die Vorstellung, die Andersons lebend zu sehen – in dem Wissen, was mit ihnen passiert war.

In dem Moment senkte sich unwillkürlich ihr Blick, und sie stellte fest, dass sie ein Messer mit einer langen, spitzen Klinge in der Hand hielt.

O Gott! Ich bin Enigma …

Ohne jede Vorwarnung hatte sich eine fremde Macht ihres Avatars bemächtigt und ihr die Kontrolle entrissen. Plötzlich war *sie* der Mörder. Ehe sie sich's versah, musste sie dabei zuschauen, wie sich ihr eigener Arm mit der Waffe in der Hand erhob, ihr Avatar sich auf die nichts ahnende Frida stürzte und heftig auf sie einzustechen begann. Auf ihre Hände, mit denen sie sich hilflos zu verteidigen suchte. Dann auf ihren Oberkörper – ihre Brust, ihren Bauch. Und schließlich auf ihr Gesicht, bis es so verstümmelt war, dass niemand mehr die Züge Frida Andersons in ihm erkannt hätte. Leblos sank die Frau zu Boden.

Doch Milas Avatar hörte nicht auf, sie zu massakrieren. Ein

Hieb folgte auf den anderen, wie aus Fontänen sprudelte das Blut hervor, spritzte auf die Möbel, die Wände und auf Mila selbst.

Sie wusste genau, dass nichts davon der Realität entsprach, dass alles nur Fake war und die Computersimulation nicht einmal als gelungen bezeichnet werden konnte. Trotzdem wollte sie dieses grausame Spektakel um alles in der Welt stoppen, sich die VR-Brille vom Kopf reißen – doch sie konnte nicht. Sie *musste* es sehen. Sie *musste* es wissen. Sie war sicher, dass Enigma ihr zeigen wollte, was er getan hatte. Sie hinterfragte weder, warum die Familie sich nicht auf dem Bauernhof befand, noch, warum in dem Apartment lauter technische Geräte zu sehen waren, die die Andersons doch eigentlich aus ihrem Leben verbannt hatten. Sie hatte keine Zeit, darüber nachzudenken, denn Enigma hatte sich bereits von Frida abgewandt und war weitergezogen.

Mila ahnte, was er vorhatte. Er machte sich auf die Suche nach den Zwillingen.

Sie spielten inzwischen Verstecken und hatten offenbar noch nichts von den Gräueltaten mitbekommen. Eines der Mädchen hatte sich hinter einem Sessel im elterlichen Schlafzimmer versteckt, als das Monster den Raum betrat. Zu Tode erschrocken, starrte die Kleine den Mörder an. Auch ihr war keine Zeit mehr vergönnt. Statt zu schreien, machte sie eine für ein Kind so natürliche Geste, dass Mila tatsächlich glaubte, es mit einem echten kleinen Mädchen zu tun zu haben: Sie hielt sich die Hände vor die Augen, wie um dadurch das Grauen von sich abzuwenden.

Doch ein weiteres Mal hob sich die Klinge erbarmungslos und hieb auf unschuldiges Fleisch ein. Wieder spritzte das Blut. Als Enigma genug hatte, wandte er sich ab, um nach der anderen Zwillingsschwester zu suchen.

Sie befand sich in ihrem Zimmer, hatte sich neben ihre Stofftiere gekauert. Ihr Gesicht blieb vollkommen reglos, als sie ihn bemerkte. Aber der Ausdruck ihrer Augen verriet komplettes Unverständnis, als könne sie die Situation schlicht nicht fassen.

Kein Erschrecken, eher *Erstaunen*. Als würde sie ihren Mörder kennen, dachte Mila.

Das Mädchen wollte etwas sagen, doch ein sauberer Hieb mit der Klinge durchtrennte ihren Hals. Hektisch betätigte Mila den Controller. Instinktiv versuchte sie, die Szene zu stoppen, um die Kleine zu retten. Doch zu spät: Der Kopf rollte ihr vor die Füße, die leeren Augen kreuzten ein letztes Mal ihren Blick.

Ich habe sie getötet, sagte sich Mila. *Nein, nicht ich, sondern Enigma. Er ist das Monster. Aber ich habe ihn verkörpert. Dadurch ist alles so absurd lebendig geworden.*

In der Stille des Raums war nur das Keuchen des Mörders zu hören. Die erschöpfte Befriedigung nach dem Akt des Tötens.

Plötzlich huschte ein Schatten an Mila vorbei.

»*Schau dich an!*«

Da war jemand!

Mila berührte den Joystick. Offenbar konnte sie den Avatar noch immer führen. Sofort wandte sie den Blick von dem Gemetzel ab. Als sie sich umdrehte, bemerkte sie die Spiegelwand des rosafarbenen Mädchenschranks.

»*Schau dich an!*«

Mila beschloss, dem Raunen zu folgen. Zögernd trat sie auf den Spiegel zu, um sich zu betrachten. Zum ersten Mal begegnete sie ihrem Alter Ego. Das Blut gefror ihr in den Adern, als sie ihr Spiegelbild erkannte.

Es zeigte nicht etwa Enigma, wie sie erwartet hätte. Es zeigte Karl Anderson.

Ohne dass sie aktiv etwas dazu beigetragen hätte, löste sich die animierte Szene vor ihren Augen auf, ein schwarzer Schleier fiel herab. Noch während sie von der virtuellen Welt getrennt wurde, gelang es Mila, ein paar Worte hervorzubringen:

»Es war der Vater.«

9

Mila hatte Hunger. Wie lange hatte sie nichts mehr gegessen? Sie hatte ein einfaches, schnelles Frühstück zu sich genommen und danach über den Tag verteilt nur noch ein paar Tassen Kaffee getrunken. Außerdem überkam sie das Gefühl, sich eine Erkältung eingefangen zu haben. Auf der Suche nach einem Taschentuch durchwühlte sie die Taschen ihrer Lederjacke, doch sie fand lediglich das computerbearbeitete Porträt von Enigma ohne Tätowierungen.

Das Gesicht eines ganz normalen Mannes.

Zum ersten Mal wurde Mila bewusst, dass sie ihn kannte.

Sag mir, dass du nicht der bist, für den ich dich halte.

Sie saß auf einem der unbequemen Plastikstühle im Flur der Abteilung Schwere und Organisierte Kriminalität, genannt SO, und wartete auf eine Entscheidung. Man hatte ihr den Badge mit der Aufschrift »Besucher« nicht zurückgegeben, weil ihr Status ungeklärt war. Ihr Verhalten sollte einer Überprüfung unterzogen werden, immerhin hatte sie unautorisiert eine Ermittlung durchgeführt, noch dazu mithilfe von Fundstücken aus der Dienststelle. Aber hatte sie sich damit nun schuldig gemacht oder nicht? Ihr Schicksal hing davon ab, was an einem weit entfernten Ort passierte. Und davon, was dort entdeckt würde.

Sie hatte der Richterin mitgeteilt, wo sich die Leichen der Andersons befanden. Doch jetzt betete sie, dass sie mit ihrer Vermutung falschlag. Nicht, weil sie die Hoffnung hegte, dass Frida, Eugenia und Carla noch am Leben wären – sie wusste genau, dass das nicht sein konnte. Sie betete, dass der Albtraum, den sie in der virtuellen Welt erlebt hatte, nicht Wirklichkeit geworden war. Auch wenn das ein Disziplinarverfahren für sie bedeuten würde.

Sag mir, dass du nicht der bist, für den ich dich halte, wiederholte sie in Gedanken.

Als sie Delacroix vom anderen Ende des Ganges auf sich zukommen sah, wusste sie, dass ihr Warten ein Ende hatte. Je näher er kam, desto mehr wuchs ihre Gewissheit, dass ihre schlimmsten Befürchtungen eingetreten waren.

»Es war, wie du gesagt hast«, bestätigte der Polizist.

Der Albtraum hatte sich bewahrheitet. Sie hatten die Leichen der Andersons in jenem Apartment gefunden, in dem sie vor ihrem Umzug aufs Land gewohnt hatten.

»Karl hat sie dort hingebracht, nachdem er sie auf dem Bauernhof getötet hat«, fuhr Delacroix fort. »Er hat die Mädchen in ihre Betten gelegt und die Decken drapiert, als schliefen sie. Dann hat er sich im Schlafzimmer neben die Leiche seiner Frau gelegt, sich die Pulsadern aufgeschnitten und ist Arm in Arm mit ihr gestorben.« Sein Bericht war nicht von der üblichen Sachlichkeit und Kälte, die Polizisten an den Tag legten, wenn sie ihre Gefühle verbergen wollten. »Die Tatsache, dass wir auf dem Bauernhof kein Blut von Karl Anderson gefunden haben, hätte uns hellhörig machen müssen«, sagte der Beamte kopfschüttelnd.

Sie waren davon ausgegangen, dass der Vater als Erster draußen im Hof getötet worden und Enigma anschließend ins Haus gegangen sei, um sein Werk zu vollenden. Das fehlende Blut auf den Steinen im Hof hatten sie sich mit den Regenmassen erklärt, die in der Nacht über dem Landstrich heruntergekommen waren und alles weggespült hatten.

»Die Rolle unseres Tätowierten müssen wir jetzt wohl oder übel neu bewerten«, sagte der Polizist bedauernd. »Wir müssen rauskriegen, ob er aktiv an dem Massaker teilgenommen oder ob er Karl und die Leichen nur im Auto zum Apartment gebracht hat, um danach zum Schlachthof zu fahren, wo wir ihn dank des anonymen Hinweises gefunden haben.«

Damit müsste auch das Strafmaß neu bemessen werden, überlegte Mila.

Delacroix tippte sich mit dem Finger gegen die Stirn.

»Das ist doch alles vollkommen bekloppt«, sagte er.

»Nein, ist es nicht, glaub mir«, sagte sie, um ihm Mut zu machen.

Der Blick des Polizisten fiel auf das Foto von Enigma, das sie noch immer in der Hand hielt. Seine Miene verhärtete sich.

»Was weißt du denn schon?«, fragte er angriffslustig. »Du dürftest gar nicht hier sein. Du bist keine mehr von uns.«

Bis dahin hatte er sich ihr gegenüber immer kollegial gezeigt. In Anbetracht der letzten Entwicklungen war es verständlich, dass er sein Verhalten änderte, aber dass er nun anfing, die Tatsachen zu verdrehen, konnte Mila nicht akzeptieren.

»Ich habe mir den Fall nicht ausgesucht. Ich würde am liebsten mit der ganzen Sache nichts zu tun haben«, erwiderte sie heftig. »Meine Entscheidung ist vor einem Jahr gefallen: Schluss mit der Scheiße. *Ihr* wolltet mich hier haben.«

Delacroix bohrte seinen Zeigefinger fast in ihr Gesicht. »Das war die Shutton. *Wir* wollten dich nicht.«

»Und ich dachte, Bauer wäre das Arschloch von euch beiden …«, sagte Mila mit einem bitteren Lächeln.

Der andere schwieg.

»Ich werde gerne berichten, was ich zu berichten habe. Und dann verlasse ich euch für immer, sodass ihr euch in Ruhe wieder eurem großen Fall widmen könnt.«

»Was auch immer du uns zu sagen hast: Es sind zwei kleine Mädchen und eine Frau gestorben, ermordet von demjenigen, der sie zu beschützen hatte«, entgegnete der Polizist. »Der Einzige, der von deinem Input profitiert, ist Enigma. Vermutlich wird er am Ende nicht mal mehr die Hauptschuld tragen und vom Mörder zum Komplizen werden.«

»Das glaube ich nicht«, erklärte Mila dem verblüfften Polizisten. »Denn ich weiß, wer er ist.«

Corradini, Bauer, Delacroix und die Shutton hatten sich im Büro der Richterin versammelt. Mila saß auf einem Stuhl in der Mitte des Zimmers. Die anderen standen um sie herum und warteten auf ihren Bericht.

»Das, was ich im Spiel gesehen habe, war eine Art … *Simulation*.«

»Verstehe ich nicht«, sagte die Richterin. »War es nun real oder nicht?«

»War es … Oder besser: wurde es mit der Zeit.«

Mila versuchte, so präzise wie möglich zu beschreiben, was sie gesehen hatte. Oder vielmehr: erlebt. Es war alles andere als einfach, denn nachdem sie die Verbindung einmal unterbrochen hatte, war es ihr nicht mehr möglich gewesen, das Programm zu öffnen.

»Karl Anderson hat sich in einer Art virtuellen Realität bewegt, in einer originalgetreuen Kopie der Welt um uns herum«, begann sie. Die aber dunkler und gespenstischer war als die echte, erinnerte sie sich, behielt es jedoch für sich. »Ich habe noch nicht verstanden, wie das funktioniert. Auf jeden Fall handelt es sich um ein Onlinespiel.«

»Ein Onlinespiel?« Bauer verdrehte die Augen.

»Ein Spiel ohne Namen, bei dem man verbotene Fantasien in die Tat umsetzen und sich ausprobieren kann«, fuhr Mila fort. »Aber ich vermute, Anderson ist mit der Zeit wirklich zu der Figur geworden, die er gespielt hat.«

Wie oft hatte Karl wohl in dem Spiel die Fantasie ausgelebt, seine eigene Familie auszulöschen?

»Als er das begriffen hat, war es allerdings schon zu spät.«

Der Umzug raus aus der Stadt, der Bruch mit dem alten Leben hatte nichts genutzt. Der Dämon, vor dem Anderson hatte flüchten wollen, hatte sich seiner längst bemächtigt.

»Ich habe immer noch nicht verstanden, welche Rolle Enigma dabei spielt«, bemerkte die Shutton.

Wieder hatte sie den Namen verwendet, den zu benutzen sie den anderen verboten hatte.

»Karl Anderson hat Enigma im Computerspiel getroffen.«

»Man kann das Spiel auch zu mehreren spielen?«, fragte Corradini verwirrt.

Von allen Seiten begegnete Mila Skepsis. Mit vor der Brust verschränkten Armen musterte Delacroix sie schweigend.

»Ich nehme an, dass ja. Während ich im Spiel war, habe ich jedenfalls eine Art Präsenz bemerkt«, versuchte Mila zu erklären.

Schau dich an!

»Eine Präsenz?«, fragte die Shutton.

»Ja, sie war ganz plötzlich da. Kurz danach ist die Verbindung unterbrochen worden. Ich kann es nicht anders erklären, aber ich hatte das Gefühl, mich beobachtet jemand …«

»Gefühl?«, lachte Bauer höhnisch auf. »Wollen wir uns diesen Quatsch wirklich noch länger anhören?«

Delacroix brachte ihn mit einer Handbewegung zum Schweigen und nahm erneut seine abwartende Haltung ein.

»Enigma und Anderson haben sich in diesem Spiel kennengelernt«, nahm Mila den Faden wieder auf. »Kann sein, dass es für Karl anfangs wirklich nur ein Zeitvertreib war. Doch dann hat er angefangen, Dinge zu tun, die er sich nicht erklären konnte.«

»Zum Beispiel, die eigene Familie zu massakrieren?«, fragte die Shutton ungläubig.

»Genau«, bestätigte Mila. »Als Karl merkt, dass er dabei ist, eine gefährliche Grenze zu überschreiten, dass er Verhaltensweisen auf die Realität überträgt, die er bis dahin nur in der virtuellen Welt an den Tag gelegt hat, beendet er das Computerspiel. Er überredet seine Frau, auf ihr Luxusleben zu verzichten und vor allem auf alle technischen Geräte, die ihn seiner inzwischen völlig irrationalen Logik zufolge wieder in diese Parallelwelt locken könnten. Doch ihm wird klar, dass diese äußere Loslösung nicht ausreicht: Sein Geist ist da bereits infiziert. Die *Versuchung* hat sich seiner bemächtigt.«

»Das macht doch alles überhaupt keinen Sinn«, bemerkte Bauer.

Mila ignorierte ihn.

»Enigma gelingt es trotz des Umzugs, ihn ausfindig zu machen, und diesmal sucht er ihn persönlich auf. Während seine Frau die Polizei ruft, geht Karl nach draußen, um mit ihm zu reden. Vielleicht sagt er Enigma, er soll ihn in Ruhe lassen, oder vielleicht reden sie nicht mal miteinander. Enigma überzeugt ihn jedenfalls auf irgendeine Weise davon, das zu Ende zu bringen, was er im Computerspiel begonnen hat: Er gibt ihm die Sichel, die er aus dem Geräteschuppen geholt hat, und beobachtet, wie Karl zurück ins Haus geht ... Den Rest der Geschichte kennen wir.«

»Also ist Enigma deiner Meinung nach eine Art geistiger Brandstifter«, fasste Delacroix zusammen.

Mila schaute ihn an.

»Enigma sucht sich fragile Persönlichkeiten aus, wie Karl Anderson.«

»›Fragil‹ nennst du das?«, protestierte die Shutton.

»Monster wissen nicht, dass sie Monster sind«, antwortete Mila bestimmt. »Sie sind von ihrer Persönlichkeit her extrem unsicher und schwach. Enigma erkennt diese Leute. Er macht sie ausfindig, nähert sich ihnen. Er ist in der Lage, sie zu blenden, ihr Vertrauen zu erwerben. Und dann kriegt er sie, indem er ihnen seine Lügengeschichte auftischt.«

»Und die wäre?«, fragte Corradini skeptisch.

»Dass sie alles sein können, was sie sein wollen. Dass ihre Fantasien, auch die kaputtesten, kein Makel sind. Dass sogar, wenn sie insgeheim von Gewalttaten träumen, nichts Falsches an ihnen ist.«

»Willst du uns damit sagen, dass der Tätowierte unschuldig ist?«, fuhr Bauer sie wütend an.

»Nein, ich sage euch damit, dass Enigma ein *Todesflüsterer* ist.«

10

Sie wurden »Todesflüsterer« oder »subliminale Killer« genannt. Der berühmteste unter ihnen war Charles Manson.

Sie umgaben sich mit Anhängern und gründeten »Familien« und töteten durch andere. Sie wählten einen »Mittler« aus, schmeichelten sich bei ihm ein, brachten ihn schließlich dazu, den dunkelsten eigenen Trieben zu folgen. Todesflüsterer hatten keine Beziehung zum Opfer des Mittlers, keinen Kontakt, keinerlei Berührungspunkt. Oft kannten sie es nicht einmal, denn nicht sie bestimmten seine Rolle. Sie ließen ihre Jünger das Opfer auswählen, ließen sie ihren Begierden oder Aggressionen folgen. Auch waren sie niemals anwesend bei einem Mord. Oft machten sie sich dadurch immun gegen eine Anklage. Sie konnten nicht für schuldig erklärt und nicht bestraft werden. Vor allem war es dadurch schwierig, um nicht zu sagen: unmöglich, sie aufzuspüren. Ihr Ziel war es nicht, zu töten, und, paradoxerweise, nicht einmal, Böses zu tun. Im Gegenteil, das war im Vergleich zu ihrem wahren Motiv völlig nebensächlich: *der Macht, andere zu manipulieren und unschuldige Menschen in sadistische Mörder zu verwandeln.*

Mila kannte sich deshalb so gut mit dem Thema aus, weil sie selbst einmal mit einem Todesflüsterer in Berührung gekommen war. Und aus diesem Grund wollte sie mit dem Fall nichts mehr zu tun haben. Ja, sie konnte es ruhig zugeben: Die Vorstellung, es noch einmal mit so jemandem aufnehmen zu müssen, verstörte sie.

Um elf Uhr abends verließ sie die Dienststelle mit der festen Absicht, nie mehr einen Fuß dort hineinzusetzen. Seit dem Nachmittag hatte es unablässig geregnet. Sie hielt ein Taxi an und ließ sich zum Bahnhof bringen. Der letzte Zug fuhr um Mitternacht, und sie hatte nicht vor, ihn zu verpassen. Sie wollte zurück an den See, zu ihrer Tochter.

Janes Mutter hatte ihr am Telefon gesagt, dass Alice müde sei und sie ihr das Sofa zum Schlafen zurechtmachen könne. Mila hatte sich bedankt und erwidert, sie trotzdem abholen zu wollen, da das Wochenende bevorstand.

Sie war etwas zu früh am Bahnhof. Genug Zeit für den x-ten Kaffee an diesem Tag. In dem einzigen noch geöffneten Bistro saßen gerade mal drei Gäste. Alles Männer. Sie bekam ihren Kaffee in einem Pappbecher, mit dem sie sich an einen der kleinen Tische an der Fensterfront setzte. Das Getränk schmeckte nach nichts, aber wenigstens wärmte es ihren verfrorenen Körper. Sie hatte Angst, dass sie Fieber haben könnte. Wie gerne hätte sie sich in Alices Höhle verkrochen und geschützt vor bösen Träumen zu schlafen versucht. Sie musste Berish anrufen, um sich bei ihm zu entschuldigen, dass sie ihn mit ihrem Eindringen in die Vorhölle in Schwierigkeiten gebracht hatte. Erzählen aber würde sie ihm nichts. Sie war nach wie vor überzeugt, dass es besser war, ihn aus der Sache herauszuhalten. Was sie selbst betraf, so würde sie diesen Tag einfach vergessen. Sie wollte zurück zu ihrem Leben am See, auch wenn das bedeutete, dass sie sich mit dem Brief in der Küchenschublade befassen musste.

Der Allgemeinzustand des Patienten ist unverändert.

Als sie den Pappbecher mit dem dunklen Gebräu an die Lippen hob, merkte Mila, dass einer der Bistrogäste sie beobachtete.

Der Mann lehnte am Tresen und wandte sofort den Blick

ab. Er trug einen schwarzen Regenmantel, eine graue Hose und abgelaufene braune Schuhe. Mit der Hand schob er sich sein fettiges Haar hinters Ohr. Es dauerte nur einen winzigen Moment, doch Mila war sicher, einen dunklen Fleck über dem abgetragenen Hemdkragen gesehen zu haben.

Sie zuckte zusammen, die Luft blieb ihr weg. War das ein Muttermal oder ein Tattoo am Hals des Mannes? Es sah aus wie eine Zahl, aber vielleicht hatte sie sich das nur eingebildet?

Sie behielt den Fremden im Auge, darauf wartend, dass er sich erneut umdrehte, um sie zu beobachten. Doch der Mann tat ihr den Gefallen nicht. Schließlich stand sie auf, um sich zum Bahnsteig zu begeben.

Sämtliche Geschäfte und Verkaufsbuden hatten die Rollläden heruntergelassen. Niemand war zu sehen. Mila ging, ohne sich umzudrehen, blieb aber wachsam, um jede Regung in ihrem Rücken wahrzunehmen. Alles, was sie hörte, war der Widerhall ihrer Schritte in der Bahnhofshalle und das ferne Motorengeräusch einer Reinigungsmaschine, die in einer anderen Halle den Fußboden putzte.

Der Zug stand bereits am Gleis. Sie beschloss, in den letzten Waggon zu steigen. Um sich zu vergewissern, dass der Mann aus der Bar ihr nicht gefolgt war, blieb sie neben der automatischen Tür stehen. Dabei wäre es durchaus plausibel gewesen, da der Zug der letzte an diesem Abend war. Doch der Fremde mit dem Regenmantel war nicht zu sehen.

Die Zugtüren schlossen sich, und Mila registrierte erstaunt, wie erleichtert sie war. Jetzt konnte sie sich in Ruhe einen Platz suchen. Sie hatte die Qual der Wahl, der Waggon war komplett leer.

In weniger als einer halben Stunde würde sie ihr Ziel erreicht haben und sich endlich aus ihren regenfeuchten Klamotten befreien, sie gleich zurück in den Karton packen und in die Tiefen ihres Kleiderschranks versenken können.

Ich bin keine Fahnderin mehr. Ich bin Mutter!

Obwohl sie schon seit einem Jahr nicht mehr arbeitete, hatte sie noch genug Geld auf der hohen Kante liegen, um einen Kiosk am Seeufer aufzumachen, in dem man neben Zeitungen, Tabak und Snacks auch Köder und sonstiges Angelzubehör kaufen konnte. Wenn das Geschäft gut lief, würde sie sich ein Boot zulegen und Touristen zum Angeln auf den See hinausfahren, wo sie herrliche Regenbogenforellen fangen konnten, um sie später hübsch präpariert auf dem Kaminsims auszustellen.

Ja, das war genau das Richtige für sie.

Sie dachte kurz an ihre Angst vor dem Mann mit dem Regenmantel zurück. Wie dumm von ihr. Früher wäre ihr so etwas nicht passiert. Aber vielleicht war es auch ein positives Signal. Bedeutete es doch, dass ihr alter Jagdinstinkt fast versiegt war. Dass ihre Motivation, der Aufforderung der Shutton zu folgen, vielleicht nur Neugier gewesen war. Letztlich hatte sich die Entscheidung als richtig erwiesen: Sie hatte die Bestätigung erhalten, dass sie allmählich wieder Mensch wurde.

Aus dem Dunkel komme ich …

Während sie die Gedanken schweifen ließ, spürte sie, wie ihre Schultern- und Nackenpartie sich nach den Stunden der Anspannung lockerte. Das Schaukeln des Zuges und das rhythmische Stampfen der Räder lullten sie ein. Unwillkürlich wurden ihre Lider schwer.

Ein plötzliches Geräusch ließ sie hochschrecken. In der Toilette am Ende des Waggons hatte jemand die Spülung betätigt. Der Kiosk am See wurde jäh davongeschwemmt und mit ihm das Boot und all ihre Zukunftspläne. Zitternd wartete sie darauf, dass die Toilettentür sich öffnete. Doch ihr Benutzer schien keine Eile zu haben.

In Gedanken zählte sie die Sekunden. Sie wusste, die Zeit verging bei großer Anspannung deutlich langsamer. Aber nach fast vier Minuten Warterei war klar, dass irgendetwas nicht mit rechten Dingen zuging.

Das Klacken des Türschlosses verriet ihr, dass aufgesperrt wurde. Als sich die Tür öffnete, meinte sie für einen Moment, den Fremden im schwarzen Regenmantel zu sehen. Doch ein junger Mann mit fast weißen Haaren und einer ebenso bleichen Hautfarbe trat heraus.

Der Albino trug eine Windjacke und eine Umhängetasche quer über der Brust. Allem Anschein nach ein Student. Kurz kreuzten sich ihre Blicke, dann nahm er ungefähr zehn Reihen von ihr entfernt Platz, gegen die Fahrtrichtung, das Gesicht ihr zugewandt.

Der Zug raste durch die Nacht. Hin und wieder ruckelte er geräuschvoll bei einem Gleiswechsel. Mila ließ den jungen Mann nicht aus den Augen. Alles in ihr hoffte, eine weitere böse Überraschung vermeiden zu können.

In Gegenwart des Mannes wurde das zuvor noch beruhigende Stampfen der Räder fast unerträglich.

Der junge Mann öffnete seine Umhängetasche und begann, etwas darin zu suchen. Mila bereute es plötzlich, ihre Pistole zu Hause gelassen zu haben. Doch in der Dienststelle hätte sie die Waffe ohnehin nicht tragen dürfen.

Schließlich zog der Albino ein Notizbuch hervor, hielt es sich dicht vor die Augen und begann, etwas hineinzukritzeln. Er schien sehr konzentriert. War vielleicht aber auch einfach nur stark kurzsichtig.

Nach ein paar Minuten drosselte der Zug sein Tempo. Der junge Mann hob den Blick von seinem Notizbuch und schaute zum Fenster hinaus. Eine Stimme vom Band verkündete die Ankunft an einer Zwischenstation.

In der Hoffnung, dass der Albino hier aussteigen möge, beobachtete Mila aufmerksam jede seiner Bewegungen: wie er sich erhob, den Reißverschluss seiner Windjacke zuzog und die Umhängetasche in die richtige Position schob. Er hatte die Tür hinter Mila zum Aussteigen gewählt, musste also in ihre Richtung.

Als er an ihr vorbeiging, nahm sie einen vertrauten Geruch wahr. Maiglöckchen und Jasmin – der gleiche Duft wie in Berishs Auto. Wie war das möglich? War das Parfüm, das sie zu riechen meinte, bloß ein Produkt ihrer Fantasie, ein seltsamer Zufall, oder nicht?

Wir wissen, wer du bist, wir kennen jedes Detail über dich, du kannst uns nicht entkommen …

Was für eine Idiotin sie doch war. Was war nur mit ihr los? Warum plötzlich diese Paranoia? Sie war sich der Absurdität ihres Verhaltens bewusst, und doch konnte sie ihre Angst nicht kontrollieren. Sie beschloss, den Sitzplatz zu wechseln, um bei der Einfahrt des Zuges in den Endbahnhof einen besseren Überblick zu haben. Sie wusste nicht, warum, doch hatte sie das Gefühl, jemand würde sie dort erwarten. Jemand, mit dem sie nicht rechnete. Sie würde es bald wissen: Laut Durchsage würde sie ihr Ziel in Kürze erreichen.

Es hatte aufgehört zu regnen, und so spät war der Bahnhof menschenleer. Abgesehen von Mila war niemand ausgestiegen. Sie schaute sich um. Der Parkplatz, auf dem sie ihren Hyundai am Morgen hatte stehen lassen, war nur durch eine Unterführung zu erreichen.

Sie starrte auf die Treppe. Ein gelbliches Licht schimmerte ihr entgegen. Panik beschlich sie. Was mochte ihr dort unten drohen? Oder war sie tatsächlich bloß in ihren eigenen kranken Vorstellungen gefangen?

Hinter ihr schlossen sich die Zugtüren, das Signal zur Abfahrt ertönte. Nun hatte sie keine Alternative mehr, wollte sie die Nacht nicht auf einer Bahnhofsbank verbringen. Sie musste sich ihrer Angst stellen.

Langsam ging sie die Stufen hinab. Am Fuß der Treppe angelangt, sondierte sie die Lage. Die Unterführung war gut hundert Meter lang und verlief komplett geradeaus. Nur zum Ende hin machte der Tunnel eine Kurve.

Sie setzte sich in Bewegung. Die schweren Stiefel ließen ihre Schritte auf dem Asphalt laut nachhallen. Sie zwang sich, nicht daran zu denken, was sie am Ende der Unterführung erwarten mochte, doch ihre Fantasie glich einem Horrorfilm.

Als sie die Kurve fast erreicht hatte, verlangsamte sie ihre Schritte, um selbst das leiseste Geräusch vernehmen zu können. Sie wandte sich nach links. Endlich, der Parkplatz, ihr Auto! Das einzige auf dem ganzen Platz.

Die kühle Feuchte der Nacht sprang ihr entgegen wie ein böser Geist, nahm ihr Gesicht zwischen die Hände und hielt sie in dieser Umklammerung, die kein Entrinnen zuließ. Ihre Lippen zitterten, ihre Augen tränten, und ihr Atem verdunstete zu kleinen Wölkchen, die sich sofort wieder auflösten.

Sie schob die Hand in die Jackentasche und fischte nach dem Autoschlüssel. Um ein Haar wäre er zu Boden gefallen. Die Zentralverriegelung sprang sofort auf. Sie ließ sich auf den Fahrersitz fallen und hatte das Gefühl, sich in einer Gruft zu befinden, so klamm war es im Wagen. Schnell machte sie die Autotür zu und startete den Motor.

Die ganze Fahrt über bis zu Janes Haus hatte sie bloß einen Gedanken im Kopf: Alice in die Arme zu schließen. Sie war überzeugt, nur auf diese Weise jemals wieder warm zu werden. Denn die Kälte kam keineswegs von außen, nein, sie kam aus ihrem Inneren. Als hätte der Hauch des Todes sie gestreift.

Wer länger in der Mordkommission arbeitete, bekam einen schlechten Atem, erinnerte sie sich. Jahrelang hatte Mila die faulige Luft eingeatmet, die nach Verwesung stank. Und noch immer hatte sie einen schalen Geschmack im Mund. Sie würde ihn wohl nie mehr loswerden. Auch deswegen küsste sie ihre Tochter nie – aus Angst, Alice könnte sich vor ihr ekeln.

Obwohl sie es sich so gewünscht hatte, nahm sie Alice bei ihrem Wiedersehen nicht in die Arme. Ihre Tochter hätte sich darüber wohl auch nur gewundert.

»Ich habe mit Onkel Simon telefoniert«, sagte das Mädchen schläfrig, als sie ihr an der Haustür entgegenkam.

Alice fragte nicht, wo sie den ganzen Tag gewesen war, und nicht einmal, warum sie erst so spät heimkam. Doch das war nicht weiter ungewöhnlich. Sie trug noch immer die Kleider, die sie schon in der Schule angehabt hatte. Janes Mutter war mit ihr zusammen wach geblieben, um Milas Rückkehr abzuwarten. Die Frau wirkte nicht gerade erfreut, nahm sie aber höflich in Empfang und versuchte, sich ihre Verärgerung nicht anmerken zu lassen.

»Fahren wir nach Hause?«, fragte Alice.

»Klar«, erwiderte Mila, »wo willst du denn um die Uhrzeit sonst hin?«

Die Fahrt vom Bahnhof zu Jane war anstrengend gewesen, aber ohne Zwischenfälle verlaufen. Niemand hatte ihr aufgelauert, niemand hatte sie verfolgt. Doch die Vorstellung, dass das Auftauchen des tätowierten Fremden in der Bar oder des parfümierten Albinos im Zug eine tiefere Bedeutung haben könnte, ließ Mila keine Ruhe.

Sie half Alice auf den Rücksitz und beim Anlegen des Gurts. Bestimmt würde sie nach spätestens einem Kilometer eingeschlafen sein. Dann setzte sie sich ans Steuer.

Wie erwartet, schlief ihre Tochter sofort ein: den Kopf ans Fenster gelehnt, mit offenem Mund, einen Vorhang aus rotem Haar über dem Gesicht. Auch Mila war todmüde, aber das Adrenalin, das sich den ganzen Tag über in ihr angesammelt hatte, hielt sie wach. Wachsam wanderte ihr Blick zwischen Straße und Rückspiegel hin und her.

Hinter ihr durchzuckte ein Blitz den Himmel und erleuchtete für einen Moment Bäume und Hügel. Und das Motorrad, das sie mit ausgeschaltetem Scheinwerfer verfolgte. Das Auftauchen des Fahrzeugs bestätigte ihre bösesten Vorahnungen. Diesmal hatte sie sich nichts eingebildet. Diesmal war es real.

Sie suchte in ihrer Jackentasche nach dem Handy, um das örtliche Polizeirevier anzurufen. Doch ihr war klar, dass sie in dieser abgelegenen Gegend voller Funklöcher kaum eine Chance hatte, eine Verbindung herzustellen. Rasch überschlug sie in Gedanken die verbleibenden Möglichkeiten. Sie hatte keine große Wahl. Die Straße zum See führte mitten durch den Wald, es gab keine Abzweigungen, um ihren Verfolger abzuschütteln. Wenn sie nicht gerade den waghalsigen Versuch unternehmen wollte, den Rückwärtsgang einzulegen und dem unbekannten Motorradfahrer mit voller Wucht entgegenzurasen, war die Richtung klar.

Was willst du von mir? Wer schickt dich?

Sie kannte die Antwort, wollte sie sich aber nicht eingestehen. Es gab nur einen Weg: mit Höchsttempo weiterfahren, um sich im Haus zu verbarrikadieren.

Sie dachte an die Pistole.

Mila schaltete in den nächsten Gang und trat das Gaspedal bis zum Anschlag durch. Für einen Moment fiel der Hyundai im Tempo zurück, dann machte er einen Satz nach vorne. Alice stöhnte im Schlaf, ließ sich aber nicht weiter stören. Wie ein

Fließband glitt der Asphalt unter dem Licht der Scheinwerfer hinweg. Mila hielt das Lenkrad mit beiden Händen fest umklammert: Es gab ein paar scharfe Kurven auf dem Weg zur Uferstraße, und bei der Geschwindigkeit konnte man leicht die Kontrolle über das Auto verlieren. Gleich die erste Kurve nahm sie zu schnell, kam ins Schleudern, konnte den Wagen aber gerade noch auf der Spur halten. Die nachfolgenden Kurven nahm sie mit mehr Bedacht. Ein paar Mal versuchte sie, das Motorrad im Rückspiegel auszumachen, doch sie konnte es nicht sehen.

Ich hoffe, du knallst gegen den nächsten Baum, du Hurensohn.

Angst und Wut wechselten sich in ihrem Inneren ab. Sie machte sich große Sorgen um ihre Tochter, war aber zugleich voller Zorn über das, was ihr widerfuhr. Endlich erkannte sie in der Dunkelheit die Umrisse ihres Hauses. Das Eingangslicht hatte sich automatisch eingeschaltet, wie jeden Abend.

Sie hatte keine Ahnung, ob es wirklich eine gute Idee war, dort Zuflucht zu suchen – im Haus konnten alle möglichen Gefahren auf sie lauern. Doch sie hatte keine andere Wahl, ihnen blieb nur diese letzte Zuflucht.

Schlamm spritzte auf, als der Hyundai in der Einfahrt zum Stehen kam: Mila hatte eine Vollbremsung hingelegt. Zum Glück war Alice angeschnallt, aber nicht einmal das plötzliche Bremsmanöver hatte sie geweckt. Mila sprang aus dem Wagen. Während sie das halb benommene Mädchen aus dem Auto zerrte, warf sie immer wieder kontrollierende Blicke zur Straße, ob sie auch wirklich niemand verfolgt hatte.

»Los, komm, wir müssen ins Haus!«, drängte sie ihre Tochter, die sie unwillig ansah. »Alice, hörst du mich? Komm!«

Unsanft schob sie ihre Tochter bis direkt vor die Haustür. Während sie den Schlüssel im Schloss umdrehte, versuchte sie, durch das kleine Türfenster ins Innere des Hauses zu blicken. Alles schien in Ordnung zu sein, nirgendwo waren die Spuren eines Einbruchs zu sehen.

Kaum hatten Alice und sie die Schwelle überschritten, warf sie die Tür hinter sich ins Schloss. Sie schaltete das Licht ein. Alice ließ sich auf einen Sessel sinken. Mila fasste sie an der Schulter, um sie am Einschlafen zu hindern.

»Alice, hör zu: Du musst mir helfen, verstehst du?«

Das Mädchen riss die Augen auf.

»Was ist los?«

»Wir müssen überprüfen, ob alle Türen und Fenster verschlossen sind.«

An ihrem Tonfall erkannte Alice, dass irgendetwas nicht in Ordnung war.

»Was ist los?«, wiederholte sie verwirrt.

Mila hatte keine Zeit, ihr die Situation zu erklären.

»Bleib in meiner Nähe, alles wird gut.«

Sie nahm den Schürhaken aus dem Ständer am Kamin und machte zusammen mit Alice eine schnelle Runde durchs Haus. Die Hintertür und die Fenster im Untergeschoss waren von innen verrammelt. Nichts wies auf einen Eindringling hin. Dann gingen sie nach oben, wo sich die Schlafzimmer befanden, und Mila betätigte den Lichtschalter. Alles wirkte genau so, wie sie es am Morgen verlassen hatten. Sie stürzte zu der Kommode, in der sie ihre Pistole aufbewahrte, und vergewisserte sich, dass sie geladen war. Den Schürhaken legte sie beiseite. Mit der Waffe in der Hand fühlte sie sich sofort besser.

Von dem Motorradfahrer war draußen noch immer nichts zu sehen. Mila überprüfte das Gelände rund ums Haus vom Fenster aus. Die beiden Linden schaukelten sanft im Wind – wie zwei knochige Hände, die vor dem schwarzen Himmel einen Tanz aufführten. See und Nacht waren eins, der Steg schien ins Nichts zu führen. Die dunklen Bäume im nahen Wald wirkten, als könnte jeden Moment einer von ihnen ausscheren und sich als menschliche Silhouette entpuppen.

Im Haus hatte das alte Handy Empfang. Mila wollte sogleich die Polizei rufen. Doch zuvor wandte sie sich an Alice.

»Ich möchte, dass du nach oben gehst.«

»Warum?«, protestierte das Mädchen.

Weil es dort sicherer war, aber das konnte sie ihr schlecht sagen. Kurz dachte sie an Frida Anderson und ihren verzweifelten Versuch, die Zwillinge zu retten, indem sie sie ins Obergeschoss des Bauernhofs brachte. Es hatte ihren Ehemann nicht daran gehindert, die Treppe hinaufzugehen und ein Blutbad anzurichten.

Mila aber hatte immerhin eine Pistole. Ihre Erfahrung hatte sie gelehrt, dass niemand, wie bösartig seine Absichten auch immer waren, sich freiwillig dem Risiko aussetzte, erschossen zu werden. Nicht einmal der Verrückteste würde sein Leben leichtfertig aufs Spiel setzen.

»Du musst jetzt genau tun, was ich dir sage, verstanden?«, sagte sie in einem Ton, der keinen Widerspruch duldete.

Alice murmelte noch etwas, um sich schließlich widerwillig zu fügen. Mila tippte die Telefonnummer des örtlichen Polizeireviers in ihr Handy. Eine Stimme vom Band bat sie, einen Moment zu warten.

»Verdammt noch mal«, fluchte sie leise.

Was hatten die Kollegen mitten in der Nacht bloß so Wichtiges zu tun, dass sie nicht mal einen Notfall entgegennehmen konnten? Sie legte auf und wollte schon in der Dienststelle anrufen, als sie Alice auf dem Treppenabsatz sah.

»Ich habe dir doch gesagt, du …«

»Ich weiß«, unterbrach das Mädchen sie mit einem seltsamen Lächeln auf den Lippen.

Mila war sofort in Alarmbereitschaft.

»Was redest du da?«

»Du wirst es nicht glauben«, sagte ihre Tochter mit leuchtenden Augen. »Papa war da.«

Mila spürte, wie ihr Hals sich zuschnürte. Alice wusste nicht einmal, wie ihr Vater aussah; das einzige Mal, dass sie ihn in einem Krankenhausbett hatte liegen sehen, war sie noch viel zu klein gewesen, um sich jetzt an ihn erinnern zu können.

»Wo ist er?«, fragte sie, um Normalität bemüht.

»Oben, in meinem Versteck.«

Die Pistole im Anschlag, ging sie die Treppe hinauf. Alices Höhle war der einzige Ort im Haus, den sie nicht kontrolliert hatte. Vorausgesetzt, dass Alice nicht halluzinierte: Wie war der Eindringling dort hineingekommen?

Endlich hatte sie den schmalen Treppenabsatz vor dem Aufgang zum Dachboden erreicht. Der Eingang zu Alices Höhle war mit dem rot-grün karierten Plaid verhängt.

Langsam trat Mila auf die Höhle zu. Sie fühlte sich lächerlich. Die Eichendielen knarrten unter ihren Schritten. Jedes noch so kleine Geräusch jagte ihr einen Stromstoß durch den Körper. Sie streckte die Hand nach dem Plaid aus, griff in den Stoff und fühlte das weiche Material unter den Fingern. Mit einem Ruck riss sie den Überwurf zur Seite.

Nichts als Dunkelheit, nur Schatten, alles Einbildung.

Mila wollte schon den Rückzug antreten, als eine kaum wahrnehmbare Bewegung sie innehalten ließ. Sie drehte den Kopf.

Aus der Finsternis starrten sie zwei funkelnde Augen an.

PASCAL

11

Es war die Kälte, die sie am nächsten Morgen in aller Frühe weckte.

Sie öffnete die Augen und erkannte an der Decke über ihr, dass sie sich im Wohnzimmer befand. Sie lag auf dem Dielenboden, Arme und Beine weit von sich gestreckt. Sie konnte sich an nichts erinnern, hielt aber noch immer die Pistole in der Hand. Als sie sich aufsetzen wollte, drehte sich ihr Kopf, der ganze Körper tat ihr weh. Draußen dämmerte es. Rosafarbenes Licht fiel durch die Fensterscheiben, über dem See lagen zarte Nebelschwaden.

Sie hörte ein Scheppern in der Küche. Töpfe, Teller und Gläser. Alice war sicher schon aufgestanden, sagte sie sich. Sie hatte vergessen, ihr Frühstück zu machen. Und auch Finz war bestimmt zurückgekehrt, vermutlich total ausgehungert.

Sie stand auf und ging zur Küche. Dieser Krach konnte nur von Alice und der Katze stammen. Doch als sie über die Türschwelle trat, glaubte sie, ihren Augen nicht trauen zu können.

Vor ihr stand ein prächtiger Hirsch.

Sein Fell schimmerte seidig, seine Haltung war geradezu königlich. Mila begriff nun auch, woher die Kälte kam, die sie geweckt hatte: Das Tier war durch die offene Hintertür ins Haus gekommen, vermutlich von Hunger getrieben. Der Hirsch hob die Schnauze und stieß mit seinem riesigen Geweih gegen die Deckenlampe, die zu schaukeln begann. Aus seinen dunklen Augen starrte er sie an.

Wie hypnotisiert von der Absurdität des Moments, hielt Mila seinem Blick stand.

»Da ist ein riesiger Hirsch in meiner Küche«, murmelte sie mantraartig vor sich hin. Es erschien ihr wie ein Zeichen.

Plötzlich kehrte ihre Erinnerung zurück. Jemand muss mich unter Drogen gesetzt haben, sagte sie sich. Doch das Tier war keine Halluzination, genauso wenig wie die funkelnden Augen in Alices Höhle.

Mit der Pistole in der Hand stürmte sie die Treppe hinauf. Ihre plötzliche Bewegung hatte den Hirsch aufgeschreckt. Mila hörte, wie er auf den Küchenfliesen ausrutschte, als er die Flucht ergreifen wollte, aber sie hatte keine Zeit, sich um ihn zu kümmern.

Das Bett ihrer Tochter war leer und unberührt. Der Albtraum begann, Formen anzunehmen. Doch Mila wollte sich nicht so schnell entmutigen lassen.

»Alice«, rief sie. »Alice, antworte mir!«

Sie lief zum Versteck ihrer Tochter. Es kam schließlich oft genug vor, dass Alice in der Höhle übernachtete. Vor dem Aufgang zum Speicher bot sich ihr derselbe Anblick wie am Abend zuvor. Die Höhle war noch immer an ihrem Platz, der Eingang mit dem Plaid verhängt. Die Stimme, die leise eine Melodie vor sich hin trällerte, gehörte unverkennbar Elvis. Alice musste mit dem eingeschalteten iPod eingeschlafen sein, deswegen hatte sie sie nicht gehört.

Mit einem Ruck riss Mila die Karodecke herunter: Der iPod lag zwischen den Kissen. Doch Alice war nicht da.

Sie schaute sich um, versuchte zu begreifen. Verzweiflung machte sich in ihr breit. *Warum kann ich mich an nichts erinnern?*

Sie rannte zurück nach unten, durchsuchte Zimmer für Zimmer nach Hinweisen, um die Ereignisse zu rekonstruieren. Als sie am Abend heimgekehrt waren, das wusste sie genau, waren sämtliche Türen und Fenster verschlossen gewesen. Aber sie hatte den Dachboden nicht kontrolliert. War der Eindringling etwa über den Speicher ins Haus gekommen?

Sie fing an zu zweifeln, ob es überhaupt einen Eindringling gab. Vielleicht hatte sie sich die funkelnden Augen in der Höhle auch bloß eingebildet. Jedes Gefühl von Sicherheit war ihr abhandengekommen.

Sie stürmte zur Hintertür hinaus in Richtung Steg. Wie oft hatte sie Alice eingeschärft, nicht zu nah ans Ufer zu gehen. Mila wusste nicht, was schlimmer war: die Vorstellung, dass sie entführt worden, oder die, dass sie ertrunken war. Aber auf dem See trieb kein lebloser Körper, das Wasser war klar. Mechanisch registrierte sie die Information, doch die Angst verflog nicht.

Ich darf jetzt nicht durchdrehen, sagte sie sich. Ich muss mich sammeln und nachdenken. Weil ich *weiß*, was man in solchen Fällen tut. Ich bin Fahnderin. Ich spreche die geheime Sprache der Dinge, ich rieche verwehte Gerüche, ich sehe die Schatten, die andere nicht sehen, verfolge ihre Schritte in die Welt der Finsternis.

Aus dem Dunkel komme ich …

Sie kehrte zurück ins Haus. Ja, sie würde erst mal alles nach Auffälligkeiten absuchen, nach Kampfspuren, Blutflecken, die Alice oder ihr mutmaßlicher Entführer hinterlassen hatten. Spuren waren vergänglich, sagte sie sich. Sie wurden von ihrer Umgebung absorbiert und verschwanden für immer. Daher war die erste Begehung eines Tatorts immer die wichtigste. Wobei der Hirsch das Haus mit seiner Anwesenheit bereits kontaminiert hatte.

Während sie erneut die Zimmer überprüfte, hörte sie ein Klingeln: ihr Handy. Wer konnte das sein? Das Telefon befand sich noch dort, wo sie es am Vorabend hatte liegen lassen, als Alice ihren Versuch, im Polizeirevier anzurufen, unterlaufen hatte. *Du wirst es nicht glauben: Papa hat mich besucht.*

Mit zittrigen Knien nahm Mila den Anruf an.

»Hallo ...«

»Guten Morgen, Ms. Vasquez, hier ist das örtliche Polizeirevier«, meldete sich eine Männerstimme. »Sie haben uns heute Nacht eine Nachricht auf dem Anrufbeantworter hinterlassen, um das Verschwinden Ihrer Tochter anzuzeigen. Sind wir bei Ihnen richtig?«

Mila fuhr der Schreck in die Glieder. Sie konnte sich noch daran erinnern, die Polizei angerufen zu haben und von einer Stimme auf Band zum Warten aufgefordert worden zu sein, aber sie war keineswegs sicher, eine Nachricht hinterlassen zu haben.

»Wahrscheinlich ja«, erwiderte sie zögernd.

»Entschuldigen Sie, dass wir nicht eher zurückgerufen haben, aber im Winter haben wir kaum Personal zur Verfügung. Und die paar Mitarbeiter sind nachts vollauf damit beschäftigt, die Einbrecher in Schach zu halten, die sich die Häuser der Sommerfrischler vorknöpfen.«

»Kein Problem, das macht gar nichts«, fiel Mila dem Anrufer ins Wort. Sie wollte wissen, ob Alice gefunden worden war. »Haben Sie Neuigkeiten von meiner Tochter?«

»Bedauerlicherweise nein«, musste der Polizist zugeben. »Vielleicht können Sie mir kurz schildern, was passiert ist?«

»Heute Nacht ist jemand in unser Haus eingedrungen und hat meine Tochter Alice entführt.«

»Können Sie mir den Eindringling beschreiben?«

»Leider nicht«, gestand Mila. »Ich bin offenbar unter Drogen gesetzt worden, ich kann mich jedenfalls an kein Gesicht erinnern.«

Nur an die Augen, dachte sie. Danach war jede Erinnerung wie weggeblasen. Ein Schauer lief ihr über den Rücken.

»Und Ihre Tochter? Können Sie sie mir beschreiben?«

Ihre Erfahrung hatte sie gelehrt, dass nahe Verwandte bei Ermittlungen oft völlig nutzlose Informationen über die Vermissten lieferten, weil sie entweder in Panik oder vollkommen durcheinander waren. Mila konzentrierte sich daher auf die Details, die sie früher selbst bei der ersten Beschreibung als essenziell betrachtet hatte, und ließ potenziell Verwirrung stiftende Adjektive und Kommentare gleich weg.

»Zehn Jahre alt, ein Meter dreißig groß, achtunddreißig Kilo schwer, normal gebaut«, zählte sie langsam auf, um ihrem Gesprächspartner genug Zeit zum Mitschreiben zu geben. »Grüne Augen, schulterlange rote Haare. Als ich sie zuletzt sah, trug sie eine blaue Samthose, einen blauen Zopfpullover mit einer weißen Bluse darunter und weiße Nike-Sneaker.«

Aus den Augenwinkeln sah Mila, dass in der Garderobe im Flur noch Alices helle Jacke hing. Sie wird bestimmt frieren, dachte sie mechanisch.

»Irgendwelche besonderen Kennzeichen?«, fragte der Polizist.

»In welcher Hinsicht?«

»Na, hat das Mädchen vielleicht außergewöhnliche Merkmale am Körper, wie größere Leberflecke oder Narben? Hat sie Plomben?«

»Nein«, erwiderte sie brüsk. Ganz offensichtlich hatte dieser Provinzpolizist keine Ahnung von Vermisstenfällen, dachte sie. »Nichts davon.«

»Sind Sie sicher?«, hakte der Mann nach.

Mila war irritiert.

»Entschuldigen Sie bitte, aber wozu sollen diese besonderen Kennzeichen gut sein, wenn man sie sowieso nicht sieht?«

»Falls wir den Leichnam identifizieren müssen«, lautete die lapidare Antwort.

Mila wurde kalt. Was war das denn für eine Gesprächsführung? Sie wollte schon protestieren, als sie am anderen Ende der Leitung plötzlich ein seltsames Geräusch vernahm. Hatte da etwa jemand gelacht?

»Ms. Vasquez, sind Sie noch da?«

Da war noch jemand anders bei dem Polizisten. Jemand, der sich totlachte.

»Hören Sie, wollen Sie Ihre Anzeige nun vervollständigen oder nicht?«, fragte der Polizist hartnäckig. Auch er schien Mühe zu haben, das Lachen zu unterdrücken.

Hier stimmt doch was nicht, dachte Mila beunruhigt. Sie spürte, wie sie sich versteifte.

»Mit wem spreche ich?«, fragte sie.

Nach kurzem Zögern entgegnete der andere:

»Mit dem örtlichen Polizeirevier.«

»Wer bist du, verdammte Scheiße?« Sie war außer sich vor Zorn.

Lautes Gelächter ertönte am anderen Ende der Leitung. Dann legte der Anrufer kommentarlos auf.

Mila nahm das Handy vom Ohr und starrte auf das Display. Was war da los? In was war sie da bloß hineingeraten?

In diesem Moment sah sie, dass unter dem Bündchen ihres Pullovers ein Schriftzug auf ihrem Handgelenk hervorblitzte. Sie zog den Ärmel hoch. Sechs Zahlen! Abermals geografische Koordinaten. Allerdings war es keine Tätowierung. Die Angaben zu Längen- und Breitengrad waren mit einem Kuli auf ihre Haut gekritzelt worden.

Während sie ihre Entdeckung noch zu verdauen versuchte, klingelte ihr Handy erneut. Sie schreckte hoch. Fast hätte sie das Telefon weit von sich geschleudert, doch sie hielt sich gerade noch zurück. Sie hatte keine Ahnung, was sie tun sollte. Ihr Herz pochte heftig vor lauter Angst davor, zu erfahren, wer sich am anderen Ende der Leitung befand. Ein Teil von ihr war sicher, dass sie Alices Stimme hören, dass ihre Tochter sie weinend um Hilfe bitten würde und sie nichts für sie tun könnte.

»Hallo …«

Schweigen. Nach ein paar Sekunden hörte sie eine Männerstimme.

»Du musst da weg.«

Doch es war nicht der falsche Polizist, das hatte Mila klar erkannt.

»Aber … Wer …«

»Jetzt sofort!«, unterbrach der andere sie bestimmt. »Wir treffen uns am Ende des Wegs zum Aussichtspunkt.«

Mila zögerte. Sie hatte jedes Vertrauen verloren. Aber der Fremde ließ nicht locker.

»Du musst dich beeilen, sie sind im Anmarsch.« Dann fügte er hinzu: »Nimm ruhig die Pistole mit, wenn du willst. Aber lass das Handy zu Hause.«

Sie nahm nicht den Weg, den der Mann ihr vorgeschlagen hatte, ihr Argwohn war zu groß. Immer den Wald im Auge behaltend, darauf gefasst, urplötzlich eine Bewegung oder einen Schatten zu sehen, lief sie direkt am Seeufer entlang. Selbstverständlich hatte sie ihre Pistole dabei.

Als sie den Aussichtspunkt erreichte, war niemand zu sehen. Sie blickte sich um. Hinter einem Felsen trat eine Gestalt hervor. Mila zog die Pistole.

»Keine Bewegung!«, brüllte sie.

Der Mann trug eine rote Sturmhaube, die fast sein ganzes Gesicht bedeckte, bis auf Augen und Mund.

»Ich bin unbewaffnet«, versicherte er und hielt die Hände hoch. Ein massiger Typ, alles andere als durchtrainiert. Er trug einen hellen Anzug, der genau wie er selbst aus der Form geraten war. Jacke, Hose und die braune Krawatte waren von Flecken übersät. Seine Finger steckten in Latexhandschuhen, die viel zu klein für seine Pranken waren. Er wirkte nicht bedrohlich, sondern vielmehr bizarr.

»Ich will dir helfen«, sagte der Mann.

»Zieh erst deine verdammte Sturmhaube aus!«, herrschte sie ihn an.

»Nein, das ist meine einzige Bedingung ... Du hast nichts davon, wenn du auf mich schießt oder mich zu irgendetwas zwingst.«

Mila dachte einen Moment nach. Die Situation war mehr als paradox.

»Wo ist meine Tochter?«

»Der Gast in der Bar mit dem schwarzen Regenmantel«, sagte der Mann, ohne auf ihre Frage einzugehen. »Der Albino aus dem Zug. Der Motorradfahrer ...«

Mila verstand die Welt nicht mehr. Woher wusste er von den dreien?

»Ist das eine Bande?«

»Tatsächlich kennen sie einander nicht. Aber sie haben alle denselben Auftrag: dir einen Höllenschrecken einzujagen.«

»Warum?«

»Weil das Spiel es so vorsieht.«

»Was für ein Spiel? Wovon redest du? Wer hat meine Tochter entführt?«, rief sie außer sich.

»Ich weiß es nicht. Es ist wie bei Monopoly: Du ziehst eine Karte, und sie sagt dir, was auf dich zukommt. Du hast nun mal *diese* Karte gezogen, es tut mir leid.«

Mila überlegte einen Moment.

»Enigma hat dich geschickt, stimmt's?«

Mit Sicherheit steckte der Todesflüsterer hinter den Ereignissen. Der Mann mit der Sturmhaube reagierte nicht auf ihre Frage. Nach einem kurzen Moment sagte er:

»Kann ich die Arme runternehmen? Sie fangen an wehzutun.«

Sie gab ihm ein Zeichen, dass er sich bewegen durfte. Der Fremde massierte sich die tauben Gliedmaßen.

»Danke.«

»Würdest du mir jetzt bitte sagen, was hier abgeht?«

»Das ist kein sicherer Ort hier«, entgegnete ihr der Mann. »Ich erzähle dir alles, was ich weiß, aber du musst mit mir kommen.«

»Du bist verrückt! Ich gehe nirgendwo mit dir hin.«

»Wenn du willst, kannst du gerne deine Freunde von der Polizei informieren. Aber nicht mit deinem Handy, das haben sie gehackt.«

»Gehackt? Wer?«, rief Mila verzweifelt.

Wieder gab der Mann ihr nur ausweichend Antwort.

»Wenn du jetzt zur Polizei gehst, siehst du deine Tochter nie wieder.«

»Woher willst du das wissen?«

»Ich weiß es nicht, aber es liegt auf der Hand.«

Mila war mit den Nerven am Ende.

»Hör zu, er hat dich auserwählt«, versuchte der andere, sie zu überzeugen.

Er meinte wohl tatsächlich Enigma. Aber woher wusste er von dem Tattoo mit ihrem Namen? Die Dienststelle hatte dieses Detail nicht an die Medien weitergegeben.

»Du sprichst über Dinge, die du nicht wissen dürftest«, sagte Mila. »Woher weiß ich, dass du es ernst meinst? Wieso sollte ich dir glauben? Enigma könnte auch dich geschickt haben …«

»Du hast recht, an deiner Stelle wäre ich auch misstrauisch. Aber um ehrlich zu sein: Hast du eine Alternative?«

Mila dachte über seine Worte nach. Ohne den Mann aus den Augen zu lassen, nahm sie die Pistole in die andere Hand. Mit den Zähnen zog sie ihren Pulloverärmel zurück, um ihr Handgelenk zu entblößen.

»Als ich heute Morgen aufgewacht bin, habe ich das hier entdeckt«, sagte sie und deutete mit dem Kinn auf die Zahlen.

»Verstehe …«, sagte der Fremde sorgenvoll. »Los, gehen wir.«

Mila beschloss, ihm zu folgen. Tatsächlich hatte sie keine andere Wahl.

Sie ging hinter ihm her, immer mit ein paar Schritten Abstand, um weiter die Waffe auf ihn richten zu können. Schließlich erreichten sie einen unbefestigten Platz, auf dem im Sommer gecampt wurde. Ein beigefarbener Peugeot 309, ein Modell aus den Neunzigern, stand dort. Das Auto war ungefähr so alt wie Enigmas grüner Passat, durchfuhr es sie.

»Ich erkläre dir jetzt, was wir tun werden«, begann der Mann. »Wie du weißt, will ich nicht, dass du mein Gesicht siehst. Aber mit der Sturmhaube kann ich nicht fahren, sie schränkt die Sicht zu sehr ein.«

»Dann fahre ich.«

»Ich will auch nicht, dass du siehst, wohin wir fahren.«

»Was machen wir dann?«

Der Mann schwieg. Mila begriff, was er im Sinn hatte.

»In den verdammten Kofferraum steige ich ganz bestimmt nicht! Niemals, vergiss es.«

»Du hast eine Pistole, ich bin unbewaffnet«, sagte der Unbekannte. »Oder meinst du, ich kann nicht Auto fahren?«, scherzte er.

Mila warf ihm einen schrägen Blick zu.

»Ich kann dir nur wünschen, dass dein Wissen so wertvoll ist, wie du behauptest.«

Eingeschlossen im Kofferraum des alten Peugeots, versuchte Mila während der Fahrt, so viele Informationen wie möglich aufzunehmen. Dass sie zunächst durch ein Wohngebiet gefahren waren, hatte sie an den Kinderstimmen gehört, die von einem nahen Spielplatz gekommen sein mussten. Ein stark metallischer Gestank hatte sie wenig später auf die Emissionen eines Hochofens schließen lassen, also hatten sie anschließend ein Industriegebiet durchquert. Außerdem hatte der Mann mit der Sturmhaube mehrere Male geniest. »Ich bin allergisch gegen Katzenhaare«, hatte er sich mit lauter Stimme entschuldigt, und Mila hatte an Finz denken müssen: Vielleicht waren es seine Haare, die an ihren Kleidern klebten und den Mann zum Niesen gebracht hatten. Unweigerlich wanderten ihre Gedanken zu Alice. Sie hatte große Angst vor dem, was mit ihrer Tochter passiert sein mochte. Am liebsten hätte sie den Fremden mit Fragen bombardiert, beschloss aber, sich vorerst zurückzuhalten. Es dauerte fast eine Stunde, bis sie ihr Ziel erreicht hatten.

Am Zielort herrschte vollkommene Stille. Das Einzige, was Mila vernahm, war das Rattern eines Rolltors, das geöffnet und wieder geschlossen wurde. Endlich kam der Fremde, um sie zu befreien. Als die Kofferraumklappe aufging, erkannte Mila, dass sie sich in einer Tiefgarage befinden mussten.

»Alles okay?«, fragte der Mann mit der Sturmhaube und reichte ihr seine Latexpranke, um ihr beim Aussteigen behilflich zu sein.

»Alles okay«, bestätigte Mila.

»Ich gehe voran«, sagte der Mann.

Kurze Zeit später betraten sie eine Art Wohnküche. Ein

seltsamer Gestank empfing sie, nach verbranntem Plastik oder Gummi, wie von geplatzten Autoreifen.

Mila hörte die Tür ins Schloss fallen. Sie konzentrierte sich darauf, ihre Umgebung zu erkunden.

Das Gebäude, in dem sie sich befanden, wirkte wie ein Vorstadtreihenhaus. Die Fenster waren mit schweren, dunklen Gardinen verhängt, sodass sie nicht hinausschauen konnte. Die Möbel waren einfach und praktisch und schienen schon lange nicht mehr benutzt worden zu sein. Von weiteren Bewohnern keine Spur.

»Da entlang«, sagte der Fremde.

Er führte sie zu einer Tür, hinter der sich eine Kellertreppe verbarg. Mila zögerte. Sie hatte nicht vor, wie manch ein Mordopfer zu enden, das seinem Mörder vertraute und blind in die Falle tappte.

»Du hast doch immer noch deine Pistole, oder?«, sagte der Mann, der ihr Zaudern bemerkt hatte.

Ohne ihre Antwort abzuwarten, ging er voran. Als sie die unterste Stufe der Kellertreppe erreicht hatte, sah Mila, dass sie sich in einer Art Zwischengeschoss befanden, das als Abstell- und Wäschekammer diente. Zwischen Regalen mit Gerümpel und alten Kartons entdeckte sie ein Feldbett und eine Kochplatte. In einem Schrank ohne Tür, der als Garderobe fungierte, hingen Blaumänner neben Anzügen, Freizeithemden neben Wintermänteln. Erstaunt erkannte Mila auch einen Toilettentisch mit einer Ablage voller Schminksachen und mehreren Perücken auf Styroporköpfen. Hier also hauste ihr Gastgeber. Eine merkwürdige Wahl, hätte er doch ein Stockwerk höher eine komplett eingerichtete Wohnung zur Verfügung gehabt.

Als sie sich umdrehte, sah sie einen abgewetzten Sessel vor einem alten iMac stehen, dessen abgerundetes Gehäuse aus türkisfarbenem, halb transparentem Kunststoff bestand. Sie erinnerte sich, dass das Gerät bei seiner Markteinführung Ende der Neunzigerjahre eine wahre Revolution ausgelöst hatte, und dieses Vintage-Designobjekt vor ihr schien tatsächlich noch zu funktionieren. Auf dem Tisch mit dem iMac lagen neben Maus und Tastatur ein Controller und eine VR-Brille. Alles, was man brauchte, um das Spiel ohne Namen zu spielen, dachte Mila sofort.

»Herzlich willkommen«, sagte der Mann mit der roten Sturmhaube. »Jetzt kannst du mich alles fragen, was du wissen willst.«

»Wo ist Alice?«

»Ich weiß es nicht«, erwiderte der andere prompt. »Aber auch wenn ich es dir nicht mit Gewissheit sagen kann, bin ich fast sicher, dass es ihr gut geht.«

»Wie kannst du das behaupten?«

»Weil deine Tochter bei diesem Spiel das Ass im Ärmel ist.«

Schon wieder das Spiel. Was bedeutete das?

Der Mann zog seine abgetragene Jacke aus und legte sie vorsichtig auf das Feldbett. Dann setzte er sich daneben und legte abwartend die behandschuhten Hände auf die Knie.

»Nächste Frage«, ermutigte er sie.

»Wer bist du?«

»Meinen Namen zu wissen, würde dir nichts nützen. Genauso wenig mein Gesicht zu kennen«, sagte er ruhig. »Die Anonymität gehört zu meinen kleinen Spleens, wenn du gestattest.«

»Hängt davon ab, wer du wirklich bist«, erwiderte Mila. »Ich könnte dir ins Bein schießen und dich zwingen, mir dein Gesicht zu zeigen. Blei spricht eine sehr eindeutige Sprache, und ich bin sicher, du würdest mir all deine Geheimnisse verraten, um nicht zu verbluten.«

»Du könntest, aber du tust es nicht …«

Mila würdigte ihn keiner Antwort. Ein paar Sekunden lang schwiegen sie beide.

»Na gut«, willigte der Mann ein, als sie nicht klein beizugeben schien. »Vor ein paar Jahren habe ich beschlossen, keinerlei Spuren mehr zu hinterlassen. Auch wenn ich dir meinen Namen sagen oder mein Gesicht zeigen würde, du fändest keinen Hinweis auf mich in irgendwelchen Archiven oder Datenbanken. Abgesehen davon hat mich schon lange niemand mehr gesehen, niemand kennt mich: Ich habe den Kontakt zu meiner Umgebung komplett abgebrochen.«

Genau wie Enigma, überlegte Mila.

»Wie schaffst du es, die Überwachungskameras zu überlisten, die an jeder Ecke hängen? Machst du dich etwa unsichtbar?«

»Ich verändere ständig mein Aussehen, verkleide mich, um in der Menge unterzugehen«, erklärte der Fremde und zeigte auf den Toilettentisch mit den Schminksachen und die Garderobe. »Ich hinterlasse keine Fingerabdrücke und keine DNA«, sagte er. Wie zum Beweis hob er die Hände. »Das ist nicht einfach und erfordert viel Disziplin. Aber man kann es schaffen, glaub mir. Ich habe weder Handy noch sonstige elektronische Geräte, mit deren Hilfe man mich lokalisieren und hierher verfolgen könnte. Alles, was ich an Technik verwende, stammt aus den Neunzigerjahren, als die internationalen Großkonzerne ihre Produkte noch nicht mit EAN-Codes versehen haben.«

Mila dachte an das Auto und den Computer des Mannes. Auch Enigma hatte ähnliche Tricks angewendet.

»Ich habe viel Zeit darauf verwendet, mein Ziel zu erreichen«, brüstete sich ihr Gastgeber. »Aber am Ende habe ich es geschafft: Ich existiere nicht mehr.«

»Und wie soll ich dich nennen?«

»Pascal.«

»Pascal«, wiederholte Mila. »Wie die Programmiersprache, nehme ich an.«

Der Mann ging nicht weiter auf ihre Bemerkung ein, und Mila beschloss, gleich zum Punkt zu kommen. Sie zeigte auf die VR-Brille.

»Erzähl mir von dem Spiel ohne Namen.«

Der Mann mit der roten Sturmhaube stellte einen Wasserkessel auf die Herdplatte.

»In Insiderkreisen wird das Spiel *Anderswo* genannt«, sagte er. »Es wurde kurz vor der Jahrtausendwende online gestellt: Deswegen ist die Grafik auch noch nicht so gut wie bei modernen Videospielen. Aber irgendwie hat dieser Retrolook auch was Authentisches, findest du nicht?«

Mila gab sich keine Mühe zu antworten.

»Jedenfalls wäre es unverzeihlich, *Anderswo* nur als simples Spiel zu betrachten, denn an seinem Anfang stand eine wunderbare Utopie.« Pascals Tonfall klang nostalgisch. »Die Erfinder wollten anonym bleiben, um sie ranken sich jede Menge Mythen. Was zählt, ist, dass sie eine echte Parallelwelt kreiert haben, einen virtuellen Ort, der eine Eins-zu-eins-Replik unserer Welt darstellt, in der ein revolutionäres soziales Experiment durchgeführt werden sollte … *Anderswo* sollte eine Generalprobe für die Welt von morgen sein, ein Weg, um neue Modelle und Methoden auszuprobieren und um der Menschheit den Fortschritt zu bringen.«

Pascal schien vollkommen überzeugt von dem, was er sagte. Mila aber wusste immer noch nicht, ob er ihr tatsächlich eine Hilfe sein würde oder ob er einfach nur verrückt war.

»Das Tolle war, dass sämtliche Aspekte dieses großen Traums wahr zu werden schienen: Wenn du dich im *Anderswo* eingeloggt hattest, musstest du dir eine Arbeit suchen, mit der du Geld verdienen konntest, um ein Haus und sonstige Dinge zum Leben zu erwerben – alles im Rahmen des Spiels. Es durfte nicht *irgendein* Job sein, sondern einer, der beim Aufbau der neuen Gesellschaft half, denn die Spielregeln besagten, dass das Wohl des Einzelnen für alle gelten sollte. Du konntest Karriere machen, Erfolg und Anerkennung erlangen, aber nur, wenn dadurch auch Vorteile für die anderen entstanden … Im *Anderswo* gab es keine Arbeitslosigkeit, keinen Klassenkampf, keine soziale Ungerechtigkeit.«

»Konntest du irgendwer sein, oder musstest du zwangsläufig du selbst sein?«

»Du hast dir einen Avatar gesucht und warst damit frei, in eine x-beliebige Rolle zu schlüpfen. Ziemlich bald aber haben die meisten erfahren müssen, dass man im *Anderswo* mit Ehrlichkeit am besten fuhr.«

Mila war nicht der Ansicht, dass Ehrlichkeit eine weitverbreitete Tugend war, ja, sie war sogar der festen Überzeugung, die Menschen würden lügen, um andere zu übervorteilen.

»Das *Anderswo* war dafür gemacht, die Interaktion zwischen den Individuen zu vereinfachen. Man traf sich, man kannte sich, es herrschte ein ständiger Austausch von Ideen. Auch in Sachen Liebe war es einzigartig: Viele Paare haben sich gefunden oder sogar geheiratet, viele Spielerinnen und Spieler haben sich im *Anderswo* neu verliebt. Was aber nicht weiter verwerflich war und auch nichts mit Untreue zu tun hatte. Im Gegenteil, die realen Beziehungen vertieften sich sogar noch, denn im *Anderswo* erfuhr man Dinge über sich, von denen man vorher nicht zu träumen gewagt hätte.«

Der Kessel begann zu pfeifen. Pascal nahm ihn von der Kochplatte und goss das heiße Wasser in zwei Tassen, in die er anschließend Teebeutel hängte.

»Als ich diese Welt zum ersten Mal betreten habe, konnte ich nur ein gespenstisches Stadtpanorama sehen«, antwortete Mila.

»Früher gab es im *Anderswo* Häuser, Autos, Geschäfte, Lokale. Du konntest ins Kino gehen, tanzen, dir die passende Kleidung kaufen oder bei Wahlen kandidieren. Viele Künstler haben sich ins *Anderswo* eingeloggt, um dort ihre Werke zu zeigen. Es gab keine Verbrechen, keinen Egoismus, keine Gewalt: Wer die Spielregeln nicht akzeptierte, schloss sich selbst aus ... Die Menschen waren glücklich.«

»Und was ist dann passiert?«

Pascals Stimme nahm einen resignierten Tonfall an.

»Bei ihrem Versuch, die perfekte Gesellschaft zu kreieren, haben die Erfinder von *Anderswo* vergessen, etwas zu berücksichtigen, das untrennbar zur menschlichen Natur gehört, nämlich ...«

»... das Böse«, kam Mila ihm zuvor.

Pascal nickte.

»Das Böse a priori auszugrenzen, war ein Fehler, den sie zu spät bemerkt haben. Sie hätten Vorsorge treffen, sie hätten ihr Paralleluniversum Antikörper bilden lassen müssen, um aus sich heraus gegen das Böse angehen zu können. Auf lange Sicht gesehen war die von ihnen gestaltete Welt einfach nicht attraktiv. Der Mensch will nicht perfekt sein, im Gegenteil: Er will die Freiheit haben, es nicht sein zu müssen ... Auf diese Weise nahm das Interesse am *Anderswo* immer mehr ab, und die meisten User haben sich aus dem Spiel zurückgezogen.«

Mila bemerkte, dass Pascal nicht nur nostalgisch, sondern auch frustriert war.

»Wer sich früher gerne im *Anderswo* herumtrieb, hält sich heute in der Welt der Social-Media-Plattformen auf«, sagte der Mann bitter. »Du glaubst, du interagierst mit Gleichgesinnten, stattdessen umgibst du dich mit falschen Freunden, nur um Einblick in das Privatleben anderer zu kriegen und dich selbst zur Schau zu stellen – ohne Scheu, ohne Schamgefühl … Du bist nur noch ein Hamster im Käfig, der seine Zeit damit verbringt, andere Hamster in ihren Käfigen auszuspionieren.«

Der Mann überprüfte, ob der Tee lange genug gezogen hatte, und reichte Mila eine der beiden Tassen.

»Der Pressemeldung des Polizeipräsidiums zufolge funktioniert die ›Methode Shutton‹ ganz hervorragend«, fuhr ihr Gastgeber fort. »Sinkende Kriminalitätsrate, deutlich weniger Morde als früher, die Leute fühlen sich sicherer …«

Mila musste an die Worte von Berish denken und an die Daten, die die Richterin kurz vor dem Großeinsatz in der verlassenen Raffinerie heruntergebetet hatte.

»Statt uns über solche Ergebnisse zu freuen, sollten wir uns lieber fragen, wo das Böse geblieben ist.«

Mila zuckte unwillkürlich zusammen.

»Das Internet ist wie ein riesiger Schwamm: Es saugt alles auf, was uns ausmacht. Vor allem das Schlechte in uns. Im realen Leben sind wir gezwungen, uns anzupassen, um mit anderen zusammenleben zu können. Wir müssen Kompromisse eingehen, uns an Gesetze und Konventionen halten. Manchmal ist es uns daher nicht vergönnt, unser wahres Gesicht zu zeigen, wir müssen eine Maske tragen. Aber das ist unvermeidbar, anders können wir nicht Teil der Gesellschaft sein … Im Netz hingegen fühlen wir uns frei von dieser Heuchelei, doch das ist eine Illusion. Dort sind wir bloß allein mit unseren Dämonen. Der Beweis dafür findet sich im *Anderswo*.«

»Was ist passiert, als die Leute das Spiel verlassen haben?«, fragte Mila ungeduldig.

Pascal lehnte sich an einen Stützpfeiler und lockerte seine Krawatte.

»Nach einiger Zeit, in der das *Anderswo* praktisch ein verlassener Ort war, fing es plötzlich wieder an, sich zu beleben«, erzählte er. »Stell dir ein Niemandsland vor, das die exakte Reproduktion der Welt ist, in der wir leben, ein Ort, an dem die Leute Dinge tun, die sie sich im echten Leben aus Angst vor dem Gesetz nicht trauen würden, aber auch, weil sie befürchten, wegen ihres Verhaltens geächtet zu werden. Stell dir eine Welt ohne Regeln vor, in der der einzige Gott der Egoismus ist und allein das Recht des Stärkeren zählt.«

Mila konnte es sich vorstellen. Diese Welt machte ihr Angst.

»Gestern, als ich mit dem Computer eines gewissen ›Gräte‹ einen ersten Ausflug ins *Anderswo* unternommen habe, konnte ich plötzlich eine Präsenz in meiner Nähe fühlen … Nach einer Weile hat sie angefangen zu reden und ›*Schau dich an*‹ zu mir gesagt.«

Pascal schien wenig beeindruckt.

»Alle haben dich beobachtet.«

»Du meinst, die anderen Spieler?«

»Enigma hat sie alle dazu eingeladen, deswegen haben sie es gesehen. Auch ich übrigens«, ergänzte er, »sonst hätte ich dich nicht finden können.«

Mila war nicht wirklich überzeugt von seiner Erklärung.

»Ich glaube, die Zahlen auf meinem Handgelenk bedeuten, dass ich mich wieder ins *Anderswo* einloggen muss, wenn ich Alice finden will …«

»Ich fürchte, genauso ist es«, bestätigte der Fremde. »Nur so wirst du erfahren, wie das Spiel funktioniert.«

Pascal ging zum iMac und schaltete ihn ein.

»Mach dir keine Sorgen: Ich nutze einen verschlüsselten Internetzugang, niemand wird uns lokalisieren können.« Er setzte sich vor den Rechner und begann, auf die Tastatur einzutippen. »Ich werde dir einen geeigneten Avatar suchen.«

Mila war sich nicht sicher, was sie davon halten sollte. Doch der Mann mit der roten Sturmhaube tippte unbeirrt in die Tasten.

»Dein Lieblingslied?«

»Was?«, fragte sie verblüfft.

Pascal hob den Blick.

»Ich muss dich jederzeit da rausholen können. Die Musik ist so was wie eine Rettungsleine.«

»Letztes Mal habe ich es alleine geschafft rauszukommen.«

»Diesmal wird das nicht möglich sein, glaub mir.«

»Okay, dann irgendwas von Elvis«, sagte sie in Gedanken an Alice.

»Immer eine gute Wahl«, stimmte der andere zu.

Als er fertig war, stand er auf und holte einen großen Stadtplan, den er vor ihr auseinanderfaltete.

»Mit Blick auf die Koordinaten auf deinem Handgelenk würde ich vermuten, dass du das *Anderswo* hier betrittst …«

Er zeigte auf einen Punkt auf der Karte.

»Chinatown«, erkannte Mila. Sofort hatte sie die Hektik, die Gerüche und Farben des Viertels vor Augen.

Pascal reichte ihr die VR-Brille. Er klopfte auf die Lehne des Sessels vor dem Computer, um ihr zu signalisieren, dass alles bereit und die Sache nun an ihr sei.

»Die kannst du nicht mitnehmen, das ist dir klar, oder?«, sagte er, auf die Pistole deutend.

»Kommst du nicht mit?«

»Ich glaube nicht, dass die Einladung für zwei Personen gilt … Ich werde nicht mal verfolgen können, was passiert – du musst also sehr vorsichtig sein.«

Mila legte die Waffe neben den Computer auf den Tisch. Wenn Pascal sie wirklich umbringen wollte, würde er ohnehin einen Weg finden, so viel war klar. Umständlich nahm sie auf dem Sessel Platz. Auf dem Monitor des iMacs tauchte die Startseite von *Anderswo* auf, sie erkannte den stilisierten Globus, der sich um seine eigene Achse drehte, und das Eingabefeld, in das Breiten- und Längengrad einzutippen waren. Was Pascal sofort tat, indem er die Zahlen von ihrem Handgelenk ablas.

»Ein letztes Detail ...«

Der Mann griff in seine Hosentasche und streckte ihr die geöffnete Latexhand entgegen, auf der eine kleine türkisblaue Pille lag.

»Engelsstaub«, erkannte Mila sofort. »Wozu brauche ich das?«

»Wie du bereits mit eigenen Augen gesehen hast, ist die Grafik im *Anderswo* alles andere als elaboriert.«

Mila erinnerte sich an die schlechte Auflösung, die fehlenden Pixel und schwarzen Löcher, die verblassten Farben, unscharfen Umrisse und flachen Bilder.

»Viele Spieler nehmen Engelsstaub, um ihr Erlebnis echter wirken zu lassen.«

Doch Mila hatte keineswegs vor, die Pille zu nehmen.

»Ich bin nicht hier, um zu spielen, sondern um zu ermitteln.«

»Das *Anderswo* hat eine Komponente, die von den Programmierern so nicht vorgesehen war – eine emotionale, sinnliche Erfahrung. Die kann man nicht erklären, nur erleben ... Wenn du nicht wirklich nachvollziehen kannst, wovon ich rede, wirst du nie in Enigmas Kopf schauen und sein Muster verstehen können.«

»Muster« war ein Wort aus dem Vokabular von Kriminologen und Profilern, durchfuhr es Mila.

Keine Ahnung, wer Enigma ist, aber genauso wenig weiß ich, wer du bist, Pascal. Wer zur Hölle steckt unter dieser Haube?

Unentschlossen fixierte sie die Pille.

»Vorhin hast du gesagt, dass Alice das Ass im Ärmel ist.«

»Enigma hat ein neues Spiel begonnen, und du bist seine Gegnerin«, weihte Pascal sie ein.

»Und was ist mein Spiel?«

»Ich fürchte, das musst du selbst rausfinden.«

Mila nahm die Pille und steckte sie sich, ohne länger darüber nachzudenken, in den Mund.

»Ich bin bereit«, sagte sie. »Lass uns anfangen.«

12

Es war ganz anders als beim ersten Mal.

Mila fand sich in einem dunklen Tunnel wieder. Ihre »Reise« hatte weniger als eine Sekunde gedauert, aber der Bruch war total: Weder die Anwesenheit von Pascal noch die Geräusche und Gerüche aus dem Souterrain nahm sie mehr wahr.

Der Tunnel führte sie in eine Gasse zwischen zwei Gebäuden, an deren Ende sich eine verwaiste Straße befand. In der realen Welt war es noch früh am Morgen, im *Anderswo* hingegen mitten in der Nacht. Auch der optische Effekt der VR-Brille erstaunte Mila. Ihre Umgebung schien immer noch künstlich, doch das Gesamtbild wirkte nun erstaunlich wirklichkeitsgetreu. Die bei ihrer ersten Reise noch verschwommenen Umrisse waren viel schärfer, die Bewegungen fließend – sie kam sich vor, als würde sie sich im Inneren einer Flasche befinden. Die Farben waren nicht mehr blass, sondern kräftig und lebendig. Der Effekt des Engelsstaubs.

Sie schaute auf ihre Hände, die gepflegt wirkten, mit akkurat gefeilten, langen Fingernägeln. So hatten ihre Hände noch nie ausgesehen. Normalerweise schnitt sie sich die Nägel kurz, und ihre Haut war rau. Ein seltsames Gefühl. Sie war gespannt auf den Rest. In dem Moment bemerkte sie ein Fenster in der Nähe und trat näher, um sich in der leicht verrußten Scheibe zu spiegeln.

Sie war komplett schwarz gekleidet. Dann erblickte sie ihr Gesicht – die Erinnerung an den Moment, in dem sie Karl Anderson als ihr Spiegelbild erkannte, war noch sehr lebendig. Die Haare ihres Avatars bewegten sich im Wind, ihr Teint war glatt. Pascal hatte ihr das Erscheinungsbild einer Unbekannten gegeben, die ihr dennoch vertraut vorkam. Mila wunderte sich. Die Frau ähnelte ihr, schien aber zugleich ganz anders.

Das bin nicht ich. Das ist Alice als Erwachsene.

Letztlich war die Ähnlichkeit zwischen ihnen nichts Außergewöhnliches, nur dass Mila häufig vergaß, was sie und ihre Tochter gemeinsam hatten. Der Gedanke schmerzte sie.

Plötzlich registrierte sie den feinen Sprühnebel, der sich auf ihr Gesicht und ihre Hände gelegt hatte. Sie hob den Blick zum tiefschwarzen Himmel.

Es nieselte.

Sie spürte es deutlich auf der Haut. Erst da begriff Mila die Bedeutung von Pascals Worten: *Das* Anderswo *hat eine Komponente, die von den Programmierern so nicht vorgesehen war – eine emotionale, sinnliche Erfahrung. Man kann sie nicht erklären, man kann sie nur erleben …*

Sie ging die Gasse hoch zur Straßenkreuzung und schaute sich um. Chinatown bestand aus einer Aneinanderreihung niedriger Gebäude, über die sich riesenhaft die Wolkenkratzer der Innenstadt erhoben. Normalerweise wurden sie nachts hell angestrahlt, doch im *Anderswo* wirkten sie wie Monolithen aus schwarzem Bakelit. Die bunten Leuchtreklamen, die typisch waren für diesen Teil der Stadt, waren ausgeschaltet. Wie traurige Wächter der Vergangenheit schaukelten die markanten roten Laternen im Wind. Ein bleiernes Schweigen lag über der Szenerie. Dies war kein Ort, den sie kannte und gern besuchte. Eine negative Aura umgab ihn, als wäre er mit dem Bösen infiziert worden.

Eine Brise wehte ihr entgegen, strich über ihre Beine. Wieder hatte sie das Gefühl, genau wie im Apartment der Andersons, dass sie nicht allein war. Sie drehte sich um, konnte aber niemanden entdecken. »Alle haben dich beobachtet ...«, hatte Pascal gesagt.

Sie ging die Straße entlang. In den Schaufenstern der Geschäfte war nichts zu sehen, alles war dunkel. Erneut spürte sie die Brise.

»*Bring dich in Sicherheit*«, sagte dieselbe sanfte Stimme, die sie schon im Zimmer der Zwillinge gehört hatte.

Mila blieb wie angewurzelt stehen. Wer hatte da zu ihr gesprochen? Noch immer konnte sie niemanden entdecken.

Am Ende des Häuserblocks befand sich ein Kino. Eine Tür öffnete sich, und ein langer Schatten wurde auf den Asphalt geworfen. Sie beschloss, sich ihm zu nähern.

Ein dunkler Flur führte ins Innere des Kinos. Am Ende des Gangs war das Ticken einer Uhr zu hören. Für einen Moment stockte sie. *Ein bloßer Fake,* rief sie sich ins Gedächtnis, *geh schon, mach dich nicht lächerlich. In der echten Welt kann mir niemand etwas anhaben.*

Sie gab sich einen Ruck und betrat den Flur, der sie zu einer Art Wohnzimmer führte. Mila musste an die Stube ihrer Großmutter denken. Das Ticken kam von einer alten Standuhr. In dem Raum befanden sich außerdem ein Plüschsofa mit zugehörigem Sessel, ein gemusterter Teppich und eine Deckenlampe mit bordeauxfarbenem Schirm, die ein warmes Licht verströmte, eine Anrichte und mehrere Tischchen mit Porzellanfiguren, ein gusseiserner bollernder Ofen und ein Schaukelstuhl. Die Tapeten zierte ein Muster aus hübschen roten Blumen. Sie wirkten so echt, dass Mila näher trat, um sie zu berühren.

Die Blüten bewegten sich. Schnell zog Mila die Hand zurück.

An der Wand hing ein Bild. Ein Landschaftsgemälde. Genau wie bei der Tapete bewegte sich das Dargestellte auch hier. Ein Bach plätscherte vor sich hin, sanft wogte das Gras im Wind. In der Mitte der Wiese war eine wunderschöne dunkelrote Rose zu erkennen.

Pascal hatte von Künstlern gesprochen, die im *Anderswo* ihre Talente erprobt hatten. Mila dachte an eine Art digitale Performance. Sie war versucht, die Blume zu pflücken, doch das Gemälde löste sich auf, und aus dem Bild wurde ein Spiegel. Sie erkannte ihren eigenen Avatar. Doch was sie hinter sich sah, ließ sie erschauern.

Der Schaukelstuhl bewegte sich, als hätte jemand bis eben noch in ihm gesessen. Die Deckenbeleuchtung begann zu flackern und an Intensität zu verlieren. Das Feuer im gusseisernen Ofen schien ausgegangen zu sein, Mila war auf einmal fürchterlich kalt.

Ihr Spiegelbild wurde von der Darstellung eines tiefen Brunnens verdrängt.

Mila drehte sich um. Die Blumen auf den Tapeten waren mit einem Mal verwelkt. Ihr wurde bewusst, dass sie nicht mehr allein war. Oder es die ganze Zeit schon nicht gewesen war.

Bring dich in Sicherheit …

Zu spät, sagte sie sich, *er ist schon da.* Ein Schatten mit menschlichen Umrissen löste sich von der Wand und trat drei Schritte auf sie zu. Dann blieb er stehen. Rührte sich nicht, sagte nichts. Allein seine Präsenz war furchterregend. Mila wusste, wer ihn geschickt hatte.

»Hast du mir was zu sagen?«, fragte sie, um die klaustrophobische Stille zu durchbrechen.

Keine Reaktion.

»Komm schon, ich bin hier … Was willst du von mir?«

Ihre Nervosität wuchs.

Ein paar Sekunden lang geschah nichts. Dann ging alles ganz schnell. Mit einem Sprung, so elegant wie ein Raubtier, war der Schatten über ihr. Mila hatte keine Zeit, sich zu schützen oder zu fliehen. Der Schatten griff nach ihr.

All das existiert nicht, ist nicht real, versuchte sie sich einzureden. *Das passiert nur in meinem Kopf.*

Im nächsten Moment lag sie ausgestreckt da, jedoch nicht am Boden. Sie schwebte in der Luft. Der Schatten war noch immer über ihr. Zwei funkelnde, dunkle Augen starrten sie an. Dieselben Augen, die sie in Alices Höhle gesehen hatte. Dann begann der Schatten zu sprechen.

»Mama ...«

Das war Alice. Die angsterfüllte Stimme ihrer Tochter kam aus dem Mund dieses Ungeheuers. »Mama« – da war wieder der stechende Schmerz.

»Mama, bitte, hilf mir ...«

Mein Kind ruft mich. Mein Kind braucht mich.

Mila spürte plötzlich, zum ersten Mal seit Jahren, eine menschliche Regung in ihrem Herzen. Einen unerklärlichen inneren Aufruhr. Wie war das möglich? War es das, was ihre Tochter in diesem Moment empfand?

Sie merkte, wie sich eine Hand um ihren Hals legte.

Das ist Alice, die sich an mich klammert, sie will, dass ich sie rette.

Der Druck auf ihren Hals begann, stärker zu werden. Jemand würgte sie nun mit beiden Händen. Doch das passierte nicht nur ihrem Avatar, es passierte *ihr selbst*. Und nicht ihre Tochter war es, die sich an sie klammerte, es war der Schatten, der sie erdrosseln wollte.

Mila stellte fest, dass ihr allmählich die Luft ausging. Sie versuchte, sich aus dem Griff zu befreien, hatte aber nicht genug Kraft, sich gegen den Angreifer zu wehren.

Das geschieht nicht in echt, sagte sie sich erneut.

Doch ihre Atemnot bewies ihr das Gegenteil.

Schließlich gelang es ihr, den Kopf zur Seite zu drehen. Aus den Augenwinkeln erhaschte sie ein Gesicht im Spiegel.

Ein junges Mädchen. Feine Züge, heller Teint. Blaue Augen hinter Brillengläsern und ein blonder Pferdeschwanz. Das Mädchen befand sich in der gleichen Situation wie sie. Lang ausgestreckt, das Gesicht blau angelaufen, fremde Hände um ihren Hals, die sie würgten. Auf dem Hals des Mädchens im Spiegel zeichneten sich bereits blaue Flecken ab, ein Netz von geplatzten Äderchen zog sich von ihren Wangen bis zu den Schläfen. Sie war im Begriff zu sterben.

Mila war klar, dass ihr das Gleiche widerfahren würde. Ich darf jetzt nicht sterben, nicht jetzt!

»*Mama ... Geh nicht weg, Mama ...*«

Tut mir leid, Alice. Ich muss gehen.

»*Nein, ich bitte dich, Mama, bleib ... Bleib bei mir ...*«

Tut mir leid, tut mir leid, tut mir leid ...

Gefasst darauf, wie das Mädchen im Spiegel jeden Moment ihren letzten Atemzug zu tun, hörte sie plötzlich von weit her leise Musik erklingen und Elvis' unverwechselbare Stimme, die *You Don't Have To Say You Love Me* sang ...

»Atmen«, befahl eine zweite Stimme.

Mila riss die Augen auf. Sie fand sich auf dem Boden des Souterrains wieder.

»*You don't have to say you love me/Just be close at hand ...*«

Pascal befand sich über ihr – genau wie der Schatten, der sich auf sie gestürzt hatte – und schüttelte sie.

»*... You don't have to stay forever/I will understand ...*«

»Atmen«, wiederholte der Maskierte und schlug ihr mit der flachen Hand auf die Brust.

Mechanisch öffnete Mila den Mund und sog so viel Luft ein, wie sie konnte. Es dauerte eine Weile, bis ihre Atemzüge wieder regelmäßig waren. Kleine schwarze Punkte tanzten vor ihren Augen. Langsam wurde ihr bewusst, in welcher Gefahr sie geschwebt hatte.

Sie stieß den Mann von sich, der das Gleichgewicht verlor und strauchelte. Dann griff sie nach der Pistole auf dem Tisch und zielte auf den am Boden Liegenden.

»Was hattest du mit mir vor?«, brachte sie krächzend hervor. Wut stieg in ihr auf.

Pascal hob die Arme, rührte sich jedoch nicht vom Fleck.

»Du hast aufgehört zu atmen«, sagte er.

»Du wolltest mich töten!«

»*Believe me, believe me / I can't help but love you …*«, sang Elvis unbeirrt weiter.

»Das war nicht ich«, verteidigte sich der andere. »Das war die Droge.«

»*… But believe me / I'll never tie you down …*«

Mila spürte noch immer den Klammergriff um ihren Hals. Doch als sie die Stelle berührte, fühlte sie zu ihrem Erstaunen nicht den geringsten Schmerz. Wie war das möglich? Die Musik verstummte, auch sie schien nur in ihrem Kopf gespielt zu haben. Mit einem Mal wurde es ihr klar: Wenn schon der Regen im *Anderswo* so realistisch wirkte, dann musste das auch für alles andere gelten.

Aus der Fiktion konnte Realität werden.

Das Anderswo *hat eine Komponente, die von den Programmierern so nicht vorgesehen war …*

»Im *Anderswo* kann man sterben.« Sie war stocksauer. »War es das, was ich herausfinden sollte?«

»Der Geist sieht, was der Geist sehen will«, lautete Pascals Antwort. »Die Empfindung ist für das Opfer genauso real wie

für den Mörder. Deshalb ist das *Anderswo* so erfolgreich ...
Sex, Gewalt, Schmerz, Tod: Du kannst dort alles erleben. Und
das Besondere ist, dass du dabei nicht gegen das Gesetz ver-
stößt. Niemand kann dich für deine Taten belangen.«

Mila dachte an Karl Anderson. Sie hatte sich gefragt, wie
ein Vater sein eigen Fleisch und Blut so brutal niedermetzeln
konnte. Die Antwort war einfach: Er wusste bereits, welche
Empfindungen er dabei haben würde. Und genau das hatte
ihn gereizt.

»Dieses Scheißspiel ist was für Psychopathen!«

»Beruhig dich erst mal ...«

»Ich beruhige mich überhaupt nicht.«

»Wenn ich dich nicht da rausgeholt hätte, wärst du erstickt«,
entgegnete der andere. Er stand auf und hielt sich den Rücken.
»Du solltest dich lieber bei mir bedanken.«

Mila spürte, wie ihre Knie weich wurden. Ihr Kopf drehte
sich, alles verschwamm vor ihren Augen ... Pascal konnte gerade noch zu ihr hinstürzen und sie auffangen.

»Du bist noch viel zu erschöpft«, sagte er, nahm ihr sanft
die Pistole aus der Hand und führte sie zum Feldbett.

Mila ließ ihn machen. Doch sie legte sich nicht hin, sondern
blieb auf der Liege sitzen.

»Das Spiel hat zu dir gesprochen, stimmt's?«, sagte der
Mann mit der Sturmhaube.

»Ich glaube, ja«, erwiderte sie. »Aber ich habe noch nicht
wirklich begriffen, um was es dabei eigentlich geht.«

»Mach dir keine Gedanken, du wirst es schon noch herausfinden«, antwortete Pascal und ging eine Flasche Wasser holen.

Er hatte sie schon fast an den Mund geführt, als er innehielt
und sie an Mila weiterreichte. Sie nahm an. Es schien ihr wie
ein Friedensangebot.

»Jetzt, wo ich weiß, wie es funktioniert, musst du mich noch mal hinschicken, damit ich es zu Ende spielen kann.«

»Du weißt noch viel zu wenig darüber und kannst dich kaum auf den Beinen halten«, erwiderte der andere. »Außerdem sollte man keine weitere PCP nach so kurzer Zeit einnehmen: Von dem Zeug wird dein Gehirn zu Brei, wusstest du das nicht?«

Es war ihr egal. Alice brauchte ihre Hilfe.

»Wenn du jetzt wieder reingehst, würdest du nicht wissen, wo du hinsollst. Du musst erst die neuen Koordinaten finden.«

Mila dachte an die Zahlen auf ihrem Handgelenk. Sie begriff, dass es sich um ein Willkommenspräsent gehandelt hatte. So einfach würde es nicht bleiben.

»Du musst dich auf das konzentrieren, was du gesehen hast, als du dort warst«, erklärte ihr Pascal. »Die einzelnen Elemente jeder Szene sind extrem wichtig, um zu verstehen, welches Ziel dein Spiel hat. Sie sind wie die Teile eines Puzzles, jedes hat eine Bedeutung.«

»Alice hat zu mir gesprochen – heißt das, sie ist noch am Leben?«, fragte sie sofort.

»Es tut mir leid, dir das sagen zu müssen, aber ich glaube, deine Tochter diente nur dazu, dich von wichtigeren Dingen abzulenken.«

Vielleicht hatte Pascal recht. Mila nahm einen großen Schluck Wasser und dachte nach.

»Am Anfang hat eine Stimme mich gewarnt ...«

Bring dich in Sicherheit.

»Du wirst da drinnen kaum Freunde finden ...«, sagte Pascal trocken.

»Aber so war es. Ich habe diese Präsenz schon im Apartment der Andersons gespürt«, beharrte Mila. »Sie hatte nichts Bedrohliches an sich, im Gegenteil: Es war eine positive Präsenz, wenn du verstehst, was ich meine. Sie war wie ... ein *Geist*.«

Pascal schüttelte den Kopf.

»Ich weiß auch nicht, warum, aber manchmal sehen und fühlen wir im *Anderswo* Dinge, die nicht da sind: Ausgeburten unserer Fantasie – vor allem, wenn wir unter Drogen stehen.«

»Aber dieser Schatten und das Mädchen waren wirklich da ...«

»Beschreib sie mir.«

»Den Schatten kann ich nicht beschreiben, weil ich ihn nicht wirklich erkennen konnte. Alles, was ich weiß, ist, dass er versucht hat, mich zu erwürgen ... Das Mädchen habe ich deutlich gesehen, sie sah aus wie eine Studentin. Vielleicht wegen der Brille. Ich habe sie auf einem Bild gesehen, das aber auch ein Spiegel war, ihr Gesicht war mein Gesicht ...«

Pascal wiederholte ihre Worte.

»Und dann waren da noch einige alte Möbel und eine dunkelrote Rose auf einem Bild an der Wand«, fügte Mila hinzu.

Ein neuer Schwindelanfall überkam sie. Sie hielt sich an der Bettkante fest und schloss die Augen.

Pascal reichte ihr die Wasserflasche.

»Du musst viel trinken, um die Rückstände der Droge aus deinem Organismus zu spülen. Und du solltest auch versuchen, ein bisschen zu schlafen.«

»Dazu ist jetzt keine Zeit«, widersprach Mila. Sie musste sich zwingen, auf den Beinen zu bleiben. *Alice hat keine Zeit.* »Außerdem bin ich viel zu aufgedreht, ich könnte eh nicht schlafen.«

»Für alles gibt es ein Gegenmittel«, erwiderte Pascal. Er griff erneut in seine Hosentasche und holte eine weitere Pille hervor. »Niacin, das Gegenstück zu PCP: Vier Milligramm reichen, um vom Trip wieder runterzukommen«, versicherte er.

Mila schluckte die Pille mit etwas Wasser hinunter. Pascal legte ihr seine Latexhände auf die Schultern und zwang sie, sich auf dem Feldbett lang auszustrecken. Sie leistete keinen Widerstand, ihr fehlten schlicht die Kräfte.

»Wenn du aufwachst, wirst du viel klarer im Kopf sein. Dann überlegen wir uns gemeinsam einen Plan, wie wir deine Tochter befreien können«, versprach er.

Mila spürte ihre Lider schwer werden. All ihre Sinneseindrücke verschwammen ineinander, verflüchtigten sich zu Nebel. Sie sah, dass Pascal die Sturmhaube ablegte. Doch bevor sie ihm ins Gesicht schauen konnte, waren ihre Augen bereits zugefallen.

13

Es gelang ihr nicht einzuschlafen. Schon nach wenigen Sekunden war sie wieder wach. Zumindest schien es ihr so. Doch dann stellte sie fest, dass es um sie herum komplett dunkel war. Lediglich durch das winzige Kellerfenster drang etwas Licht. Es konnte doch nicht schon Nacht sein, wunderte sie sich. Ihr war kalt. Sie setzte sich auf und versuchte, sich in dem düsteren Raum zu orientieren.

»Pascal?«, rief sie.

Keine Antwort.

Allmählich hatten sich ihre Augen an die Dunkelheit gewöhnt. Sie sah, dass sowohl der iMac als auch die Garderobe, die Schminksachen und die Styroporköpfe mit den Perücken verschwunden waren. Auch die Lebensmittelvorräte Pascals waren nicht mehr zu sehen. Das Souterrain war komplett leer geräumt, als hätte der Mann mit der Sturmhaube dort nie gelebt. Ja, als hätte Pascal nie existiert.

Die Vorstellung verwirrte sie zutiefst. War dies ein weiterer Täuschungsversuch Enigmas? Oder hatte sie sich alles nur eingebildet? Wenn sie nicht vollkommen verrückt werden wollte, musste sie diesen Ort so schnell wie möglich verlassen, das stand fest. Sie schlüpfte in ihre Lederjacke und lief die Treppe zur Wohnung hinauf. Die dunklen Vorhänge waren noch immer zugezogen, und auch der Gestank nach verbranntem Plastik, den sie bei ihrer Ankunft bemerkt hatte, lag noch in der Luft. Wenigstens das hatte sie sich nicht eingebildet.

Ein Blick in die Tiefgarage bestätigte ihren Verdacht: Auch der beigefarbene Peugeot 309, mit dem ihr mysteriöser Begleiter sie hergebracht hatte, war verschwunden.

Sie ging wieder nach oben und trat aus dem Haus. Als sie sich umschaute, wurde ihr klar, woher der Brandgeruch kam. Das komplette Obergeschoss war von einem Brand verwüstet worden. Kein Wunder, dass hier niemand mehr wohnte.

Das Grundstück war von einer Hecke umgeben und das Tor am Ende der Auffahrt mit einem Vorhängeschloss gesichert. Mila musste darüberklettern, um auf die Straße zu gelangen.

Wie sie vermutet hatte, befand sich das Haus tatsächlich in einem Wohnviertel am Stadtrand. Die Grundstücke sahen fast alle gleich aus: Vorgarten, Giebeldachhaus, Garage. Weit und breit war keine Menschenseele zu sehen. Sofern sie nicht länger als vierundzwanzig Stunden geschlafen hatte, war es immer noch Samstag.

Ich muss hier weg, sagte sie sich erneut. Trotz der schweren Lederjacke war ihr kalt. Vielleicht konnte sie sich ja eins der Autos »ausleihen«, die entlang der Allee geparkt waren. Pascals Worte über alte Autos, deren Fährten sich nicht verfolgen ließen, kamen ihr in den Sinn. Sie wusste immer noch nicht, ob sie dem Mann vertrauen konnte, entschied sich aber dennoch für einen alten grauen Käfer.

Mit einem Ziegelstein, den sie am Straßenrand fand, schlug sie das Fenster an der Fahrerseite ein. Mila steckte den Arm durch die Öffnung und entriegelte von innen die Autotür. Rasch nahm sie hinter dem Steuer Platz und begann, das Kabel unter dem Lenkstock kurzzuschließen. In weniger als dreißig Sekunden sprang der Motor an.

Es gab einen einzigen Ort, zu dem sie jetzt fahren konnte.

*

»Du bist der Einzige, dem ich vertrauen kann«, sagte sie, kaum hatte sich die Haustür geöffnet.

Sprachlos starrte Simon Berish sie an. Er trug ein elegantes weißes Hemd und eine Anzughose. Ein süßlicher Duft umwehte ihn. Maiglöckchen und Jasmin, schon wieder. Offenbar kam sie ungelegen.

Doch Berish hatte den Ernst der Lage auf Anhieb begriffen.

»Mach einen kleinen Spaziergang und komm in einer Viertelstunde zurück«, sagte er, bevor er die Tür wieder schloss.

Mila zog es vor, in einer dunklen Ecke neben dem Hauseingang zu warten. Dort wurde sie von niemandem entdeckt und hatte zugleich die Lage im Blick.

Tatsächlich öffnete sich wenig später die Haustür erneut, und Berish verabschiedete eine Frau mit einem Kuss auf die Lippen. Von ihrem Versteck aus konnte Mila sehen, dass sie sehr attraktiv war. Endlich wusste sie, wem der süßliche Geruch gehörte, den sie an Simon wahrgenommen hatte. Und an dem Albino aus dem Zug, erinnerte sie sich mit Schaudern.

»War doch klar, dass du dich in Schwierigkeiten bringen würdest«, warf der Freund ihr vor, als er sie in das spärlich beleuchtete Wohnzimmer führte.

Sofort kam Hitch auf sie zugelaufen und bettelte um Streicheleinheiten. Mila war jedoch nicht in Schmusestimmung.

»Wo ist Alice? Hast du sie wieder bei ihrer Freundin gelassen?«, fragte Simon, während er zwei bauchige Rotweingläser Richtung Küche trug, um sie in die Spüle zu stellen.

»Alice ist verschwunden, Simon. Sie ist entführt worden.«

Die Gläser in der Hand, blieb er wie angewurzelt stehen. Mila ließ sich aufs Sofa fallen und vergrub die Hände in den Haaren. Berish trat auf sie zu.

»Was ist passiert?«, fragte er ernst und zwang sie, ihm ins Gesicht zu sehen.

Sie hob den Kopf, bemerkte seinen hart gewordenen Blick. Sie hatte ihn verdient, es war vor allem ihre Schuld.

»Enigma ist ein Todesflüsterer.«

Ungläubig starrte Berish sie an.

Mila hatte ihm nie ihr größtes Geheimnis anvertraut, daher nutzte sie die Gelegenheit, es jetzt zu tun.

»Alices Vater und ich sind uns ›dank‹ eines Todesflüsterers begegnet, vor zehn Jahren. Das Geschenk des Bösen war Alice. Und jetzt ist es zurückgekehrt, um sie sich zu holen.«

Simon wollte sie trösten, an sich ziehen. Aber er wusste, dass Mila körperliche Nähe nicht ertrug.

»Und das war erst der Anfang, stimmt's?«, fragte er stattdessen mit kaum hörbarer Stimme. »Das, was auf dem Bauernhof der Andersons passiert ist …«

Die ehemalige Polizistin vermochte nicht zu sagen, was geschehen würde, sie hatte erst ein Mal in ihrer Laufbahn mit einem subliminalen Mörder zu tun gehabt und war davon noch immer gezeichnet. Mussten sie von einer Spirale der Gewalt ausgehen? Sie konnte es nicht ausschließen.

»Eins möchte ich von Anfang an klarstellen«, sagte sie ernst. »Ich weiß, dass du Alice sehr gernhast und alles für sie würdest. Aber ich muss dich warnen: Der Preis ist in diesem Spiel sehr hoch. Ich würde verstehen, wenn dir das zu heikel ist.«

»Du kennst mich doch, verdammte Scheiße!«, platzte es aus Berish hervor. »Als würde ich mich so leicht davonstehlen. Du musst dir keine Gedanken um mich machen, ich habe weder Frau noch Kinder, ich habe nichts zu verlieren.«

»Und deine Freundin, mit der du heute zusammen warst? Zählt die nicht?«

»Ich weiß, worauf ich mich einlasse«, entgegnete Berish.

Mila stand auf und packte ihn am Hemdkragen.

»Nein, das weißt du nicht. Du kannst es dir nicht mal vorstellen … Letztes Mal war das Team am Boden zerstört. Ich weiß noch, wie optimistisch wir in die Ermittlungen gegangen sind – und erst recht, wie beschissen wir uns danach gefühlt haben.«

Weder die vom Leid gezeichneten Gesichter ihrer Kollegen noch das Vorgefallene selbst würde sie je vergessen. Die vermissten Mädchen, all die fürchterlichen Dinge, die sie erlebt hatten, ohne sie stoppen zu können. Jedes Mal, wenn sie den Fall für fast gelöst hielten, mussten sie feststellen, dass sie sich getäuscht hatten und von vorne anfangen mussten. Sogar der Vater von Alice, der die Ermittlungen geleitet hatte, war der Täuschung aufgesessen.

»Das Ziel des Todesflüsterers ist es nicht nur, dir sein irres Muster aus Mord und Zerstörung zu zeigen«, sagte Mila mit kaum verhohlenem Sarkasmus, hinter dem sie jedoch nur ihre Angst zu verbergen versuchte. »Nein, er will in deinen Kopf … Egal, was du tust, wie gut du auch vorbereitet bist, du kannst ihn nicht aufhalten. Glaub mir. Und auch wenn du denkst, dass es vorbei ist: Das ist es nicht. Du siehst den Horror zwar nicht mehr, aber er ist noch da«, sagte sie und tippte sich an die Schläfe.

Ein Todesflüsterer hatte die Macht, Menschen von Grund auf zu verändern. Noch immer konnte sie die schmeichelnde Stimme des Manipulators von damals in ihrem Inneren nachhallen hören.

»Niemand ist vor einem Todesflüsterer sicher«, endete sie ernst.

Ohne dass sie es merkte, lief eine Träne ihre Wange hinab. Der harte Panzer, den sie schon seit jeher mit sich herumtrug, hatte erste Risse bekommen.

Berish schaute sie an.

»Ich lasse dich nicht alleine in diese Schlacht ziehen.«

Der Polizist holte eine Flasche Scotch und zwei Schnapsgläser, und in der darauffolgenden Stunde brachte Mila ihn auf den aktuellen Stand. Sie versorgte ihn mit sämtlichen Details zum Fall Enigma, die sie ihm bisher verschwiegen hatte und über die zu sprechen ihr nach wie vor offiziell untersagt war. Sie informierte ihn über das Tattoo mit ihrem Namen inmitten der Zahlen auf Enigmas Körper, den Ausgangspunkt der Ermittlungen. Sie schilderte ihm, wie sie den Grund für Karl Andersons Verbannung sämtlicher technischer Geräte aus seinem Leben entdeckt und ihn als den Mörder seiner Familie entlarvt hatte. Und sie erklärte ihm, dass die Verbindung zwischen ihr und dem Fall Anderson in ihrer Vergangenheit in der Vorhölle lag, im Fall Timmy Jackson alias »Gräte«.

Sie bemühte sich, möglichst präzise zu sein, während sie ihm die ganze Dimension des *Anderswo* begreiflich zu machen versuchte. Häufig gebrauchte sie dabei die Worte Pascals: die geografischen Koordinaten als Zugangsschlüssel, ein Ort, an dem es immer dunkel war, beherrscht vom Bösen.

»Wie kommt's, dass die ITler der Dienststelle das Spiel nie entdeckt haben?«, fragte Berish voller Skepsis.

»Soweit ich weiß, kann man sich mit neueren Computern nicht ins *Anderswo* einloggen: Du brauchst zwangsläufig ein Modell aus der Zeit, in der das Spiel entstanden ist. Also aus der Zeit zwischen Ende der Neunziger und Anfang der Nullerjahre.«

»Digitale Steinzeit«, bemerkte der Polizist in Anspielung auf das Problem, das die rasante technologische Entwicklung für die Verarbeitung von Daten aus jener Zeit bedeutete. »Leute in meinem Alter bleiben auf Unmengen von Musikkassetten sitzen, die sie nicht mehr hören können. Eigentlich sollte der Fortschritt uns dabei helfen, unsere Erinnerungen zu bewahren, stattdessen geraten sie durch ihn in Vergessenheit.«

Daraufhin kam Mila zum schwierigsten Teil ihres Berichts: der Schilderung, wie Enigmas Männer sie bis zum See verfolgt und Alice entführt hatten. Zuletzt fasste sie die vergangenen zwölf Stunden zusammen. Die Begegnung mit dem Fremden mit der roten Sturmhaube und den Latexhandschuhen, die Ankunft an seinem Zufluchtsort im Souterrain und die zweite Reise ins *Anderswo*, um das Spiel des Todesflüsterers zu beginnen und ihre Tochter wiederzubekommen.

»Engelsstaub, Parallelwelt, eine mysteriöse Gestalt, die erst sagt, sie will dir helfen, um dann spurlos zu verschwinden ...« Sichtlich verwirrt tigerte Berish durch den Raum.

»Er hat gesagt, ich soll ihn ›Pascal‹ nennen«, sagte Mila. »Wie die Programmiersprache. Ich glaube, er ist ein Hacker.«

Doch das interessierte Simon im Moment weniger.

»Eins musst du unbedingt tun: die Shutton informieren.«

»Nein«, sagte sie heftig und sprang vom Sofa auf.

»Sie hat dich in diese Geschichte mit reingezogen, sie steht in deiner Schuld. Du wirst sehen, sie wird sämtliche Hebel in Bewegung setzen.«

»Das wird nichts bringen«, widersprach Mila. »Für sie ist Alice nur ein weiterer Vermisstenfall – und du und ich wissen verdammt genau, was mit diesen Fällen passiert. Nach einer Weile werden sie ins Archiv verbannt, wo sie dann in Vergessenheit geraten.«

»Du kannst es nicht alleine mit diesen Verbrechern aufnehmen«, versuchte er, sie zu überzeugen.

»Warum nicht? Wie lange war ich die Einzige, die sich um Leute gekümmert hat, die wie vom Erdboden verschluckt waren? Oder um Kinder, die nicht mal geboren zu sein schienen? Und wie oft habe ich es geschafft, sie wieder nach Hause zu bringen?«

»Du weißt genau, warum! Du bist nicht objektiv, der Fall

betrifft dich direkt, du kannst nicht rational agieren … Du gefährdest Alice nur, statt ihr zu helfen – kapierst du das nicht?«

Ohne zu realisieren, was sie tat, holte Mila aus und verpasste ihm eine Ohrfeige. Sie wollte einfach nicht hören, was sie längst wusste.

Berish schwieg. Als würde er einem Tennismatch folgen, schaute Hitch von ihm zu ihr zu ihm und versuchte zu begreifen, ob alles noch seine Ordnung hatte.

Mila hätte sich entschuldigen, ihrem alten Freund sagen sollen, dass es ihr leidtat. Stattdessen wühlte sie in ihrer Tasche und zog das Bild mit der Rekonstruktion von Enigmas Gesicht ohne Tätowierungen heraus, das sie ihr in der Dienststelle überlassen hatten.

Das Gesicht eines ganz normalen Mannes.

»So sieht der Todesflüsterer in Wirklichkeit aus«, sagte sie. »Schau ihn dir genau an und sag mir, was du denkst …«

Berish nahm die Skizze und betrachtete sie.

»Warum gibt die Shutton das Bild nicht an die Öffentlichkeit?«, fragte er mehr sich selbst als Mila. »Vielleicht gibt es ja jemanden da draußen, der ihn kennt.«

»Das habe ich sie auch gefragt, und die Antwort lautete, sie wolle dem Mythos Enigma nicht noch mehr Futter geben. Aber tatsächlich ist es wohl so, dass sie sich nach der Pleite mit Karl Anderson keine weitere Blöße geben will. Sie wird alles beim Alten belassen: Enigma kriegt lebenslänglich in der Gruft wegen Anstiftung zum Mord und Strafvereitelung, und über kurz oder lang werden ihn alle vergessen haben … Denn für die Shutton ist der Fall bereits abgeschlossen.«

Endlich hatte Berish begriffen.

»In Ordnung, wir machen es so, wie du sagst.«

Erschöpft von ihrem Wutausbruch, goss Mila sich ein weiteres Glas Scotch ein. Sie merkte, dass ihre Hände zitterten.

»Ich weiß, was ich tun muss.«

»Wo fangen wir an?«, fragte Simon, der sowohl ihren Streit als auch die Ohrfeige längst vergessen zu haben schien.

Mila hatte ein schlechtes Gewissen ihm gegenüber, versuchte aber dennoch, ihre ganze Konzentration zu bündeln.

»Auf der Fahrt hierher habe ich meine zweite Reise ins *Anderswo* Revue passieren lassen. Chinatown, antike Möbel, eine dunkelrote Rose … Ein Mörder, der seine Opfer erwürgt, und schließlich die blonde Studentin mit der Brille. Ich glaube, ich habe sie schon einmal gesehen …«

Über den Geist, der ihr geraten hatte, sich in Sicherheit zu bringen, verlor sie kein Wort. Sie wusste immer noch nicht, ob es ihr Unterbewusstsein gewesen war, das sie gewarnt hatte, oder ob sie tatsächlich eine Stimme vernommen hatte.

Berish füllte eine Schale mit Wasser für Hitch und machte sich fertig zum Gehen. Mila zwang ihn, sein Handy zu Hause zu lassen und den gestohlenen VW-Käfer zu nehmen. Es war offensichtlich, dass der Freund den Sinn dieser Vorsichtsmaßnahmen nicht verstand, doch sie rechnete es ihm hoch an, dass er sich fügte.

»Es tut mir leid wegen deinem Rendezvous …«, begann sie, während Simon den Wagen durch den Verkehr steuerte.

»Sie ist eine intelligente Frau, sie hat deine Situation sofort begriffen.«

Mila freute sich, dass Berish eine Partnerin gefunden hatte. In der Vergangenheit hatte sie mehrfach befürchtet, er könnte sich zu ihr hingezogen fühlen. Wäre sie gezwungen gewesen, ihn abzuweisen, hätte ihre Freundschaft nur darunter gelitten. Zum Glück aber hatte Simon nie einen Schritt in diese Richtung unternommen und ihr die Mühe erspart, ihm zu erklären, dass die Gefühle, die er und der Rest der Menschheit als normal empfanden, für sie ein unergründliches Rätsel blieben.

Auch wenn sich in den letzten Stunden in ihr etwas verändert hatte. Sie hätte nicht sagen können, ob es an der emotionalen Ausnahmesituation wegen Alices Entführung lag oder an der Wirkung des Engelsstaubs.

Im Anderswo *hatte sie etwas gespürt.*

Einen unerklärlichen inneren Aufruhr, ausgelöst durch das Schluchzen ihrer Tochter, die nach ihr rief.

Mama, bitte, hilf mir …

Sie konnte nicht aufhören, daran zu denken. Alle möglichen Schreckensszenarien gingen ihr durch den Kopf.

Um eine schnelle Fluchtmöglichkeit zu haben, ließen sie den VW-Käfer auf dem Bahnhofsvorplatz stehen. Ein Trupp Freiwilliger war dabei, gebrauchte Kleidung an Obdachlose zu verteilen. Mila nutzte die Gelegenheit und griff zu. Immer mehr schien ihr Verhalten dem Pascals zu gleichen.

Sie tauschte ihre Lederjacke gegen einen schwarzen Mantel und den Rollkragenpullover gegen einen ebenfalls schwarzen Hoodie ein. Dann nahmen Berish und sie die U-Bahn Richtung Vorhölle.

*

Lea Mulach war eine von Tausenden Vermissten, deren Porträt an der Wand des Saales der verlorenen Schritte hing. Mila aber hatte weniger als zwanzig Minuten gebraucht, um sie ausfindig zu machen. Lea Mulach war im Frühjahr 2011, während ihres ersten Jahres als Studentin der fernöstlichen Sprachen, spurlos verschwunden.

»Den anderen Mädchen aus dem Wohnheim zufolge hätte sie an dem Samstagabend einen Jungen treffen sollen, mit dem sie fürs Kino verabredet war«, las Berish aus dem Polizeibericht vor. »Lea ist nie bei dem Kino angekommen.«

Mila hatte sich nicht geirrt, sie erinnerte sich noch genau an sie.

»Der Vermisstenfall blieb für etwa ein Jahr ungelöst, bis die SO ihn mir abgenommen hat.«

Die Abteilung Schwere und Organisierte Kriminalität – der auch Bauer und Delacroix angehörten – kümmerte sich um Serienkiller, Amokläufer, Massenmörder und andere Kapitalverbrecher, deren Motive nicht der üblichen kriminellen Logik entsprachen, also mit Geld zu tun hatten. Was die Monster antrieb, mit denen sich die SO befasste, lag in den tiefsten Abgründen der menschlichen Psyche verborgen.

»Lea wurde den Opfern eines Serienkillers zugerechnet«, erinnerte sich Mila. »Es hieß sogar, sie sei die Erste in der Serie gewesen.«

In den beiden Jahren nach dem Verschwinden der Mulach waren zwei weitere Mädchen als vermisst gemeldet worden. Beide Studentinnen, beide blond mit Brille.

»Die drei kannten sich nicht, aber die beiden Letzteren hatten einen gemeinsamen Freund: einen gut aussehenden Jungen namens Larry«, erklärte Mila. »Sie haben ihn im Unic kennengelernt.«

»Unic« war die Abkürzung für »Universitätscampus« und galt bei den Studierenden des Landes als das beliebteste soziale Netzwerk.

»Larry hat auf seiner Seite allerlei Fotos mit Freunden, mit seinem Hund, ja sogar mit seiner Großmutter gepostet. Angeblich hat er Jura studiert und war Rugby-Fan«, fuhr die Ex-Polizistin fort. »Beide Opfer sind online von ihm umworben worden, und zwar auf bemerkenswert galante Weise. Nach dem Verschwinden der Mädchen kam heraus, dass das Profil gefaked war: Der ›Larry‹ auf den Fotos war Model und wusste von nichts.«

»Das Unic-Monster«, erinnerte sich nun auch Berish.

Durch die sozialen Medien war das Leben für Kriminelle deutlich einfacher geworden, wusste Mila. Sie konnten verdeckt agieren, ohne ein großes Risiko einzugehen. Früher hatten sie ihr Opfer aus der Ferne verfolgen, seine Gewohnheiten und alltäglichen Gänge mit einem gewissen räumlichen Abstand beobachten müssen. Heute hingegen hatte ein potenzieller Mörder sofort sämtliche Informationen zur Verfügung, die er brauchte, um seinen teuflischen Plan umzusetzen. Und es war das Opfer selbst, das sie ihm lieferte. Der Mörder musste nur möglichst nah an das Bild vom Traumpartner herankommen, das sich das Opfer gemacht hatte.

Der Geist sieht, was der Geist sehen will – so hatte es Pascal formuliert.

»Das ist kaum verwunderlich«, sagte Berish. »Letztlich ist das bedeutendste soziale Netzwerk der Welt dadurch entstanden, dass ein cleverer Adiletten-Träger Fotos von seinen Kommilitoninnen ins Netz gestellt hat und der geneigte Betrachter eine Bewertung über ihr Aussehen abgeben konnte … Und statt ihm wegen seines Sexismus und mangelnden Respekts gegenüber Frauen die Leviten zu lesen, machen wir ihn zum Guru der modernen Kommunikation!«

»Warum wurde Lea Mulach zu Larrys Opfern gezählt, wenn gar nicht bewiesen ist, dass sie mit ihm gechattet hat?«, fragte der Polizist, nachdem er ihre Akte noch einmal überflogen hatte.

»Weil ihr Profil dem seiner bevorzugten Opfer entsprach: blonde Studentin mit Brille«, lautete Milas These. »Die von der SO brauchten ein drittes Opfer, um seinen Status von ›Gelegenheitsmörder‹ auf ›Serienkiller‹ zu heben. Deswegen haben sie mir den Fall ja auch abgenommen.«

Eine Vorgehensweise, die Mila oft erlebt hatte. Nur weil

eines Tages ein paar Kriminologen beschlossen hatten, dass jemand, der mindestens dreimal nach demselben Ritual oder Modus Operandi getötet hatte, als Serienkiller zu bezeichnen war.

»Aber wenn die Mulach tot ist, warum hängt dann ihr Foto immer noch in der Vorhölle?«, fragte Simon.

»Weil ihre Leiche, im Gegensatz zu denen der beiden anderen Studentinnen, nie gefunden wurde.«

Tatsächlich waren manche Vermisste für immer in dieses traurige Niemandsland verdammt, ohne jemals Frieden zu finden.

Und doch war Lea als das erste Opfer des Serienkillers bezeichnet worden.

»Hätten wir ihre Leiche gefunden, hätten wir sofort beweisen können, dass sie ermordet wurde – ohne darauf warten zu müssen, dass die Strategen vom SO uns den Fall wegschnappen«, sagte Mila. Vielleicht wären die beiden anderen Opfer dann noch am Leben, dachte sie bitter.

»Wie sind die Studentinnen gestorben?«

»Sie wurden erwürgt«, erwiderte sie. Unwillkürlich fasste sie sich an die Kehle. Die Erinnerung an die Hand des Schattenmannes, die sich um ihren Hals gekrallt hatte, war noch immer sehr lebendig. »Beide Leichen wurden im Straßengraben gefunden.«

In einer wissenschaftlichen Abhandlung hatte Mila gelesen, dass das Erwürgen zu einer von drei Formen der Strangulation gehörte. Anders als beim Erhängen oder Erdrosseln, so die Studie, erfolgte diese Art der Tötung jedoch ohne Hilfsmittel wie Strick, Plastiktüte oder Kissen. Sie wurde allein mit den Händen ausgeführt. Der Mörder entschied sich gegen jede Art von Hilfsmittel, weil seine Lust dadurch gesteigert wurde, dass das Leben eines anderen unter seinen eigenen Händen zu Ende ging: der Atem, der immer schwächer wurde, der Herzschlag, der sich verlangsamte und schließlich ganz aufhörte. Der physische Kontakt war essenziell und wies, abgesehen von der Grausamkeit, auch auf eine gewisse Entschlossenheit hin. Nicht jeder Mörder war sich dessen bewusst, welche Begleiterscheinungen auftraten, wenn man jemanden erwürgte. Die verzweifelten Versuche des Opfers, sich zu wehren, das Nachgeben der Schließmuskeln, das Hervortreten der Augen aus den Höhlen. Für normale Menschen ein grauenhafter Anblick, aber manche Psychopathen empfanden ihn als so erregend, dass sie dadurch sogar zum Orgasmus kamen.

Mila stellte sich hinter Berish, um lesen zu können, was sonst noch in der Akte stand.

»›Die Mordserie durch das Unic-Monster kam im April 2013 zum Abschluss.‹ Seltsam …«, bemerkte sie.

Beide Polizisten wussten, dass die Mordlust weder kontrolliert noch unterdrückt werden konnte. Der Zwang zur Wiederholung war unaufhaltsam. Wenn ein Serienmörder nicht mehr mordete, musste dies immer einen triftigen Grund haben.

»Unser Mann könnte im Knast gelandet sein: Vielleicht haben sie ihn geschnappt, weil er eine alte Frau ausgeraubt hat. Und jetzt wartet er darauf rauszukommen, um weiterzumachen«, mutmaßte Simon. »Oder der Herrgott hat beschlossen, seine Fahrt zur Hölle ein wenig zu beschleunigen.«

»Ich glaube nicht, dass er tot ist«, sagte Mila. »Da muss noch was sein, was wir nicht wissen.«

Warum hätte das *Anderswo* sie sonst Lea Mulachs Tod erleben lassen?

»Hier oben steht, dass 2013 ein Verdächtiger festgenommen wurde«, merkte Berish an.

»Wo? Lass sehen …«

»Ein gewisser Norman Luth hat sich freiwillig der Polizei gestellt und für alle drei Morde ein Geständnis abgelegt.«

Aus diesem Grund also hatte die SO Lea Mulach als drittes Opfer angesehen, dachte Mila. Von alleine wären die Kollegen wohl niemals auf die Idee gekommen.

»Keiner hat die Vorhölle darüber informiert. Aber warum?«

Doch Berish war noch nicht fertig.

»So wie es aussieht, hat der Mann Details enthüllt, die nur der Mörder wissen konnte … Trotzdem wurde er entlastet.«

Sie wechselten einen ungläubigen Blick. Derjenige, der ihm ein unangreifbares Alibi verschafft hatte, war ein Priester gewesen.

14

Pater Roy lebte in einem Vorort mit roten Backsteinhäusern, wie es sie oft in der Umgebung von Hüttenwerken gibt.

Die Gebäude stammten aus der Hochzeit der Stahlindustrie, als die Stadtplaner noch den Ehrgeiz hatten, ganze Viertel neu zu erschaffen, und die Arbeiterschaft als Elite angesehen wurde, die nicht nur mit einer vollen Lohntüte, sondern auch mit einem besonderen Lebensstil zu honorieren war.

Dann aber hatte die weltweite Krise des Sektors alle Träume und Utopien begraben. Die halb fertigen Städte hatten sich in Gettos verwandelt, in Sinnbilder des politischen Versagens und Brutstätten des sozialen Grolls.

Mila und Berish hatten einen Wagen genommen, der in der Dienststelle normalerweise für Beschattungen verwendet wurde und von daher keine auffälligen Kennzeichen trug.

Der Anblick, der sich den beiden Polizisten bot, war deprimierend. Häuser, die zum Verkauf angeboten wurden oder schon ewig leer standen. Kinder, die auf der Straße spielten wie streunende Hunde an einem verregneten Sonntagmorgen. Männer, die an den Kreuzungen herumlungerten und auf dem Boden ihrer Bierdosen nach einer Zukunft suchten. Hinter den Fenstern zu früh gealterte Frauen, die jede Hoffnung auf einen Aufstieg aus der Misere verloren hatten – ihre erloschenen Blicke sprachen Bände.

Pater Roy lebte in dem Pfarrhaus neben der Kirche des Ortes. Dahinter befand sich eine Garage mit angeschlossenem

Apartment im Obergeschoss, in dessen Frontfenster ein »Zu vermieten«-Schild hing. Nach vorne raus ging ein Garten mit einer verrosteten Sitzbank und zwei Schaukeln, die verloren von einer Teppichstange herabbaumelten. Warum hier keine Kinder spielten, war an den Schmierereien auf der Fassade erkennbar. Die Beleidigungen und Drohungen machten unmissverständlich klar, dass dieser Ort besser sofort zu verlassen sei.

Berish parkte auf der gegenüberliegenden Straßenseite.

»Also, wie besprochen«, sagte er zu Mila: »Du folgst meinen Instruktionen, keine Eigenregie. Du weißt, wir sind hier nicht in offizieller Mission. Will sagen: Wenn er sauer wird und uns rauswirft, haben wir null Chance, auch nur irgendwas in Erfahrung zu bringen.«

Ihr Plan sah vor, dass Mila allein mit dem Priester sprechen sollte, denn Berish zufolge würde sich Pater Roy bei zwei Gesprächspartnern in die Defensive gedrängt fühlen.

Berish hatte von den Kollegen in der Dienststelle die meiste Erfahrung mit Verhören, erinnerte sich Mila. Hier vertraute sie ihm blind.

Der Polizist holte ein schwarzes Kunstledermäppchen aus der Innentasche seiner Jacke, zog den Reißverschluss auf und enthüllte das, was im Polizeijargon »kleines Spitzel-Set« genannt wurde: zwei kaum erkennbare Ohrstöpsel und zwei stecknadelkopfgroße Mikrofone, die beide mit einem Funkgerät mit einer Zwölf-Volt-Batterie und einer Reichweite von zweihundert Metern verbunden waren. Verwendet wurde das Set vor allem bei Undercover-Einsätzen, um den Kollegen an der Front die entsprechenden Anweisungen in Reaktion auf das Verhalten ihrer Gesprächspartner zu geben.

Berish half Mila, das Set anzulegen. Auch er selbst verkabelte sich.

»Dieses Schmuckstück hat einen einzigen Makel«, warnte

er sie. »Manchmal verliert es einfach die Verbindung. Halte dich von Radio, Fernseher und Mikrowelle fern.«

Mila nickte in Richtung der Schmierereien an der Fassade des Pfarrhauses.

»Meinst du, er wird reden?«

Auch Simon war sich unsicher.

»Kümmer du dich einfach um deinen Part und versuch, die Schlüsselwörter einzustreuen, wie besprochen. Wenn's nicht klappt, haben wir's immerhin probiert.«

Mila stieg aus dem Auto und überquerte die Straße, während sie ihren Text noch einmal durchging.

An der Haustür klebten Reste von verfaulten Eiern. Mila musste mehrmals anklopfen, bis ein Schatten hinter der Milchglasscheibe erschien.

»Wer ist da?«, fragte eine misstrauische Fistelstimme.

Sie versuchte, möglichst überzeugend zu klingen.

»Guten Tag, ich führe eine private Ermittlung durch und brauche Ihre Hilfe. Können wir kurz reden?«

»Ich habe nichts zu sagen«, entgegnete der andere.

Mila drehte sich zu Berish um, der ihr hinter der Windschutzscheibe zunickte. Wie vereinbart, ging Mila in die Knie und schob einen Geldschein unter dem Türspalt hindurch, zunächst jedoch nur zur Hälfte.

Sie starrte auf die noch sichtbare Hälfte des Scheins auf ihrer Seite, die im Wind flatterte. Nach einer Weile wurde der Schein wie von einem Staubsauger durch den Spalt nach innen gesogen. Die Tür öffnete sich eine Handbreit.

»Bitte, kommen Sie rein.«

Mila zwängte sich durch die Lücke. Sofort ging die Tür wieder zu. Im Inneren des Hauses war es dunkel. Ihre Augen brauchten eine Weile, um sich an das Dämmerlicht zu gewöhnen.

Derweil hatte die Fistelstimme wieder zu sprechen begonnen.

»Sie lassen mich nicht in Ruhe, ich kann nicht mal den Fuß vor die Tür setzen, ohne dass ich mit irgendwas beworfen werde. Die Postboten, die zu mir kommen, werden verprügelt, und keiner geht mehr für mich einkaufen.«

Endlich konnte Mila den Mann genauer betrachten. Er musste um die sechzig sein, wirkte aber durch den ungepflegten Bart und die wenigen zerzausten Haare deutlich älter. Unter dem verschlissenen Morgenrock trug er einen Streifenpyjama, der vor dem dicken Bauch fast auseinandersprang, und Schlappen. Ein unangenehmer Geruch nach Zigaretten und Kohl ging von ihm aus, er schien das ganze Haus zu verpesten.

»Gehen Sie da weg«, sagte er zu Mila, »nicht so nah ans Fenster.«

Obwohl die Vorhänge zugezogen waren, tat sie wie geheißen. Sie nutzte die Gelegenheit, sich unauffällig umzuschauen. Es war kein schöner Anblick: Überall lagen Abfälle und verstreute Gegenstände herum.

»Ich habe getan, was sie mir gesagt haben, und brav die Therapie gemacht. Inzwischen bin ich seit Monaten sauber, aber das wird mir nichts nutzen, solange ich hierbleiben muss«, grummelte der Priester, während er in Richtung Küche vorausging. »Kommen Sie, hier kann man es besser aushalten.«

Sie hatten den Raum kaum betreten, als sich der Mann schon in den abgewetzten Sessel vor dem Fernseher fallen ließ – sein Lieblingsplatz, mutmaßte Mila. Er angelte sich eine Zigarette aus dem Päckchen auf der Armlehne, steckte sie zwischen seine Lippen und zündete sie an.

Mila setzte sich auf einen der Stühle um den Esstisch, auf dem sich dreckige Teller und alte Zeitungen stapelten.

»Wollen Sie nicht wissen, wie ich heiße?«

Der Mann sog an seinen Zähnen und gab ein schmatzendes Geräusch von sich.

»Ehrlich gesagt interessiert mich nur, ob es noch weitere Scheine geben wird.«

»Das hängt davon ab, was Sie mir zu sagen haben.«

»Diese verdammten Hormone halten mich fast die ganze Nacht wach. Ich bin tagsüber völlig apathisch. Keine Ahnung, ob ich Ihre Fragen beantworten kann.«

Mila kombinierte »Therapie« und »Hormone«. Daher also die Fistelstimme. Man sprach auch von »chemischer Kastration«, manchen Sexualstraftätern wurde sie statt einer Gefängnisstrafe angeboten.

»Wie ich bereits sagte, Pater Roy, führe ich eine private Ermittlung durch.«

»Lassen Sie den ›Pater‹ weg und nennen Sie mich ›Roy‹«, schlug der andere vor und nickte. »Die Kurie hat mich *a divinis* vom Dienst suspendiert – auch wenn ich damit offiziell immer noch Teil der Kirche bin.«

»In Ordnung, Roy«, sagte Mila. »Ich möchte mit Ihnen über Norman Luth sprechen.«

Pater Roy verharrte für einen Moment in eisernem Schweigen. Vielleicht überlegte er, was er ohne Risiko entgegnen konnte, dachte Mila.

Nach einer Weile zog sie einen weiteren Schein aus der Tasche und schob ihn deutlich sichtbar unter ein benutztes Glas.

»Ich habe Norman nie angefasst«, sagte der Priester vorsichtig. »Als ich ihn kennenlernte, war er schon erwachsen.«

»Ich bin nicht deswegen hier«, versicherte sie. »Ich möchte bloß wissen, warum Sie ihm ein Alibi verschafft haben, als er die Morde an den drei Studentinnen gestanden hat.«

»Ich habe ihm überhaupt kein Alibi verschafft. Ich habe der Polizei nur das gesagt, was sie auch so hätte rausfinden müssen. Dass Norman unmöglich in diese Morde verwickelt sein konnte, weil er zur Tatzeit in einer psychiatrischen Anstalt saß. Luth hat sich freiwillig in die Klinik begeben, denn er wusste, dass er eine aggressive Veranlagung besaß, die aus seiner Unfähigkeit zu persönlichen Beziehungen, insbesondere zu Frauen, resultierte. Er wollte seine Dämonen in den Griff bekommen, aber die Dämonen hatten ihn im Griff.«

Der Mann nahm einen tiefen Zug von seiner Zigarette.

»Sie sind trotzdem der Meinung, dass Luth der Täter war ...«

»Ich habe sein Geständnis gelesen«, erwiderte Mila. »Es war zu detailliert. Luth hat minutiös beschrieben, wie er sie mit bloßen Händen erwürgt hat, und sogar seine Empfindungen dabei ... Er hat Details enthüllt, die nie an die Presse gelangt sind. Nur die Polizei und der Mörder selbst konnten davon wissen.«

»Also ist der Sachverhalt folgender: Entweder Luth ist der wahre Täter, oder aber er ist ein Hellseher«, bemerkte der Priester ironisch und bleckte seine gelben Zähne.

»Man hat mir mal gesagt, dass man jeden Menschen täuschen könne, nur nicht sich selbst«, zitierte Mila den Vater ihrer Tochter. »Luth war kein krankhafter Lügner. Er wusste, wer er wirklich war. Und dass er zu fürchterlichen Dingen in der Lage war, wie etwa einen völlig fremden Menschen zu massakrieren ... Deswegen hat er sich kurz vor seiner Entlassung auch umgebracht. Und wissen Sie, auf welche Weise?«

»Er hat sich eine Plastiktüte über den Kopf gezogen«, sagte Pater Roy wie aus der Pistole geschossen.

»Er ist gestorben wie seine Opfer.«

Der Priester nahm einen letzten Zug von seiner heruntergebrannten Zigarette und drückte sie in dem übervollen Aschenbecher aus.

»Wenn Sie das alles und mehr wissen, warum sind Sie dann überhaupt zu mir gekommen?«

Während der Priester sich eine neue Zigarette anzündete, schob Mila einen weiteren Geldschein unter das Glas.

»Sie waren mit Luth befreundet und kennen seine Vergangenheit ... Ich möchte wissen, wie jemand zu einem solchen Monster wird.«

Berish schaute auf die Uhr: Es war fast neun, das Gespräch zwischen Mila und dem Priester dauerte jetzt schon zwanzig Minuten an.

Nach dem, was er über Funk mitbekam, machte Mila ihre Sache ziemlich gut. Sie hatte sofort alle Ungereimtheiten auf den Tisch gelegt und wartete nun darauf, den Geistlichen beim kleinsten Widerspruch in seinem Bericht zu erwischen.

Wenn Enigma sie hierhin geführt hatte, musste es einen Grund dafür geben. Er will, dass wir etwas Bestimmtes finden, sagte sich der Polizist.

»Norman kam aus einer ganz normalen Familie«, fuhr der Priester in Berishs Ohrstöpsel fort. »Der Vater hatte eine Knopffabrik, die Mutter war Hausfrau. Er war ihr einziges Kind und ein fleißiger Schüler. Mentale Auffälligkeiten, die sich auf seine spätere Existenz negativ hätten auswirken könnten, hat er nie gezeigt.«

Mithilfe der vielen Zigaretten wollte der Priester wohl seine Stimme rauer werden lassen, nahm Berish an. Das Ergebnis aber war grotesk. Er hatte das Gefühl, einem in die Jahre gekommenen Clown zuzuhören. Einem von der Sorte, die in den Albträumen von Kindern vorkamen. Oder in einem billigen Horrorfilm aus den Sechzigern.

»Bestimmt wollen Sie mir gleich erzählen, dass dieses wunderbare Idyll irgendwann von einem schrecklichen Drama erschüttert wurde«, provozierte Mila den Mann.

»Achtung«, versuchte Berish seine Ex-Kollegin in Gedanken zu warnen, »wenn du jedes seiner Worte infrage stellst, riskierst du, dass er dir genau das sagt, was du hören willst. Letztlich ist es sein einziges Interesse, dir noch mehr Geldscheine zu entlocken.«

Doch noch hielt Berish sich mit Ratschlägen via Funk zurück. Er wollte Mila nicht unnötig ablenken.

»Als er neun Jahre alt war, geschah etwas, das alles veränderte«, berichtete der Geistliche. »Norman kam von der Schule nach Hause und stellte fest, dass der Vater früher von der Arbeit heimgekehrt war und seine Eltern im Wohnzimmer miteinander stritten. Der Junge versteckte sich, um sie zu belauschen ... Kurz: Gregory Luth beschuldigte seine Ehefrau, ihn mehrfach betrogen zu haben. Erst leugnete sie alles, um am Ende doch noch zu gestehen. Allerdings zeigte die Frau keine Reue, sondern erklärte ihrem Mann, sie sei froh, ihn dadurch gedemütigt zu haben, dass sie mit anderen Männern ins Bett ging. Außer sich vor Wut, legte Gregory ihr die Hände um den Hals und drückte zu.«

Angesichts der Tatsache, dass auch der Unic-Mörder seine Opfer erwürgt hatte, war das letzte Detail nicht unwichtig, dachte Berish. Alles schien perfekt zusammenzupassen und die These zu unterstützen, dass Norman Luth der Täter war. Wenngleich das Problem mit dem Alibi noch nicht vom Tisch war. Wahrscheinlich hatte Luth einen Weg gefunden, immer mal wieder aus der psychiatrischen Klinik auszubrechen, sagte sich der Polizist. Oder jemand hatte ihm dabei geholfen.

»Nachdem er seine Frau umgebracht hatte, bemerkte Gregory die Anwesenheit seines Sohnes. Er befahl ihm, seinen

Koffer zu packen, sie müssten verreisen. Norman gehorchte und saß kurze Zeit später neben seinem Vater im Auto. Sie fuhren nicht mal acht Kilometer weit, dann stoppte der Vater mitten im Berufsverkehr auf einer der beiden aus der Stadt führenden Brücken, stieg aus dem Wagen und trat, ohne ein Wort zu sagen, an die Brüstung ...«

»O Gott«, entfuhr es Berish, als er sich die seelischen Qualen des kleinen Jungen ausmalte, der innerhalb kürzester Zeit den grausamen Tod seiner beiden Eltern miterlebt hatte.

»Wer hat sich danach um Norman gekümmert?«, fragte Mila.

»Eine Zeit lang die engsten Verwandten des Jungen, dann aber luden sie ihn doch beim Jugendamt ab, mit der Ausrede, er würde dort nach all seinen schrecklichen Erlebnissen eine bessere psychologische Betreuung erhalten ... Am Ende folgte eine richterliche Verfügung, dass er zu Pflegeeltern kommen und später eventuell zur Adoption freigegeben werden sollte.«

»Aber er konnte sich in keine Familie richtig einfinden ...«, mutmaßte Mila.

»Niemand will ein Kind haben, das mitansehen musste, wie der Vater die Mutter umgebracht hat, bevor er sich selbst von der Brücke stürzte«, lautete der Kommentar des Priesters.

Berish wusste, dass er recht hatte. Kinder wie Norman Luth wurden mit dem Attribut »Ausgeburt des Teufels« belegt und waren für alle Zeiten von der Schuld derer gebrandmarkt, die sie in die Welt gesetzt hatten.

»Norman kam in eine psychiatrische Klinik für Minderjährige. In Wirklichkeit war er geistig völlig gesund und wurde dort nur geparkt, weil niemand da war, der sich seiner angenommen hätte.«

Absurd, sagte sich Berish. Es war als eine Tatsache angesehen worden, dass Norman wegen seiner tragischen Erlebnisse einen irreversiblen Schaden erlitten hatte. Tag und Nacht umgeben von psychisch Kranken, war er schließlich selbst einer geworden.

»Wie haben Sie Luth kennengelernt?«, fragte Mila.

»Als er volljährig war, haben die Ärzte beschlossen, ihn in die Welt zu entlassen.« Der Priester lachte sarkastisch. »Der einzige Ort, an den er gehen konnte, war das Haus, das er nach dem Tod seiner Eltern geerbt hatte.«

Nicht zu glauben, dachte Berish. An den Ort zurückzukehren, an dem das Drama seines Lebens begonnen hatte, dürfte keine große Hilfe für ihn gewesen sein.

»Norman wollte dort nicht bleiben ... Eines Tages las er in der Zeitung, dass ich eine Zweizimmerwohnung über der Garage des Pfarrhauses zu vermieten hatte, und stellte sich mir als Mietinteressent vor.«

Berish beugte sich auf dem Fahrersitz vor, um die Garage mit dem Apartment im Obergeschoss, das er bei ihrer Ankunft schon bemerkt hatte, besser sehen zu können. Wieder fiel ihm das »Zu vermieten«-Schild im Fenster auf. Luth war vermutlich der letzte Mieter gewesen. Vielleicht lohnte es sich ja, das Apartment einmal genauer in Augenschein zu nehmen.

Mila war sehr zufrieden mit dem Verlauf ihres Gesprächs mit Pater Roy, es kam ihr kaum wie ein Verhör vor. Und wenn Berish noch nicht eingeschritten war, konnte das nur heißen, dass auch er bislang zufrieden war.

Der Priester hustete heftig und spuckte in ein benutztes Papiertaschentuch, das er aus seinem Pyjama gezogen hatte.

Mila fuhr fort, ihn zu befragen.

»Wie lange hat Norman in dem Apartment über der Garage gewohnt?«

Pater Roy hob den Blick zur Decke und rechnete nach.

»Von 2011 bis 2013, dem Jahr, als er gestorben ist.«

Es war genau der zeitliche Rahmen, in dem die Morde an den Studentinnen geschehen waren. 2011 war auch der mutmaßliche Mord an Lea Mulach verübt worden, die später als das erste Opfer des Unic-Monsters gelten sollte, erinnerte sich Mila. Luth und Pater Roy hatten sich zeitgleich zu Leas Verschwinden kennengelernt, eine letzte Bestätigung ihrer These.

»Wie gesagt hat sich Norman hin und wieder in eine psychiatrische Klinik einweisen lassen, weil er hoffte, die Ärzte könnten Ordnung in das Chaos in seinem Kopf bringen. Er blieb dann eine Weile dort, und wenn es ihm reichte, kam er zu mir zurück. Seine Klinikaufenthalte fallen zeitlich mit den drei Morden des Unic-Monsters zusammen. Halten Sie das für einen Zufall?«, fragte er mit einem provozierenden Lachen.

Mila hatte eine ziemlich genaue Vorstellung davon, wie es Luth gelungen sein musste, der Überwachung durch das Klinikpersonal zu entgehen, um die drei Studentinnen zu töten und anschließend in die Einrichtung zurückzukehren. Sie hatte den starken Verdacht, dass Pater Roy ihm dabei geholfen hatte. Norman aber hatte den Komplizen in seinem Geständnis nicht erwähnt – aus Dankbarkeit oder aus Angst? Eines war gewiss: Die psychischen Störungen Luths, eine Folge seines Kindheitstraumas, waren irgendwann mit den Trieben eines Kinderschänders zusammengefallen.

Eine toxische Kombination.

Vielleicht war genau das die Lösung des Rätsels, das zu entschlüsseln Enigma sie aufforderte. Doch hatte Mila noch keine stichhaltigen Beweise für ihre These, außerdem wusste sie nicht, welche Rolle das *Anderswo* dabei spielte.

»Da ist noch etwas, Roy, das ich nicht verstehe. Vor dem Hintergrund, dass Sie an Normans Unschuld festhalten, kommt es mir seltsam vor, dass Sie sich nicht die Frage gestellt haben, ob …«

»Welche Frage?«

»Haben Sie sich nie gefragt, warum die Mordserie, als deren Urheber Luth sich selbst bezichtigte, mit seinem Suizid 2013 aufgehört hat? Danach wurde keine einzige blonde Studentin mit Brille mehr umgebracht …«

Der Geistliche schwieg. Ein Lächeln umspielte seine Lippen. Mila hatte Berishs Instruktionen exakt befolgt und gewartet, bis sie den Widerspruch offenlegen konnte. Sie ging fest davon aus, den Priester geknackt zu haben.

»Norman litt an Graphomanie, wussten Sie das?«, wand sich der Priester aus der Klemme. »Er hat Dutzende von Tagebüchern vollgeschrieben … Ich habe einige behalten – möchten Sie einen Blick hineinwerfen? Vielleicht finden Sie ja etwas Interessantes für Ihre Ermittlung.«

Ob das ein Ablenkungsmanöver war? Hatte er es bloß auf mehr Geld abgesehen?

Sicherheitshalber legte sie einen weiteren, noch größeren Geldschein unter das Glas.

»Bringen Sie mir die Tagebücher.«

Der Priester reagierte nicht. Stumm starrte er sie aus seinen verquollenen Augen an. Mila durchfuhr ein Schauer.

»Sie sind in der Abstellkammer. Kommen Sie, ich zeige sie Ihnen«, sagte er schließlich und erhob sich aus seinem Sessel.

Mila blieb sitzen. Der Mann bemerkte ihr Zögern.

»Was ist? Wollen Sie nicht mehr?«, fragte er amüsiert.

Mila zog die Nase hoch.

»Nein, ganz im Gegenteil«, versicherte sie und stand auf.

Berish stand an der Außentreppe der Garage, die zu dem Apartment im Obergeschoss führte. Per Funk hatte er mitgehört, dass Mila ihr Ass gespielt hatte: die Schlussfolgerung, dass das Ende der Mordserie des Unic-Monsters in unmittelbarem Zusammenhang mit Luths Suizid stand. Damit war der Höhepunkt erreicht, es blieb ihm nicht mehr viel Zeit für die Durchsuchung des Apartments.

Doch dann erwähnte der Priester Normans Tagebücher.

»Okay, gib ihm noch mehr Geld und schau sie dir an«, sagte er ins Mikrofon. »In der Zwischenzeit werde ich mich mal in der Wohnung über der Garage umsehen.«

Mila zog die Nase hoch. Ihr Zeichen, dass sie verstanden hatte und Berishs Anordnungen befolgen würde.

Der Polizist ging die Stufen hoch und kam zu einer weißen Tür mit einem kleinen Fenster, in dem ein gelber Vorhang hing. Das Schloss war von der einfachen Sorte, Berish konnte es mithilfe seiner Kreditkarte gleich beim ersten Versuch knacken. Sofort schlug ihm ein widerlicher Gestank entgegen. Er ließ den Blick schweifen: Eine tote Ratte lag vor ihm auf dem Teppichboden. Er ließ die Wohnungstür offen stehen, um für Durchzug zu sorgen, und trat ein. Das Apartment bestand aus einem großen Raum, der von einer Rigipswand unterteilt wurde. Durch eine zurückgeschobene Falttür konnte er ein Bett sehen. Auf der gegenüberliegenden Seite der Trennwand waren eine Küchenzeile und eine Tür, vermutlich zum Bad, zu erkennen.

Überall lagen Kleidungsstücke, leere Fast-Food-Verpackungen, Pornomagazine und sonstiger Müll herum. Der dicken Staubschicht zufolge mussten sie schon lange dort liegen. Die Bestätigung, dass tatsächlich Norman Luth in diesem Chaos gehaust hatte, lieferte Simon ein gerahmtes Foto auf der Kommode.

Ein lächelndes Kind, Arm in Arm mit seinen Eltern bei einem Strandausflug.

Berish zwang sich, die tote Ratte und den Gestank zu ignorieren, und begann, das Apartment zu durchsuchen.

Schlurfend ging der Priester voran. Ein nervtötendes Geräusch. Unwillig folgte Mila ihm durch die mäandernden Gänge des Pfarrhauses. Die religiösen Bilder und Kruzifixe an den Wänden verströmten weder Frieden noch Trost. Düsternis und Gestank dominierten die Atmosphäre.

Ein Geräusch im oberen Stockwerk versetzte sie in Alarmbereitschaft. Es klang wie Schritte. Sie hob die Augen zur Decke und sah Staub von den Balken herabrieseln.

Zum ersten Mal, seit sie sich im Haus des Paters befand, hatte sie das Gefühl, dass sie nicht allein waren. Unwillkürlich schob sie die Hand unter den Mantel. Die Pistole war noch da.

Sie kamen an einer Art Studio vorbei, als Milas Blick auf einen Mann mit Vollbart fiel. Wie angewurzelt blieb sie stehen, stellte aber sogleich fest, dass es sich bei dem Mann nur um eine lebensgroße Heiligenstatue aus Holz handelte. Pater Roy, der ihren Irrtum bemerkt hatte, brach in meckerndes Gelächter aus.

»Jakobus der Ältere, Schutzpatron der Krieger ...«

Mila ließ den Blick weiterwandern. In einer Ecke des Zimmers stand ein alter Computer. Einen Controller aber oder eine VR-Brille konnte sie nicht entdecken. Dafür hatte die Tastatur eine ungewöhnliche Form: Der Zahlenblock befand sich auf der linken statt wie üblich auf der rechten Seite.

»Da wären wir.«

Der Geistliche stieß eine Tür auf und schaltete das Licht ein. Der Raum war sehr schmal und mindestens vier Meter tief.

»Normans Sachen sind ganz hinten«, sagte Pater Roy, »in zwei Kisten unten auf einem der Regale. Sie können sie gar nicht übersehen, sein Name steht drauf.«

Mila hoffte inständig, das Berish seine Worte mitangehört hatte. Jetzt, wo sie wussten, wo Luths Sachen waren, musste er seine Zeit eigentlich gar nicht mehr im Apartment verschwenden. Sie verspürte nicht die geringste Lust, sich in die enge Kammer zu zwängen. Ihr Blick ging erneut zur Decke. Hatte sie sich das Geräusch eben nur eingebildet, oder war dort oben wirklich jemand?

Sie gab sich einen Ruck. Von ihren klaustrophobischen Ängsten würde sie sich nicht kleinkriegen lassen. Sie legte ihren Mantel ab und schob die Ärmel des Kapuzenpullis hoch.

Pater Roy lehnte am Türrahmen und zündete sich die x-te Zigarette an. Ein Grinsen umspielte seine Mundwinkel, als freue er sich schon auf das bevorstehende Spektakel.

Der Gestank, der von der toten Ratte ausging, war dermaßen bestialisch, dass er die ganze Wohnung verpestete. Berish versuchte, durch den Mund zu atmen, aber das half nur wenig. Zu allem Überfluss brachte die Hausdurchsuchung keinerlei Ergebnis; er fand lediglich nutzloses Gerümpel.

Der Polizist verspürte einen zunehmenden Brechreiz. Wenn er nicht so schnell wie möglich aus dieser Bruchbude rauskam, würde sich der widerwärtige Gestank noch in seinen Klamotten festsetzen.

Bei der zweiten Warnung seines revoltierenden Magens wurde ihm klar, dass er sich jeden Moment würde übergeben müssen. Er stürzte Richtung Badezimmer und wollte die Tür aufstoßen, doch sie war verschlossen. Verwundert sah sich Berish die Tür genauer an: kein Schloss, nur eine Klinke. Irgendetwas musste die Tür von innen blockieren.

Seine Übelkeit unterdrückend, versuchte er, sie mit Gewalt zu öffnen. Er musste sich mehrmals gegen das Türblatt werfen, bis die Tür endlich nachgab und sich ein schmaler Spalt auftat. Er zwängte den Kopf hindurch ... und zog ihn sogleich wieder zurück.

Das war nicht die tote Ratte, die da so grauenhaft stank, sondern eine Leiche im fortgeschrittenen Verwesungszustand.

Berish hielt sich Nase und Mund mit einer Hand zu und zwang sich, den Kopf erneut durch den Spalt zu stecken. Der Körper lag auf der Seite, in einer Art Embryohaltung. Er nahm das ganze Badezimmer ein. Die Gesichtshaut war straff über den Knochen gespannt und schwarz vor Fäulnis. Die Zähne schimmerten durch die Wangen hindurch, die Augenhöhlen waren leer. Die Leiche trug Männerkleidung: Hemd und Hose, beide dunkel. Der Hosenschlitz stand offen.

Berish beugte sich vor, um besser sehen zu können. Auf Höhe des Schambeins befand sich eine Pfütze geronnenen Blutes. Doch erst als der Polizist seine Augen zu den Händen des Toten wandern ließ, begriff er, was geschehen war.

In einer Hand hielt der Mann ein Messer, gleich daneben lagen Penis und Hoden des Mannes, oder was davon übrig war. Er musste sich selbst kastriert haben und an der Schnittwunde verblutet sein.

Plötzlich bemerkte Berish ein Detail am Hemd des Toten. Der Schreck fuhr ihm in die Glieder. Auf der linken Brusttasche, in Höhe des Herzens, befand sich ein Anstecker in Form eines Kruzifixes.

In der ersten Kiste stieß Mila lediglich auf einen Radiowecker, einen Toaster, ein paar Töpfe und ein Telefon. Keine Spur von den Tagebüchern, die Pater Roy erwähnt hatte. Hastig öffnete sie die zweite Kiste. Sie konnte nur hoffen, dass der Priester ihr keine Lügen aufgetischt hatte.

Die zweite Kiste enthielt Kleidungsstücke. Während sie zwischen alten Pullovern und Flanellhemden herumwühlte, meldete sich Berish per Funk. Allerdings war der Empfang in der Kammer so schlecht, dass sie nur Wortfetzen vernahm. Schließlich erstarb Berishs Stimme ganz, und Mila entdeckte etwas am Boden der Kiste.

Drei Kladden mit buntem Einband. Die Tagebücher. Auf jedem war das Jahr seiner Entstehung notiert. 2011, 2012 und 2013. Eins für jedes Opfer, durchfuhr es Mila. Wenn Norman Luth wirklich an Graphomanie gelitten hatte, wie Pater Roy behauptete, enthielten sie vielleicht die Chronik der Morde an den Studentinnen.

Sie nahm das erste Tagebuch zur Hand. Vielleicht hatte das Unic-Monster auch notiert, wo es die einzige Leiche, die nie gefunden wurde, versteckt hatte. Vielleicht würde Lea Mulach endlich beerdigt werden und in Frieden ruhen können.

Doch als Mila das Heft aufschlug, wurde sie mit einer ganz anderen Realität konfrontiert: Die eng beschriebenen Seiten waren mit winzigen Zahlen bedeckt. Kolonnen von Zahlen. Der untrügliche Beweis, dass es zwischen Norman Luth und dem *Anderswo* eine Verbindung gab.

Wieder verspürte sie das bekannte Kribbeln im Nacken. Aber nicht deswegen. Sondern, weil die Entdeckung ihr die Position des Zahlenblocks von Pater Roys Computertastatur in Erinnerung gerufen hatte.

Wie von der Tarantel gestochen, war Berish aufgesprungen und die Treppe hinuntergestürmt. Stoßgebete zum Himmel schickend, dass er nicht zu spät kommen würde, rannte er die kurze Strecke von der Garage zum Pfarrhaus.

»Hörst du mich, Mila? Das ist nicht Pater Roy«, brüllte er atemlos ins Funkgerät. »Der Priester ist tot. Du musst sofort da raus!«

Keine Antwort. Er hörte nur seinen eigenen Atem, der

schließlich vom Rauschen des Windes übertönt wurde. Dann einen gedämpften Knall.

Unwillkürlich verlangsamte er seine Schritte. Vielleicht spielte ihm seine Fantasie ja einen Streich, doch etwas sagte ihm, dass ein Schuss gefallen war. Nein, das war keine Einbildung, dachte er. Der Knall kam direkt aus dem Haus.

Mit gezückter Pistole betrat er die Wohnung des Pfarrers, um Mila zu suchen. Wo konnte sie nur sein? Berish eilte von Raum zu Raum. Nirgendwo war eine Spur von Mila und dem Bewohner des Hauses zu sehen. Aber eins war klar: Irgendetwas stimmte nicht, es war zu still. Schließlich hörte er ein Keuchen, das wie ein unterdrückter Hustenanfall klang, und folgte ihm durch die verwinkelten Gänge.

Das Keuchen stammte vom falschen Pater Roy, der auf dem Boden im Flur lag. Mila hockte neben ihm und presste ihre Hände auf eine Wunde in seinem Unterleib.

»Wo ist meine Tochter?«, hörte Berish sie eindringlich sagen. »Ich will wissen, wo ihr sie hingebracht habt. Sag mir, wo sie ist. Ich bitte dich.«

Der Mann hustete erneut, und ein Schwall Blut lief aus seinem Mund. Sein weißer Bart färbte sich rot. Er lächelte.

Berish begriff, was geschehen war: Mila musste in Notwehr auf den Pfarrer geschossen und die Pistole anschließend auf den Boden gelegt haben. Daneben erkannte Simon ein Messer, mit dem sie der Mann höchstwahrscheinlich bedroht hatte.

Mila bemerkte den Freund.

»Ruf einen Krankenwagen!«, bat sie ihn mit panischer Stimme.

Aber Simon hatte zu viel Erfahrung mit Schusswunden, um nicht zu wissen, dass der Verletzte keine Chance mehr hatte. Tatsächlich trat bereits wenig später ein ungesunder Glanz in die Augen des Mannes, kurz darauf verlöschte sein Blick.

»Wir müssen hier weg«, sagte er und ergriff Mila beim Arm, um ihr aufzuhelfen.

»Die Tastatur!«

Berish verstand nicht, wovon sie sprach. Er bemerkte nur, dass sie vollkommen aufgelöst war.

»Die Tastatur ist für Linkshänder. Er aber hat mit rechts geraucht.«

Wer auch immer dieser Bastard war: Enigma hatte ihn geschickt. Auch für Berish gab es nun keinen Zweifel mehr an dieser Tatsache.

Ein Geräusch über ihren Köpfen schreckte sie auf: Schritte. Berish sprang hoch, bereit zu schießen. Durch das Fenster sahen sie zwei Männer die Feuerleiter hinunterklettern und zu einem in der Nähe parkenden Auto rennen. Mit quietschenden Reifen raste der Wagen davon.

Mila hatte sich nicht geirrt: Es war wirklich jemand im oberen Stockwerk gewesen.

»Scheiße«, sagte Simon.

Er nahm die Tagebücher vom Boden und drückte sie Mila ungeachtet des Bluts an ihren Fingern in die Hand.

»Nimm das Auto und fahr zu mir.«

»Und meine Pistole?«

»Ich kümmer mich darum.« Dann blickte er auf die Leiche und sagte: »Und um den Rest auch.«

15

Sie hatte sich die Hände mit ein paar Erfrischungstüchern gereinigt, die sie im Handschuhfach gefunden hatte. Doch noch
immer hatte sie das Gefühl, das Blut des Mannes, den sie erschossen hatte, würde an ihren Fingern kleben. Kaum hatte sie
Berishs Wohnung erreicht, ging sie unter die Dusche. Lange
stand sie unter dem kochend heißen Wasser. Vielleicht würde
die Wärme ihr ja guttun.

Als sie in Simons Morgenmantel gehüllt aus dem Bad kam,
füllte sie als Erstes Hitchs Fressnapf auf. Auch für sich selbst
fand sie etwas zu essen, Brot und eingelegtes Gemüse. Sie war
regelrecht ausgehungert.

Draußen regnete es in Strömen.

Mit einem Glas Saft in der einen und dem Teller in der anderen Hand ließ sich Mila im Schneidersitz auf dem Sofa nieder und begann, in den Tagebüchern zu blättern. Was hatte
Luth mit all den Zahlen wohl beschreiben wollen? Sie kam
sich vor, als hätte sie es mit einem hochkomplexen mathematischen Problem zu tun, mit einer dieser nicht zu lösenden
Aufgaben, die manche Wissenschaftler ein Leben lang begleiteten.

Nein, sagte sie sich, das hier war nichts anderes als die Ausgeburt eines kranken Mörderhirns. In diesen Zahlen gab es
keine Logik, nur Chaos und Tod. Denn so lautete das Credo
des Todesflüsterers. Vielleicht verbarg sich die Antwort in den
anderen Elementen, die ihr bei ihrer zweiten Reise ins *Anders-*

wo aufgefallen waren: in den antiken Möbeln oder der dunkelroten Rose. Aber auch dessen war sie sich nicht sicher.

Berish kehrte erst gegen Mitternacht zurück. Wortlos warf er seinen nassen Mantel auf einen Stuhl und goss sich einen Drink ein.

»Ist alles in Ordnung?«, fragte sie zögerlich.

Der Polizist nahm einen großen Schluck von seinem Scotch.

»Ja, alles in Ordnung.«

Hitch, der sein Herrchen freudig wie immer begrüßt hatte, fing an, an dessen Kleidung zu schnuppern, als hätte er einen ungewöhnlichen Geruch wahrgenommen. Sofort schob Berish seine Schnauze zur Seite.

Mila fragte nicht, wie er die Spuren ihres Besuchs im Pfarrhaus beseitigt, und auch nicht, wohin er die Leichen des entmannten Priesters und des falschen Pater Roy gebracht hatte. Sie wusste, dass ein Polizist mit so vielen Jahren Berufserfahrung genug Kontakte in die Unterwelt besaß, um sich im Notfall in jeder Lebenslage helfen zu lassen. Doch ihr Freund wirkte irgendwie verstört, was ihr gar nicht gefiel.

»Und, was steht in den Tagebüchern von Luth?«, fragte er, um von sich abzulenken.

Mila nahm eine der Kladden zur Hand und blätterte die Seiten vor ihm auf. Ungläubig schüttelte Berish den Kopf.

»Hat also alles nichts genutzt …«

»Um das Geheimnis zu lüften, hätten wir weitere Koordinaten für das Log-in ins *Anderswo* finden müssen.«

»Das heißt, wir müssen von vorne anfangen …«

»Nein, warum?«, widersprach Mila.

»Weil wir nichts, was der falsche Priester gesagt hat, für bare Münze nehmen können. Hat er gelogen, um uns in die Irre zu führen, oder hat er die Wahrheit erzählt, die der echte Pater Roy nicht mehr aufdecken konnte, weil er bereits tot war?«

»Wir müssen von den Tatsachen ausgehen ... Und die besagen, dass Luth die Morde unter Angabe zahlreicher Details gestanden hat, weil er von ihnen *wusste*«, entgegnete Mila.

»Sein Alibi sagt was anderes«, warf Berish ein.

»Aber nach seinem Selbstmord ist keine einzige Studentin mehr ermordet worden.«

Simon leerte sein Glas.

»Es muss eine Erklärung dafür geben.«

»Die Zahlen in den Tagebüchern kann vielleicht nur ein Verrückter entschlüsseln, aber ganz sicher sind sie kein Produkt des Zufalls«, sagte Mila. »Sie belegen eindeutig, dass Norman sich im *Anderswo* bewegt hat und womöglich sogar Enigma kannte.«

»Ein *echter* Beweis ist das aber noch nicht«, erwiderte Simon, der ihr nur ungern widersprach. »Wir müssen sie dazu *machen*.«

»Und wie?« Mila war frustriert.

»Indem wir weiter ermitteln«, entgegnete der Freund fast wütend. »Wir müssen dort hingehen, wo wir noch nicht waren, die Nase dort reinstecken, wo wir sie noch nicht reingesteckt haben, in der Scheiße wühlen, die wir bisher noch nicht angerührt haben.«

Mila hatte ihn noch nie so in Rage erlebt.

»Aus reiner Konvention behaupten wir, es mit einem Serienkiller zu tun zu haben, sobald ein Mörder dreimal auf dieselbe Weise zuschlägt. Aber wer sagt denn, dass es so sein *muss*? Diese Regel wurde nur aufgestellt, weil wir von der Existenz des Mörders immer zu spät erfahren, nämlich erst, *nachdem* er getötet hat. Damit reden wir uns nur raus, weil wir nicht in der Lage sind, ihn vorher zu fassen!«

Mila verstand nicht, worauf er hinauswollte.

»Und wenn wir einem weiteren Serienkiller auf die Spur

kommen, was machen wir dann? Warten wir darauf, dass er wieder tötet, in der Hoffnung, dass er diesmal einen Fehler macht?«

»Na ja, heute haben wir jedenfalls genau das getan«, fasste Berish zusammen. Er schien immer noch enttäuscht. »Wir sind losgezogen, um einen Priester zu befragen, dabei hätten wir die Frage uns selbst stellen müssen: ›Wie lernt ein Serienkiller zu morden?‹«

Endlich begriff Mila.

»Sein erstes Opfer bringt es ihm bei.«

Nach welchen Kriterien wählten Serienmörder ihre Opfer aus? Für einen Kriminologen eine essenzielle Frage. Oft ging einem Mord keine bewusste Entscheidung voraus. Es genügte beispielsweise, dass das Opfer eine Frau war und sich – aus Sicht des Mörders – zur richtigen Zeit am richtigen Ort befand. Manchmal war aber auch allein der Zufall ausschlaggebend. Mila konnte sich an einen Serienmörder erinnern, der Kellnerinnen vergewaltigte und anschließend in Stücke hackte. Bei seiner Festnahme gab er keinen besonderen Grund für seine Spezialisierung an: Weil sein erstes Opfer zufällig eine Kellnerin gewesen war, hatte er beschlossen, auf dieser Linie weiterzumachen. Auch aus einer Art Aberglauben heraus. Doch es gab da noch einen tieferen Grund: Denn für einen Serienmörder war die wiederholte Anwendung des Modus Operandi mindestens genauso befriedigend wie der Mord selbst. Für ihn bedeutete das, dass er seinen Job gut machte. Die Vorstellung, zu töten, ohne erwischt zu werden, war für sein Ego fundamental.

»Wenn der Kuchen, den du gebacken hast, besonders gut gelungen ist, warum solltest du dann ein anderes Rezept ausprobieren?«, hatte der Mann, der ihr Dinge dieser Art beigebracht hatte, wiederholt gesagt. »Du kannst ihn mit der Zeit perfektionieren, weil deine Erfahrung dir dabei hilft. Ab und zu tauschst du vielleicht eine Zutat gegen eine andere aus. Aber du wirfst das Rezept nicht über den Haufen, weil du sonst riskieren würdest, dass der Kuchen misslingt.«

Der Mord an Lea Mulach hatte den Auftakt einer Serie bedeutet. Sie hatte für das Uni-Monster eine Art Opfer-Prototyp dargestellt. Jeder Mörder hatte sein »Idealopfer«, erinnerte sich die ehemalige Fahnderin.

Die Mutter des Mädchens lebte in einer Villa in Strandnähe. Nach dem Tod ihrer Tochter hatte sie sich scheiden lassen und vor einem Jahr einen reichen Anwalt geheiratet.

Als Mila und Berish den Klopfer an der mondänen Eingangstür betätigten, hatten sie guten Grund zur Hoffnung, die Frau zu Hause anzutreffen, denn der verregnete Sonntag lud nicht gerade zum Ausgehen ein. Tatsächlich bat das Dienstmädchen sie kurz darauf, in dem großen Wohnzimmer mit Blick aufs Meer Platz zu nehmen.

Sieben Jahre waren vergangen, seit Barbara Mulach fast jeden Tag in der Vorhölle angerufen hatte, um Neuigkeiten zum Stand der Suche nach ihrer vermissten Tochter zu erfahren. Nach ein paar Monaten waren die Anrufe seltener geworden. Und als die Polizei beschlossen hatte, auch Lea den Opfern des Unic-Monsters zuzuschreiben, hatte die Mutter den Kontakt vollständig abgebrochen.

Kaum hatte Barbara Mulach das Zimmer betreten, war Mila klar, dass die Frau sie sogleich wiedererkannt hatte. In ihrem Gesicht sah sie Ohnmacht und Erschütterung, einen Ausdruck, den wohl auch sie annehmen würde, sollte es ihr nicht gelingen, Alice wiederzufinden, davon war sie überzeugt.

Ohnmacht und Erschütterung.

Die Frau trug einen Hausanzug aus grauem Samt. Sie war noch immer blond, allerdings hatte ihr Friseur eindeutig nachgeholfen. Ihre Haare hatte sie zu einem Pferdeschwanz zusammengebunden, wodurch sie ihrer Tochter trotz des Altersunterschieds sehr ähnlich sah.

Sie brach in Tränen aus.

»Haben Sie sie gefunden?«, fragte sie mit kaum hörbarer Stimme.

Mila ging ihr entgegen, um sie zu stützen.

»Leider nein ...«

»Warum sind Sie dann gekommen?«, fragte die Frau verwirrt.

»Weil ich den Fall wieder aufrolle«, erfand Mila eine halbe Notlüge. Das Ziel ihrer illegalen Ermittlung war nicht, Leas Leiche zu finden, sondern Alice. »Das ist mein Kollege Simon Berish, der neue Leiter der Vermisstenstelle.«

Sie nahmen auf einem hellen Ledersofa direkt vor dem Panoramafenster Platz. Die See war stürmisch, doch bot sie ein stummes Schauspiel, da die Doppelverglasung das Meeresrauschen unterdrückte.

»Sie wäre so eine tolle Frau geworden«, sagte Barbara Mulach und schaute zu den silbergerahmten Fotos, die auf einem Beistelltisch standen.

Die Bilder zeigten ihre Tochter in verschiedenen Stationen ihres kurzen Lebens: direkt nach der Geburt, als Kleinkind beim Auspusten von Geburtstagskerzen, als junges Mädchen auf der Skipiste, hoch zu Ross im Husarenkostüm und schließlich stolz lächelnd mit dem Diplom-Zeugnis in der Hand.

»Sie war in allem die Beste. Sie konnte es einfach nicht ertragen, bloß die Zweite zu sein.«

Auch im Tod war sie die Erste gewesen, dachte Mila bitter. Die Erste einer Serie.

»Ich weiß, dass Toten, vor allem, wenn sie jung gestorben sind, gerne nachgesagt wird, was für großartige Menschen sie waren«, sagte die Frau. »Jeder hat sie oder ihn aus tiefstem Herzen geliebt. Manchmal ist das geradezu pathetisch. Aber Lea hatte nicht einmal die Zeit zu scheitern.« Sie holte tief Luft. »Als sie mir verkündete, dass sie fernöstliche Sprachen studieren möchte, habe ich sie darin bestärkt. Ihr Vater hätte es besser gefunden, sie hätte BWL studiert. Aber Lea wollte reisen, was auch mein Wunsch als junges Mädchen war.«

Mila hatte zwar kein Gespür für das Leid anderer Menschen, doch sie wusste genau, weshalb die Frau sich Vorwürfe machte.

Wenn das Wörtchen »wenn« nicht wär' …

Wenn sie Alice nicht gezwungen hätte, in einem einsamen Haus am See zu leben, wenn sie nicht der Aufforderung der Shutton nachgekommen wäre, wenn sie Enigma nicht begegnet wäre … Dann hätte sich auch für sie alles anders entwickelt.

»Ms. Mulach«, begann Berish, »wie Sie wissen, wurde auch Lea den Opfern des sogenannten Unic-Monsters zugerechnet. Aber ihr Fall unterscheidet sich deutlich von dem der beiden anderen Mädchen: Die Leiche Ihrer Tochter wurde nie gefunden, und es gibt auch keinen Beweis dafür, dass der geheimnisvolle Larry sie über irgendwelche Social-Media-Kanäle kontaktiert hätte. Was wiederum noch nichts heißen muss: Vielleicht hat er bei ihr einfach ein anderes Profil verwendet. Trotzdem würde ich Sie gerne Folgendes fragen: War Lea jemand, der sich im Internet von fremden Männern ansprechen ließ? Soweit ich weiß, war sie sehr hübsch und hatte wohl auch keinen Mangel an Verehrern …«

»Sie haben vollkommen recht, Mr. Berish. Aber dieser Bastard hat sich an sie rangemacht, als es ihr wirklich schlecht ging. Sie hatte gerade eine längere Beziehung zu einem Klassenkameraden beendet. Sie wissen, wie sich alles verändert, wenn man anfängt zu studieren: Man entfremdet sich voneinander, ändert seine Gewohnheiten, macht neue Bekanntschaften ... Ich glaube durchaus, dass meine Tochter einsam war, aber sie hatte nicht den Mut, schon wieder eine Beziehung einzugehen.«

Die Campus-Plattform als Therapieersatz, dachte Mila. Der ideale Weg, mit jemandem anzubändeln, ohne sich gleich enger zu binden.

»Sie ist mit diesem Verbrecher ins Kino gegangen, weil sie sich nichts dabei gedacht hat. Alles total harmlos ... Nach ihrem Verschwinden fehlten in ihrem Schrank eine Jeans, ein Blouson und ein T-Shirt. Hätte Lea wirklich ernsthafte Absichten gehabt, wäre sie beim ersten Date nie so lässig gekleidet gewesen.«

»Wie Sie ebenfalls wissen, hat vor einigen Jahren ein gewisser Norman Luth die Morde gestanden. Auch den an Lea ...«, rief Simon der Frau ins Gedächtnis.

»Ach ja, der Lügner mit der Psychomacke«, unterbrach Leas Mutter ihn sofort. »Wissen Sie was? Die Polizei hat recht daran getan, ihm nicht zu glauben: Dieses Schwein hat gelogen, weil er meine Lea sonst niemals hätte ködern können. Einer, der im Irrenhaus ein und aus geht, hat doch anders keine Chance, ein so hübsches, kluges Mädchen für sich einzunehmen.«

Hier hatte Barbara Mulach leider unrecht, dachte Mila. In Wahrheit waren viele Triebtäter, die in den sozialen Netzwerken auf Jagd gingen, weder besonders brillant noch attraktiv; sie brauchten sich nur eine interessante Aura zu geben, um ihre Beute in die Falle zu locken. Den Rest erledigten gewöhnlich die Opfer selbst, indem sie sich ihren Illusionen hingaben. Sie erinnerte sich noch genau an die Worte ihres geheimnisvollen

Freundes mit der roten Sturmhaube: *Der Geist sieht, was der Geist sehen will.*

»Wir möchten Ihnen nichts vormachen, Ms. Mulach«, sagte Mila. »Wir versuchen, die losen Enden des Falls zusammenzubringen, und dachten, wir fangen bei Lea an. Denn das hat auch der Mörder getan.«

Berish schaltete sich ein.

»Die Tatsache, dass Leas Leiche nie gefunden wurde, sagt möglicherweise etwas über die Persönlichkeit des Mörders aus ... Nachdem er sie umgebracht hat, ließ er sie eben *nicht* am Straßenrand liegen wie die anderen. Das könnte ein Indiz sein.«

Simon wollte Leas Mutter begreiflich machen, dass der Mörder die Leiche eventuell hatte verschwinden lassen, weil er emotional noch in der Lage war, sich seiner Tat zu schämen. Mit der Zeit, so Berishs Theorie, hatte sich diese Sensibilität verloren, aber um Leas menschliche Überreste hatte sich der Täter noch kümmern wollen.

»Den Eltern zu verwehren, am Grab ihrer Tochter zu weinen, darin erkennen Sie ein Indiz?«, empörte sich die Frau über Berishs Deutungsversuch.

Beschwichtigend mischte sich Mila erneut in die Diskussion.

»Der Kollege Berish möchte Ihnen nur begreiflich machen, dass der Mörder Lea vielleicht aus einem ganz bestimmten Grund ausgesucht hat. Wenn wir diesen Grund kennen würden, hätten wir eher eine Chance, ihn zu identifizieren.«

Barbara Mulach musterte die beiden Polizisten. Die Vorstellung, aktiv bei der Ergreifung des Mannes mitzuwirken, der ihre Familie und damit ihr Leben zerstört hatte, weckte eine positive Wut in ihr.

»Wie kann ich Ihnen helfen?«

»Haben Sie Leas Computer noch?«, fragte Berish. »Wir würden gerne einen Blick darauf werfen.«

»Ja, den habe ich noch. Anders als mein Exmann, der einfach keine Ruhe finden will, habe ich es geschafft, weiterzumachen und am Leben teilzunehmen. Stellen Sie sich vor, nach unserer Trennung hat er mir sämtliche Sachen von unserer Tochter gebracht, weil er es nicht ertragen konnte, sie im Haus zu haben. Später hat er es bereut. Aber die Sachen sind immer noch hier ...«

Die Frau erhob sich vom Sofa und ließ sie allein, um in den anderen Teil der Wohnung zu gehen.

»Was meinst du?«, fragte Berish leise.

Mila schüttelte den Kopf.

»Ich weiß nicht. Ich kann nur hoffen, dass du recht hast ...«

Nach wenigen Minuten kam Barbara Mulach mit einem rosafarbenen Notebook zurück. Die Vorderseite war übersät von Aufklebern mit kleinen goldenen Drachen.

»Seit Leas Verschwinden hat ihn niemand mehr angerührt.«

Mila erkannte den Laptop sofort wieder. Bevor die SO den Fall an sich gerissen hatte und er noch in ihrem Zuständigkeitsbereich lag, hatte sie das Gerät auf der Suche nach Adressen und sonstigen Hinweisen, die Leas Verschwinden erklären könnten, gründlich durchsucht.

»Glauben Sie wirklich, dass der Mörder noch gefunden werden kann? Ihre Kollegen meinten, inzwischen sei zu viel Zeit vergangen. Und nachdem sich das Monster nach dem Mord an den beiden anderen Mädchen sozusagen in Luft aufgelöst hat ...«

Häufig trat bei den Eltern von Gewaltopfern an die Stelle der Liebe, die sie für ihre verlorenen Kinder empfunden hatten, blanker Hass auf den Täter.

Mila wollte keine falschen Hoffnungen in der Frau wecken.

»Es ist nur eine Spur«, beeilte sie sich zu erklären. »Vielleicht führt sie zu etwas, vielleicht nicht ... Auf jeden Fall ist

Lea nicht in Vergessenheit geraten. Ich habe immer wieder an sie gedacht.« Was der Wahrheit entsprach.

»Wir waren so verzweifelt, dass wir vor ein paar Jahren ein Grab für sie anlegen ließen … Uns ist natürlich vollkommen klar, dass darin niemand liegt, aber die Leute gehen an dem Grabstein vorbei und lesen ihren Namen. So wissen sie wenigstens, dass es mal eine wunderschöne junge Frau namens Lea Mulach gegeben hat, und gedenken ihrer, wenn wir tot sind …«

Das wahre Drama dieser Mutter lag nicht im Tod ihrer Tochter, sondern in der Vorstellung, dass sie umsonst gelebt haben könnte. Mila verstand, was in ihr vorging.

»Ich weiß nicht, ob es sich nur um einen Scherz handelt oder ob jemand ernsthaft von Leas Schicksal gerührt ist«, sprach die Frau weiter. »Ich habe es auch der Polizei erzählt, aber sie hatten genauso wenig eine Erklärung dafür … Vielleicht ist es ja auch nicht wichtig.«

Mila hatte keine Ahnung, worauf sich Barbara Mulach bezog. Sie wechselte einen fragenden Blick mit Berish, der ähnlich verwirrt schien.

»Was ist nicht wichtig?«, fragte die ehemalige Polizistin ermutigend.

Leas Mutter wandte sich ihr zu.

»Seit wir das Grab errichtet haben, liegt an jedem Jahrestag ihres Verschwindens eine dunkelrote Rose auf dem Stein.«

16

Der Modus Operandi eines Serienmörders ist wie ein Kuchenrezept.

Mila wiederholte in Gedanken den ebenso makaberen wie treffenden Vergleich. *Wenn dir etwas auf eine Art gut gelingt, warum solltest du dann deine Vorgehensweise ändern?*

Aber selbst wenn das eigentliche Muster beibehalten wurde, konnte der Modus Operandi eines Killers von einer zur nächsten Tat variieren: Der Mörder neigte, wie der Bäcker, zum Perfektionismus, also lernte er aus der Erfahrung. Viele Kriminologen verließen sich daher, wenn sie Morde einem bestimmten Serienmörder zuordneten, nicht mehr auf dieses Kriterium. Es war sogar ziemlich wahrscheinlich, dass zwischen dem ersten und dem letzten Mord einer Serie so viele Unterschiede auftraten, dass sie wie die Morde verschiedener Täter wirkten. Das barg ein gewisses Risiko, vor allem vor Gericht, wo ein pfiffiger Anwalt bei solchen Unstimmigkeiten den Hebel ansetzen konnte, um die Anklage gegen seinen Mandanten als unzulässig darzustellen. Aus diesem Grund hatten die Profiler begonnen, sich bei seriellem Verhalten auf einen anderen Aspekt zu konzentrieren. Auf etwas, das sich nicht veränderte.

Die Signatur.

»Der Serienmörder begeht die Tat, um ein Bedürfnis zu befriedigen«, erklärte Mila Berish, während dieser den Wagen durch die regennassen Straßen steuerte. »Um seine Lust wirklich zu stillen, *muss* er eine bestimmte Sache unbedingt machen. Wenn er zum Beispiel daraus Befriedigung zieht, dass er seinem Opfer Schmerzen zufügt oder es gewaltsam unterwirft, dann kann er auf sadistische oder demütigende Handlungen einfach nicht verzichten – das wird seine Signatur.«

Der kleinste gemeinsame Nenner eines Verbrechens.

»Manchmal ist es allerdings extrem schwierig, zwischen Modus Operandi und Signatur zu unterscheiden«, fuhr sie in Gedanken an den Fall eines Bankräubers fort, der seine Geiseln fotografierte, bevor er sie zwang, sich auszuziehen.

Ein solches Verhalten war weder notwendig noch zielführend für einen gelungenen Bankraub, im Gegenteil, die Gefahr, erwischt zu werden, war so sehr viel größer, denn der Täter hielt sich unnötig lange in der Bank auf. Es war seine Signatur, das Symptom für ein nicht zu unterdrückendes Verlangen.

Ein anderer Bankräuber hatte seine Geiseln zwar gezwungen, sich auszuziehen, aber er fotografierte sie nicht. Der Grund war ein rein praktischer: Weil sie sich ihrer Nacktheit schämten, wandten sie den Blick ab, wodurch das Risiko gesenkt wurde, dass sie der Polizei später brauchbare Hinweise auf sein Äußeres geben konnten.

Berish aber begriff immer noch nicht.

»Was hat diese ›Signatur‹ mit der Rose zu tun, die Lea Mulachs Mutter jedes Jahr auf dem Grabstein ihrer Tochter findet?«

»Lass uns zur Vorhölle fahren, dann erkläre ich es dir. Ich glaube, wir haben einen Fehler gemacht.«

Trotz des schlechten Wetters kamen sie schnell voran. Die Temperatur war um mehrere Grad gesunken, und die Prognosen für die nächsten Stunden verhießen wenig Gutes. Mila und Berish erreichten die Dienststelle gegen sechzehn Uhr.

Sonntagnachmittags war im Polizeipräsidium nicht viel los, aber sie achteten dennoch darauf, niemand Bekanntem über den Weg zu laufen, der Shutton brühwarm erzählen würde, dass er sie zusammen gesehen hatte.

Im Saal der verlorenen Schritte legte Mila das Notebook von Lea Mulach auf einen Schreibtisch und ließ es erst einmal laden. Schließlich war das Gerät ewig nicht benutzt worden.

»Wir kümmern uns später um den Laptop«, wandte sie sich an Berish.

Dann setzte sie sich vor ihren alten Rechner, um nach etwas zu suchen, das ihre Vermutungen bestätigte. In einer gesonderten Datenbank der Mordkommission für besonders geläufige Opferprofile wurde sie fündig. Es war politisch nicht korrekt, Tote nach ihrem Lebensstil zu beurteilen, aber letztlich ging es genau darum. Wer mit Drogen dealte, sich prostituierte oder einer Gang angehörte, wurde mit höherer Wahrscheinlichkeit ermordet als andere Leute. Irgendjemand hatte sogar mal von »Berufsrisiko« gesprochen.

Mila interessierte sich allein für die Prostituierten, und nachdem sie ihre Suche durch Parameter wie »blonde Haare«, »Brille«, »Erwürgen« verfeinert hatte, erhielt sie eine Liste von sechs Mordfällen seit 2013.

»Da haben wir sie, die Signatur«, erklärte sie triumphierend. »Der Killer hat keineswegs aufgehört zu töten, er hat sich nur schlauer angestellt.«

Um ungestört agieren zu können, hatte er eine Zutat seines Rezepts ausgetauscht, schlussfolgerte Mila. Keine Studentinnen mehr, sondern Prostituierte. Eine erwürgte Studentin galt als Ausnahme, während eine Prostituierte dafür geradezu »prädestiniert" schien.

»Verstehe ich nicht«, sagte Berish. »War Luth also unschuldig? Oder gab es von Anfang an zwei Mörder?«

Mila bedeutete ihm, sich zu setzen.

»Ich habe da so eine Theorie, schauen wir mal, ob sie dich überzeugt …« Ihre Entdeckung hatte sie aufgewühlt, sie konnte es kaum erwarten, sie mit Berish zu teilen. »Luth war regelmäßiger Besucher des *Anderswo,* das belegen seine Tagebücher. In der virtuellen Welt ist Luth Teil der inszenierten Fantasie eines anderen Spielers: einer, der gerne blonde Studentinnen mit Brille erwürgt.«

Mila wusste, was es hieß, sich in die kranke Fantasiewelt eines anderen zu begeben. Sie würde nie mehr vergessen, was sie empfunden hatte, als sie in Karl Andersons Haut geschlüpft war, während dieser Frau und Kinder abschlachtete.

»Luth ist mental instabil, und als die Morde sich im wahren Leben auf identische Weise wiederholen, ist er überzeugt, der Mörder zu sein. Er geht zur Polizei und gibt ein vollständiges Geständnis ab … Aber weil er sich während der Zeit, als die Morde geschahen, in der psychiatrischen Klinik aufhielt, stellt sich heraus, dass er nicht der Täter sein kann, und er wird aus der U-Haft entlassen.«

»Doch die Sache mit Luth, die von seinem Selbstmord gekrönt wird, bringt den wahren Mörder zu einer Erkenntnis«, fuhr Berish fort, der endlich begann, ihrem Gedankengang zu folgen. »Wenn er nicht geschnappt werden will, muss er seinen Modus Operandi insoweit verändern, dass die Mordserie unterbrochen scheint … Aus diesem Grund ersetzt er die Studentinnen durch Prostituierte.«

»Seine Signatur ist das Aussehen der Opfer. Um sein Bedürfnis vollständig befriedigen zu können, muss es immer gleich sein: blond und Brille.«

Berish dachte nach.

»Und die dunkelrote Rose? Was ist ihre Bedeutung?«

»Es ist nicht gesagt, ob es sich hier um eine Geste des Mitgefühls oder der Reue handelt«, bemerkte Mila. »Vielleicht wollte er sich auf diese Weise selbst beweisen, dass er sein erstes Opfer nicht vergessen hat.«

Alle Serienmörder waren ihren ersten Opfern dankbar, wusste Mila. Wie bei einer ersten Liebe, die man auch nicht vergaß.

»Wenn Norman Luth im *Anderswo* mit dem wahren Mörder in Kontakt war, müssen wir nur in seinem Computer nachschauen«, platzte es aus Berish heraus. »Aber in dem Apartment über der Garage war kein Computer«, fügte er im nächsten Moment frustriert hinzu.

Mila befürchtete schon, in eine Sackgasse geraten zu sein, doch dann hatte sie plötzlich eine Eingebung.

»Der falsche Pater Roy hat mir erzählt, dass Norman das Haus seiner Eltern geerbt hat. Aber wegen seiner traurigen Erinnerungen wollte er dort nicht leben und hat das Apartment über der Garage gemietet. Höchstwahrscheinlich befindet sich der Computer von Luth an dem Ort, wo er seine Kindheit verbracht hat.«

»Der falsche Priester kann auch gelogen haben«, wandte Simon ein. »Oder in dem Haus wohnt längst jemand anders.«

Doch Mila wollte so schnell nicht aufgeben.

»Wir sollten uns nicht davon abhalten lassen, es zu überprüfen … Und danach widmen wir uns Leas Notebook.«

*

Der Regen, der sich den ganzen Tag lang über der Stadt ergossen hatte, gönnte sich endlich eine Atempause. Fast konnte man den Eindruck haben, als würde die Natur den Menschen ein Stück weit entgegenkommen. Doch je niedriger die Sonne stand, umso schneller nahte die Dunkelheit heran. Bald würde eine weitere lange Nacht für Alice beginnen. Der Gedanke quälte Mila. Wie ein dumpfer Schmerz in der Brust, mit dem man leben musste, wie eine Faust, die sich langsam immer tiefer zwischen die Rippen bohrte.

Die Eltern von Norman Luth hatten ihm eine hübsche Jugendstilvilla auf einem Hügel hinterlassen. Ein Zaun umgab das parkartige Grundstück. Berish hatte jedoch recht gehabt: Das Haus war tatsächlich bewohnt. Obwohl die Vorhänge vor den Fenstern zugezogen waren, konnte man sehen, dass Licht brannte.

»Was machen wir?«, fragte Mila.

Bei den neuen Hausbesitzern zu klingeln, konnten sie wohl vergessen.

»Keine Ahnung«, erwiderte Simon.

Fast war Mila schon so weit, die ganze Aktion abzublasen, als sie hinter der Villa, halb versteckt von den ausladenden Ästen einer Pinie, einen kobaltblauen Lancia Beta stehen sah. Auch Enigma und Pascal fuhren Autos, die aus dem letzten Jahrhundert stammten. Ausgerechnet der Mann mit der roten Sturmhaube hatte ihr den Grund dafür genannt: Diese Autos hatten kein GPS, durch das sie lokalisierbar gewesen wären.

»Kann sein, dass das nur ein Zufall ist«, erklärte sie Berish, nachdem sie ihm von den Autos erzählt hatte. »Aber mir scheint, so mancher *Anderswo*-User bedient sich dieser Vorsichtsmaßnahme.«

Der Polizist überlegte.

»Was hältst du davon, wenn wir einfach klingeln und fragen, ob sie Luths Computer haben?«

»Ehrlich gesagt, nichts.«

»Dachte ich mir.«

Berish zog zwei Pistolen aus seiner Manteltasche. Die eine

gab er ihr, als Ersatz für die Waffe, die er nach dem Tod des falschen Pater Roy hatte verschwinden lassen.

»Die ist sauber«, versicherte er. »Falls du gezwungen bist, sie zu benutzen, wird keiner deine Spur nachverfolgen können.«

Kurze Zeit später waren sie an einer vom Haus aus uneinsehbaren Stelle über den Zaun geklettert. Um nicht gehört zu werden, liefen sie über den mit nassen Blättern bedeckten Rasen auf die Villa zu. Eisige Windböen fegten vom Hügel hinunter durch Bäume und Sträucher und verebbten wieder. Berish zeigte auf den Hintereingang, der zu einem Wintergarten führte. Durch die matten Scheiben konnte man lediglich ein Geflecht aus Ästen erkennen, die in der Dunkelheit aussahen wie die Gliedmaßen eines Skeletts. Ein kurzes Rütteln an der Tür, und das Schloss gab nach. Innerhalb von Sekunden waren sie im Haus. Eine angenehme Wärme empfing sie. Sie achteten auf Geräusche, die auf die Anwesenheit der Bewohner schließen ließen. Doch es war nichts zu hören.

Berish wollte schon losziehen, um das Haus zu erkunden, doch Mila hielt ihn am Ärmel fest. Als der Polizist sich umdrehte, sah er, was sie gesehen hatte. In dem Wintergarten befanden sich mehrere Rosenstöcke. Die schönste und üppigste Pflanze trug dunkelrote Knospen. Falls sie eine Bestätigung dafür gebraucht hatten, sich am richtigen Ort zu befinden, hatten sie sie nun gefunden.

Berish ging voraus. Die alten Dielen ächzten unter ihren Schritten. Vorsichtig das Gewicht austarierend, setzten sie einen Fuß vor den anderen. Sie waren sich nicht sicher, ob jemand zu Hause war, überall brannte Licht. Kleine Tischlämpchen mit Damastschirmen und goldene Wandleuchter auf der bordeauxfarbenen Stofftapete leuchteten ihnen mit ihrem milden Licht den Weg. Die antiken Möbel verströmten einen angenehmen, altehrwürdigen Geruch nach Bienenwachs und Edelhölzern.

Als sie zu einer Treppe mit intarsienverziertem Geländer kamen, die ins obere Stockwerk führte, bedeutete Berish Mila mit einem Handzeichen, dass er allein hinaufgehen würde. Sie selbst solle im Erdgeschoss bleiben. Es war besser, sich bei der Erkundung der Räumlichkeiten aufzuteilen.

Mila hielt die Pistole im beidhändigen Anschlag – so wie sie es in der Polizeischule gelernt hatte. Blick und Korn mussten auf einer Linie sein und einen Sicherheitsbereich von einhundertachtzig Grad abdecken.

Sie kam durch eine Küche, die in einem warmen Gelb gekachelt war. Kupfertöpfe hingen von der Decke herab, Schränke und Arbeitsflächen waren weiß lackiert. Gleich hinter der Küche befanden sich die ehemaligen Dienstbotenzimmer und dahinter eine Bibliothek mit einem alten Radio aus Nussbaumholz. Das Haus musste seit Generationen der Familie Luth gehören, dachte Mila. Doch Norman hatte es vorgezogen, über der Garage eines perversen Priesters zu hausen.

Die Erklärung lag im Salon, der noch immer den Geist der früheren Generationen atmete. Von der Türschwelle aus registrierte Mila jedes Detail: die altmodische Standuhr in der Ecke, die Sofagarnitur aus Samt, den Perserteppich, die bordeauxfarbene Pendelleuchte, die Anrichte mit den Nippesfigürchen, den Kachelofen mit dem Schaukelstuhl davor, die rot geblümte Stofftapete.

In diesem Raum war sie schon einmal gewesen, stellte Mila fest. Im *Anderswo*. Es war der Ort, an dem der Schatten versucht hatte sie zu erwürgen. Aber in diesen vier Wänden hatte sich Jahre zuvor eine *echte* Gewalttat ereignet: der Mord an einer treulosen Ehefrau durch den gedemütigten Ehemann, unter den unschuldigen Blicken eines neunjährigen Kindes.

Norman hatte gesehen, wie der Vater die Hände um den Hals seiner Mutter gelegt hatte, wie das Gesicht der Mutter blau anlief, wie ihre Augen aus den Höhlen traten, während sich unter ihr eine Urinpfütze ausbreitete. Mila sah die Szene genau vor sich. Nach all den Jahren barg jeder Gegenstand in diesem Zimmer noch immer das Geheimnis des Todes. Aber es gab auch etwas, das die ehemalige Polizistin nicht in dessen virtuellem Pendant wahrgenommen hatte: einen Schreibtisch mit einer verstellbaren Lampe, deren Schein auf einen alten PC fiel.

In der Hoffnung, es könnte sich um jenen handeln, mit dem Luth sich in das Spiel eingeloggt hatte, trat sie näher. Tatsächlich sah sie neben dem Computer Controller und VR-Brille auf dem Schreibtisch liegen. Doch ihr Blick blieb an der Tastatur hängen.

Jemand hatte eine rote Sturmhaube darauf abgelegt.

Ihre Lungen glichen zwei Zylindern, die unentwegt Luft in sich hineinpumpten. Mehr, als hineinpasste. Sie war kurz davor zu hyperventilieren. Ihr Herz schlug so schnell, dass seine Schläge wie eine Art Tinnitus in ihr nachklangen.

Pascal hat mich verarscht. Er ist das Unic-Monster.

Durch die Zimmerdecke konnte sie Berishs Schritte hören, der das Stockwerk über ihr durchsuchte. Sie musste ihn warnen.

Sie lief den Weg zurück, den sie gekommen war, und fand sich am Fuß der Treppe mit dem Intarsiengeländer wieder. Auf jedes kleinste Geräusch, jede noch so unscheinbare Regung achtend, begann sie, die Stufen hinaufzugehen, die Waffe immer im Anschlag. Auf dem Treppenabsatz hielt sie vergeblich nach Simon Ausschau. Als sie sich an die Holzvertäfelung lehnte, bemerkte sie, dass sich dahinter eine Geheimtür verbarg, die perfekt in die Wandverkleidung eingepasst war. Seltsam, dass Berish sie nicht bemerkt hatte. Sie trat gegen die Fußleiste, und eine Abstellkammer tat sich vor ihr auf, in der sich allerdings lediglich ein Staubsauger und Putzutensilien befanden. Sie wollte die Tür schon wieder schließen, als sie ein Geräusch vernahm.

Es klang wie ein Wimmern.

Sie spitzte die Ohren. In Gedanken zählte sie die Sekunden, bis sie eine Minute gewartet hatte. Nichts rührte sich. Doch sie wollte nicht aufgeben. Sie war sicher, etwas gehört zu haben.

Das Wimmern erklang erneut, wenn auch nur ganz kurz.

Der Geist! Sie dachte an die Stimme, die sie im *Anderswo* gehört hatte.

Pass auf dich auf ... Bring dich in Sicherheit ...

Mila ging auf die Knie. Jetzt wusste sie, woher das Wimmern kam: Durch einen vergitterten Schacht auf dem Boden der Abstellkammer drang warme Luft. Es musste aus dem Keller kommen.

Schnell lief sie die Treppe wieder hinunter, um nach dem Kellerzugang zu suchen. Wahrscheinlich befand er sich in der Küche, mutmaßte sie. Und tatsächlich: Hinter dem Küchentisch sah sie eine graue Tür mit Messingknauf.

Sie schob den Tisch zur Seite und drehte den Knauf. Die Tür öffnete sich. Eine steile Treppe führte hinunter in die Finsternis.

Mila zögerte. Während ihrer Zeit als Fahnderin war sie so oft an dunklen und gefährlichen Orte gewesen. Orte, von denen Normalsterbliche keine Vorstellung hatten und in die niemand, der einen gesunden Menschenverstand oder so etwas wie Selbstliebe besaß, freiwillig einen Fuß hineingesetzt hätte. Nicht einmal ein Polizist. Für sie hingegen war es nie ein Problem gewesen.

Aus dem Dunkel komme ich ... Und ins Dunkel kehre ich zurück ...

In dem Moment streifte sie ein Gedanke, der sie bremste.

Wenn ich jetzt sterbe, ist es für Alice zu Ende.

Doch ein Gefühl sagte ihr, dass sie, wenn sie nicht nachsah, was sich dort unten befand, die Antworten auf ihre Fragen nie erhalten würde.

Das Wimmern kam nicht von ihrer Tochter, dessen war sie sich inzwischen fast sicher. Aber sie konnte sich auch irren. Ein Schwall kühler, feuchter Luft schlug ihr aus dem Keller entgegen. Mila atmete tief durch und setzte den Fuß auf die oberste Stufe. Sie hatte keine Taschenlampe bei sich. Nur ihre Pistole. Doch bei dieser Dunkelheit brachte auch eine Waffe nichts. Je weiter sie hinunterging, desto schwächer wurde das Licht, das von der Küche kam. Die Welt, die sie kannte, verschwand mit jedem Schritt ein Stückchen mehr. Vor ihr lagen Grauen und Finsternis.

Mila zählte die Stufen bis zum Ende der Treppe. Sechsundzwanzig. Das Dunkel war so undurchdringlich, dass sie es fast auf der Haut zu spüren meinte, wie eine lästige Liebkosung. Sie verscheuchte den Gedanken an den Tod. Nur wenn ihr Geist vollkommen frei war, würde sie gut auf Unvorhergesehenes reagieren können. Ihr Instinkt würde sie wie ein Sonargerät leiten.

Plötzlich meinte sie, jemanden atmen zu hören.

Irgendwo in ihrer unmittelbaren Nähe war jemand, der auf sie wartete, der ihre Hilfe brauchte.

Das Atmen verwandelte sich wieder in das Wimmern.

»Alice?«, rief Mila in die Finsternis hinein.

Keine Reaktion.

»Wer ist da?«, versuchte sie es erneut.

Diesmal ertönte eine Antwort aus dem Dunkel.

»Schau auf den Boden …«

Eine Männerstimme. Mila blieb wie angewurzelt stehen.

Nach kurzem Zögern trat sie ein paar Schritte vor und stieß mit der Schuhspitze gegen einen metallenen Gegenstand. Noch immer mit der Waffe im Anschlag, strich sie mit der Hand über den staubigen Steinfußboden, bis ihre Finger auf den Gegenstand stießen. Was mochte das wohl sein?

Eine Camping-Gaslaterne.

Sie drückte auf den Einschaltknopf. Es knackte, und das Rauschen von Gas ertönte. Sie hielt den Knopf so lange gedrückt, bis die Gaslaterne endlich anging und der Raum von einem diffusen Licht erhellt wurde. Der Keller war direkt in den Felsen hineingehauen worden. Gemauerte Pfeiler stützten die Decke ab.

An einen der Stützpfeiler war ein Mann gekettet. Mila leuchtete mit der Gaslaterne in seine Richtung. Sofort schirmte der Mann sein Gesicht mit der Hand ab. Doch zwischen den Fingern konnte Mila seine angsterfüllten Augen sehen.

Der Fremde war kaum älter als zwanzig. Ein schwerer Metallring umspannte seinen Knöchel. Er war barfuß und trug einen rosafarbenen Trainingsanzug.

Wie Enigma, als sie ihn in seiner Zelle besucht hatte.

»Wer bist du?«, fragte Mila.

Der Junge zögerte.

»Ich heiße Timmy Jackson«, sagte er schließlich.

Doch Mila kam sofort ein anderer Name in den Sinn.

Gräte.

17

»Muss er ins Krankenhaus?«, fragte Berish leise.

Er war zu ihr nach unten in den Keller gekommen, nachdem er die Durchsuchung der oberen Etagen beendet hatte. Außer ihnen befand sich niemand im Haus. Mila hatte ihn auf der Treppe abgefangen, um von ihrer Entdeckung zu berichten. Ihrer Meinung nach war der Zustand des Gefangenen nicht lebensbedrohlich, aber als Berish ihn mit eigenen Augen sah, wurde er blass.

»Er braucht sofort einen Arzt«, insistierte der Polizist.

Der Junge hatte sich auf den Boden gekauert, fast in Embryohaltung, den Blick ins Leere gerichtet. Um den Knöchel trug er noch immer den schweren Eisenring. Berish konnte nicht anders, als ihn anzustarren. Mila zwang ihn, den Blick abzuwenden, indem sie seine Aufmerksamkeit auf sich zog.

»Du hörst mir nicht zu! Timmy Jackson ist seit sieben Jahren verschwunden. Wer weiß, was der Typ uns alles erzählt.«

Berish winkte ab. Er wirkte wie unter Schock. Aus genau dem Grund hatte sie ihm noch nichts von dem PC im Wohnzimmer und der roten Sturmhaube erzählt, die sie auf der Tastatur gefunden hatte.

»Ich hole einen Seitenschneider und mache ihn los«, sagte Berish.

»Kommt nicht infrage!« Mila packte ihn am Arm.

Gräte befand sich in einer undefinierten emotionalen Situation, er hatte noch nicht begriffen, dass er gerettet worden war. Das, was danach geschehen würde, mit der Rückkehr zur Normalität und zu einer nicht mehr von den Regeln der Gewalt beherrschten Welt, wurde in der Psychiatrie »Überlebenssyndrom« genannt. Durch das erlittene Trauma wurden Erinnerungen verfälscht oder verdrängt: Aus diesem Grund waren Gewaltopfer nach ihrer Befreiung oftmals nicht in der Lage, ihren Folterer zu beschuldigen. Im Gegenteil, sie tendierten sogar dazu, ihn zu verteidigen, um sich nicht eingestehen zu müssen, dass das erlittene Grauen real war.

Mila wusste auch, dass die Minuten nach dem Auffinden eines Vermissten die wichtigsten waren, um an Informationen heranzukommen.

»Du musst ihn verhören. Und zwar sofort.«

Es war offensichtlich, dass Berish die Tragweite ihrer Situation nicht begriff.

»Wenn du es nicht tust, ist Alice verloren.«

»Sag so was nicht!«, entfuhr es Simon.

Mila wollte ihren alten Freund nicht in die Bredouille bringen, doch sie hatte keine andere Wahl.

»Außerdem wäre es gar kein normales Verhör«, wandte dieser ein, »wir wollen ja niemanden zu einem Geständnis bringen. Es geht darum, sich in die Gedankenwelt eines Gewaltopfers einzufühlen. Aber ich bin Polizist und kein Psychologe. Hier sind besondere Kompetenzen gefragt ... Ach, du weißt das doch sowieso viel besser als ich«, schloss er verärgert.

Sich in die Psyche von Gekidnappten einzufühlen, war eine extrem heikle Angelegenheit. Die größte Gefahr bestand darin, bei den Opfern ein Gefühl von Scham auszulösen: Viele fühlten sich schuldig, weil sie in die Falle des Entführers getappt waren und dadurch ihren Familien Leid »zugefügt« hatten. Oft genug nahmen sich diejenigen, die aus der Geiselhaft befreit worden waren, später das Leben.

»Manchmal muss man einfach seiner Intuition folgen«, sagte Mila.

Sie wollte sich diese Gelegenheit auf keinen Fall nehmen lassen. Es mochte zynisch wirken, und vielleicht war es das ja auch. Aber ihr war vollkommen klar, dass sie pragmatisch sein musste, wenn sie das Rätsel um Enigma lösen wollte. Pascal hatte ihr gesagt, sie müsse selbst herausfinden, welches »ihr« Spiel war. Bisher aber hatte sie sich von den Ereignissen überrollen lassen, ohne je die Kontrolle über die Situation zu haben – nicht einmal für einen Moment. Sie war am Ende, sie musste endlich etwas für *sich* tun. Wenigstens *eine* Regel dieses verdammten Spiels ändern.

»Schau ihn dir an: Er sieht gepflegt aus und scheint die ganze Zeit mit Essen versorgt worden zu sein. Sein Gefängniswärter hat sich um ihn gekümmert«, sagte Mila.

Berishs Miene hellte sich auf, als hätte er einen Geistesblitz gehabt.

»Meinetwegen. Ich gebe dir zwanzig Minuten. Danach rufen wir den Notarzt.«

Vorsichtig näherten sich Mila und Simon dem angeketteten Jungen.

»Timmy, mein Kollege Berish von der Polizei möchte kurz mit dir reden. Bist du damit einverstanden?«

Der Junge nickte.

Berish setzte sich auf den staubigen Fußboden ihm gegenüber. Sich buchstäblich auf Augenhöhe mit dem Gesprächspartner zu bringen, signalisierte diesem, dass ihm keine harte Befragung bevorstand und er sich entspannen konnte. Echte Verhöre hingegen absolvierte Berish meist im Stehen, um in dem Verdächtigen, der in der Regel in Handschellen auf einem Stuhl saß, ein Gefühl von Unterlegenheit auszulösen.

Simon hatte das Notebook von Lea Mulach aus dem Auto geholt und legte es nun gut sichtbar neben sich. Das rosafarbene Cover mit den goldenen Drachen leuchtete im Dämmerlicht.

»Möchtest du, dass ich dich ›Gräte‹ oder ›Timmy‹ nenne?«, fragte er, um das Gespräch mit einer lockeren Frage zu eröffnen.

»Ich weiß nicht … Wie Sie wollen, ist mir egal …«

»Bevor ich anfange: Möchtest du mich etwas fragen? Keine Ahnung – vielleicht willst du etwas wissen oder bist dir unsicher …«

Gräte überlegte einen Moment.

»Seit wann bin ich hier?«

In ihrer Laufbahn als Fahnderin hatte Mila diese Frage schon öfter beantworten müssen. Es war ihr sowohl bei Vermissten passiert, denen man Jahre ihres Lebens gestohlen hatte, als auch bei Personen, deren Entführung nur ein paar Tage oder Stunden gedauert hatte. Tatsächlich machte es für das Opfer selbst keinen Unterschied. Die Zeit zog sich immer in die Länge, selbst wenige Minuten in Gefangenschaft konnten ihnen schier endlos erscheinen.

»Sieben Jahre«, sagte Berish.

Mila musste an den pickligen Siebzehnjährigen zurückdenken, den leidenschaftlichen Punk-Fan und Sprayer.

Timmy Jackson schien die Information erst einmal verdauen zu müssen. Auf den ersten Blick wirkte es so, als wäre er nicht wirklich beeindruckt. Doch würde er noch früh genug mit der Tatsache konfrontiert werden, dass die Welt ihn in der Zwischenzeit vergessen hatte.

»Wer hat dich hergebracht?«

»Er ist weg und kommt nicht mehr wieder«, sagte er, als wollte er sie beruhigen.

»Woher weißt du das?«

Möglicherweise hatte Pascal auf ihr Kommen gewartet und sich dann aus dem Staub gemacht.

»Ich weiß das, weil er mir, bevor er gegangen ist, das hier gegeben hat ...«

Gräte öffnete die Faust. Auf seiner Handfläche lag ein halbes Dutzend blauer Pillen. Berish nahm sie an sich und reichte sie Mila. Engelsstaub. Die einzige Freiheit, die der Entführer seinem Opfer gewährt hatte, war die Möglichkeit, sich mit einer Überdosis das Leben zu nehmen.

»Würdest du den Mann wiedererkennen, der hier gewohnt hat?«

Der Junge starrte die beiden Polizisten aus angstgeweiteten Augen an.

»Nein, er hat sich immer maskiert.« Wie zur Bekräftigung seiner Worte schüttelte er heftig den Kopf.

Mila spürte Enttäuschung in sich aufsteigen. Sie würde wohl nie erfahren, welches Gesicht unter der Sturmhaube gesteckt hatte.

Berish ließ das Thema fallen, um zum nächsten überzugehen.

»Timmy, an was erinnerst du dich noch aus der Zeit, unmittelbar bevor du hergekommen bist?«

»Keine Ahnung, wie ich an das Spiel geraten bin«, sagte der Junge zögernd. »Ich war damals wirklich ein Idiot ... Ich hatte im Netz was darüber gelesen, aber das kam mir alles total absurd vor. Wie so viele der Storys, die online kursieren. Ich hab das Spiel runtergeladen und bin rein. Und wenn du einmal drin bist, kommst du nicht mehr raus, aber das wusste ich vorher nicht. Meine Mutter hat mich ständig genervt, ich würde zu viel Zeit vor dem Scheißcomputer verbringen – ich hatte einen ziemlichen Hals auf sie. Aber ich hab gecheckt, dass da was mit mir passiert, weil ich irgendwann nicht mehr ich selbst war. Ich hatte null Plan, was echt ist und was nur in meinem Kopf abgeht. Alles wegen dieser Dreckspillen …«

Timmy sprach noch immer so wie ein Heranwachsender, als wäre seine intellektuelle Entwicklung vor sieben Jahren abgebrochen. Sicher eine Folge seiner Gefangenschaft.

»Wie hast du den Mann kennengelernt, der dich entführt hat?«, fragte Berish.

»Er hat mich im Spiel angesprochen. Ich bin dann von zu Hause abgehauen, weil er meinte, er würde sich um mich kümmern.«

»Und was hat der Mann in dem Spiel gemacht?«

Gräte biss sich auf die Lippen.

»Er liebt es … zu töten«, brach es schließlich aus ihm hervor.

Mila und Berish blieben stumm.

»Er interessiert sich allerdings nur für blonde Frauen, die außerdem eine Brille tragen müssen«, fuhr der Junge fort. »Keine Ahnung, was das soll.«

Der Polizist beugte sich zu ihm vor.

»Timmy, hast du gesehen, wie dieser Mann den Mädchen etwas angetan hat?« Der andere schwieg, doch Berish blieb hartnäckig. »Uns kannst du es sagen …«

Gräte brach in Tränen aus.

»Er hat mich gezwungen, zuzusehen.«

Berish wartete, bis er sich beruhigt hatte.

»Hast du je von einem gewissen Norman Luth gehört?«

»Das hier war mal sein Haus, oder?«

»Genau«, bestätigte der Polizist.

»Und der Name Alice?«, fragte Mila etwas zu hastig.

Berish warf ihr einen wütenden Blick zu, während Gräte die Nase hochzog und den Kopf schüttelte.

»Timmy, ich muss dich etwas fragen, und ich möchte, dass

du ganz präzise darauf antwortest …«, sagte Simon. »Hast du dich jemals gefragt, warum du entführt worden bist?«

Der Junge schien verwirrt.

»Ich meine, wenn dein Entführer gerne blonde Brillenträgerinnen getötet hat, warum hat er dann ausgerechnet dich entführt und hier eingesperrt?«

»Keine Ahnung …«

Berish insistierte nicht. Wieder wechselte er das Thema. Mila fragte sich, was er wohl im Sinn hatte.

»Wie hat der Mann die Mädchen angesprochen?«

»Er hat sie im Internet kennengelernt … Die Studentinnen auf einer Social-Media-Plattform namens ›Unic‹, die Prostituierten auf irgendwelchen Flirt-Webseiten.«

»Und dann kamen sie hierher?«

»Ja«, bestätigte Timmy.

Der Polizist beugte sich erneut zu ihm vor.

»Du erzählst mir doch die Wahrheit, oder, Gräte? Willst du uns damit sagen, dass die Frauen freiwillig in dieses Geisterhaus gekommen sind?«

Mila sah, dass Timmy den Blick gesenkt hatte. Doch Berish ließ nicht locker.

»Du willst mir wirklich weismachen, dass jemand, der jahrelang mit Erfolg die Polizei hinters Licht geführt hat, das Risiko eingegangen ist, diese Adresse hier im Internet zu veröffentlichen?«

Gräte begann erneut zu schluchzen.

»Er hat sich woanders mit ihnen verabredet, stimmt's? Und um sich nicht zeigen zu müssen, hat er dich geschickt.«

Wieder schüttelte Gräte entschieden den Kopf. Doch zu zögerlich, um Berish zu überzeugen.

»Du hast dich nicht nur mit Zuschauen begnügt, er hat dich auch als Köder benutzt.«

Deshalb, realisierte Mila, hatte sich der Entführer so rührend um seinen Gefangenen gekümmert.

»Was sollte ich denn machen?«, schluchzte Timmy laut. »Wenn ich nicht getan hätte, was er von mir wollte, hätte er mich umgebracht.«

Seine Augen waren gerötet, ein Spuckefaden hing ihm aus dem Mund, doch Berish ließ sich nicht beeindrucken. Er nahm das rosa Notebook mit den goldenen Drachen auf die Knie, klappte es auf und schaltete es ein.

»Die Besitzerin dieses Laptops hieß Lea Mulach«, sagte er, während er darauf wartete, dass der Computer hochfuhr. »Wie du weißt, hatte unser Freund ein Faible für Studentinnen, bevor er sich den Prostituierten zuwandte. Lea war die Erste, die getötet wurde, aber anders als bei den beiden nächsten Opfern wurde ihre Leiche nie gefunden. Die anderen wurden mithilfe eines gefakten Profils angelockt, das angeblich einem Jungen namens Larry gehörte. Bei Lea aber weiß man nicht, wie es abgelaufen ist.«

Mila dachte an ihr Gespräch mit Barbara Mulach, in dem sie ebenfalls spekuliert hatten, dass der Serienmörder eine falsche Identität angenommen hatte, um die Ermittler zu täuschen. Die Tatsache, dass er zu Larry geworden war, stellte möglicherweise einen Schwachpunkt in seiner Strategie dar, einen Fehler in seinem Modus Operandi, den das Monster hatte korrigieren wollen. Vielleicht würde dieser Fehler ihnen dabei helfen, seine wahre Identität zu enthüllen.

»Sag uns, wie der Mörder dich kontaktiert hat …«

»Ich kann mich nicht erinnern«, kam prompt die Antwort.

»Doch, das kannst du«, sagte Berish ruhig. »Du warst nämlich schon hier.«

»Das ist viel zu lange her«, versuchte Gräte sich herauszuwinden.

Der Polizist aber blieb hartnäckig.

»Wir gehen jetzt auf die Unic-Seite, und du wirst es mir zeigen.«

Berish zog seine Lesebrille aus der Manteltasche. Der Bildschirmhintergrund zeigte Hongkong bei Nacht. Hell hoben sich die Icons der Programme davon ab. Simon setzte die Brille auf und klickte auf den Browser. Er scrollte die aufgerufenen Seiten herunter. Plötzlich hielt er inne. In einem Fenster neben den Webseiten waren der Tag und die Uhrzeit des jeweiligen Besuchs vermerkt. Die Daten gingen bis auf das Jahr 2011 zurück, dem Jahr von Leas Verschwinden. Doch nirgends tauchte die Unic-Homepage auf. Die einzige mögliche Erklärung war, dass das Mädchen sich nie in diesem sozialen Netzwerk registriert hatte.

Berish und Mila wechselten einen Blick. *Wie hat das Monster es dann geschafft, sich Lea Mulach zu nähern?*, lautete die stumme Frage, die in ihren Augen stand.

Die Antwort lag auf der Hand. Für einen Moment schnürte sie den beiden Polizisten die Kehle zu.

»Scheiße«, entfuhr es Mila dann. »Er kannte sie persönlich.«

»Wie kann es sein, dass die von der SO das nicht herausgefunden haben?«, fragte Mila aufgebracht.

»Norman Luth muss sie mit seinem Geständnis unfreiwillig hinters Licht geführt haben«, mutmaßte Berish. »Er hat sie auf Lea hingewiesen, weil er im *Anderswo* ihren Mord mitverfolgt hat.«

»Sie brauchten einen weiteren Namen, um auf drei Morde zu kommen und offiziell die Jagd nach einem Serienmörder eröffnen zu können«, erinnerte sich Mila.

»Weil der Modus Operandi der Kontaktaufnahme und des Mordes an der zweiten und dritten Studentin identisch war, haben die Kollegen es als gegeben angesehen, dass es auch beim ersten Opfer so gelaufen sein muss.«

»Mit dem einzigen Unterschied, dass die Leiche von Lea Mulach nie gefunden wurde. Dieses klitzekleine Detail aber erschien ihnen wohl unbedeutend«, erwiderte die Ex-Polizistin halb wütend, halb sarkastisch.

»Was machen wir jetzt?«, fragte Berish. »Ich meine, auch vor dem Hintergrund, dass der Junge uns seinen Entführer nicht beschreiben kann?«

Sie hatten sich an den Treppenaufgang zurückgezogen, um Gräte mit ihren Überlegungen nicht zu verunsichern. Timmy aber schien ohnehin noch in seinem eigenen Inferno gefangen und achtete nicht weiter auf sie.

»Die dunkelrote Rose sagt uns, dass es zwischen dem Monster und seinem ersten Opfer eine besondere Verbindung gab«, kehrte Mila zu ihrer anfänglichen These zurück. »Er hat Lea Mulach nicht deswegen ausgewählt, weil sie blonde Haare hatte und eine Brille trug, nein, er hat die anderen allein aus dem Grund getötet, weil sie ihr ähnlich sahen.«

Die Studentin war ein sogenanntes Matrix-Opfer, wie es im Kriminologenjargon hieß. Der Gedanke war Mila gekommen, nachdem ihr im Wintergarten der Villa der Rosenstrauch mit seinen dunkelroten Blüten aufgefallen war. Die besondere Sorgfalt dieser Pflanze gegenüber und die Geste, an jedem Todestag Leas eine Rose auf ihren Grabstein zu legen, war der Beweis für eine krankhafte Zuneigung, die mit der Zeit in Hass umgeschlagen sein musste. Und auch Berish hielt die These für wahrscheinlich.

»Deshalb war es dem Mörder egal, ob er Studentinnen oder Prostituierte umbringt: Hauptsache, sie sahen Lea ähnlich.«

»Wir müssen rausfinden, warum sie so wichtig für ihn war.«

»Einverstanden.«

»Ich glaube, der Killer ist von irgendetwas besessen, von dem er sich nicht lösen kann.«

»Jetzt, wo wir wissen, dass die beiden sich persönlich kannten, sollten wir anfangen, nach jemandem zu suchen, der mit ihr auf der Uni war«, schlug Simon vor.

Mila blieb skeptisch.

»Du hast gehört, was die Mutter gesagt hat, oder? Lea war erst ganz kurz eingeschrieben, sie war noch neu an der Uni. Die Zeit hat wohl kaum gereicht, um zum Objekt der kranken Fantasie von jemandem aus dem Campusumfeld zu werden.«

Mila wusste, dass eine Obsession für einen Menschen nicht aus einer flüchtigen Bekanntschaft erwuchs, sondern Jahre brauchte, um sich zu entwickeln. Jahre der verstohlenen Blicke, der unerklärlichen Gesten. Das Opfer hatte oft keine Ahnung davon, dass es im Zentrum einer solchen Aufmerksamkeit stand. Und wenn der Besessene endlich den Mut fasste, sich zu offenbaren, begriff es seine wahren Absichten nicht. Deswegen wurde jede Reaktion des Opfers, selbst die banalste, als Ablehnung interpretiert. Die Enttäuschung war für den verschmähten Verehrer nicht zu ertragen, die idealisierte Frau wurde zum Feind, den es zu beseitigen galt. Denn dann würde sie niemals mehr einem anderen gehören und für immer die Seine bleiben.

»Glaubst du, dass Lea, ohne es zu wissen, Gegenstand der Obsession von jemandem aus ihrem Bekanntenkreis geworden ist?«, fragte Berish.

»Ich weiß es nicht. Aber auf jeden Fall habe ich jemanden aus ihrer Vergangenheit im Sinn, aus der Zeit, als sie noch minderjährig war. Jemanden, der erst den Mut gefunden hat, sich zu erklären, als sie zur Uni ging, und sich nur geoutet hat, um sie nicht zu verlieren.«

Sie durften sich nicht von Leas Äußerem ablenken lassen, sagte sich Mila. Es hatte sich als wichtiges Charakteristikum erwiesen, um eine Verbindung zu den anderen Opfern herzustellen, aber eine echte Erklärung für die Obsession war es wohl nicht.

»Oft wird das spätere Opfer nicht wegen seiner äußeren Merkmale idealisiert«, erklärte sie. »Sondern nur, weil es in den Augen des Täters etwas Unerreichbares repräsentiert ... etwas *Verbotenes*.«

»Es könnte jemand sein, der sich vor Leas Volljährigkeit wegen seiner Position nicht outen konnte«, überlegte Berish.

»Was hältst du von einem ehemaligen Lehrer an ihrem Gymnasium?«, schlug Mila vor. »Ich erinnere mich, dass zur Zeit ihres Verschwindens an der Schule einige Fälle bekannt wurden, in denen Schülerinnen von einem Lehrer gestalkt wurden. Ohne irgendwelche Folgen für den Täter.«

»Warum stand davon nichts in Leas Akte?«, fragte Simon skeptisch.

»Es handelte sich zunächst nur um ein Gerücht. Bevor wir dem nachgehen konnten, hat die SO uns den Fall weggenommen.«

»Die These, dass es ein Erwachsener gewesen sein könnte, ist durchaus realistisch«, räumte Berish ein. »Ich werde zu Leas alter Schule gehen und mich mal ein bisschen unter den Lehrern umhören. Wer weiß, ob da nicht was Interessantes herauskommt.«

Mila nickte zufrieden. Genau das hatte sie im Sinn gehabt.

»Und du rufst jetzt Hilfe für den Jungen«, sagte Simon und warf einen vielsagenden Blick auf Timmy Jackson. »Aber bevor der Notarzt kommt, bist du verschwunden. Du darfst unter keinen Umständen hier gesehen werden.«

»Keine Sorge, ich werde schon rechtzeitig abhauen«, versicherte Mila dem alten Freund.

Doch das war eine Lüge.

18

Mila hatte die Geschichte mit dem Stalker in Leas Schule erfunden, um Berish abzulenken. Es hatte kein einziges solches
Gerücht gegeben. Und sie hatte auch nicht die Absicht, den
Notarzt zu rufen, damit dieser sich um Gräte kümmerte. Jedenfalls nicht sofort. Zuerst hatte sie noch etwas zu erledigen.
Sie brannte darauf, den PC unter die Lupe zu nehmen, bei dem
sie Pascals Sturmhaube gefunden hatte. Es konnte sich nur um
eine Aufforderung handeln, das Gerät einzuschalten.

Auch wenn ihr Ex-Kollege anderer Meinung war: Timmy
Jackson war eine wertvolle Quelle, die sie nicht versiegen lassen durfte, bevor sie den Computer ausgewertet hatte. Jetzt, da
sie Simon losgeworden war, hatte sie alle Zeit, die sie brauchte.

Sie gab Gräte ein Kissen, eine Decke sowie einen Eimer, falls
er zur Toilette musste, und versprach ihm, bald wieder zurück
zu sein. Sie hätte Mitleid mit diesem Jungen empfinden müssen, der noch immer wie ein Tier an eine Kette gefesselt war.
Aber in solchen Fällen war sie dankbar für die Alexithymie,
die ihr jegliche Emotion versagte.

Sie musste ihre Tochter retten.

Mila zog ihren Mantel aus und warf ihn über einen der
Sessel im Wohnzimmer. Die Standuhr schlug elf. Sie verglich
die Uhrzeit mit der auf ihrer Armbanduhr, setzte sich vor den
Computer und schaltete Rechner und Monitor ein. Auf dem
Desktop tauchte ein einziges Icon auf: *Anderswo*. Als sie es
anklickte, erschien wie gewohnt der um sich selbst kreisende

Globus, doch anders als sonst waren in das Feld, in das man die Längen- und Breitengrade eingeben musste, bereits Zahlen eingetragen worden.

Hatte sie es nicht geahnt? Mila lächelte triumphierend.

Das Zimmer mit den alten Möbeln roch nach Vergangenheit. Draußen prasselte der Regen. Mila fühlte sich umhüllt von einer beruhigenden Einsamkeit.

Sie war bereit.

Ihre Pistole legte sie neben sich auf den Tisch, um sie für den Notfall griffbereit zu haben. Die nass geschwitzten Handflächen wischte sie an ihrer Jeans ab. Sie atmete ein paarmal tief durch. Dann holte sie eine der blauen Pillen aus ihrer Hosentasche, die der Geiselnehmer Gräte gegeben hatte. Sie starrte auf die rote Sturmhaube. Kurz entschlossen schluckte sie die Pille, griff nach dem Controller und setzte sich die VR-Brille auf.

Ein Kaleidoskop an Farben katapultierte sie mit Lichtgeschwindigkeit in die andere Welt. Sie spürte ihr Herz in der Brust wummern, als sie von einem nicht aufzuhaltenden Sog in die virtuelle Welt gezogen wurde. Es war so wahr, so real.

Doch von einem Moment auf den anderen verlangsamte sich ihr rasender Lauf. Eine angenehme Ruhe überkam sie, während die Pixel sich allmählich zu einer neuen Realität anordneten. In der Stille der Nacht hörte sie das Echo ferner Explosionen. Über dem Flusshafen der Stadt erhoben sich Betonburgen, Metallkräne bohrten ihre Arme in den tintenblauen Himmel. Das dunkle Ufer war gesäumt von riesigen Schiffswracks, die entweder zur Seite gekippt waren oder so dicht an dicht lagen, dass ihre metallenen Rümpfe sich kreischend aneinander rieben. Mila musste an Walfische denken, die die Orientierung verloren hatten und sich zum Sterben an den Strand treiben ließen.

Wieder war eine Explosion zu hören.

Mila drehte sich um. Doch sie sah nur ein Feld aus Trümmern in der Ferne, darüber den Rauch aus unzähligen Fabrikschloten. Sie konnte den beißenden Gestank von Heizöl riechen.

Als Erstes versuchte sie ihr Spiegelbild in einer Pfütze zu erhaschen: Ihr Avatar hatte Ähnlichkeit mit dem schwarzen Schatten, der versucht hatte, sie in Chinatown zu erwürgen. Das Unic-Monster.

Erneut konnte sie ein Donnern hören.

Eine Staubwolke breitete sich über der Stadt aus: Einer der Wolkenkratzer war in sich zusammengesackt. Das künstliche Universum schien sich aufzulösen.

Sie lief die regennasse Straße entlang. Links der Fluss, ein dunkler Strom, der gemächlich dahinfloss. Rechts eine Reihe verlassener Lagerhäuser. Sie wusste nicht, wo sie hingehen, was sie suchen sollte, als sie plötzlich Musik vernahm. Elvis. Eine entstellte Version von *That's Alright, Mama*.

Es war, als hätte der Teufel sie höchstpersönlich zum Fest geladen.

Die Bedeutung des Lieds lag auf der Hand, Mila folgte der Melodie. Nach kurzer Zeit fand sie sich vor einer Bar wieder.

Womit würde der Todesflüsterer sie wohl diesmal überraschen?

Sie stieß die Eingangstür auf. Eine Böe drängte durch die Öffnung in das Lokal und brachte ein Windspiel in Bewegung, das an einem Balken hing. Eine Folge äolischer Klänge begrüßte sie.

In dem dämmrigen Raum befand sich ein langer Tresen, darüber ein Regal mit einer Batterie von Flaschen. In einer Ecke war eine Jukebox aufgestellt, aus der Elvis' Stimme drang. Ein breitschultriger Mann stand mit dem Rücken zu ihr vor dem

Abspielgerät. Seine Füße bewegten sich im Rhythmus der Musik. Er trug eine Wildlederjacke und ein paar ausgelatschte Clarks, sein Haar war wirr. Noch bevor er sich umdrehte, erkannte Mila ihn an der lässigen Erscheinung, die sie zehn Jahre zuvor so angezogen hatte.

Der Vater ihrer Tochter musterte sie mit einem seltsamen Vogelblick – dunkel und ausdruckslos.

Du müsstest doch im Koma liegen, verdammt noch mal! »*Der Allgemeinzustand des Patienten ist unverändert.*« Stattdessen war er dabei, ein Stück Holz mit einem Messer zu bearbeiten. Nein, kein Holz, korrigierte Mila sich, als sie genauer hinschaute. Das war ein Knochen.

Mit einem Kopfnicken deutete der Kriminologe auf einen Rundbogen, hinter dem sich ein weiterer Raum mit Separees und kleinen Tischen öffnete. Neben einer dieser Nischen stand eine Wiege, die von einer knochigen Hand angestoßen wurde.

Mila folgte der Aufforderung und ging in die angezeigte Richtung. Doch je näher sie dem Bogen kam, desto mehr lähmte das nackte Grauen ihre Schritte. Von den vielen Albträumen, die Enigma sich für sie ausgedacht hatte, war dieser bisher der schlimmste.

Bei den Separees angekommen, erkannte sie, dass die knochige Hand einer schwarz verschleierten Frau gehörte. Der Stoff umhüllte auch die Wiege und blockierte die Sicht auf das Neugeborene. Nur dessen strampelnde Beinchen waren zu sehen. Die Verschleierte legte unterdessen Tarotkarten auf dem Tisch aus. Ihre Unterarme, die aus dem Kleid hervorsahen, waren bedeckt von alten Narben. »Rasierklingenküsse«, hatte Mila sie getauft, als sie mit sechzehn Jahren angefangen hatte, sich zu ritzen. Sie begriff, dass die schwarze Mutter sie selbst darstellen sollte. Folglich musste das Kind in der Wiege Alice sein.

Die Familie war also komplett.

Sie setzte sich der Frau gegenüber.

Folge ihm!

Wieder hatte die Stimme des Geistes sie überrascht, hatte sie leise und rasch gestreift, als würde ihr jemand etwas ins Ohr flüstern. Mila schaute in die Richtung, in die sie verschwunden schien. Ihr Blick fiel auf einen Vorhang aus Bambusröhrchen, der sich sachte bewegte. Dahinter meinte sie ein Kind zu sehen – ungefähr im Alter von zehn Jahren, wie Alice. Es trug ein rotes T-Shirt.

Folge ihm! Wem sollte sie folgen, fragte sich Mila ratlos.

Für einen Moment starrten das Kind und sie sich durch den halb transparenten Vorhang an. Dann schlug die schwarz verschleierte Mutter mit ihrer knochigen Hand auf den Tisch, um ihre Aufmerksamkeit auf sich zu lenken. Mila zuckte zusammen und sah zu ihr hinüber. Als sie wieder zum Vorhang blickte, war das Kind verschwunden.

Die Frau hatte die Karten ausgelegt und begann, sie eine nach der anderen aufzudecken. Sie zeigten Gesichter. Frauen, Männer, Alte, Junge, Kinder. Sie lächelten.

Wie die vermissten Personen im Saal der verlorenen Schritte, dachte Mila. Das letzte Bild, das von ihnen geblieben war, bevor das Dunkel sie verschlungen hatte. Sie rätselte noch, was die Frau ihr wohl enthüllen mochte, als diese eine Karte aufdeckte, die sich von den anderen unterschied. Anstatt eines Menschen zeigte sie eine wunderschöne smaragdgrüne Schlange.

Unversehens brach die Verschleierte in Tränen aus. Erst unterdrückt, dann immer heftiger. Ihre Brust hob und senkte sich unter den Schluchzern. Sie hatte aufgehört, das Neugeborene zu schaukeln. Mila, die immer weniger begriff, was geschah, schaute zur Wiege. Das Neugeborene strampelte nicht mehr.

Mila erschrak zutiefst. Wollte das *Anderswo* ihr damit sagen, dass sie, um endlich weinen zu können, ihre Tochter sterben sehen musste?

Plötzlich stellte sie fest, dass sie sich nicht mehr bewegen konnte. Ihre Gliedmaßen waren wie gelähmt. Erst konnte sie sich nicht erklären, was mit ihr passiert war, doch dann erkannte sie die Ursache für ihre erzwungene Reglosigkeit.

Die smaragdgrüne Schlange war aus der Tarotkarte geschlüpft und hatte sich wie ein Seil um sie herumgewickelt.

Das war nicht die Realität, rief sie sich ins Bewusstsein. Sie war im *Anderswo*, in einer virtuellen Welt. Sie erinnerte sich an das letzte Mal, als sie gedacht hatte, erwürgt zu werden. Auch damals hatte sie sich von dem teuflischen Spiel in die Irre leiten lassen.

Das Reptil schlängelte sich ihren Körper hinauf. Unwillkürlich drehte Mila den Kopf zum Fenster. Sie sah sie näher kommen, in Grüppchen und vereinzelt. Es waren Schatten, Monster. Wie in einer Prozession schritten sie voran. Das Wehklagen der schwarz verschleierten Mutter hatte sie herbeigerufen. Ihretwegen, dämmerte es Mila. Sie wollte fliehen, doch die Schlange schnürte sie weiter ein.

Das Kind mit dem roten T-Shirt hatte versucht, sie vor der unmittelbaren Bedrohung zu warnen. Und wieder einmal hatte sie nicht auf es gehört. Doch sie würde nicht aufgeben. Sie musste es schaffen. Es gehörte nicht viel dazu, sie musste lediglich den Controller loslassen und die VR-Brille abnehmen. Wenn sie ihre Finger von dem Gerät löste, würde dieser schreckliche Spuk sicher sofort aufhören.

Tatsächlich war es ganz leicht, den Griff loszulassen. Es kostete sie keinerlei Kraft. Aber es reichte nicht: Das Gefühl der Bedrängnis hielt an.

Nur noch wenige Minuten, und die Monster würden die

Bar betreten. Schon begann ihre Fantasie, sich die fürchterlichsten Dinge auszumalen, die sie mit ihr anstellen konnten.

Der Geist sieht, was der Geist sehen will.

Als wäre ihre Lage nicht schon schrecklich genug, hörte Mila mit einem Mal ein unheimliches Gelächter, das das Weinen der Frau übertönte. Das widerliche Reptil hatte sie inzwischen bis zum Hals eingeschnürt, sie konnte nur noch ihre Augen bewegen, um sich zu orientieren. Woher das Gelächter kam, vermochte sie nicht festzustellen.

Was sollte das? Wer lachte hier?

»Du kannst nach mir suchen, solange du willst, aber das nützt dir gar nichts: Ich bin nicht Teil des Spiels«, hörte sie plötzlich eine Männerstimme sagen. Sie klang vergnügt, als wollte sie sich über sie lustig machen.

Mila fiel es wie Schuppen von den Augen. Das Gelächter und die Stimme waren nicht Teil des *Anderswo* und auch nicht auf die Wirkung des Engelsstaubs zurückzuführen. Die Schlange war in Wirklichkeit ein Seil und Mila an den Stuhl vor dem Computer gefesselt. Es befand sich jemand mit ihr im Raum.

Draußen schüttete es wieder einmal wie aus Kübeln. Berish, der inzwischen die Hauptstraße erreicht hatte, klebte mit der Nase an der Windschutzscheibe und hatte die Scheibenwischer auf die höchste Stufe gestellt, um überhaupt etwas sehen zu können.

Eigentlich hatte er ein romantisches Wochenende geplant. Mit gutem Essen und netten Gesprächen. Stattdessen befand er sich in einem Albtraum, der kein Ende fand.

Ich tue es für Alice, sagte er sich zum wiederholten Mal. Er hatte Angst um das Kind, war aber zugleich wütend auf Mila, die einfach nicht begreifen wollte, was für sie auf dem Spiel stand.

Er mochte sie gern, manchmal jedoch konnte sie ein fürchterlicher Dickkopf sein. Mal ganz abgesehen von ihrem Faible für alles, was in seinen Augen nur krank und finster war. Diese Seite von Mila war ihm ganz und gar nicht geheuer, auch wenn er es nie offen aussprechen würde.

Berish tröstete sich mit dem Gedanken, dass seine Beziehung zu Vanessa noch nicht eng genug war und er sie schlimmstenfalls in diesen Abgrund nicht mit hineinziehen würde. Er wusste, dass er es sich nicht verzeihen könnte, sollte ihr durch den Kontakt zu ihm irgendein Leid geschehen. Denn ob er aus der Sache lebendig herauskommen würde, schien ihm keineswegs gewiss.

Ihre Beziehung war erst ein paar Wochen alt, doch Simon hatte das Gefühl, endlich die Richtige gefunden zu haben. Eigentlich hatte er sich schon damit abgefunden, den Rest seines Lebens in selbst gewählter Einsamkeit zu verbringen. Ihm war klar geworden, dass er weder eine Familie noch eine Ehefrau brauchte. Er hatte seinen Hund, seine Bücher, seine Scotch-Sammlung, die Pokerrunden mit den Freunden am Donnerstagabend und viele lieb gewonnene Gewohnheiten, die ihn ausfüllten.

Aber Vanessa mit ihrer liebevollen Art und den kleinen, so lange nicht genossenen Aufmerksamkeiten hatten Zweifel in ihm genährt, ob das, was er hatte, nicht vielleicht doch zu wenig war.

Es war noch zu früh, um an einen großen Schritt wie eine gemeinsame Wohnung zu denken. Hitch wäre damit sowieso nicht einverstanden gewesen, allerdings nur, weil er generell keine Veränderungen mochte. Doch Berish musste sich eingestehen, dass sein alter Hovawart schneller abbaute als er selbst und ihn wohl früher oder später allein lassen würde.

Er hatte Vanessa in einem Pub kennengelernt, denn wie er

war auch sie ein leidenschaftlicher Jazz-Fan. Sie war mit einem Bloody Mary in der Hand an seinen Tisch getreten und hatte ihn gefragt, ob sie sich dazusetzen könne.

Der Abend hatte ihm eine schöne Abwechslung beschert.

Sie war ungefähr in seinem Alter und hatte ihm schon nach wenigen Minuten von ihrer ersten, gescheiterten Ehe erzählt. Nachdem Simon begriffen hatte, dass es keine Kinder gab, hatte er sie nicht weiter nach ihrer früheren Beziehung befragt.

Was den Rest betraf, so harmonierten sie perfekt. Sie liebten die gleichen Dinge und hatten auch sonst viele Gemeinsamkeiten.

Einen echten Vertrauensbeweis hatte sie Berish am Vorabend geliefert, als Mila plötzlich bei ihm aufgetaucht war und Vanessa sich, nachdem sie die Situation erfasst hatte, sogleich verständnisvoll zurückgezogen hatte.

Berish konnte ihr Parfüm noch an seinem Körper riechen – Maiglöckchen und Jasmin.

Um diese Uhrzeit hätten sie Arm in Arm im Bett liegen und die heimliche Süße eines verregneten Sonntagabends genießen sollen. Stattdessen befand er sich, bis auf die Knochen durchnässt, auf dem direkten Weg in die Vergangenheit einer Studentin, die bereits vor Jahren ermordet worden war, vermutlich von jemandem, dem sie vertraut hatte. Oder von dem sie nicht ahnte, dass er ihr jemals gefährlich werden könnte.

Wir lassen jemanden in unser Leben treten, ohne den geringsten Argwohn, und ehe wir uns versehen, werden wir zum Opfer seiner Obsessionen. Berish schüttelte ungläubig den Kopf.

Er nahm die Ausfahrt, die zum ehemaligen Wohnviertel Lea Mulachs führte. An einer Bushaltestelle hielt er an, um die Anschrift des Gymnasiums auf dem Stadtplan ausfindig zu machen, den er im Handschuhfach gefunden hatte. Er hatte das

Navi absichtlich nicht benutzt. Ob derlei Vorsichtsmaßnahmen tatsächlich sinnvoll waren oder vor allem in Milas Paranoia oder der des seltsamen Pascal begründet lagen, wusste er zwar nicht, aber er wollte auch kein unnötiges Risiko eingehen.

Ihm war noch immer nicht klar, welche Rolle er in diesem Fall spielte.

Enigma musste davon ausgegangen sein, dass Mila sich an ihn wenden würde, daran bestand für Berish kein Zweifel. Also hatte er wohl auch für ihn einen Part in seinem teuflischen Spiel vorgesehen.

Er verharrte einen Moment in Gedanken und lauschte dem aufs Autodach prasselnden Regen. Ein angenehmes Geräusch. Berish war überzeugt, dass man jeden friedlichen Moment im Leben bis zum Letzten auskosten sollte. Man wusste nie, was die Zukunft mit sich bringen würde.

Er wollte es nicht zugeben, aber er hatte Angst, dass das Schlimmste noch vor ihnen lag. Mila gegenüber durfte er diesen Gedanken nicht äußern, aber die Vorstellung, dass die Geschichte mit der Befreiung von Alice ein Ende haben würde, erschien ihm reichlich naiv.

Niemand entkam einem Todesflüsterer, hatte Mila gesagt.

Berish schüttelte sich. Besser, man ließ solch finstere Gedanken gar nicht erst aufkommen. Im Zweifelsfall war man eh dem Schicksal ausgeliefert. Er legte den ersten Gang ein und setzte seinen Weg zur alten Schule von Lea Mulach fort.

Die nachträglich angebrachten Rampen für Rollstuhlfahrer und Notausgänge ließen vermuten, dass der Campus in einer Zeit vor den Achtzigern erbaut worden war, als gewisse Baustandards noch nicht üblich waren. Er bestand aus zwei Komplexen, zwischen denen ein Turm mit einer großen Uhr aufragte. Straßenlaternen, die ein orangefarbenes Licht verströmten, säumten das Gelände.

Berish parkte etwa fünfzig Meter vom Eingang entfernt, sodass der Wagen nicht weiter auffiel. Zwar konnte er keinen Wachmann entdecken, doch das schloss nicht aus, dass die Schule videoüberwacht war, um Diebstahl oder Sachbeschädigung zu verhindern. Er stieg aus dem Auto und ging zum Westteil des Gebäudes, denn er hatte gesehen, dass dort die Beleuchtung über einer langen Fensterreihe ausgefallen war. Mit dem Ärmel wischte er den Regen von der Scheibe, legte die Stirn an das Glas und formte mit den Händen einen Trichter, um besser sehen zu können. Es schien sich um einen Physik- oder Chemieraum zu handeln. Der Polizist vergewisserte sich, dass niemand in der Nähe war, zog seinen Mantel aus, wickelte ihn sorgfältig um seinen Arm und schlug mehrfach mit dem Ellbogen gegen die Scheibe, bis diese zu Bruch ging. Das Rauschen des Regens dämpfte das Klirren. Vorsichtig vergrößerte Berish die Öffnung und entfernte einige spitze Scherben. Dann stemmte er sich hoch auf den Fenstersims und ließ sich ins Innere des Raumes fallen.

Kein Alarmsignal.

Simon schaltete die Taschenlampe ein, die er mitgenommen hatte, und überprüfte das Labor auf der Suche nach Überwachungskameras. Dasselbe tat er in Flur und Eingangshalle.

Den Lichtstrahl der Taschenlampe zu Boden gerichtet, um von außen nicht gesehen zu werden, setzte er seinen Erkundungsgang fort. Sein Ziel war das Schulsekretariat, in dem er die Personalakten der Lehrer vermutete. Doch als er zu der Tür kam, die zum Verwaltungsbereich führte, stellte er fest, dass dort sehr wohl eine Überwachungskamera installiert war.

Es war unmöglich, ungesehen an ihr vorbeizukommen, jedenfalls solange die Elektronik nicht lahmgelegt war. Doch Simon gab nicht auf. Unterwegs war ihm ein anderer Ort aufgefallen, an dem er es versuchen konnte.

Die Bibliothek.

Der große Saal beherbergte Tausende von Büchern. Berish hatte keine Zeit für eine Recherche in der Kartei, daher suchte er die Regale mit der Taschenlampe ab, in der Hoffnung, dass die Jahrbücher ebenfalls in der Bibliothek verwahrt würden. Und genauso war es: Es gab sogar eine eigene Abteilung, die die Alben der letzten sechzig Jahre umfasste.

Berish aber interessierte sich nur für die aus der Zeit, als Lea Mulach die Schule besucht hatte. Er zog die entsprechenden Bände heraus und stapelte sie auf einem der Arbeitstische. Dann legte er die Taschenlampe zur Seite, setzte seine Lesebrille auf und begann, in den Büchern zu blättern.

Er entdeckte sie in dem Band zu ihrem Abschlussjahr: Auf dem Foto hatte Lea die Haare zu einem Pferdeschwanz zusammengebunden und trug eine Brille mit Goldrand. Sie lächelte. Laut Begleittext war sie nicht nur eine herausragende Schülerin, sondern auch Kapitänin des Cheerleader-Teams und Chefredakteurin der Schülerzeitung gewesen. Wegen ihres Interesses für den Fernen Osten hatte Lea außerdem eine erfolgreiche Partnerschaft mit einer Schule in Peking aufgebaut, die sich in Form eines Schüleraustauschs konkretisiert hatte.

Berish ging die Namen der Lehrer durch, die das Mädchen unterrichtet hatten. Er zog Stift und Notizblock hervor. Das Täterprofil, das er im Sinn hatte, war das eines Mannes, der in der Zeit von Lea Mulachs Verschwinden nicht älter als fünfunddreißig Jahre war. Er hatte in der einschlägigen Fachliteratur gelesen, dass sich der Drang zu töten bei Serienmördern schon in der Jugend herausbildete. Länger als bis etwa Mitte dreißig konnte ihn kaum einer unterdrücken.

Der Polizist setzte sogleich einen Sportlehrer auf seine Liste sowie einen für Geschichte und einen für Chemie. Schließlich fügte er noch den stellvertretenden Direktor hinzu.

Er betrachtete die vier Namen auf seinem Zettel. Einer dieser Männer musste irgendwann in den letzten Jahren den Weg des Todesflüsterers gekreuzt haben. Enigma hatte die ihn umgebende Aura des Bösen erkannt und ihn dazu gebracht, der heimlichen Stimme in seinem Inneren zu folgen, die ihm schon immer eingeredet hatte, dass das Töten Teil seiner Natur sei, weshalb es nichts Verwerfliches sein könne. Er hatte bei ihm für den entscheidenden Kick gesorgt, den ewig unterdrückten Trieb endlich auszuleben, der mit dem unaussprechlichen Wunsch verbunden war, das blonde Mädchen mit der Brille zu besitzen, die verbotene Frucht der Jugend zu pflücken. Auch wenn dies bedeutete, sie vernichten zu müssen.

Dem Polizisten lief ein Schauer über den Rücken. Was für eine Vorstellung, dass sich hinter einem dieser Namen das Unic-Monster verbarg.

Mila und er würden nun bei rechtschaffenen Lehrern, unbescholtenen Familienvätern klingeln müssen. Sie würden ihnen unangenehme Fragen stellen, ihre Reaktionen beobachten, auf die kleinste Regung in ihren Gesichtern achten müssen, um ihren Verdacht bestätigt zu sehen. Es würde nicht einfach werden. Die Jahre, die der Täter sein Doppelleben schon geführt hatte, würden ihm mit Sicherheit einen Vorteil verschaffen. Er war inzwischen sicher geübt darin, seine harmlose Fassade aufrechtzuerhalten.

Aber jede Fassade hatte ihre Risse, sagte sich Berish, während er zerstreut die letzten Seiten des Jahrbuchs durchblätterte. Sie enthielten die Fotos des Abschlussballs, mit dem sich die Abiturienten von ihren Lehrern und jüngeren Mitschülern verabschiedeten.

Er hielt inne, als er Lea Mulach inmitten einer Gruppe von Mitschülerinnen entdeckte: Sie leuchtete geradezu in ihrem roten Seidenkleid mit den aufgestickten Libellen und Pfirsichblüten. In der Hoffnung, einen Zufallstreffer zu landen, suchte der Polizist das Foto nach einem Erwachsenen in ihrer Nähe ab. Vielleicht entdeckte er ja einen Lehrer, der sie verstohlen beobachtete, mit dem schmierigen Gesichtsausdruck eines potenziellen Triebtäters.

Doch seine Suche blieb ohne Erfolg.

Berish wollte das Jahrbuch schon zuklappen, als sein Blick plötzlich hängenblieb: Zwischen den fliegenden Seiten, zwischen Hell und Dunkel, hatte er ein bekanntes Gesicht gestreift.

Der Polizist erbleichte. Wie konnte er nur so dumm gewesen sein? Und vor allem: Wie konnte Mila einen solch fatalen Fehler begangen haben? Hoffentlich hatte sie wirklich den Notdienst gerufen und das Haus verlassen, wie sie es ihm versprochen hatte. Berish schickte ein Stoßgebet zum Himmel. Hatte sie es nicht getan, war sie ernsthaft in Gefahr.

Auf dem Foto vom Abschlussball, nur wenige Schritte von der strahlenden Lea Mulach entfernt, ein Glas in der Hand, stand ein pickliger Jüngling, der sie mit den Augen verschlang.

Lea Mulachs Mörder war niemand anders als Timmy Jackson, genannt »Gräte«.

Folge ihm!

Was hatte das Kind mit dem roten T-Shirt ihr bloß sagen wollen? Was auch immer es gewesen war, nun war es zu spät. Gräte war da, sie hörte, wie er sich im Zimmer bewegte. Mila aber wurde im *Anderswo* festgehalten.

Die schwarz verschleierte Mutter weinte noch immer, während die reglosen Beinchen des Neugeborenen inzwischen eine bläuliche Farbe angenommen hatten. Elvis war verstummt. Doch das Schlimmste waren die Schatten, die von draußen auf die Bar zutanzten.

»Du kannst hier nicht weg ...«, flüsterte Timmy Jackson ihr in der realen Welt ins Ohr.

Was für ein Coup ihm da gelungen war! Seine Strategie, sich als Geisel des Unic-Monsters auszugeben, war aufgegangen. Und sie hatte sich noch für herzlos gehalten, weil sie ihn im Keller angekettet zurückgelassen hatte. In Wirklichkeit hätte Gräte sich die ganze Zeit befreien können. Doch er hatte so lange gewartet, bis sie ins *Anderswo* eingetaucht war.

Was hatte er vor? Eigentlich kannte Mila die Antwort bereits, nachdem sie schon im *Anderswo* seine Hände um ihren Hals gespürt hatte. Es war dumm gewesen, ihm zu vertrauen, die rote Sturmhaube aber hatte sie in die Irre geführt. War Timmy etwa Pascal? Nein, das war unmöglich: Seine Statur war eine ganz andere.

Doch im Moment hatte sie dringendere Probleme, als die eigenartige Logik der Ereignisse zu entschlüsseln. Sie dachte an Berish, der sie nicht würde retten können. Weil sie ihn angelogen hatte, ging er davon aus, dass sie den armen Gefangenen den Notärzten überlassen hatte und längst über alle Berge war.

Tatsächlich befand sie sich noch immer in einer Art Schwebezustand zwischen den Welten. Mittlerweile hatte der Vater ihrer Tochter das Interesse an dem Knochen verloren und war zur Tür gegangen, um den finsteren Gestalten zu öffnen, die es gar nicht erwarten konnten, an diesem reizenden Familienfest teilzunehmen.

»Timmy, ich weiß, dass du mich hören kannst«, versuchte sie, ihrem Peiniger gut zuzureden. »Ich kann mir vorstellen, dass dir diese ganze Geschichte einen Höllenspaß macht. Du hast sie ja auch verdammt klug eingefädelt, keine Frage ... Aber meine Tochter braucht mich ... Ich bin ihr nie eine gute Mutter gewesen. Ich habe ihr nie gesagt, dass ich sie liebe, auch weil es nicht der Wahrheit entsprach ... Ich habe sie nie gewollt, weder in meinem Bauch noch in meinem Leben. Trotzdem muss ich dich um diesen Gefallen bitten ...« Einem Serienmörder konnte man kaum entkommen, das wusste sie. Doch sie hatte anderes im Sinn. »Mir ist klar, dass ich sterben werde. Damit habe ich kein Problem. Aber ... könntest du dich um meine Tochter kümmern?«

Sie hasste sich für das, was sie da gerade gesagt hatte, doch sie musste diese Rolle spielen. Für jemanden wie Timmy Jackson gab es nichts Schlimmeres als ein Opfer, das sein Schicksal klaglos akzeptierte. Und sie wollte diesem dreckigen Bastard einfach nicht den Höhepunkt gönnen, zu dem ihn ihr Todeskampf treiben würde.

»Halt die Schnauze!«, brüllte Gräte prompt. »Hast du gehört – Maul halten!«

»Alice braucht dich, Timmy«, beharrte Mila nachdrücklich, um ihn zu provozieren. »Du kannst mir den Gefallen nicht ausschlagen.«

Statt einer Antwort spürte sie, wie sich Timmys Finger um ihren Hals legten. Genau das hatte sie erreichen wollen, zumal die Schatten inzwischen die Bar betreten hatten und sich um sie herum gruppierten. Sie wollte lieber von Gräte erwürgt werden, als eine stundenlange Agonie im *Anderswo* zu erleiden, verstärkt durch die halluzinogene Wirkung des Engelsstaubs.

Beeil dich, du Hurensohn!

Sie sehnte nichts mehr herbei, als so rasch wie möglich aus der realen Welt zu verschwinden, denn eine irrationale Angst sagte ihr, dass, wenn sie im *Anderswo* stürbe, sie für immer dort gefangen bleiben würde.

Als das Monster zuzudrücken begann, dachte sie an Alice und an all das, was sie nicht für sie getan hatte. Mila glaubte nicht an ein Jenseits, auch wenn sie schon mehrfach in der Hölle gewesen war. Wenn sie starb, hatte Enigma gewonnen. Seine Beute war ihre Tochter. Und alles war ihre Schuld.

Während die Schatten ihre Arme wie Tentakel nach ihr ausstreckten, um sie zu fassen und ihr einen Vorgeschmack auf die Qualen zu geben, die sie ihr antun würden, atmete Mila tief aus, um ihre Lungen zu entleeren und Gräte seine Aufgabe zu erleichtern.

Sie wartete. Wenige Sekunden, und sie wäre ...

Doch dann geschah alles ganz schnell. Erst hörte sie einen Knall. Eine weitere Explosion im *Anderswo*, dachte sie mechanisch. Diesmal ganz in ihrer Nähe. Seltsam ...

Zu ihrer Verwunderung lockerte sich auch der Würgegriff um ihren Hals. Die tanzenden Schatten, die sie so zahlreich umringten, lösten sich einer nach dem anderen in Luft auf.

Die dünne Membran zwischen den beiden Welten war zerrissen und Mila in die Wirklichkeit zurückgekehrt.

Jemand hatte ihr die VR-Brille vom Gesicht genommen. Die Wirkung der Droge aber hielt noch immer an. In ihrem Kopf drehte es sich, ihr war schwindelig und speiübel.

Das Erste, was ihre Augen schließlich fixieren konnten, war Gräte, der auf dem Boden lag. Blut sprudelte aus einer Wunde in seinem Hals, als hätte jemand rote Farbe in einen Springbrunnen gekippt.

Während das Monster verzweifelt gegen den Tod ankämpfte, machte sich in ihrem Rücken jemand an den Stricken zu schaffen, die sie an den Stuhl vor dem PC fesselten. Immer noch halb benommen, schaute Mila sich nach ihrer Pistole um. Sie konnte sie genauso wenig entdecken wie die rote Sturmhaube.

Leise schlugen die Stricke am Boden auf. Mila lockerte ihre verkrampften Glieder. Was war geschehen? Wer hatte sie in buchstäblich letzter Sekunde vor den Dämonen gerettet? Sie sah sich um und entdeckte Pascal.

Die rote Sturmhaube bedeckte sein Gesicht, ihre Waffe steckte in seinem Gürtel.

»Pascal …!«

»Du kannst dich später bei mir bedanken«, kam er ihr zuvor. »Wir müssen uns beeilen.«

Doch Mila hatte jedes Vertrauen zu ihm verloren. Zwar hatte er ihr das Leben gerettet. Aber irgendwie schien er in die Sache involviert zu sein, sie wusste nur noch nicht, wie.

»Warum lag deine Sturmhaube hier?«, fragte sie argwöhnisch und zeigte auf die Tastatur.

»Ich wollte dir zeigen, dass ich in der Nähe bin. Aber du scheinst mein Zeichen nicht verstanden zu haben.«

»Das kannst du deiner Großmutter erzählen, aber nicht mir.«

»Als ihr ins Haus gekommen seid, habe ich mich im Park versteckt«, verteidigte sich Pascal, doch Mila konnte ihm ansehen, dass er nicht die Wahrheit sagte. »Los, komm, wir müssen uns beeilen, sie sind gleich hier!«

»Wer?«, fragte Mila mit belegter Stimme. Ihr Schwindelgefühl hatte sich noch immer nicht ganz gelegt.

»Die Leute, die du da drinnen gesehen hast«, entgegnete Pascal und zeigte auf den Rechner. »Nur, dass sie diesmal echt sind: Enigma schickt sie.«

»Ich glaube dir nicht«, erwiderte sie. Sie versuchte aufzustehen, taumelte jedoch und fiel zurück auf den Stuhl. »Und außerdem muss dieser Scheißkerl hier, bevor er abkratzt, mir noch sagen, wo meine Tochter ist.«

»Aus dem wirst du wohl kaum noch etwas rausbekommen.«

Mila rührte sich nicht. Pascal zog die Pistole aus seinem Gürtel und hielt sie ihr hin.

Mila zögerte. Sekunden vergingen. Mit einem Mal musste sie an das geheimnisvolle Kind und an seine Worte denken.

Folge ihm!

Sie musterte Pascal. Egal, ob sie ihm vertrauen konnte oder nicht: Sie hatte keine andere Wahl, wenn sie ihr Leben und vor allem das ihrer Tochter retten wollte.

Sie nahm die Pistole entgegen und ließ sich von Pascal den schwarzen Mantel über die Schultern legen. Den Arm um ihre Hüften gelegt, half er ihr, sich aufzurichten. Mila merkte, dass sie kaum stehen konnte, so schwach waren ihre Beine. Der Mann musste sie mehr tragen als stützen. Mila versuchte sich zusammenzureißen.

So schnell sie konnten, durchquerten sie die Villa Richtung Ausgang. Immer wieder schauten sie zum Fenster hinaus, um Enigmas Männer möglichst früh zu entdecken. Mila spürte, wie ihr Herz jedes Mal, wenn sie um eine Ecke bogen, zu wummern begann.

Sie hörte den schweren Atem von Pascal, der sie mit sich schleifte. Nahm den beißenden Geruch seines Schweißes wahr. Obwohl sie wusste, dass sie keinen Gedanken an die näher kommenden Männer Enigmas verschwenden durfte, sondern ihre verbliebenen Kräfte zusammenhalten musste, ließ sie die Angst vor Folter und Tod nicht los.

Wieder kamen sie durch den Wintergarten. Draußen wütete erneut das Unwetter, Wind und Regen peitschten über das Land. Pascal stieß die Tür auf. Die nächtliche Kälte schlug ihnen entgegen.

Wie um sich zu verabschieden, drehte Mila instinktiv den Kopf zum Rosenstrauch mit den dunkelroten Blüten.

Aus dem Erdreich lugte eine verfilzte blonde Locke hervor, ein Büschel von Lea Mulachs Haaren.

JOSHUA

19

Der Wagen war kaum mehr als ein Schrotthaufen, und doch raste er mit erstaunlicher Geschwindigkeit im strömenden Regen die nächtlichen Straßen entlang.

Pascal hatte ihr die Augen verbunden und sie dieses Mal hinten im Fond Platz nehmen lassen. Nur hin und wieder kam ihnen ein Auto entgegen, das sich mit einem Hupen bemerkbar machte. Ansonsten schien ihre halsbrecherische Flucht vor den Jüngern Enigmas ohne weitere Zwischenfälle zu verlaufen.

Mila war immer noch auf ihrem Engelsstaubtrip. Sie versuchte, sich gerade hinzusetzen, doch ihr Kopf war so schwer, dass sie zurück in den Sitz kippte. Ihr war eiskalt, sie zog den schwarzen Mantel enger um sich, aber auch dadurch wurde ihr nicht wärmer. Sie hatte keine Ahnung, wohin sie fuhren.

»Du darfst auf keinen Fall abdriften«, sagte Pascal.

»Warum hast du mich alleine in dieser Ruine zurückgelassen?«

»Vielleicht, weil ich mich nicht auf dich verlassen konnte?«

»Du hast mir versprochen, dass du mir hilfst, Alice zu finden.«

»Siehst du? Du hörst einfach nicht zu, weil du immer nur an dich und deine Probleme denkst.«

Mila zitterte am ganzen Körper. Es gelang ihr nicht, ihr Zähneklappern zu unterdrücken.

»Okay, was willst du mir damit sagen?«

Das Auto bog nach rechts ab, die Reifen schlitterten auf dem nassen Asphalt.

»Das Spiel, das du spielst, betrifft nicht nur dich und deine Tochter«, sagte er. »Es geht um etwas Größeres.«

»Und das wäre?«

»Wir haben schon vor Jahren begonnen, uns mit dem Spiel zu beschäftigen.«

»›Wir‹? Von wem sprichst du? Wer außer dir selbst ist da noch involviert?«

»Ich habe dir doch schon erklärt, dass das *Anderswo* ursprünglich als soziales Experiment gedacht war. Nachdem die ›Master-Player‹ sich zurückgezogen hatten, wollten wir die Gelegenheit beim Schopf ergreifen, die Entwicklung menschlichen Verhaltens in einem Umfeld ohne Regeln zu beobachten. Wir haben uns gefragt: Was passiert, wenn ein ganz normales Individuum in eine Realität versetzt wird, in der absolute Anarchie herrscht? In der man eine x-beliebige Identität annehmen und alles Mögliche anstellen kann, ohne Konsequenzen befürchten zu müssen? Wir wollten außerdem erforschen, inwieweit eine Gesellschaft sich unter bestimmten Bedingungen zum Guten oder zum Bösen wendet.«

Mila horchte auf. Diese Ausdrucksweise kannte sie doch.

»Warte mal … Du bist nicht zufällig Kriminologe?«

Statt zu antworten, riss Pascal unvermittelt das Lenkrad herum und bog ab.

Mila hätte gewettet, dass er Hacker war, immerhin hatte er sich nach einer Programmiersprache genannt. Doch offensichtlich hatte sie sich geirrt.

»Für wen arbeitest du?«, insistierte sie.

»Für niemanden«, erwiderte Pascal. »Die Ziele unserer Recherche waren zumindest am Anfang äußerst ehrenwert, keine Frage. Erst später ist alles aus dem Ruder gelaufen …«

»Was erzählst du da für einen Mist? Ihr ward doch diejenigen, die diese Monster ins *Anderswo* gelassen habt!«

»Sie waren keine Monster, bevor sie ins Spiel gekommen sind«, präzisierte der andere ruhig. »Jedenfalls nicht alle ... Aber viele von ihnen litten unter einer Borderline-Persönlichkeitsstörung. Die Bereitschaft zu Gewalt und Grausamkeit, die notwendig ist, um ein sadistisches Verhalten zu entwickeln, trugen sie bereits in sich.«

Mila dachte an Gräte und Karl Anderson und daran, wie sich ihre Persönlichkeiten im Laufe der Jahre gewandelt hatten. Aus einem naiven Jüngling und einem braven Familienvater waren ein Serienmörder und ein brutaler Schlächter geworden.

»Das *Anderswo* hat also eine paroxysmale Wirkung auf die Fantasie der Menschen, es lässt sie real werden«, resümierte die ehemalige Polizistin.

Wir alle, fuhr sie in Gedanken fort, stellen uns vor zu töten, aber es ist eine Sache, wenn dieser Gedanke in unserem Hirn verschlossen bleibt, in Schach gehalten von Scham und der Angst vor den Konsequenzen, und eine andere, wenn er von der Illusion der Straflosigkeit genährt, von Machtgedanken beflügelt und bis an die Grenzen des Möglichen getrieben wird. Dann nämlich wird diese unterdrückte Wunschvorstellung zum Trieb, dem schlimmsten Gift der menschlichen Natur.

»Anfangs war das Experiment noch unter Kontrolle«, erwiderte Pascal.

»Was heißt hier ›unter Kontrolle‹? Wie kann man so naiv sein zu glauben, dass das Böse kontrollierbar ist?«

Je mehr die Wirkung der Droge nachließ, desto mehr geriet Mila in Rage.

»Ich weiß, wovon ich rede, glaub mir. Ich bin Wächter.«

»›Wächter‹?«

»Als das Spiel anfing, sich zu verändern, waren wir noch ziemlich viele. Wir hatten die Aufgabe, ungewöhnliche Entwicklungen im *Anderswo* zu überwachen. Offensichtlich hatte man damit gerechnet, dass etwas in der Art passieren würde ... Ab und zu hat eben jemand den *Sprung* gewagt, das war nicht zu vermeiden.«

Den »Sprung«? Wovon redete er?

»Eines Tages ist ein harmloser Bankangestellter ins *Anderswo* gekommen und hat sich dort in einen Serienvergewaltiger verwandelt. Als wir feststellten, dass er kurz davor war, es auch im echten Leben zu werden, sind wir eingeschritten und haben ihm gedroht, ihn den Behörden zu melden.«

»Und warum hat das System nicht funktioniert?«

»Sie haben uns angegriffen ... Irgendetwas hat sie dazu gebracht, hier draußen Jagd auf uns zu machen. Deswegen habe ich auch meine Identität aufgegeben und versuche seitdem, mich unsichtbar zu machen.«

Mila war sicher, dass dieses »Irgendetwas« – der Auslöser der anarchischen Verhältnisse – der Todesflüsterer war.

»Ich habe keine Ahnung, wie viele Wächter es noch gibt. Den Kontakt zu den anderen habe ich schon lange verloren, ich arbeite nur noch auf eigene Faust.«

Das Geräusch der Reifen klang plötzlich seltsam dumpf, als würden sie über eine Brücke fahren.

»Und was habe ich mit all dem zu tun?«, fragte Mila verzweifelt. »Warum hat man mich da reingezogen?«

»Das kann ich dir nicht sagen. Aber wenn dir dein Leben lieb ist, musst du es herausfinden.«

»Hast du dich je gefragt, warum Enigmas Körper über und über mit Zahlen bedeckt ist?«, fragte Pascal nach einer Pause.

»Ich nehme an, es handelt sich um eine Art Karte des *Anderswo*.«

»Richtig«, bestätigte der andere. »Und hast du auch verstanden, wie dein Spiel funktioniert?«

»Seit meiner ersten Reise ins *Anderswo* wurden mir lauter Schauplätze von Gewaltverbrechen gezeigt ... Bei Karl Anderson wurde mir die Lösung des Rätsels gleich mitgeliefert, aber nur, damit ich kapiere, wie das Ganze funktioniert. Ab Chinatown habe ich dann die Ermittlungen selbst führen müssen, ausgehend von Elementen, die ich im *Anderswo* gesehen habe. Auf diese Weise bin ich auf die vermisste Studentin gestoßen. Die Rätsel, denen ich im *Anderswo* begegne, sind immer mit realen Verbrechen verknüpft; jedes Mal, wenn ich einen Fall löse, wird mir der Zutritt zu einer höheren Ebene des Spiels gestattet. Allerdings weiß ich nicht, wie viele Ebenen es noch gibt.«

»Der Mann, der bei dir war, weiß er Bescheid?«

»Ja, er ist ein Ex-Kollege von mir.«

»Du bist dir im Klaren darüber, dass du ihn womöglich in Gefahr gebracht hast?«

Ja, sie hatte darüber nachgedacht. Ein Jahr zuvor hatte sie jeden Kontakt zu Berish abgebrochen, um schließlich unvermittelt wiederaufzutauchen, ohne das Risiko zu bedenken, in das sie ihn brachte.

Berish hätte bei der Frau mit dem Maiglöckchen-Parfüm bleiben sollen, stattdessen fragte er sich vielleicht gerade, was aus ihr geworden war und ob es ihr gut ging ...

»Hast du bei deiner letzten Reise ins *Anderswo* irgendeine Veränderung festgestellt?«, fragte Pascal. »Ich meine, im Vergleich zu den Reisen davor?«

Mila überlegte einen Moment. Das Donnern der Explosionen fiel ihr ein, der Wolkenkratzer, der in sich zusammengestürzt war.

»Irgendjemand versucht, die Stadt zu zerstören.«

»Ja, so ist es«, bestätigte der andere. Er schüttelte den Kopf. »Und es sieht nicht gut aus, gar nicht gut …«

»Kannst du mir erklären, was das alles bedeutet?«

»Mache ich, wenn wir da sind. Erst mal muss das Gegenmittel wirken, und du musst dich ausruhen.«

»Wohin fahren wir?«

»An einen sicheren Ort.«

Der »sichere Ort« war ein verfallenes Gehöft, das einmal ein Landsitz gewesen sein musste. Pascal, der nun wieder seine Sturmhaube trug, half Mila beim Aussteigen und nahm ihr die Augenbinde ab. Es regnete immer noch.

Mila betrachtete die Anlage. Die eine Hälfte schien schon vor langer Zeit einem Brand zum Opfer gefallen zu sein. Wieder hatte Pascal ein Versteck ausgewählt, an dem die Flammen gewütet hatten.

Den Arm um ihre Hüften gelegt, um sie zu stützen, brachte er sie ins Haus. Durch das eingestürzte Dach tropfte Wasser auf sie herab. Sie kamen durch zwei Zimmer voller verkohlter Möbel. Ruß bedeckte den Fußboden. Das dritte Zimmer war vom Feuer verschont geblieben. Ein Schrank, ein Bett und ein Sessel bildeten das Mobiliar.

Pascal bugsierte sie auf das Bett und bedeutete ihr, sich auszustrecken. Dann kehrte er zum Hauseingang zurück, um die Tür zu verschließen. Schließlich nahm er eine Flasche Wasser aus dem Schrank und reichte sie ihr zusammen mit einer Tablette.

»Hier«, sagte er. »Niacin. Vier Milligramm.«

»Davon wird mir nur schlecht.« Mila schob die Hand beiseite.

Wieder ging Pascal zum Schrank. Diesmal holte er eine Decke hervor.

»Dir muss kalt sein.«

In der Hoffnung, dass das Zittern endlich aufhören würde, zog Mila die Decke bis hoch zum Kinn.

»Besser?«, fragte er.

»Ja, danke.«

Sie hatte seine Integrität angezweifelt, doch er war zurückgekommen, um ihr das Leben zu retten. Warum? Er war so fürsorglich ihr gegenüber. Mila hatte sich angewöhnt, Freundlichkeit mit Misstrauen zu begegnen. Auch Triebtäter waren freundlich, rief sie sich in Erinnerung, jedenfalls am Anfang. Sie musste auf der Hut bleiben. Schließlich wusste sie nichts über ihn. Wer war dieser untersetzte Mann mit den Plattfüßen und dem schrägen Outfit? Woher hatte er diesen altmodischen braunen Anzug? Warum trug er eine Krawatte? Gab es jemanden in seinem Leben, der ihm nahestand?

Pascal ließ sich in den Sessel sinken. Das gleichmäßige Prasseln der Regentropfen auf das Dach und das Dämmerlicht im Raum zerstreuten Milas Gedanken. Sie sah, wie ihr geheimnisvoller Freund seine Sturmhaube abnahm. Doch von ihrem Platz aus konnte sie sein Gesicht nicht erkennen, was wohl auch ihm bewusst war.

»Du hast dich bestimmt schon mal gefragt, was du tun würdest, wenn du die Zeit zurückdrehen könntest …«

Ich hätte Alice nicht bekommen, dachte Mila.

»In letzter Zeit beschäftigt mich diese Frage häufiger«, fuhr Pascal fort. In seiner Stimme schwangen Erschöpfung und eine Spur Bitterkeit mit. »Die Menschen sind in der Lage, großartige Dinge zu erfinden, ihr Genie kennt keine Grenzen. Doch oftmals wenden sich die raffiniertesten Schöpfungen am Ende gegen uns selbst … Nimm zum Beispiel das *Anderswo*: Was auch immer du in der realen Welt getan hast oder was dir widerfahren ist – im Spiel konntest du von vorne anfangen.«

»Was willst du damit sagen?«

»Wenn jemand nach einem Unfall querschnittsgelähmt war, konnte er im *Anderswo* auf einmal wieder laufen. Wenn jemand aus dem Koma erwachte, lernte er dort, sein Leben weiterzuleben und wieder die alltäglichen Dinge zu tun. Stell dir vor, am Anfang wurde das Spiel sogar in Rehakliniken eingesetzt, um den Patienten neue Hoffnung zu geben.«

Irgendetwas Schmerzvolles musste im Leben ihres Schutzengels passiert sein, dachte Mila. Auch er schien sein Päckchen tragen zu müssen.

»Was quält dich, Pascal? Warum sagst du es nicht offen heraus?«

Der Mann strich sich mit der Hand über den Kopf.

»Die Erfindung des Internets wird gerne als ›digitale Revolution‹ dargestellt, als etwas, für das die Zeit reif war. Aber niemand hat vorhergesehen, welche Opfer es kosten würde … Erstens ist das Netz längst kein Hort der Freiheit: Oder warum benutzen wir sonst alle dieselben Suchmaschinen? Sie wollen, dass wir identische Informationen erhalten, sie haben unsere Gedankenwelt gleichgeschaltet, ohne dass wir es mitbekommen haben … Zweitens ist das Internet nicht gerecht: Es ist ein Tyrann. Weder vergisst es, noch verzeiht es. Wenn ich etwas Schlechtes über dich schreibe, kann es niemand mehr löschen. Auch wenn es eine Lüge ist, bleibt es für immer da. Jeder kann das Web wie eine Waffe verwenden. Und schlimmer noch, jeder weiß, dass er dafür nicht bestraft wird … Die Leute lassen ihre Wut im Netz aus, und wir hindern sie nicht daran – es ist, als würde man permanent etwas unter den Teppich kehren. Aber so groß das Internet auch erscheint, unsere schlimmsten Missetaten kann es nicht fassen. Früher oder später wird sich dieser ganze Hass ein Ventil suchen … Wir leben in der Illusion, alles kontrollieren zu können, nur weil wir vom Sofa aus mit unserem Scheißsmartphone auf Shoppingtour gehen. Aber es würde eine einzige Sonneneruption genügen, die auch nur ein bisschen stärker ist als die vorherigen, und innerhalb von wenigen Minuten wären sämtliche elektronische Anlagen auf der Welt kaputt. Es würde Jahre dauern, die Schäden zu beseitigen, und in der Zwischenzeit würden wir ins verdammte Mittelalter zurückfallen ...«

Mila konnte nicht anders, als Pascal recht zu geben. Aber das Erschütterndste war, dass diese Wahrheiten für alle offen lagen und niemand sich der drohenden Gefahr bewusst zu werden schien.

»Der einstürzende Wolkenkratzer und die Explosionen ...«

Pascal ließ den Satz in der Luft hängen, als hätte er Mühe, weiterzusprechen.

»Ja?«, erwiderte sie ermutigend.

»Jemand hat einen Virus in das Programm eingeschleust. Das *Anderswo* zerstört sich selbst.«

»Und, freust du dich nicht darüber?«

»Du hast es noch immer nicht begriffen: Das *Anderswo* ist nicht bloß eine Parallelwelt. Es steckt so viel Reales darin ... Wenn das Spiel zu Ende ist, wird das Böse die Straßen überschwemmen – wir werden keine Fluchtmöglichkeiten mehr haben.«

Mila war sich nicht sicher, ob sie Pascals apokalyptische Vision teilen sollte.

»Und eine Konsequenz hätte es, die dich persönlich betrifft«, fuhr der Mann fort. »Wenn die Zeit des *Anderswo* vorüber ist, wird auch die deiner Tochter abgelaufen sein.«

Dass das Spiel unabhängig vom Willen seiner Spieler ein Ende finden könnte, hatte Mila nicht in Erwägung gezogen. Was würde dann mit Alice geschehen? Wie würde sie ihr helfen können? Angst kroch in ihr hoch.

»Wie viel Zeit bleibt noch?«

»Ich weiß es nicht, aber sicher nicht mehr viel. Du musst sie da rausholen, bevor es zu spät ist. Oder du siehst sie nie wieder.«

Mila wurde von einer Welle der Verzweiflung ergriffen. Sie versuchte aufzustehen. Doch der Mann im Sessel zog sich rasch seine Sturmhaube über und sprang auf, um sie daran zu hindern.

»Du bist nicht in der Verfassung, um irgendetwas zu unternehmen, kapierst du das nicht?«, sagte er streng. »Hör auf, nur deinem Instinkt zu folgen. Benutze endlich deinen Verstand, verdammt noch mal.«

»Ich kann nicht warten … Alice braucht meine Hilfe«, sagte sie. Eine Schwindelattacke zwang sie, sich zurück aufs Bett sinken zu lassen.

»Doch, du kannst warten«, entgegnete Pascal. »Du musst erst wieder zu Kräften kommen. Das hier ist kein Spaziergang, es geht um Leben und Tod.«

»Ich habe ihr versprochen, ihr was vom Inder mitzubringen. Und dass wir ihre Katze suchen gehen …«

»Ist dir bei deinem letzten Besuch im *Anderswo* irgendwas Besonderes aufgefallen?«, fragte er.

Mila dachte an die Bar am Hafen, die schwarz verschleierte Mutter, den Vater ihrer Tochter.

»Eine smaragdgrüne Schlange.«

»Ist das alles?«, fragte Pascal verwundert.

»Sie befand sich auf einer Tarotkarte. Auf den anderen waren die Gesichter von Vermissten abgebildet.«

»Gut. Gleich morgen früh wirst du versuchen, die Bedeutung der Schlange zu ermitteln«, sagte Pascal und hielt ihr noch einmal die Niacintablette hin.

Diesmal nahm Mila sie, ohne zu zögern.

»Wenn ich aufwache, wirst du nicht mehr da sein, stimmt's?«, fragte sie, obwohl sie die Antwort schon kannte.

»Vorhin habe ich dir gesagt, ich würde die Zeit zurückdrehen, wenn ich könnte. Aber vielleicht nur, um dem Ganzen hier ein Ende zu bereiten.«

»Heißt das, du willst dich umbringen?«

»Das heißt, es gibt einen Moment im Leben, in dem du alles verlierst und es keinen Sinn mehr hat weiterzumachen. Du bringst dich nicht aus Schmerz um, denn Schmerz kann man ertragen. Du tust es, weil du keine Aufgabe mehr hast. Ich habe eine, aber es hätte nicht meine Aufgabe sein sollen. Ich habe sie nicht selbst gewählt.«

Mila hatte keine Ahnung, worauf er sich bezog, aber weil die Tablette zu wirken begann, hatte sie nicht die Kraft, nachzuhaken.

»Ich habe ein Kind im *Anderswo* gesehen«, murmelte sie, während sie die Augen kaum mehr offen halten konnte. »Es sollten keine Kinder in der Hölle sein, meinst du nicht?«

»Was für ein Kind?«

»Es hatte ein rotes T-Shirt an und wollte mich warnen. Ich habe dir schon mal von ihm erzählt, aber da war es nur eine Stimme … Jetzt hatte es einen Körper und ein Gesicht.«

Ein Freund inmitten der bedrohlichen Schatten. Und sein T-Shirt hatte dieselbe Farbe wie Pascals Sturmhaube.

»Vergiss das Kind«, sagte der Mann warnend. »Lass dich nicht beeinflussen.«

Folge ihm!

»Das Kind hat gewusst, dass du kommen würdest, um mich zu holen … Das ist ein Zeichen«, lallte sie fast.

Ihr Kopf war so schwer, dass ihr Kinn zur Brust sank.

Pascal kniete sich vor ihr nieder, um sie zu zwingen, ihm in die Augen zu sehen.

»Ihr werdet schon noch euer indisches Fast Food essen und die verdammte Katze wiederfinden … Aber wenn du deine Tochter gesund und munter wiedersehen willst, darfst du niemandem vertrauen.«

Mila merkte, dass sie jeden Moment in den Schlaf gleiten würde.

»Nicht mal dir?«, schaffte sie noch hervorzubringen.

»Wir alle haben unseren Avatar in der realen Welt«, erwiderte Pascal.

20

Schlagartig wachte sie auf.

Sie schaute sich im Zimmer um. Pascal war verschwunden. Ein warmgelbes Sonnenlicht drang durch den Türspalt und die Ritzen in der Holzbalkendecke. Ihr erster Gedanke galt Alice, die schon die zweite Nacht ohne sie verbracht hatte, gefangen an einem unbekannten Ort.

Es hatte aufgehört zu regnen, und die Vögel zwitscherten. Pascals letzter Satz hallte in ihrem Kopf wider. *Wir alle haben unseren Avatar in der realen Welt.* Was hatte er damit sagen wollen? Es ergab so gar keinen Sinn.

Sie richtete sich auf, blieb aber noch im Bett sitzen: In ihrem Kopf drehte es sich nach wie vor, und die Schmerzen in ihren Gliedern sagten ihr, dass der Schlaf nicht die erhoffte Erholung gebracht hatte.

Nach einer kurzen Weile schlüpfte sie in ihren Mantel und zog sich die Sweatshirtkapuze über den Kopf. Keine Menschenseele war weit und breit zu sehen, als sie aus dem verkohlten Gebäude trat. Was sie auch nicht weiter verwunderte, schließlich war gerade erst die Sonne aufgegangen, und sie befand sich auf einer verlassenen Straße mitten auf dem Land. Nach dem vielen Regen war die Luft von Düften nur so geschwängert. Es hätte ein schöner Spaziergang werden können, wären nicht die düsteren Gedanken gewesen, die ihr durch den Kopf gingen. Nach einer Weile hörte sie von hinten ein Auto näher kommen. Der Lieferwagen hatte schon angesetzt, sie zu überholen, als der Fahrer ihren hochgereckten Daumen sah und anhielt. Bereitwillig erklärte er sich bereit, sie ein Stück Richtung Innenstadt mitzunehmen.

Die ganze Fahrt über musste sie an den an einem Knochen herumschnitzenden Vater ihrer Tochter denken. Und an Alice, die in einer Wiege ihren letzten Atemzug getan hatte. Auch die Worte Pascals, seine Aufforderung, niemandem zu vertrauen, und seine beunruhigende Bemerkung zum bevorstehenden Ende des *Anderswo* wollten ihr nicht aus dem Kopf. Ein Virus war dabei, das Spiel zu vernichten, doch Milas Eindruck zufolge war auch das Leben von Pascal von Zerstörung geprägt.

Du hast dich bestimmt schon mal gefragt, was du tun würdest, wenn du die Zeit zurückdrehen könntest …

Alle machten sich diese Gedanken, niemand war frei davon. Die Fehler der Vergangenheit waren Balsam für die Gegenwart. Jeder schaute zurück und erklärte sich Schicksalsschläge und Misserfolge mit längst vergangenen, unwiderruflichen Entscheidungen. Ein bloßes Alibi, um neue Fehler zu machen.

Als sie die Stadt erreicht hatten, ließ Mila sich in der Nähe einer Metrostation absetzen. In der Hoffnung, dass Berish seine Schicht schon angetreten hatte, machte sie sich auf den Weg zur Dienststelle.

Sie betrat das Gebäude durch einen Nebeneingang, der nur geöffnet war, weil ein Putztrupp gerade den anderen ablöste. Sie schlug die Kapuze zurück, doch in der Montagmorgenhektik achtete ohnehin niemand auf sie. Unbehelligt gelangte sie zur Vorhölle.

Kaum war sie im Saal der verlorenen Schritte angekommen, entdeckte sie Berish, der in einem Sessel schlief. Als er sie bemerkte, setzte er sich sofort auf.

»Geht es dir gut?«, fragte er mit besorgter Miene. »Als ich in die Villa zurückkam und Grätes Leiche sah …«

»Du hattest recht«, brachte Mila hervor. »Ich war so ein Dummkopf ...«

Sie wusste weder ein noch aus. Es gab so viel zu erzählen – wo sollte sie bloß anfangen?

»Komm, ich mache dir erst mal einen Kaffee«, sagte Simon, der ihre Not zu spüren schien.

Fast eine Stunde lang redete sie ununterbrochen. Sie bestätigte, dass Timmy Jackson das Unic-Monster war, und entschuldigte sich sogar fast dafür, dass sie nicht auf Berish gehört und sofort das Haus verlassen hatte – auch wenn sie im tiefsten Inneren wusste, dass Gräte trotzdem einen Weg gefunden hätte, sie anzugreifen.

»Den Sinn hinter dem Ganzen verstehe ich immer noch nicht«, sagte Berish schließlich. »Warum zieht Enigma dich in diese Sache hinein, indem er sich deinen Namen in die Haut ritzt? Und warum versuchen seine Jünger, dich zu töten? Selbst Alices Entführung macht keinen Sinn: Wenn du das Ziel warst, warum haben sie dich dann nicht gleich in deinem Haus am See umgebracht?«

Berish lag in der Tat nicht falsch mit seinen Überlegungen. Es gab so manchen Widerspruch in der Geschichte.

»Es könnte mein Spiel sein«, unternahm sie einen Versuch der Erklärung. Schließlich erzählte sie ihm auch von Pascal, von ihrer Theorie, dass er in Wirklichkeit Kriminologe war, und dass er, darauf angesprochen, nicht widersprochen hatte.

»Wir müssen versuchen, Pascals wahre Identität aufzudecken«, schlug Berish vor. »Wie du weißt, ist es nahezu unmöglich, vollkommen von der Bildfläche zu verschwinden.«

Die Jahre in der Vorhölle hatten Mila gelehrt, dass er mit seiner Bemerkung recht hatte. Man konnte sein Äußeres verändern, neue Gewohnheiten annehmen und alle Spuren, sogar jene der eigenen DNA, verwischen, und doch blieb immer etwas von einer Person zurück – vielleicht etwas vollkommen Unspektakuläres, eine Angewohnheit, die sich nicht ablegen ließ. Sie konnte sich noch gut an den Fall einer Ehefrau und Mutter erinnern, die zwanzig Jahre lang untergetaucht war. Mila hatte sie nur daran identifiziert, dass sie sich in einem unbeobachteten Moment die Härchen aus den Augenbrauen riss.

»Wir haben allerdings nicht ein einziges Indiz, von dem wir ausgehen könnten«, sagte die Ex-Polizistin. »Er war die ganze Zeit extrem vorsichtig.«

Berish schien nicht überzeugt zu sein, doch sie beschloss, seine Skepsis zu ignorieren.

»Was hast du diesmal von deiner Reise ins *Anderswo* mitgebracht?«, fragte er schließlich.

»Mein neuestes Souvenir ist eine smaragdgrüne Schlange.«

Von ihrer düsteren Familienzusammenkunft würde sie ihm erst einmal nichts erzählen, beschloss Mila. Zunächst würde sie in der Datenbank der Vermisstenstelle nach der Schlange suchen.

»Mir wurden Tarotkarten gelegt«, klärte sie Simon auf. »Sie zeigten die Gesichter von Vermissten – so wie hier im Saal der verlorenen Schritte.«

»Wenn diese Schlange, von der du gesprochen hast, mit einem Vermisstenfall zusammenhängt, warum wurde dir dann nicht direkt das Gesicht der betreffenden Person gezeigt?«, fragte Berish zweifelnd. »Irgendetwas sagt mir, dass das nicht die richtige Fährte ist.«

»Mein Bauch sagt da was anderes ...«

Doch ihre Suche nach »Schlange«, »Reptil«, »Python«, »Mamba« erzielte keinen einzigen Treffer.

»Vielleicht sollten wir mit einem anderen Souvenir beginnen«, schlug Simon vor.

Erneut rief Mila sich die Bilder ins Gedächtnis. Je länger sie darüber nachdachte, umso sicherer war sie, dass nur eine einzige Option infrage kam.

»Lass uns überprüfen, ob es die Bar am Hafen auch in Wirklichkeit gibt.«

Das namenlose Lokal befand sich am Ende der Mole, gegenüber einer Werft und umgeben von Bootsunterständen. Kein Schild wies auf das Lokal hin.

»Wahrscheinlich gehen da eh nur Leute hin, die den Laden kennen«, mutmaßte Mila.

»Echte Trinker brauchen keinen Schnickschnack«, lautete Berishs prompter Kommentar. »Denen reicht es zu wissen, dass sie dort ihren Stoff kriegen.«

Der Hafen lag direkt an der Flussmündung, was die Bar zu einem seltsamen Treffpunkt von Seeleuten und Binnenschiffern machte.

Beim Eintreten wurden sie von den äolischen Klängen eines Windspiels empfangen, in dem Mila sogleich jenes aus dem *Anderswo* wiedererkannte. Alles entsprach genau der Szene, die sie gesehen hatte. Sie fühlte Unbehagen in sich aufsteigen. Die Jukebox, vor der der an einem Knochen schnitzende Vater ihrer Tochter gestanden hatte, befand sich in der Ecke des Raumes, doch über den Automaten war mit Tesafilm ein Schild mit der Aufschrift »KAPUTT« geklebt worden. Wie lange hing es wohl schon dort, fragte sich Mila.

Die wenigen Gestalten, die sich um Viertel nach neun bereits an dem langen Tresen eingefunden hatten, schienen ohnehin lediglich ihre Dämonen betäuben statt Musik hören oder neue Bekanntschaften schließen zu wollen. Alles, was sie brauchten, wurde ihnen von der jungen Bardame reihum eingeschenkt.

Die Frau hatte langes kastanienbraunes Haar und trug ein

kariertes Hemd und Jeans. Sie war vielleicht knapp über zwanzig, aber ihr verlebtes Gesicht ließ sie mindestens zehn Jahre älter wirken.

»Guten Morgen«, sagte Mila. »Mein Kollege Berish und ich sind von der Polizei. Wir würden Ihnen gerne ein paar Fragen stellen.«

Das Mädchen erblasste.

»Habt ihr sie gefunden?«, fragte sie mit zitternder Stimme.

Offenbar wurden sie erwartet. Zumindest schienen sie am richtigen Ort zu sein.

»Können wir irgendwo reden, wo uns keiner hört?«, fragte Berish.

»Bitte, sagen Sie mir, ob sie noch lebt«, flehte die junge Frau.

Mila wagte einen Schuss ins Blaue.

»Ihre Schwester?«

Das Mädchen schüttelte den Kopf.

»Nein, meine Mutter.«

Ihr Name war Laura Ortis, und in weniger als fünf Minuten hatte sie ihre Gäste vor die Tür gesetzt, um sich ganz ihrem Besuch widmen zu können. Sie führte die beiden Polizisten in den hinteren Teil des Lokals, wo sich die Separees befanden. Mila entschied sich für das, in dem sie der schwarz verschleierten Mutter begegnet war.

»Wir haben keine Neuigkeiten«, stellte Berish klar, um keine falschen Erwartungen aufkommen zu lassen. »Aber vielleicht können Sie uns helfen zu verstehen, was passiert ist.«

Das Mädchen setzte sich und legte ein Päckchen Marlboro und ein angelaufenes silbernes Feuerzeug auf den Tisch.

»Rose war schon immer eine Chaotin«, begann sie. Sie fingerte eine Zigarette aus der Packung, steckte sie zwischen die Lippen und ließ das Zippo aufschnappen. Kaum leuchtete die

Glut an der Zigarettenspitze auf, knallte sie das Feuerzeug zurück auf den Tisch. »Und normalerweise bin ich diejenige, die sie wieder aus der Scheiße ziehen darf.«

Ton und Gesten ließen unschwer auf ein getrübtes Mutter-Tochter-Verhältnis schließen. Auch die Tatsache, dass sie ihre Mutter beim Vornamen nannte, schien Mila bezeichnend.

»Rose ist nicht in der Lage, auf sich aufzupassen. Sie kommt und geht, wann sie will. Aber es ist noch nie vorgekommen, dass sie drei Monate lang nichts von sich hören ließ.«

»Können Sie uns mehr über sie erzählen?«, fragte Berish, der Brille und Notizbuch aus der Tasche zog.

Das Mädchen stieß eine Rauchwolke aus.

»Rose ist sechsundfünfzig Jahre alt, auch wenn sie allen erzählt, sie wäre erst Mitte dreißig. Benehmen tut sie sich wie eine Sechzehnjährige. Früher hat das Lokal mal ihr gehört, aber sie hat es mir überlassen. Immer wenn sie Geld braucht, meint sie, es stünde ihr was vom Umsatz zu. Sie war nie verheiratet und brüstet sich damit, mich alleine großgezogen zu haben. In Wirklichkeit aber war ich diejenige, die auf sie aufgepasst hat.«

Trotz des wenig vorteilhaften Bildes, das Laura von ihrer Mutter zeichnete, machte sie sich offenbar Sorgen um sie.

»Letztes Jahr hat sie einen neuen Weg gefunden, ihr Leben zu ruinieren: Sie ist zum Social-Media-Junkie geworden.«

Mal wieder das Internet, dachte Mila. Aber dass Rose in den Sog des *Anderswo* geraten war, hielt sie für unwahrscheinlich. Eine alleinstehende Frau mittleren Alters war nicht gerade der Typ für Videospiele.

»Was hat Ihre Mutter in den sozialen Medien gesucht?«

»Für eine Egozentrikerin und Exhibitionistin wie sie sind diese Plattformen der ideale Tummelplatz. Sie hat ständig irgendwas gepostet, inklusive Fotos und persönliche Informationen. Ihr ganzes kleines Scheißleben hat sie im Netz publik gemacht. Ich habe hundertmal versucht, ihr klarzumachen, dass das nicht gut ist. Rose denkt, alle finden sie toll. Tatsächlich ist sie unfähig, ein Kompliment von einem Witz auf ihre Kosten zu unterscheiden. Und die anderen haben das weidlich ausgenutzt.«

»Fällt Ihnen zufällig etwas ein, was Ihre Mutter in Verbindung mit einer grünen Schlange bringen ließe?«, fragte Berish.

Ohne zu zögern, knöpfte die junge Frau die obersten drei Knöpfe ihres Hemdes auf und zog eine Halskette mit einem Anhänger hervor, einem grün emaillierten Leguan.

»So was in der Art?«

Simon schaute zu Mila, die kurz nickte. Der Anhänger sah dem Reptil, das ihr im *Anderswo* begegnet war, täuschend ähnlich.

»Vor einiger Zeit hat sie angefangen, Modeschmuck herzustellen, den sie online verkauft hat. Unnötig zu sagen, dass sie damit gerade mal ihre Unkosten finanzieren konnte. Die Schlange, von der Sie gesprochen haben, ist ihr allererstes Stück: ein Ring, von dem sie sich nie trennt.«

Mila musste daran denken, wie die Schlange im *Anderswo* versucht hatte, sie zu strangulieren. Schnell verscheuchte sie das Bild aus ihrem Kopf.

»Sie denken, Rose ist verschwunden, richtig?«

»Ja«, bestätigte das Mädchen.

»Und warum haben Sie keine Vermisstenanzeige aufgegeben?«

»Habe ich doch!«, rief Laura empört. »Aber bis heute hat bei der Polizei niemand auch nur einen Finger gerührt.«

Mila wechselte einen vielsagenden Blick mit Berish.

»Wie kann das sein, dass keine Anzeige registriert ist?«, fragte sie.

Simon schüttelte den Kopf. Auch er war überfragt.

»Vielleicht wegen der E-Mail«, warf die junge Frau ein.

»Welche E-Mail?«

»Bevor ich die Anzeige aufgegeben habe, bekam ich eine E-Mail. Von Rose. Die Kurzversion lautet: Sie hat einen Mann kennengelernt, sich verliebt und will mit ihm nach Guadeloupe auswandern.«

Mila ahnte, was passiert war. Der Beamte, der die Anzeige aufgenommen hatte, war wegen der E-Mail davon ausgegangen, dass Rose freiwillig aus der Stadt verschwunden war, und hatte den Fall deswegen nicht gemeldet.

»Sind Sie sicher, dass die Mail von Ihrer Mutter war?«, fragte sie Laura.

»Die Idee, mit jemandem ins Ausland zu gehen, den sie gerade erst kennengelernt hat, passt zu ihr. Und auch die Mailadresse stimmte«, bestätigte das Mädchen. »Aber wenn Sie fragen, ob ich meine Hand dafür ins Feuer legen würde, dass auch der Text von Rose war, würde ich Nein sagen.«

»Wieso?«

»Meine Mutter war vielleicht verrückt, aber sie hatte ein Gedächtnis wie ein Elefant. Und in der Mail stehen Dinge, die nicht zusammenpassen. Warten Sie kurz.«

Das Mädchen stand auf und verschwand durch eine Tür, die Mila bis dahin nicht wahrgenommen hatte. Nach ein paar Minuten kehrte sie mit dem Ausdruck der E-Mail zurück. Dem Datum zufolge war das Schreiben Anfang Dezember verschickt worden.

»Liebe Laura, mein Sonnenschein«, begann sie vorzulesen. *»Mir ist etwas ganz Großartiges passiert: Ich habe einen wunderbaren Mann kennengelernt, er heißt Tom, ich habe mich sofort in ihn verliebt. Ich weiß, was du denkst: dass es sich*

um eine der üblichen Schnapsideen Deiner verrückten Mutter handelt. Aber diesmal irrst Du Dich, denn auch er liebt mich sehr. Das spüre ich mit jeder Faser meines Körpers. Sei mir nicht böse, aber wir haben beschlossen, zusammen nach Guadeloupe auszuwandern. Du weißt, wie sehr ich die Sonne liebe und dass ich immer davon geträumt habe, meine alten Tage auf einer Karibikinsel zu verbringen. Jetzt wird dieser Traum tatsächlich wahr. Sobald ich mich auf der Insel häuslich niedergelassen habe, schreibe ich Dir wieder (anrufen werde ich nicht, weil ich weiß, dass Du mich nur beschimpfen würdest, und ich will mir mein Glück nicht von Dir vermiesen lassen). Ich habe mit Tom gesprochen, und auch er fände es schön, wenn Du uns an Deinem nächsten Geburtstag besuchen kommst. Also, wir erwarten dich um den 26. Juni herum. Er freut sich sehr, seine Stieftochter bald kennenzulernen.

Ich hab Dich lieb, Deine Rose.«

Das Mädchen legte den Ausdruck vor sich auf den Tisch und schaute sie an.

»Und, was meinen Sie?«

»Was passt da nicht zusammen?«, fragte Berish.

»Rose hat noch nie von ihren ›alten Tagen‹ gesprochen, selbst dann nicht, wenn sie betrunken war. Davon abgesehen, stimmt zwar das mit ihrer Karibik-Macke, aber sie hatte Angst vorm Fliegen. Und obwohl sie eine Hafenbar hatte, ist sie schon beim bloßen Anblick von Schiffen seekrank geworden.«

»Scheint mir ein bisschen wenig, um auszuschließen, dass sie freiwillig verschwunden ist«, entgegnete der Polizist.

»Das war noch nicht alles. Was mich am meisten verwundert, hängt mit meinem Geburtstag zusammen.«

»Sind Sie etwa nicht am 26. Juni geboren?«

»So steht es in meinen Papieren, weil Rose in der ersten Woche vergessen hat, meine Geburt zu melden. Tatsächlich hat sie mich aber am 19. Juni zur Welt gebracht, und seit ich denken kann, haben wir immer an diesem Tag meinen Geburtstag gefeiert.«

Mila verstand, was Laura ihnen sagen wollte.

»Sie glauben, Ihre Mutter hat sich in Gefahr befunden und Ihnen eine Nachricht geschickt, die nur Sie richtig deuten konnten.«

Das Mädchen nickte.

»Genau. Jemand hat sie gezwungen, mir eine E-Mail zu schicken, damit ich mir keine Sorgen mache oder die Polizei benachrichtige. Aber sie hat ein paar Hinweise in den Text hineingeschmuggelt, die nur ich richtig deuten kann. Diese Mail ist ein Hilferuf!«

Nachdem sie drei Monate vergeblich versucht hatte, jemanden zu finden, der ihrer Theorie Gehör schenkte, war Laura Ortis nur allzu gern bereit, mit ihnen zusammenzuarbeiten. Sie hatte ihnen sogar den Wohnungsschlüssel ihrer Mutter überlassen. Zwar hatte sie das Apartment bereits selbst nach Auffälligkeiten abgesucht, aber die Augen von zwei erfahrenen Polizisten, so Ortis, würden sicher auch weniger spektakuläre Details wahrnehmen.

»Was meinst du?«, fragte Berish, während er den Wagen in Richtung Holländisches Viertel steuerte, in dem die vermisste Frau gewohnt hatte.

Mila dachte nach.

»Ich wünschte wirklich, wir hätten genügend Hinweise auf die Glaubwürdigkeit der Tochter. Aber wenn die Schlange nicht wäre, die ich im *Anderswo* gesehen habe, sähe ich kaum die nötige Voraussetzung für eine Ermittlung.«

In ihrer Zeit in der Vorhölle hatte sie so etwas schon mehrfach erlebt. Vermeintlich entführte Personen, die dann doch nur ihrer großen Liebe nachgereist waren, angebliche Vergewaltigungen, die sich am Ende als einvernehmlicher Sex entpuppten. Es gab sogar Leute, die ihren Liebsten den eigenen Tod vorgaukelten, um ihnen keine unangenehme Wahrheit beichten zu müssen – wie einen Bankrott, einen Ehebruch oder die Tatsache, dass sie nicht eine einzige Prüfung an der Universität abgelegt hatten.

Ihrer Tochter zufolge war Rose eine Exzentrikerin. Ihre Entscheidung, einem Mann, den sie kaum kannte, ins Ausland zu folgen, war daher nicht so ungewöhnlich, wie man meinen sollte, im Gegenteil, so etwas kam relativ häufig vor.

Rose hatte in einem Mietshaus aus den Sechzigerjahren gelebt, einem dreistöckigen Gebäude mit einem Schwimmbecken im Innenhof. Das Haus schien praktisch um das Becken herum gebaut worden zu sein, doch inzwischen war kein Wasser mehr darin, und es wurde von Skateboardern als Halfpipe zweckentfremdet.

Mila und Berish kamen gegen elf Uhr dort an, nachdem sie sich in der Vorhölle noch mit einem Spurensicherungskoffer ausgestattet hatten.

Die Vermisste hatte in einem Studio-Apartment im zweiten Stock gewohnt. Ein Berg Prospekte und ungeöffneter Briefe lag zu ihren Füßen, als sie die Wohnungstür mithilfe von Lauras Schlüssel öffneten.

»So was Absurdes: Die Tochter zahlt die Miete weiter, wohnt aber nicht hier«, sagte Berish und reichte Mila ein Paar Latexhandschuhe. »Weil sie denkt, dass ihre Mutter bald zurückkommt?«

»Vielleicht hat sie auch nur darauf gewartet, dass sie endlich mal jemand ernst nimmt«, erwiderte Mila, während sie sich die Handschuhe überstreifte.

Auf der Suche nach einem ersten Anhaltspunkt schauten sie sich um. Das Apartment war alles andere als luxuriös: ein Wohnzimmer mit Küchenzeile, ein Schlafzimmer mit Einbauschrank und ein Bad ohne Fenster. Das Mobiliar bestand aus einer wilden Mischung verschiedener Stile. Als Ensemble wirkte es einfach nur gnadenlos überladen: ein Sofa und ein Sessel mit Ethno-Überwürfen, orientalische Teppiche, ein Baldachinbett, Räucherstäbchenhalter, Buddhas in unterschiedlichen Größen und jede Menge Chinakram.

Auf dem Esstisch stand ein Computer.

»Ich schaue mich ein bisschen um, und du widmest dich dem Rechner«, schlug Berish vor.

Zum Glück war der Strom noch nicht abgeschaltet, daher konnte Mila problemlos in Roses Welt eintauchen. Offensichtlich hatte sie Profile auf sämtlichen verfügbaren Social-Media-Plattformen. Zum Einloggen musste man nirgendwo ein Passwort eingeben, sodass es für Mila ein Kinderspiel war, die virtuelle Existenz von Lauras Mutter zu ergründen.

Sie stellte fest, dass die Profile vor mindestens drei Monaten zuletzt aktualisiert worden waren, also kurz vor Roses Verschwinden. Für einen Social-Media-Junkie war das eher ungewöhnlich. Denn Laura hatte recht: Ihre Mutter teilte jede noch so banale Alltagsbegebenheit mit dem Netz. Wie viele Leute hatte sie offenbar kein sehr befriedigendes Sozialleben und versuchte, sich ihre Bestätigung durch *Likes* und *Follower* zu holen. Welchen Risiken man sich aussetzte, wenn man seine intimsten Gedanken mit Wildfremden teilte, und wie schnell man sich im Internet verlieren konnte, schien ihr nicht ansatzweise bewusst gewesen zu sein.

Unter den vielen Fotos von Rose war eines, an dem Milas Blick hängen blieb. Es zeigte die Frau auf einer von Hügeln umgebenen Wiese, auf der ein paar Pferde weideten. Sie lächelte in die Kamera, hatte die Haare wasserstoffblond gefärbt und war besonders um die Augen herum stark geschminkt. An ihrem Finger steckte der Ring mit der smaragdgrünen Schlange, von dem sie sich laut Laura niemals trennte.

Währenddessen war Berish dabei, Schränke und Schubladen aufzureißen und auf ihren Inhalt hin zu überprüfen.

»Hast du was Interessantes entdeckt?«, rief er ihr vom Schlafzimmer aus zu.

»Jede Menge Zeug auf diversen Plattformen, aber nicht eine Spur von dem geheimnisvollen Tom.«

»Bei mir fehlen Klamotten«, entgegnete der Polizist.

Über die Hälfte der chromfarbenen Kleiderbügel im Schlafzimmerschrank waren leer. Alles wies darauf hin, dass die Frau tatsächlich ihre Koffer gepackt hatte, um zu verreisen.

Falls jemand Rose Ortis' Verschwinden als freiwillig hätte darstellen wollen, hätte er verräterische Hinweise auf seine Person wie Fotos oder Posts problemlos aus ihren Accounts entfernen können, wusste Mila. Vielleicht war es besser, sich auf Materielles zu konzentrieren, statt die Zeit mit der Untersuchung von Roses Social-Media-Profilen zu verschwenden.

Sie stand auf und ging ins Schlafzimmer. Auf dem Toilettentisch stand ein Frisierspiegel, wie sie ihn auch bei Pascal gesehen hatte. Was aber Schminksachen, Kosmetikartikel und Cremetiegel betraf, war Rose Ortis nicht zu übertreffen. Sie hatte wirklich alles: von falschen Wimpern und Kontaktlinsen über Lippenstifte in tausend Farbschattierungen bis hin zu Gerätschaften, die Mila noch nie zuvor gesehen hatte. Besonders beeindruckt war sie von einer Reihe blauer Kristallflakons, die auf einer Konsole ausgestellt waren. Sie waren leer, mussten aber einmal Roses Parfüm enthalten haben. Offenbar hatte die Frau sie nach Gebrauch nicht wegwerfen, sondern sie ihrer Sammlung hinzufügen wollen.

»Hier gibt es nichts Verdächtiges«, rief Berish aus der Küche.

Normalerweise waren Kühlschränke die perfekten Indikatoren. Wer die freiwillige Abwesenheit eines Menschen inszenierte, um ein Verbrechen zu verschleiern, war in der Regel gut im Kofferpacken, vergaß aber oft, verderbliche Lebensmittel wegzuwerfen. Diese gaben nicht nur Aufschluss darüber, *dass* etwas passiert sein musste, sondern auch, wann die mögliche Tat geschehen war.

Mila nahm sich das Badezimmer vor. Sie kontrollierte die Kloschüssel auf mögliche Gegenstände, die jemand hatte loswerden wollen, inspizierte die Wasserhähne, das Waschbecken und die Ablage darüber. Die Zahnbürste fehlte, was die Reise-These unterstützte. Dann fiel ihr Blick auf ein Handtuch. Auf dem weißen Frotteestoff war in einer Ecke ein kleiner brauner Fleck zu erkennen.

»Schau dir das mal an«, sagte sie zu Berish. »Könnte das nicht Blut sein?«

Simon begutachtete ihren Fund. Blutflecken auf Handtüchern waren nicht wirklich außergewöhnlich. Ein ungeübtes Auge hätte bei der Größe wohl auch keinen Verdacht geschöpft. Doch Berish und Mila hatten genug Erfahrung auf dem Gebiet, um sofort stutzig zu werden.

»Die Form des Flecks gefällt mir gar nicht«, erklärte der Polizist prompt.

Eine Blutspurenmusteranalyse konnte sehr aufschlussreich sein. Mila hatte schon häufiger erlebt, dass je nach Beschaffenheit eines Blutflecks die unterschiedlichsten Schlüsse gezogen werden konnten. Der Fleck, den sie vor sich hatten, war länglich, was darauf hinwies, dass das Blut nicht getropft, sondern gespritzt war. Relevant bei der Beurteilung waren außerdem die Distanz zur Blutungsquelle, der Auftreffwinkel auf dem Handtuch und der Grad der Einwirkung des Objekts, das die Verletzung ausgelöst hatte. Wenn jemand sich beim Rasieren geschnitten hatte, sahen die Blutspritzer fraglos anders aus, als wenn jemand angeschossen worden war. Der Fleck, den sie vor sich hatten, zeugte eindeutig von einer Gewalteinwirkung.

»Würde sich lohnen, ihn zu untersuchen«, sagte Berish.

Sie entnahmen dem Spurensicherungskoffer die benötigten Utensilien.

»Vielleicht sollten wir erst mal rausfinden, ob Rose Besuch hatte, bevor sie verschwunden ist«, schlug die ehemalige Polizistin vor. »Besprüh du doch alles mal mit Luminol, während ich nach Fingerabdrücken suche.«

In der Hoffnung, weitere Blutspuren zu finden, nahm Simon Sprühflasche und Fotoapparat und begab sich ins Bad. Selbst beim Gebrauch starker Putzmittel zur Beseitigung von Blutspuren bestand immer noch die Möglichkeit, dass diese sich mithilfe des 3-Aminophthalsäurehydrazits visualisieren ließen. Allerdings hielt der fluoreszierende Effekt bei dieser Technik nur für kurze Zeit an, sodass das Ergebnis fotografisch festgehalten werden musste, bevor es wieder verblich. Milas Aufgabe war weniger komplex, vermutlich aber ertragreicher. Jeder Mensch hinterließ Fingerabdrücke, das hatte sie auf der Polizeischule gelernt. Oftmals ohne sich dessen bewusst zu sein. Und sogar nach langer Zeit konnte man sie noch sichtbar machen. Natürlich hing es immer vom Material der zu untersuchenden Gegenstände ab, doch in dem aktuellen Fall konnte sie wegen der Unmengen an Krimskrams geradezu aus dem Vollen schöpfen.

Mila hatte vergessen, wie aufregend diese Art von Jagd war. Ein Fingerabdruck war das erste Indiz, um der Identität eines Menschen näher zu kommen. Oft konnte man aus dem spiralförmigen Abdruck so einiges über denjenigen herauslesen, der ihn hinterlassen hatte. Zum Beispiel, ob er Kraft angewendet hatte, in Zeitnot gewesen war oder einfach nur Angst hatte. Es war ähnlich wie bei den Genetikern, die das Aussehen einer Person rekonstruieren konnten, indem sie ihre DNA analysierten. Wie Berish hatte dabei auch Mila keine modernen Hilfsmittel zur Verfügung. Sie musste sich mit traditionellen Methoden begnügen, die nur eine oberflächliche Überprüfung zuließen. Doch für das, was sie zu finden hoffte, mochte es genügen. Mila versuchte es zunächst mit einem der herkömmlichen Kontrastmittel – Ruß-, Aluminium- oder UV-Pulver –, das mit einem Pinsel aufgestrichen und von Wasser oder anderen Flüssigkeiten absorbiert wurde, sodass im Idealfall der typische Abdruck der Fingerkuppe aufschien.

Sie verteilte das Pulver auf sämtlichen glatten Oberflächen, doch ohne dabei das geringste Resultat zu erzielen. Jemand musste alle Spuren beseitigt haben. Was wiederum darauf hinwies, dass hier etwas verborgen werden sollte. Als sie die Prozedur auf den anders beschaffenen Oberflächen wiederholte, erhielt sie das gleiche Ergebnis.

Besonders ungewöhnlich war, dass sie weder die Fingerabdrücke des mutmaßlichen Eindringlings noch die von Rose aufspüren konnte. Vielleicht würde sie bei den blauen Parfümflakons fündig werden, die sie bei der Durchsuchung entdeckt hatte. Doch sie wurde ein weiteres Mal enttäuscht.

Frustriert kehrte Berish aus dem Badezimmer zurück: Er war genauso erfolglos gewesen.

»Nicht ein einziger Fingerabdruck«, empfing sie ihn.

»Wenn jemand die Wohnung so gründlich gereinigt hat, muss hier wirklich etwas passiert sein«, bestätigte Berish ihre Vermutung.

»Mehr noch«, ergänzte Mila. »Es wirkt, als ob in diesen

Räumen nie jemand gelebt hätte. Als wären wir beide die Ersten, die hier jemals einen Fuß auf den Boden gesetzt hätten.«

Ein winziger brauner Fleck und nicht ein einziger Fingerabdruck – das war alles, was sie hatten. Mila musste an die Szene denken, die ihre Kollegen auf dem Bauernhof der Andersons vorgefunden hatten: In ihrem Fall hatte zwar jemand ein echtes Blutbad angerichtet, dafür waren die Leichen der Opfer wie vom Erdboden verschluckt.

Ein weiteres Täuschungsmanöver Enigmas.

»Ich habe das ungute Gefühl«, sagte Mila, »dass Rose Ortis nicht nur nie nach Guadeloupe gefahren ist, sondern dass sie sich auch nie von hier wegbewegt hat.«

»Und – was schlägst du jetzt vor?«

»Vielleicht macht es Sinn, dass du Hitch holen gehst.«

Hovawarts waren zwar keine Leichenspürhunde, aber sie hatten einen ausgeprägten Geruchssinn. Oft genug wurden sie bei Erdbeben und anderen Naturkatastrophen eingesetzt, um Vermisste aufzuspüren. Davon abgesehen war Hitch so oder so ihre letzte Hoffnung.

Die Zeit, die Berish brauchte, um nach Hause und wieder zurück zu fahren, nutzte Mila, um sich noch einmal sämtliche Aspekte des Falls vor Augen zu führen. Sie wusste weder, welche Rolle Rose Ortis in Enigmas Spiel einnahm, noch, wer ein Interesse daran haben könnte, ihr etwas anzutun. Die einzige Gewissheit, die sie hatte, war, dass es mit der Frau kein gutes Ende genommen hatte. Das sagte ihr immer noch wacher Fahnder-Instinkt, aber auch die E-Mail, die ihnen die Tochter gezeigt hatte. Laura war überzeugt, dass ihre Mutter in Gefahr war, doch sie dachte an eine Entführung. Mila hingegen wusste, dass eine Geiselnahme eine höchst komplexe Angelegenheit war und nur Profis ein solches Risiko einzugehen wagten. Und das auch nur, weil sie sich davon einen großen Gewinn versprachen.

Rose Ortis war jedoch nicht reich. Daher blieb nur die Option, dass sie tot war. Eine alleinstehende, ausschweifend lebende Frau war die perfekte Beute für einen Sadisten. Leider konnten sie aufgrund ihrer limitierten Ausrüstung weder den Modus Operandi rekonstruieren noch die Signatur des Mörders ermitteln. Denn alle Mörder, selbst die penibelsten unter ihnen, begingen *bewusst* Fehler. Das gehörte zu ihrer Natur.

Bei dem Gedanken fiel ihr ein, dass der Vater von Alice häufig vom Paradox des »Esels von Buridano« gesprochen hatte. Giovanni Buridano, ein Philosoph aus dem vierzehnten Jahrhundert, hatte das Gleichnis vom Esel mit den zwei Heuhaufen erfunden. Da der Esel sich nicht entscheiden konnte, welchen der beiden Heuhaufen er fressen sollte, war er am Ende verhungert. Von den Kriminologen – aber auch von manchem Wirtschaftswissenschaftler – wurde das Beispiel genutzt, um das *ökonomische Prinzip* zu erklären, demzufolge der Mensch, anders als das Tier, in der Regel zweckrational agierte, um eine Nutzenmaximierung zu erzielen. Die einzigen Individuen, die ein solch berechnendes Verhalten nicht an den Tag legten, waren die Sadisten. Häufig wurden sie von einem irrationalen Bedürfnis angetrieben.

Mila dachte an die vielen Sadisten, die nach erfolgtem Mord ihrem Opfer einen Gegenstand entwendeten – einen »Fetisch«, wie es in der Fachsprache hieß. Auch wenn das Risiko, dadurch mit dem Verbrechen in Verbindung gebracht zu werden, ungleich höher war, konnten sie dieses Verlangen nicht unterdrücken. Denn auf diese Weise vermochten sie die Tat in ihrer Fantasie noch einmal nachzuerleben.

Mila konnte sich gut an den Fall eines Mörders erinnern,

der einer von ihm niedergemetzelten Frau das T-Shirt entwendet hatte, um es, nachdem er die Blutflecke entfernt hatte, seiner Verlobten zu schenken. Die ahnungslose Frau präsentierte die Trophäe stolz ihren Freunden und Verwandten, wodurch das Selbstwertgefühl des Mörders immens gesteigert wurde.

Mila ließ ihre Blicke durch Roses Wohnung schweifen. Es war nicht auszuschließen, dass auch ihr Mörder ein Souvenir hatte mitgehen lassen. Doch die Tatsache, dass Kleider und andere Gegenstände bereits entfernt worden waren, um eine Abreise zu inszenieren, machte die Suche fast unmöglich.

In dem Moment klopfte Berish an die Tür des Apartments, und Mila ging ihm öffnen. Hinter ihm schlüpfte Hitch in die Wohnung und begann, träge herumzuschnüffeln.

»Er soll sich erst mal langsam rantasten«, sagte der Polizist. »Es ist schon eine Weile her, dass er so was gemacht hat.«

Während sie den Hund beobachteten, der sich allmählich an die Räumlichkeiten zu gewöhnen schien, schwanden Milas Hoffnungen, dass er Roses Fährte aufnahm. Der gute Hitch war vermutlich schon zu alt für eine solche Aufgabe.

»Wir sollten ihm einen Geruch vorgeben, den er erschnüffeln kann«, schlug Simon vor.

»Was hältst du von Roses Parfüm? Es müssten noch Reste in den Flakons sein.«

Simon schnaufte verächtlich und verpasste Milas Enthusiasmus einen Dämpfer.

»Wir haben den Blutfleck. Nutzen wir die Chance!«

»Meinst du, ein so kleiner Fleck reicht aus?«

Berish schaute sie an.

»Vertrau ihm einfach.«

Sie riefen Hitch und ließen ihn an dem Handtuch schnuppern, das sie im Bad gefunden hatten. Für einen Moment verweilte er mit der Nase über dem Stoff. Dann lief er in den Raum hinein, kehrte aber kurz darauf zurück und schnupperte noch einmal. Das Ganze wiederholte er vier Mal. Schließlich lief er zur Eingangstür und fing an, mit der Pfote daran zu kratzen.

»Er will, dass wir rausgehen«, sagte Mila, die endlich wieder einen Funken Hoffnung verspürte.

Berish schwieg, ging aber zur Tür, um sie zu öffnen. Mit der Schnauze am Boden, führte Hitch sie zum Treppenhaus. Er war sich offenbar über die Richtung nicht ganz sicher und hüpfte mehrmals treppauf und treppab.

»Wenn du mich fragst, bringt er uns nach draußen«, sagte sein Herrchen stirnrunzelnd.

»Wie kommst du darauf?«

»Ich kenne ihn. Aber eigentlich ist es egal, welche Spur er verfolgt: Nach so langer Zeit ist sie ohnehin kontaminiert.«

Warum hatte er den Hund überhaupt geholt, wenn er doch so skeptisch war, wollte Mila schon fragen, doch um Streit zu vermeiden, verkniff sie sich die Bemerkung.

Sie folgten dem Hund die Stufen hinunter in den Keller und kamen zu einer Metalltür. Wahrscheinlich der Heizungsraum, mutmaßte Mila. Berish vergewisserte sich, dass niemand in der Nähe war. Mithilfe eines Dietrichs öffnete er die Tür. Sofort drängte Hitch in den Raum hinein, als hätte er die Bestätigung gefunden, die er suchte. Sie folgten ihm. Es war nicht der Heizungskeller, sondern der Raum mit der Wasseraufbereitungsanlage des hauseigenen Schwimmbads. Offenbar war sie seit Jahren nicht mehr benutzt worden.

»Er hat tatsächlich was gerochen«, sagte Simon, der die wachsende Unruhe des Hundes spürte.

»Hoffen wir mal, dass du recht hast ...«

In dem Moment stürmte Hitch auf eine Holztür im hinteren Teil des Raums zu. Ein breiter Spalt trennte Türblatt und Fußboden voneinander. Berish, der erriet, was der Hovawart vorhatte, versuchte noch, ihn zu stoppen, doch das Tier entwand sich seinem Griff und schlüpfte durch den Spalt.

»Verdammt«, fluchte der Polizist.

Nach kurzem Zögern trat er einmal kräftig gegen die Klinke. Sofort sprang die Tür auf, und eine Art Kabuff tat sich vor ihnen auf. Außer Rohren, die durch die Decke gingen, und Kabeln, die aus den Ziegelwänden ragten, war es vollkommen leer. Unruhig tigerte der Hund in dem kahlen Raum auf und ab. Berish gab ihm ein Leckerli, um ihn zu beruhigen.

»Ist ja gut, mein Freund ...« Dann wandte er sich an Mila: »Fehlanzeige. Hier ist definitiv nichts zu finden.«

Die ehemalige Polizistin war wie betäubt an der Türschwelle stehen geblieben. Sie sagte kein Wort, sondern starrte bloß auf die Wand zu ihrer Rechten.

»Was ist los?«, fragte Simon.

Wortlos streckte Mila den Arm aus. In einen der Ziegel waren drei Zahlen eingeritzt.

»Diesmal haben wir nur den Breitengrad«, sagte sie schließlich. »Ich denke, wir sollten trotzdem schauen, was sich dahinter verbirgt.«

»Dann schaue ich mal, ob ich irgendwo eine Axt oder so was finde.«

Schon nach kurzer Zeit kehrte er mit einer Brechstange zurück.

»Die sind hier erstaunlich gut ausgerüstet«, grinste er. »Okay, dann wollen wir mal ... Halt ihn gut fest«, fügte er hinzu und deutete auf Hitch.

Während sein Herrchen begann, die Wand mit dem Stemmeisen zu bearbeiten, versuchte Mila, den zappelnden Hovawart an seinem Halsband zurückzuhalten. Jedes Mal, wenn das Metall auf den Ziegelstein aufschlug, ertönte ein klirrendes Geräusch, das im ganzen Keller nachhallte. Immer größere

Brocken lösten sich von der Wand, bis die Öffnung groß genug war, um hindurchzuschauen. Ein großer schwarzer Trolley, der mit einem Vorhängeschloss gesichert war, verbarg sich in dem Verschlag.

Als das Loch groß genug war, hörte Berish auf zu hämmern und packte den Koffer am Griff, um ihn herauszuhieven. Mit einem dumpfen Knall fiel er ihnen vor die Füße. Der Polizist blickte zu Mila, wie um von ihr eine letzte Bestätigung zu erhalten. Als sie nickte, schlug Simon ein weiteres Mal mit dem Brecheisen zu und sprengte das Schloss.

Auf das Schlimmste gefasst, hob er langsam den Deckel. Doch in dem Koffer befanden sich lediglich einige persönliche Gegenstände von Rose und zahlreiche Kleidungsstücke. Sie waren gebügelt und ordentlich übereinandergelegt.

Bestimmt hatte sie den Koffer noch selbst gepackt, vermutete Mila. Jemand musste ihr vorgegaukelt haben, dass die Reise tatsächlich anstand, damit sie kein Theater machte.

Berish fing an, den Koffer zu durchsuchen. Er fand nicht nur den Ring mit der smaragdgrünen Schlange, sondern auch einen blutverschmierten kleinen Hammer, auf dem sich weißliche Rückstände fanden.

»Hirnmasse«, bemerkte er trocken.

Auch die drei wasserstoffblond gefärbten Haare, die an der Spitze des Hammers klebten, wiesen darauf hin, dass sein Verdacht korrekt war.

Hitch brach in lautes Bellen aus. Mila hatte Schwierigkeiten, ihn zu bändigen.

Berishs letzter Fund war der gespenstischste: ein Pornomagazin, das ganz sicher nicht dem Opfer gehört hatte. Im Innenteil hatte sich jemand damit vergnügt, die Gesichter der Frauen auf den Fotos zu verstümmeln. Augen, Nase, Lippen und Ohren waren mit chirurgischer Präzision herausgetrennt worden.

21

Es war kurz nach vier, und sie hatten erneut beschlossen, sich zu trennen.

Berish hatte zusammen mit Hitch die U-Bahn genommen. Er wollte prüfen, ob sich in der Datenbank der Dienststelle weitere Hinweise auf die verstümmelten Gesichter auf den Fotos des Pornomagazins fanden und sich daraus ein bestimmtes Muster ergab.

Es war typisch für Sadisten, dass sie die eigene Fantasie mit solchen Spielchen anheizten, dachte Mila. Normalerweise übten sie die Haltung erst ein, die sie nachher ihrem Opfer gegenüber an den Tag legten. Sie wollte sich gar nicht ausmalen, welche schrecklichen Qualen Rose Ortis vor ihrem Tod erlitten hatte. Die Ex-Polizistin hatte sich den Dienstwagen ihres Kollegen ausgeliehen, um zum Hafen zu fahren und dort Laura zu treffen. Auf dem Rücksitz lag der Rollkoffer von Lauras Mutter.

Als sie die Bar betrat, wischte die junge Frau gerade die Theke mit einem Lappen ab. Ein Blick genügte, und sie erkannte den Koffer wieder.

Ein weiteres Mal setzten sie sich ins Hinterzimmer. Außer ihren Zigaretten hatte Laura auch eine Flasche mitgenommen, aus der sie sich sofort ein Glas einschenkte.

»Ich hätte es mir denken können«, sagte sie, als sie den ersten Schluck genommen hatte. »Rose war zu naiv, sie musste einfach in Schwierigkeiten geraten.«

»Wir haben noch keine Gewissheit«, wiegelte Mila ab, obwohl sie selbst nicht daran glaubte.

Auch Laura schien sich keine Hoffnungen mehr zu machen.

»Glauben Sie wirklich, dass Rose noch am Leben ist? Es ist jetzt drei Monate her.«

Nein, das glaubte sie nicht. Aber sie war nicht hergekommen, um Laura zu trösten.

»Der geheimnisvolle Tom, den Ihre Mutter in der E-Mail erwähnt hat, hieß bestimmt nicht so, war aber zweifellos ziemlich clever. Er hat sie die Mail nicht nur schreiben lassen, um die Polizei auf die falsche Fährte zu locken, sondern wusste auch, dass aufgrund der Mail keine Vermisstenanzeige aufgenommen werden würde.«

»Anscheinend hat Rose zum ersten Mal jemanden gefunden, der was auf dem Kasten hat«, bemerkte Laura zynisch.

»Er hat sie dazu überredet, den Koffer zu packen.«

»Und weshalb?«

Um die Situation unter Kontrolle zu haben, dachte Mila. Wenn ein Opfer in Panik geriet, war es beinahe unmöglich, es zu bändigen. Viele Vergewaltiger, die ihr Opfer töten wollten, erlaubten ihm, sich nach der Tat wieder anzuziehen, nur um es in dem Glauben zu wiegen, dass sie es wieder gehen ließen. Die Lüge beruhigte das Opfer.

»Wir wissen es nicht«, sagte sie dann. »Aber jetzt möchte ich Ihnen erst mal was zeigen.«

Mila stand auf, hievte den Trolley auf den Tisch und klappte ihn auf. Berish hatte den Hammer herausgenommen, der vermutlich als Tatwaffe gedient hatte, und ihn in eine Plastiktüte gesteckt. In dem Koffer befanden sich nun nur noch die Kleider und persönlichen Gegenstände von Rose.

»Ich bitte Sie, sich die Sachen genau anzusehen und mir zu sagen, ob Ihrer Ansicht nach etwas fehlt.«

»Wie meinen Sie das?«

»Ich nehme an, Sie kennen Roses Gewohnheiten ziemlich gut. Daher können Sie mir bestimmt sagen, ob es ein Kleidungsstück oder einen Gegenstand gibt, den ihre Mutter niemals vergessen hätte einzupacken.«

Mila hing noch immer der Theorie an, dass der Mörder ein Souvenir mitgenommen hatte, um den Mord in seiner Fantasie nachzuerlebenn – trotz der Gefahr, entdeckt zu werden.

Die junge Frau begann vorsichtig die Sachen durchzusehen. Es war offensichtlich, dass es sie große Überwindung kostete, doch Mila musste darauf bestehen. Laura legte Kleidungsstücke und sonstige Gegenstände nacheinander auf den Tisch, als würde sie ein Inventar anlegen. Als sie fertig war, hatte sie eine Antwort parat.

»Ihr Parfüm fehlt«, sagte sie. »Rose hat es ihr ganzes Leben lang benutzt.«

Mila dachte an die Sammlung aus blauen Kristallglasflakons, die sie auf dem Regal in Roses Wohnung gesehen hatte.

»Sind Sie sicher?«

»Ganz sicher, sie kam nicht ohne aus. Sie meinte immer: ›Wenn ich die Straße entlanggehe oder einen Raum betrete, sollen es alle wissen.‹« Nachdenklich fügte die junge Frau hinzu: »Sie hatte immer ein Flakon bei sich, selbst hier auf der Toilette hatte sie eins deponiert. Warten Sie, ich hole es.«

»Nicht nötig«, sagte Mila, doch Laura war schon aufgesprungen.

Mit einem Kristallflakon in den Händen kehrte sie zurück. Tränen liefen ihr übers Gesicht.

»Ich schaffe das nicht, das überfordert mich alles«, sagte sie unter Schluchzen.

Mila wollte ihr sagen, dass es ihr leidtat, dass sie sich ihr nahe fühlte. Aber es entsprach nicht der Wahrheit.

»Sie müssen gar nichts schaffen, Laura«, brachte sie immerhin hervor. »Wir haben alle das Recht, Schmerz zu empfinden.«

Ihre Mission war erfüllt. Sie nahm Roses Sachen, legte sie zurück in den Koffer und wandte sich zur Tür, auch um zu vermeiden, weiter auf die Trauer der jungen Frau eingehen zu müssen.

In dem Moment ließ ein lautes Klirren sie zusammenzucken. Mila drehte sich um und sah, dass Laura aus einem Impuls heraus das Flakon zerschmettert hatte.

»Entschuldigen Sie«, stammelte die junge Frau. »Ich wollte nicht, dass ...«

Der ganze Boden war mit blauen Glassplittern übersät. Mila setzte zu einer Antwort an, doch als sie den Duft wahrnahm, verschlug es ihr die Sprache.

Maiglöckchen und Jasmin.

Ja, jemand hatte sich ein Souvenir mitgenommen und gab nun damit vor seiner neuen Eroberung an. Jemand, der alle Tricks kannte, wie man einen Menschen spurlos verschwinden lassen konnte. Jemand, dessen Beruf es war, nach Vermissten zu fahnden.

22

Wir alle haben unseren Avatar in der realen Welt.

Pascal hatte recht gehabt.

Während sie mit maximaler Geschwindigkeit zurück zur Dienststelle raste, versuchte Mila, die Worte des Mannes mit der Sturmhaube zu deuten.

Man braucht gar kein Alter Ego in einer verdammten virtuellen Welt. Auch analog führen wir alle eine doppelte Existenz. Denn ein Teil von uns – der am tiefsten verborgene, unerreichbare Teil – führt ein Eigenleben. Mit ihm hassen wir heimlich, beneiden die anderen und wünschen ihnen nur das Schlechteste, manipulieren wir und lügen. Wir benutzen diesen Avatar, um unsere Schwächen zu kaschieren. Wir füttern ihn mit den schlimmsten Perversionen und gestatten ihm, in uns anzurichten, was er nur will. Und schließlich machen wir ihn verantwortlich für das, was wir sind.

Simon Berish war ein Schüler Enigmas. Simon Berish war ein Mörder.

Ist das möglich?, fragte sie sich verzweifelt. Ja, durchaus, musste sie zugeben. Ein Todesflüsterer hatte die Macht, Menschen zu verändern und harmlose Individuen in sadistische Mörder zu verwandeln.

Berish hatte Rose Ortis dazu gezwungen, eine E-Mail zu schreiben, mit der sie eine mögliche Vermisstenanzeige vereitelte. Wann war ihm der Gedanke, sie umzubringen, wohl gekommen?

Rose war das perfekte Opfer – so gutgläubig, so naiv. Mila musste immer wieder an das Foto denken, das die Frau auf einer Bergwiese mit ein paar Pferden im Hintergrund zeigte.

Sie selbst hatte sich von Berish hinters Licht führen lassen. Immer wieder hatte er sie getäuscht, stellte sie rückblickend fest. Zum Beispiel, als sie ihm vorgeschlagen hatte, Hitch an dem Parfüm der verschwundenen Frau schnüffeln zu lassen.

»Wir haben den Blutfleck. Warum sollten wir die Chance nicht nutzen …«, hatte er eingewandt, und sie hatte nicht weiter auf dem Parfüm bestanden.

Klar, das Blut. Berish hatte das Badezimmer der Wohnung untersucht, nachdem sie den Fleck auf dem Handtuch bemerkt hatte. Mila war davon ausgegangen, dass er Luminol benutzt hatte, um weitere Blutspuren sichtbar zu machen, die er bloßen Auges nicht erkennen konnte, weil der Mörder nach der Tat gründlich sauber gemacht hatte.

Außerdem hatte er den Hammer mitgenommen, den sie in dem Koffer gefunden hatten. Wahrscheinlich hatte er ihn bereits entsorgt. Dasselbe Schicksal hatte vermutlich auch die Pornozeitschrift ereilt, dessen war sie sicher.

Hätte Laura nicht ihren Wutanfall gehabt, Mila hätte niemals Verdacht geschöpft. Ein zufälliges Ereignis, ebenso zufällig wie ein und derselbe Duft im Auto und an Simons Hemd.

Wir alle haben unseren Avatar in der realen Welt. Vielleicht hatte auch Simon Berish gelernt, im *Anderswo* ein anderer zu sein. Die Zahlen auf den Ziegelsteinen – hatte er sie dort hineingeritzt? Oder ein Helfer? Das musste sie herausfinden.

Nach etlichen roten Ampeln, die sie einfach überfahren hatte, erreichte Mila endlich ihr Ziel. Sie fuhr den Dienstwagen direkt in die Tiefgarage, in der Hoffnung, dass niemand ihr Fragen stellen würde. Erneut benutzte sie einen Nebeneingang der Dienststelle, der weniger streng kontrolliert wurde. Sie hatte die Pistole bei sich, wohl wissend, dass sie ohne Prozess ins Gefängnis wandern würde, falls sie mit einer nicht autorisierten Waffe im Regierungsgebäude erwischt wurde. Aber sie musste es riskieren.

Auf dem Weg in die Vorhölle überlegte sie fieberhaft, wie sie sich dem Menschen gegenüber verhalten sollte, mit dem sie eine jahrelange Freundschaft und Arbeitsbeziehung verband. Dem einzigen Menschen, den sie in ihrer Nähe duldete. Was sollte sie ihm sagen?

Als sie den Saal der verlorenen Schritte betrat, saß Berish an einem der Computer. Hitch lag zusammengerollt zu seinen Füßen.

»Nirgendwo ein Hinweis auf den Hammer und die Pornozeitschrift«, sagte er, als er sie sah. »Aber ich konnte mir immerhin ein zweites Exemplar des Magazins besorgen, um die Seiten mit den zerstückelten Fotos abzugleichen.«

Die Beweisstücke lagen vor ihm auf dem Tisch. Vielleicht war sie tatsächlich gerade noch rechtzeitig eingetroffen, dachte Mila. Oder Simon war sich seiner Sache so sicher, dass er sie erst später vernichten wollte.

Die Seiten mit den zerstückelten Fotos abgleichen, wiederholte sie in Gedanken. Klar, um Ausreden war Berish noch nie verlegen gewesen.

»Mir ist noch etwas anderes eingefallen«, sagte Berish. »Es müsste doch mit dem Teufel zugehen, wenn es jemandem gelänge, *alle* Spuren in einer Wohnung zu beseitigen. Das ist schier unmöglich.«

Du scheinst ja zu wissen, wie das geht, höhnte Mila insgeheim.

»Irgendetwas muss uns also entgangen sein, und ich glaube, wir finden die Lösung in dieser Zeitschrift«, beharrte der Polizist. »Wie war's bei Laura?«

Mila bemühte sich, ruhig zu wirken. Ohne Berish auch nur für einen Moment aus den Augen zu lassen, trat sie näher heran, bereit, jeden Moment die Waffe zu ziehen.

»Ganz gut«, sagte sie nur.

»Erzählst du's mir, oder soll ich raten?«

Als nur noch wenige Meter sie voneinander trennten, zwang sie ihn mit ihrem Blick, sie anzuschauen.

»Simon, was ist in dem Jahr passiert, in dem wir uns nicht gesehen haben?«

Unruhig rutschte der Mann auf seinem Stuhl hin und her.

»Warum, was soll denn passiert sein?«, fragte er verwirrt.

»Irgendwas hat sich verändert. *Du* hast dich verändert.«

»Mila, was soll das? Was erzählst du da?«

»Wo ist Alice, Simon? Wo hast du sie hingebracht? Du kannst es mir jetzt sagen.«

Der Polizist setzte langsam seine Lesebrille ab und legte sie auf den Schreibtisch.

»Mila, ich weiß nicht, wovon du sprichst. Würdest du mir bitte erklären, was das soll?«

Die Ex-Polizistin griff in die Innentasche ihres Mantels und zog die Pistole hervor. Sie richtete sie aber nicht auf ihn, sondern hielt den Arm ausgestreckt am Körper – Zeichen genug, dass sie es ernst meinte.

»Ist in der Bar was passiert? Weshalb sprechen wir nicht einfach darüber? Vielleicht kann ich es dir erklären.«

»Sag mir, wo meine Tochter ist! Oder bring mich wenigstens in Kontakt mit ihnen.«

»Mit wem?«

»Mit Enigmas Leuten. Mit den anderen Spielern … Nenn sie, wie du willst, aber sag mir, wer sie sind!«

»Du bist ja vollkommen durchgedreht«, erwiderte der Polizist kopfschüttelnd und wandte den Blick ab.

»Sieh mich an!«, befahl Mila mit lauter Stimme.

Berish gehorchte, doch in seinen Zügen spiegelte sich blankes Unverständnis.

»Für wen hältst du mich?«

»Ich weiß es nicht mehr«, entgegnete Mila und richtete die Waffe auf ihn.

Der Polizist legte sich eine Hand auf den Mund. Ihm hatte es die Sprache verschlagen. Seine Augen glänzten verräterisch.

»Die fehlenden Koordinaten«, sagte Mila. »An der Mauer im Keller von Rose Ortis. Ich will den Längengrad wissen … Diesmal spielst du das Spiel mit *mir* und bringst mich zu Alice.«

Sie musste unbedingt ins *Anderswo*, bevor es vom Virus zerstört wurde. Sie spürte, dass nicht mehr viel Zeit blieb.

Ohne Berish aus den Augen zu lassen, trat sie langsam auf ihren ehemaligen Schreibtisch zu. Sie zog die oberste Schublade auf und fand, was sie suchte: ein Paar Handschellen.

»Hier, leg die an!«, rief sie und warf ihm die Handschellen zu.

»Du begehst einen riesigen Fehler. Ich habe keine Ahnung von irgendwelchen Längengraden!«

»Und ich keine Lust, mir diesen Mist anzuhören!«

Mechanisch begann der Polizist, die erste Handschelle um sein Handgelenk zu legen. Mit einem Klicken rastete das Schloss ein. Mila sah, wie er ansetzte, den Vorgang am anderen Handgelenk zu wiederholen, als er sich plötzlich nach vorne schnellen ließ und sich auf sie warf.

Die widersprüchlichsten Gedanken rasten durch ihren Kopf. Warum hatte sie nicht abgedrückt? Weil Berish ihr Freund war, ein Mensch, den sie gernhatte …

Ehe sie sich's versah, lag sie am Boden. Berish hatte ihre Waffe an sich genommen.

Hitchs Bellen hallte in dem Raum wider. Stumm blickten

die Gesichter von den Fotos auf sie herab. Tausend Blicke, tausend lächelnde Münder. Berish stand reglos vor ihr, die Pistole in der Hand, mit undurchdringlicher Miene.

»Dreckskerl!«, brüllte sie ihn an.

Sie wusste, gleich würde er auf sie zielen, gleich wäre es vorbei. In dem Moment hörte sie eine Stimme hinter sich.

»Keine Bewegung!«, rief Delacroix von der Türschwelle aus. Er hatte eine Halbautomatik auf Berish gerichtet. »Wirf sofort die Waffe weg!«

Sie brachten sie in einen fensterlosen Raum. Auch Bauer war da. Sie warteten auf die Shutton, doch die Richterin schien sich Zeit zu lassen.

»Was wird jetzt aus Berish?«, fragte Mila.

»Einstweilen ist er in Untersuchungshaft, weil er eine nicht genehmigte Ermittlung durchgeführt hat«, erklärte Delacroix.

»Das gilt dann auch für mich«, sagte sie.

Keiner der beiden antwortete darauf.

»Lasst mich mit ihm sprechen«, bot sie an. »Vielleicht erklärt er sich mir am ehesten.«

Im Kreuzverhör würde er hoffentlich ausspucken, was er über Alices Entführung wusste.

»Glaubst du, ein Spezialist für Verhöre lässt sich so leicht zu einem Geständnis überreden?« Delacroix schüttelte den Kopf. »Du bist wirklich naiv, Vasquez.«

»Beschuldigt ihr ihn, Rose Ortis ermordet zu haben?«, fragte sie vorsichtig, um herauszufinden, ob sie auf dem gleichen Kenntnisstand waren.

»Das hängt von dir ab«, ergriff Bauer das Wort.

Von ihr? Mila hatte den Verdacht, dass die beiden Polizisten nur bluffen und längst über alles Bescheid wussten.

»Seit wann verfolgt ihr uns?«

Bauer lachte auf.

»Wir haben euch ein paarmal aus den Augen verloren, aber eigentlich sind wir euch auf den Fersen, seit du das Dezernat verlassen hast, um an den See zurückzukehren.«

»Das heißt, ihr wisst, was meiner Tochter zugestoßen ist. Wer hat sie entführt? Und warum seid ihr nicht eingeschritten?«

Mit einem Mal war sie fuchsteufelswild.

»Wir haben dich nur aus der Distanz observiert«, schaltete sich Delacroix ein. »Wir hätten niemals voraussehen können, was passieren würde.«

»Und was habt ihr bei mir gesucht? Was dachtet ihr denn, was ich tun würde?«

»*Du* interessierst uns gar nicht«, erklärte die Shutton, die in dem Moment mit Corradini im Schlepptau den Raum betrat. »Uns interessiert jemand ganz anderes.«

Die Richterin war wie immer sehr elegant gekleidet. Cremefarbener Rock und weiße Seidenbluse, Schuhe von Louboutin im Leopardenlook und um den Hals eine Perlenkette.

Mila sah, dass ihr Adlatus einen schwarzen Aktenkoffer dabeihatte. Auf ein Nicken der Shutton hin stellte er ihn auf dem Tisch ab und öffnete ihn. Wegen des aufgeklappten Deckels konnte Mila nicht erkennen, was sich darin befand.

Mit einer nonchalanten Geste fischte die Richterin ein Foto aus dem Koffer und schwenkte es vor ihren Augen.

Pascal.

Das Bild war mit einem Teleobjektiv aufgenommen worden und zeigte Mila und den Mann mit der roten Sturmhaube am Aussichtspunkt oberhalb des Sees: Es war bei ihrer ersten Begegnung entstanden, Pascal hatte die Hände erhoben, während er auf ihre gezückte Pistole blickte.

»Was wollen Sie von mir wissen?«, fragte Mila.

»Alles«, erwiderte die Shutton. »Wir haben diesen Mann zusammen mit dir kennengelernt. Aber da er äußerst geschickt darin ist, sich jederzeit quasi in Luft aufzulösen, ist er uns auch beim zweiten Mal entwischt, als ihr nach dem Mord an Timmy Jackson alias Gräte aus der Villa von Norman Luth geflohen seid.«

Mord? Wieso Mord?, fragte sich Mila. Es war reine Notwehr gewesen. Das hätten ihre Beschatter doch sehen müssen. Und warum hatte Pascal es wieder einmal geschafft, sich aus der Affäre zu ziehen, und sie nicht?

»Wer ist dieser Mann? In welcher Beziehung stehst du zu ihm? Hast du ihm schon mal direkt ins Gesicht sehen können?«, bombardierte Bauer sie mit Fragen.

»Ich weiß es nicht. Er hat mir nur geholfen. Und nein, ich habe ihm noch nie direkt ins Gesicht geschaut«, antwortete sie wahrheitsgemäß. »Warum interessiert euch dieser Mann so sehr?«

»Weil der Typ nicht nur maskiert herumläuft, sondern auch Latexhandschuhe trägt, um keine Fingerabdrücke zu hinterlassen, und außerdem nur Autos fährt, die mindestens zwanzig Jahre alt sind«, entgegnete die Shutton. »Vor allem aber, weil er bislang niemandem aufgefallen ist und auf keiner einzigen Überwachungskamera in der gesamten Stadt auftaucht.«

»Erinnert dich das an jemanden, Vasquez?«, fragte Bauer ironisch.

»Enigma ...«

Wenn sie Pascals Kleiderfundus, seine Aufmachung und Perücken gesehen hätten, wäre ihnen vielleicht klar geworden, dass die Antwort auf ihre Fragen im Grunde ziemlich einfach war. Ein gewisses Schminktalent und Disziplin.

Corradini stützte sich auf die Tischplatte.

»An dem Vormittag am See wurdet ihr mit einem Richtmikrofon abgehört, wir wissen, über was ihr gesprochen habt.«

Mila versuchte sich an das erste Gespräch zu erinnern, das sie mit Pascal geführt hatte. Wenn sie nicht alles täuschte, hatte er nur allgemeine Bemerkungen zum Spiel gemacht und den Rest auf einen späteren Zeitpunkt verschoben, wenn sie sein Versteck erreicht haben würden.

»Du musst uns jedes Detail schildern«, sagte die Shutton mit drohendem Unterton. »Dann werden wir sehen, ob deine Version mit unseren Informationen übereinstimmt.«

Mila begriff, dass die Richterin und die anderen viel weniger wussten, als sie vorgaben. Und ins *Anderswo* konnten sie ihr schon gar nicht gefolgt sein.

»Und was ist, wenn ich nicht kooperiere?«

Corradini entnahm dem Aktenkoffer eine zweite Fotografie und legte sie auf die von Pascal. Es war ein altes Bild aus der Verbrecherkartei und zeigte Pater Roy, den falschen Priester.

»Er hieß Marcel Turquoise und war ein auf Pädophilenforen spezialisierter Hacker. Er hat einen Großteil seines Lebens im Gefängnis verbracht, und wenn er mal *nicht* einsaß, kam er nach kürzester Zeit wieder in den Bau. Wir wissen, dass du ihn umgebracht hast und dass Berish die Leiche beiseitegeschafft hat. Wir könnten dich wegen Mordes anklagen.«

»Und warum macht ihr's dann nicht?«, fragte sie provozierend.

»Wegen des Telefongesprächs«, lautete die prompte Antwort der Shutton.

Sie warf Bauer und Delacroix einen auffordernden Blick zu.

»Wie du sicher noch weißt, wurde Enigma dank eines anonymen Hinweises dingfest gemacht«, sagte Delacroix.

Mila ahnte, worauf sie hinauswollten.

»Ihr habt die Stimme des anonymen Anrufers mit der des

maskierten Mannes am See verglichen und herausgefunden, dass Pascal derjenige war, der euch den entscheidenden Hinweis gegeben hat.«

»Genau«, bestätigte Delacroix.

»Und was hat das mit mir zu tun? Warum sollte mich diese Erkenntnis dazu bringen, mit euch zu kooperieren?«

Die Shutton gab Corradini ein Zeichen, woraufhin dieser ein weiteres Requisit des für sie inszenierten Spektakels aus dem Aktenkoffer zog: ein Aufnahmegerät.

Der Kriminalbeamte schaltete es ein. Erst war ein Rauschen zu hören, dann mehrmals das Klingeln eines Telefons, schließlich die Stimme einer Frau.

»*Hier ist die Notrufzentrale der Polizei. Was kann ich für Sie tun?*«

»*Ich wollte Ihnen Bescheid geben wegen des tätowierten Mannes, den Sie suchen. Ich weiß, wo er ist.*«

»*Geben Sie mir die Adresse, dann können wir jemanden dorthin schicken.*«

»*Er befindet sich in der ehemaligen Schlachterei. Davor steht ein grüner Passat Kombi.*«

»*Gut, ich habe alles notiert. Geben Sie mir bitte noch Ihren Namen und Ihre Anschrift.*«

»*Dazu kann ich keine Aussage machen. Aber ich habe noch einen Tipp für Sie: Sie sollten höllisch aufpassen, der Gesuchte ist ein Todesflüsterer.*«

Die Aufnahme stoppte.

Mila war sämtliches Blut aus den Wangen gewichen. Sie schnappte nach Luft.

»Ihr wusstet es«, keuchte sie. »Ihr wusstet, dass er ein verdammter Todesflüsterer ist!«

»Ja«, bestätigte die Shutton ungerührt.

Mila sah sie scharf an.

»Dann haben Sie also gelogen, als Sie zu mir an den See kamen. Das Foto, das Sie mir gezeigt haben, war ein Fake: Enigma hat sich meinen Namen nie tätowieren lassen!«

Sie hätte erleichtert sein sollen, denn diese ungewollte Verbindung zum Todesflüsterer hatte sie von Anfang an zutiefst verstört. Jetzt aber konnte sie nur daran denken, dass die Richterin sie hinters Licht geführt hatte, um sie in den Fall mit einzubeziehen. Und das nur, weil sie als Einzige in ihrer Laufbahn schon mal mit einem Todesflüsterer zu tun hatte.

»Du hättest sonst nie eingewilligt, mit uns zusammenzuarbeiten«, bestätigte die Richterin, ohne mit der Wimper zu zucken.

Sie konnte es nicht fassen. Doch jetzt fiel es ihr wie Schuppen von den Augen. Enigma hatte sie gar nicht ausgewählt. Er hatte nicht einmal gewusst, wen er vor sich hatte, als sie ihn in seiner Zelle besucht hatte. Die Tatsache, dass er ihr die ersten Koordinaten genannt hatte, mit denen sie ins *Anderswo* kam, bedeutete rein gar nichts. Sie oder ein anderer Mitwisser, das war vollkommen egal. Der Todesflüsterer wollte seine Schlacht im *Anderswo* schlagen, auf *seinem* Territorium. Und seine Gefolgsleute, die Jagd auf sie machten und sie töten wollten, spielten das Spiel einfach mit.

Doch ein großes Fragezeichen blieb: Weshalb war Alice entführt worden? Dafür schien allein die Shutton verantwortlich. Außer sich vor Zorn, wollte Mila sich auf die Richterin stürzen, aber Delacroix konnte sie gerade noch zurückhalten, indem er einen Arm um ihre Taille schlang.

»Sie verdammte Hexe!«, schrie sie ihr ins Gesicht.

Die Shutton zeigte keinerlei Regung.

»Deine Tochter ist in Gefahr, und wir werden dir dabei helfen, sie zu finden. Aber du musst uns erst alles erzählen.«

»Sie ... Sie mieses Stück ...«

In dem Moment klingelte Corradinis Telefon. Mit einer beschwichtigenden Geste in Milas Richtung nahm er das Gespräch an und reichte das Handy schon nach wenigen Sekunden an seine Chefin weiter. Mila konnte beobachten, wie sich ihr Gesichtsausdruck während des Telefonats mehr und mehr versteinerte. Joanna Shutton schien plötzlich besorgt. Sichtlich bemüht, die Contenance zu bewahren, legte sie auf und wandte sich an Bauer und Delacroix.

»Sorgt dafür, dass sie kooperiert«, ordnete sie an und verließ hastig den Raum.

Offensichtlich sahen die beiden Polizisten keine Notwendigkeit für ihre weitere Anwesenheit in dem fensterlosen Zimmer, denn schon wenig später begleiteten sie Mila zurück in die Vorhölle. Sie fragte nicht nach dem Grund für den Ortswechsel, aber als sie durch die langen Flure an den Büros vorbeigingen, bemerkte sie die Unruhe, die offenbar im ganzen Polizeipräsidium herrschte. Die Telefone klingelten unablässig, es fand ein reges Kommen und Gehen statt. Viele Polizeibeamte trugen schutzsichere Westen und schienen sich für einen Einsatz zu rüsten.

»Was ist passiert?«, fragte Mila.

»Nichts, was dich etwas angehen würde«, erklärte Bauer in seinem üblichen abschätzigen Tonfall.

Und doch schwelte da etwas, spürte Mila, und zwar heftig.

Wieder zurück im Saal der verlorenen Schritte, entdeckte sie Hitch. Er lag zusammengekauert unter Berishs Schreibtisch und schaute sie aus seinen dunklen Augen traurig an. Als wollte er wissen, was mit seinem Herrchen sei, hob er die Schnauze. Sofort wurde Mila von Schuldgefühlen überwältigt.

»Bleib hier«, befahl ihr Delacroix. »Wir holen dich bald wieder ab.«

Allein zurückgelassen, wusste Mila nichts Besseres mit sich anzufangen, als sich an einem Waschbecken das Gesicht zu waschen. Sie betrachtete sich im Spiegel über der Ablage. Es war Montagabend, und diese Geschichte zog sich nun schon seit vier Tagen hin. Seit die Shutton sie in ihrem Haus am See aufgesucht hatte. Doch wenn sie ihr Gesicht so ansah, schien ihr viel mehr Zeit vergangen zu sein. Sie kam sich um Monate gealtert vor.

Plötzlich wurde sie von dem Gedanken an Alice ergriffen. Alice! Sie hatte das Gefühl, als Mutter wieder einmal versagt, wieder einmal ihre Tochter vergessen zu haben. Als wütete in ihrem Gedächtnis der gleiche Virus wie im *Anderswo*, der alles Vergangene ausradierte. Sie gab sich einen Ruck und versuchte, sich Alices Stimme vorzustellen. »Im Baum ist ein Eichhörnchennest«, hatte sie verkündet, als sie nach der vergeblichen Suche nach Finz fröstelnd wieder ins Haus gekommen war, kurz bevor die Richterin durch ihren überraschenden Besuch ihr Leben völlig durcheinandergewirbelt hatte. Mila hätte sich nicht träumen lassen, dass sie statt nach einer Katze nach der eigenen Tochter würde suchen müssen.

Sie brachte Hitch eine Schüssel mit Wasser. Irgendwo in Berishs Schreibtischschublade mussten sich auch noch ein paar Hundekuchen befinden. Sie wurde tatsächlich fündig, gab dem Hund die Leckerli und streichelte ihm über den Kopf.

»Ich kann nichts dafür, okay?«

Doch wenn überhaupt, hätte auch der Hovawart ein schlechtes Gewissen haben müssen, sagte sie sich, schließlich hatte er dazu beigetragen, dass sein Herrchen in Schwierigkeiten steckte.

Sie waren alle mit schuld an der Situation. Sie selbst, weil sie so dumm gewesen war, sich täuschen zu lassen.

Mila musste daran denken, was Simon über das Internet gesagt hatte, über die irrsinnige Grausamkeit, die sich dort Bahn brach, ohne dass jemand einschritt. Sie fragte sich, wann Berish wohl in den Abgrund mitgerissen worden war. Hatte er Enigma im *Anderswo* getroffen? Hatte der Todesflüsterer ihn wirklich dazu gebracht, eine Unschuldige zu töten?

Ihr Blick fiel auf den Tisch, auf dem er die Beweisstücke deponiert hatte. Delacroix oder Bauer hatten die Plastiktüte mit dem Hammer weggebracht, an dem vermutlich Blut und Hirnmasse von Rose Ortis klebten. Aber sie hatten das Pornomagazin liegen lassen. Vielleicht wussten sie nicht, dass es mit dem Fall zu tun hatte.

Mila begann, in dem Heft zu blättern. Sie suchte nach den Fotos, aus denen die Gesichtspartien geschnitten worden waren. Augen, Nase, Mund, Ohren ... Was war das für eine Art von Perversion? Quälte Berish die Frauen auf diese Art in seiner kranken Fantasie? Hatte er dasselbe auch mit Rose gemacht?

Sie musste an das unschuldige Lächeln der Mittfünfzigerin auf dem Foto von der Bergwiese mit den Pferden im Hintergrund denken. Wo war ihre Leiche? Irgendwann, vielleicht in tausend Jahren, würde jemand an einem einsamen Ort graben und die Überreste eines namenlosen Opfers zutage fördern, das mit Hammerschlägen getötet und dann barbarisch zugerichtet worden war. Vielleicht würde es aber auch nie dazu kommen.

Mila spürte, dass sie dringend einen Kaffee brauchte, und schlug das Heft zu. Sie hatte keine Lust mehr, sich weiter mit diesem Schund auseinanderzusetzen.

Aus den Augenwinkeln sah sie das zweite Exemplar des Pornomagazins, das Berish zum Abgleich der Seiten mit den zerstückelten Fotos besorgt hatte. Ein weiterer Trick, um sie auf die falsche Fährte zu locken? Sie schlug die unversehrte

Zeitschrift auf und stieß auf das Bild einer Frau in obszöner Pose, identisch mit dem anderen Foto, aus dem die Augen herausgeschnitten waren.

Mila stutzte. Diesen Blick hatte sie doch schon einmal gesehen! Hektisch begann sie, in Berishs Schreibtischschublade nach einer Schere zu wühlen. Wieder wurde sie nach wenigen Sekunden fündig und fischte eine Nagelschere aus dem vor ihr liegenden Etui. Für einen Moment hielt sie inne. Ergab das, was sie da vorhatte, überhaupt einen Sinn?

Doch, das tat es.

Nacheinander schnitt sie erst die Augen von dem Foto aus, dann, auf einer anderen Seite, die Nase eines Pornostars. Es folgten die Ohren einer dritten Frau. Schließlich hatte sie an die zehn Körperteile beisammen.

Sie wusste nicht, was sie tat, oder vielmehr wusste sie es nur allzu gut, hatte aber Angst, es sich einzugestehen. Sie legte die Zeitschrift weg, nahm ein weißes Blatt und legte die ausgeschnittenen Teile darauf, als wäre es ein Puzzle.

Ein Gesichtspuzzle.

Mila erschrak. Was sie vor sich sah, ähnelte entfernt dem Porträt einer Mittfünfzigerin auf einem Foto, das in Wirklichkeit gar nicht existierte. Das Gesicht von Rose Ortis war bloße Fiktion, jemand hatte es am Rechner erstellt und in eine Berglandschaft gesetzt. Was nicht weiter schwierig war: Es genügte, ein entsprechendes Programm auf dem Rechner zu haben. Die Profile auf den diversen Social-Media-Plattformen waren allesamt Fakes.

Deshalb also fanden sich keine Fingerabdrücke bei Rose zu Hause, dämmerte es Mila plötzlich.

Das Pornomagazin war der Schlüssel zum Geheimnis, und wie um sie zu verhöhnen, hatten Bauer und Delacroix es auf dem Schreibtisch liegenlassen.

Die vermisste Frau hatte es nie gegeben.

Was zwei weitere Schlüsse nach sich zog. Erstens: Berish war unschuldig. Und zweitens: Die junge Frau, die sich als Roses Tochter vorgestellt hatte, war eine Jüngerin Enigmas.

23

Die Tür zur Vorhölle war von außen verschlossen, doch Mila hatte immer einen Ersatzschlüssel besessen, den sie in einer bunten Tasse auf einem Regalbrett über dem Schreibtisch aufbewahrte. Glücklicherweise hatte in dem Jahr seit ihrer Kündigung niemand die Tasse weggeräumt. Nun würde der Schlüssel ihr zur Flucht verhelfen.

Hitch, der zu ahnen schien, was sie vorhatte, sah sie aufmerksam an. Nach all dem, was passiert war, konnte sie ihn unmöglich zurücklassen. Sie gab dem Hund ein Zeichen, ihr zu folgen.

Kaum hatten sie den Korridor betreten, war die Aufregung wieder spürbar, die Mila schon zuvor auf den Gängen des Präsidiums registriert hatte. Offenbar waren die Polizeibeamten in Panik, weil sie diverse Brandherde unter Kontrolle zu bringen hatten. Aus den Gesprächsfetzen, die sie aufschnappte, folgerte Mila, dass zahlreiche Kriminelle nach Jahren ihre Schlupfwinkel verlassen hatten, um gemeinsam zum Straßenkampf zu blasen.

Mila begriff, dass sie dem dramatischen Ende einer Ära beiwohnte: Die »Shutton-Methode« war gescheitert. Pascal hatte mit seiner Vorhersage recht behalten: Früher oder später würde das Böse aus dem *Anderswo* hervorkriechen und sich der realen Welt bemächtigen ...

Ohne von den planlos hin und her laufenden Beamten beachtet zu werden, durchquerte sie mit Hitch das Gebäude. Sie hätte gern gewusst, in welchem Raum Berish festgehalten wurde. Doch sie hätte weder Zeit gehabt, ihn zu befreien, noch hätte sie das Risiko eingehen dürfen, erwischt zu werden. Ihr würde schon noch etwas einfallen, wie sie seine Unschuld beweisen konnte. Und außerdem musste sie sich wieder einmal dringend bei ihm entschuldigen.

Im Fahrstuhl fuhr sie mit Hitch ins zweite Untergeschoss hinab. Mila hatte beschlossen, das Präsidium über die hausinterne Schießanlage zu verlassen, die sich im Keller befand. Normalerweise war dort unten ziemlich viel los, weil die Kollegen jede freie Minute trainierten. Angesichts der Situation konnte sie jedoch damit rechnen, dort jetzt niemanden anzutreffen.

Tatsächlich gelang es ihr, unbehelligt zum Außengelände vorzudringen. Sofort hielt sie nach einem möglichen Fluchtwagen Ausschau. Es dauerte eine Weile, bis ihr Blick auf einen knallroten Volvo aus den Achtzigerjahren fiel, der leicht zu knacken war. Er schien einem Ingenieur oder Architekten zu gehören, denn auf dem Rücksitz lagen mehrere Papprohre mit Plänen und Muster von Baumaterial.

Mit dem aufgeregten Hitch im Fond fuhr sie durch die Nacht. Niemand schien ihr zu folgen, die Stadt wirkte menschenleer. Nur die Sirenen der Streifenwagen waren zu hören, die durch die Straßen rasten. Als sie an einer Kreuzung zum Stehen kam, zählte sie mindestens sechs, die an ihr vorbeischossen.

Mila schaltete das Radio ein. In den Nachrichten war von einer Bombe die Rede, die in einem Supermarkt hochgegangen war, von einer noch andauernden Schießerei in einem Lokal im Zentrum und von einem Einbruch in ein Juweliergeschäft in einem Grandhotel.

Drei Ereignisse von diesem Kaliber zur selben Zeit? Das konnte kein Zufall sein. Alles hatte begonnen, als sie in der

Dienststelle festgehalten worden war, und irgendetwas sagte ihr, dass Enigmas Jünger dahintersteckten. Es schien, als hätten sie sie aus dem Chaos heraushalten wollten, um dann erneut Jagd auf sie zu machen.

Sie würde ihre Geduld nicht lange auf die Probe stellen. Der Ort, den sie ansteuerte, war genau der, an dem sie auf sie warten würden.

*

Der starke Wind rund um das Gebiet des Flusshafens trieb eine Gruppe orangefarbener Wolken vor sich her, die wie eine Horde aus der Hölle entflohener Seelen wirkte. Mila parkte den Wagen vor einer Einfahrt am Anfang der Hafenmole.

»Bin gleich wieder da«, sagte sie zu Hitch und klemmte einen Zettel unter den Scheibenwischer: Für den Fall, dass das Auto samt Hund abgeschleppt wurde, lieferte sie die Kontaktdaten des Polizeibeamten Simon Berish gleich mit.

Kein Mensch war zu sehen, als Mila am Anleger vorbeikam. Um zwei Uhr morgens war das vermutlich normal, trotzdem war ihr unheimlich zumute. Sie musste auf der Hut sein und nahm daher einen anderen Weg zur Bar von Laura Ortis.

Die junge Frau hatte die Rolle der Tochter, die sich um ihre lebensuntüchtige Mutter sorgte, sehr überzeugend gespielt. Ihr Anfall von Hysterie, in dessen Zuge sie das blaue Parfümflakon zu Boden geworfen hatte, war der dramatische Höhepunkt ihrer Darbietung gewesen. Berish schien überführt. Lauras Plan setzte nicht auf logische Analyse, sondern auf Emotionen: Gnadenlos schlachtete sie die Nähe zwischen ihm und Mila aus. Die Jünger des Todesflüsterers wussten genau, dass Mila die neue Frau im Leben ihres Freundes unmöglich entgehen konnte. Wenn sie es binnen kürzester Zeit geschafft hatten, ein derart privates Detail wie ihr Parfüm ausfindig zu machen, dann hatte sie noch mit manch anderer Überraschung zu rechnen, ahnte Mila.

Ohne dass sie es hätte begründen können, war sie jedoch sicher, dass sie sie nicht in der realen Welt umbringen würden. Nein, der Tod würde sie im *Anderswo* ereilen. Wie er es ja schon zweimal fast getan hatte.

Als sie die Bar erreichte, war drinnen alles dunkel. Um sich Zugang zu verschaffen, brach sie die Hintertür auf. Sofort nahm sie starken Alkoholgeruch wahr. Im Halbdunkel tastete sie sich durch den rückwärtigen Lagerraum. Glassplitter knirschten unter ihren Füßen: Jemand hatte die Flaschen auf den Regalen zu Boden geworfen. Dasselbe war mit den Flaschen hinter dem Tresen passiert. Mila blickte sich um: Auch die komplette Inneneinrichtung war zerstört.

Im hinteren Teil des Raums lag auf dem einzigen noch stehenden Tisch ein weißer Umschlag. Aus der Entfernung sah Mila daneben noch etwas anderes: eine blaue Pille. Engelsstaub. Vermutlich enthielt der Umschlag die Belohnung dafür, das Rätsel um Rose Ortis gelöst zu haben. Den fehlenden Längengrad, um ins *Anderswo* zurückzukehren.

Obwohl sie einen Hinterhalt fürchtete, ging sie zu einem der Separees hinüber. Der Geruch der verschütteten Spirituosen war unerträglich und hätte sie warnen sollen. Doch Mila bemerkte die Gefahr erst, als sie mit dem Knie gegen etwas Weiches stieß. Sie hörte ein Klicken und blickte zu Boden. Sie meinte zu erkennen, wie sich eine Nylonschnur blitzschnell um die Spule einer Angelrute wickelte, die links von ihr an der Wand angebracht war und so das an einem Stuhlbein befestigte Zippo von Laura Ortis aufschnappen ließ, das einen alkoholgetränkten Docht entzündete.

Eine Brandfalle! Und sie hatte sie selbst ausgelöst.

Mila versuchte, den Mechanismus zu stoppen, indem sie gegen den Stuhl trat, doch es war bereits zu spät: In Windeseile hatten sich die Flammen auf dem alkoholgetränkten Boden ausgebreitet und schossen nun zur Decke hoch. Eine Feuerwand erhob sich vor ihr. Noch hätte sie sich problemlos umdrehen und weglaufen können, doch wenn sie zu dem Brief auf dem Tisch gelangen wollte, musste sie durch das Inferno hindurch. Sie atmete einmal tief durch, nahm Anlauf und stürzte sich in das Feuer. Von unten züngelten die Flammen an ihr empor, leckten am Stoff ihrer Hose, am Saum ihres Mantels. Mila hielt die Arme schützend vors Gesicht, musste aber schon nach wenigen Metern stehen bleiben, weil sie keine Luft mehr bekam. Sie versuchte erneut, Atem zu schöpfen, gab sich einen Ruck und bewegte sich weiter vorwärts, Zentimeter um Zentimeter. Sie sah, dass der Brief bereits angesengt war und sich das Papier in der Hitze aufzurollen begann. Ihr Verstand sagte ihr, dass es zu spät war, doch der Gedanke an Alice trieb sie weiter. Bis jetzt hatte sie die Sorge um ihre Tochter als Ausdruck des schlechten Gewissens ihr gegenüber interpretiert, doch jetzt wusste sie, dass es ihr Mutterinstinkt war, der sie das Risiko eingehen ließ, bei lebendigem Leib zu verbrennen.

Doch vergebens: Direkt vor ihren Augen zerstob der Brief zu einem Häufchen Asche.

Blind vor Tränen machte sie kehrt und schob sich durch die Feuerwand. Ihre Lunge drohte zu bersten, ihre Netzhaut für immer geschädigt zu werden, bis sie endlich die Tür erreicht hatte und sich durch einen wohlgezielten Tritt den Weg in die Freiheit bahnte.

Draußen ließ sie sich auf alle viere sinken, die Hände auf den Asphalt gestützt. Ein heftiges Keuchen schüttelte ihren Oberkörper, ihr war schlecht, und sie hatte Angst, in Ohnmacht zu fallen. Doch allmählich beruhigte sich ihr Körper wieder. Schwer atmend drehte sie sich um. Alles war zerstört, alles verloren. *Game Over.*

Der Weg zurück ins *Anderswo* war ihr für immer versperrt.

24

Sie fuhr ziellos bis vier Uhr morgens durch die Gegend, den schlafenden Hitch auf dem Rücksitz. Mila beneidete ihn.

In der letzten halben Stunde hatte sich ein Gedanke in ihrem Hirn eingenistet, dem sie nachzugeben beschloss. Der Umschlag im hinteren Teil der Bar hatte ihr einen anderen Brief ins Gedächtnis gerufen. Den, der sie jedes Jahr erreichte und zu einer Entscheidung aufforderte.

Bei der Klinik angekommen, parkte sie den Wagen und schaute zu den beleuchteten Fenstern des Gebäudes empor, das von einem großen Park umgeben war. Man hätte den Ort mit einer Zitadelle vergleichen können, in der die Regeln der Außenwelt wenig oder gar keine Bedeutung hatten. Eine Art *Anderswo*, nur stiller. Dort wurde die Lebenszeit anders gemessen: Es gab keinen Unterschied zwischen Tag und Nacht, Leben und Tod waren eins.

Hinter diesen Mauern, im Bett eines Zimmers im vierten Stock, lebte und starb seit zehn Jahren der Vater ihrer Tochter.

Mila war schon öfter hier gewesen, auch zu ungewöhnlichen Uhrzeiten wie dieser, daher wurde sie am Empfang gleich durchgewunken. Weil sie wussten, wer sie war, beschlossen die diensthabenden Schwestern wohl auch, sich über ihr Aussehen und die Tatsache, dass ihre Kleidung stark nach Rauch roch, keine weiteren Gedanken zu machen. Mila hätte ihnen gern erklärt, dass dies der einzige Ort war, an dem sie jetzt einigermaßen sicher war.

Sie fuhr mit dem Aufzug bis zu der Etage, auf der die Komapatienten lagen. Die Flure waren in bläuliches Licht getaucht, als müsste angezeigt werden, dass die permanente Ruhe nicht gestört werden durfte. Die Nachtwache bewegte sich in der wattierten Stille mit äußerster Diskretion.

Das Zimmer war das letzte ganz hinten, mit dem schlechtesten Blick: auf einen Innenhof, in den niemals die Sonne schien. Für den Mann an den lebenserhaltenden Maschinen hatte das keine Bedeutung.

Sie hatte ihn damals eingeliefert, und sie war es auch, die monatlich eine beträchtliche Summe überwies, damit die Geräte weiterhin in Betrieb blieben. Immer wieder schlug sie den Appell der Ärzte aus, dem Leiden des Patienten ein Ende zu bereiten. Und da die einzige Verwandte seine minderjährige Tochter war und Mila das Sorgerecht für Alice hatte, oblag es ihr, zu entscheiden, wann sie den Stecker ziehen sollten. Außerdem war sie gegen die Todesstrafe. Der Bastard hatte lebenslang verdient.

»Du hast dich bestimmt schon mal gefragt, was du tun würdest, wenn du die Zeit zurückdrehen könntest«, hatte Pascal gesagt. Sofort war Mila der Gedanke gekommen, dass sie dann Alice nicht zur Welt gebracht hätte. Jedes Mal, wenn sie ihre Tochter ansah, sah sie auch deren Vater – den Mann, der sie hintergangen, ausgenutzt, betrogen hatte.

»An dem Morgen, an dem Alice verschwunden ist, war ein großer Hirsch in meiner Küche«, erklärte sie dem Bewusstlosen, ohne zu wissen, weshalb. Sie hätte ihm, trotz allem, gern berichtet, dass ein neuer Todesflüsterer in ihr Leben getreten war, eine Art Wiedergänger desjenigen, der sie seinerzeit zusammengebracht hatte. Der Mann in dem Krankenhausbett war außer ihr der Einzige, der den Ernst der Situation ermessen konnte. Denn auch wenn Enigma in einem Hochsicherheitstrakt gefangen gehalten wurde: Eine Bedrohung stellte er nach wie vor dar.

Hätte Mila dem Vater ihrer Tochter das Foto zeigen können, auf dem Enigma ohne Tätowierungen zu sehen war, wäre es ihm vielleicht gelungen, das Geheimnis zu lüften, das sich hinter dem *Gesicht eines normalen Mannes* verbarg.

Denn auch er selbst hatte sein wahres Ich hinter der Maske eines guten Menschen verborgen.

Mila hätte ihm gern die Szene in der Bar im *Anderswo* beschrieben, als sie ihn bei Bewusstsein gesehen hatte, an einem menschlichen Knochen herumschnitzend.

Sie hätte ihm erzählt, dass seine Tochter ständig nach ihm fragte. Und obwohl sie ihr schon x-mal gesagt hatte, dass er nie wieder aufwachen würde, wartete Alice auf ihn. Vielleicht sollte sie doch den Stecker ziehen lassen, dachte sie. Dann wäre endlich Schluss mit diesem Schwebezustand, dieser Farce.

Doch sie war nicht wie sonst hergekommen, um mit ihm zu sprechen. Nein, sie war wegen Pascal hier. Sie erinnerte sich erneut an das nächtliche Gespräch mit ihm in seinem Versteck: »Wenn jemand nach einem Unfall querschnittsgelähmt war, konnte er im *Anderswo* auf einmal wieder laufen. Wenn jemand aus dem Koma erwachte, lernte er dort, sein Leben weiterzuleben und wieder die alltäglichen Dinge zu tun.«

Mila fragte sich, ob Pascal wohl in der Vergangenheit eine schreckliche Erfahrung gemacht hatte, an deren Folgen er noch immer zu leiden hatte. Was er möglicherweise mit seinen Worten hatte ausdrücken wollen, war ihr erst später aufgegangen, als sie am Steuer des Volvos saß und nicht wusste, wie sie ohne die neuen Koordinaten ins *Anderswo* gelangen sollte.

Ab und zu geschah es, dass jemand aus dem Koma erwachte. Dann war es wichtig, ihn ins Leben zurückzuführen, um ihm wenigstens ansatzweise eine normale Existenz zu ermöglichen.

Mila beendete ihren kurzen Besuch im Krankenzimmer. Sie nahm den Personalfahrstuhl und fuhr ins Untergeschoss der Klinik. Wie vermutet, hatte auch das Krankenhaus einen Lagerraum, in dem alte Computer und Zubehör für die Wiedereingliederung der Komapatienten herumstanden. Sogar VR-Brillen und Controller waren vorhanden.

Sie schaltete einen der Rechner ein und starrte gespannt auf den Bildschirm. Würde das kreisförmige Emblem des *Anderswo* auf dem Desktop auftauchen? Tatsächlich. Sie öffnete das Programm. Auf dem Bildschirm erschien das inzwischen vertraute Portal mit Globus und Textfeld. Sie erschuf einen Avatar, der ihr sehr ähnlich sah. Sie wusste nicht, ob ihr Plan funktionieren würde. In ihrem Kopf aber tat er das.

Jetzt kam der schwierige Teil. Sie musste Breiten- und Längengrad eingeben. Ohne genaue Angaben aufs Geratewohl. Sie wählte die Koordinaten des Ortes, an dem wer auch immer sie finden wollte, sie auch finden würde.

Die Vorhölle.

Sie kramte in ihrer Tasche und fand eine weitere blaue Pille. In dem Bewusstsein, dass ihr Pascal diesmal wohl kaum zu Hilfe eilen würde, um sie vor einem sie würgenden Schatten oder einer sie fesselnden Schlange zu retten, legte sie sich die Pille auf die Zunge. Diesmal musste sie es allein schaffen. Sollte sie scheitern, blühte ihr, was Enigma für diejenigen vorgesehen hatte, die unrechtmäßig in sein Schattenreich eindrangen.

Noch einmal sagte sie sich: »Ich bin bereit.« Dann setzte sie die Brille auf und tauchte ab ins Reich des Vergessens.

Ein irrsinniges Getöse empfing sie und rief ihr in Erinnerung, dass sich diese apokalyptische Welt gerade auflöste.

Sie erkannte den Saal der verlorenen Schritte, doch die Gesichter der Vermissten auf den Fotos lächelten nicht mehr. Ihre Blicke waren feindselig. Frauen, Männer und Kinder schienen sie stumm zu fragen, weshalb sie aufgehört hatte, nach ihnen zu suchen, als sie mit Alice an den See geflüchtet war. Sie hätte ihnen gern ihr Lächeln zurückgegeben, sie von dem Hass befreit und ihn den Schatten entgegengeworfen, die sie, irgendwann im Laufe ihres Lebens, geraubt und für immer verschleppt hatten.

Da war Beatrice, mit siebenunddreißig Jahren spurlos verschwunden, im sechsten Monat mit dem zweiten Kind schwanger. Michael, ein Familienvater, der eines Morgens wie so viele andere ins Büro gehen wollte und zum letzten Mal, in Sakko und mit Krawatte, von zwei Wanderern auf einem Pfad im Gebirge gesehen worden war. Larissa, zwölf Jahre alt, deren Mutter noch immer nächtliche Anrufe erhielt, in denen nur ein Atmen zu hören war.

Mila hatte sie nie kennengelernt, aber sie waren wie eine Familie für sie.

Jedes Mal, wenn ein neues Foto in der Vorhölle eingetroffen war, hatte sie eine Klinge aus der Schublade gezogen und sich ein kleines Zeichen in die Haut geritzt. Der Schmerz hatte den Pakt besiegelt, eine Verbindung geschaffen und schließlich eine Erinnerung hinterlassen.

Plötzlich hörte sie ein Rascheln: Da war jemand im Raum. Mila versuchte, etwas zu erkennen, doch die Gestalt war kaum mehr als eine flüchtige Silhouette.

»Wer bist du?«, fragte sie schließlich.

»Ich kann dir meinen Namen nicht verraten«, sagte eine Kinderstimme.

Pascal hatte ihr empfohlen, sich von Geistern fernzuhalten, aber Mila hatte keine andere Wahl.

»Weshalb kannst du mir deinen Namen nicht sagen?«

»Ich darf nicht mit Fremden sprechen.«

»Aber du hast ja schon mit mir gesprochen und tust es immer noch«, wies sie das Kind auf den Widerspruch hin. »Vielleicht bin ich ja gar keine Fremde ... Vielleicht weißt du, wer ich bin.«

»Du bist ihre Mutter«, bestätigte das Kind.

Mila zuckte zusammen. Kannte dieser Junge etwa Alice?

»Wo ist sie? Ist sie hier im *Anderswo*? Kannst du mich zu ihr bringen?«

Sie erhielt keine Antwort. Mila hakte nicht weiter nach.

»Geht es ihr gut?«, fragte sie stattdessen.

»Sie ist in Sicherheit.«

In diesem Augenblick nahm die Gestalt eine festere Struktur an. Ein etwa zehnjähriger Junge in einem roten T-Shirt tauchte vor ihr auf. Er hatte eine ordentlich gekämmte blonde Kurzhaarfrisur und hellblaue Augen.

Mila wurde stutzig.

»Du bist kein Avatar, richtig?«

»Woher weißt du das?«

»Jedes Mal, wenn ich mich ins *Anderswo* einlogge, bist du auch da.«

»Ich lebe hier«, erklärte der kleine Junge.

Ein Donnern, gefolgt von einer Erschütterung, brachte die ganze Umgebung zum Erzittern. Mila erschrak, der Junge blieb unbeeindruckt.

»Warum hilfst du mir?«, fragte sie.

»Weil du nicht wie sie bist, du bist anders.« Dann fügte er hinzu: »Die anderen dürfen nicht wissen, dass ich hier bin. Daher muss ich mich immer verstecken.«

Ein weiteres Dröhnen, eine neuerliche Erschütterung.

»Was passiert mit dem Spiel?«, fragte Mila.

»Bald ist alles zu Ende«, entgegnete das Kind.

»Bist du es, der das alles veranstaltet?«

»Die anderen wissen das aber nicht.«

Es war, wie sie vermutet hatte: Der Geist war der Virus, von dem Pascal gesprochen hatte.

»Du musst damit aufhören.«

Der Kleine sah sie neugierig an.

»Weshalb? Dir gefällt es hier doch auch nicht.«

»Aber wenn du nicht aufhörst, kann ich Alice nicht finden.«

Der Junge zuckte ungerührt mit den Achseln.

»Sag mir wenigstens, wie viel Zeit noch bleibt ...«

»Es ist noch genug Zeit«, beruhigte er sie. »Aber du musst dich trotzdem beeilen.«

»Was muss ich tun, um mein Spiel zu Ende zu bringen?«

Auch diesmal antwortete der Geist nicht, sondern wandte sich zum Gehen.

»Ich muss jetzt verschwinden.«

»Nein, warte!«, versuchte sie ihn aufzuhalten. »Ich muss dich noch was fragen.«

»Es war schön, mit dir zu reden«, sagte er.

»Einen Moment noch, bitte ...!«

»Sie mag dich und ist in deiner Nähe.«

Meinte er Alice? Mit Schrecken musste Mila feststellen, wie sich die Konturen ihres Gegenübers immer mehr auflösten.

»Was meinst du mit ›in der Nähe‹? Wie nahe?«

Das Kind war schon beinahe unsichtbar.

»Der Geist sieht, was der Geist sehen will.«

Mit diesen Worten löste es sich auf.

25

Vier Gramm Niacin, um den Trip zu beenden.

Sie stahl das Medikament aus einem Stationszimmer, und doch hielten einige Nachwirkungen des Engelsstaubs an. Das Kältegefühl, das Zittern und der Schwindel. Sie musste erst wieder zu Kräften kommen, bevor sie Auto fahren konnte.

Es war kurz vor sechs, bald würde es im Krankenhaus vor Menschen wimmeln, daher verkroch sie sich wieder in den Lagerraum und setzte sich an einen der PCs, um die Wartezeit für eine kurze Recherche zu nutzen. Um ihren Durst zu löschen, hatte sie ein paar Wasserflaschen mitgenommen, die sie jetzt vor sich abstellte. Der letzte Satz des Jungen mit dem roten T-Shirt hallte noch in ihr nach – derselbe, den sie auch von Pascal gehört hatte.

Der Geist sieht, was der Geist sehen will.

Die Übereinstimmung konnte kein Zufall sein. Mila war überzeugt, dass die Worte aus dem Zusammenhang gerissen waren: vielleicht aus einem Buch, einem Zeitungsartikel, einem Slogan oder sonst einer Veröffentlichung. Und tatsächlich: Es handelte sich um das Motto eines kleinen neurowissenschaftlichen Instituts mit dem Namen »Red Forest«. Die Website war seit Jahren nicht mehr aktualisiert worden. Auf den ersten Blick schien es eher eine antiquierte öffentliche Einrichtung als ein modernes Privatunternehmen zu sein.

Auf der Homepage erschien nur das Logo: ein stilisiertes menschliches Auge mit zwei roten Bäumen und einem Gebäude aus dem vorigen Jahrhundert. Auf den wenigen Unterseiten fanden sich vor allem Fotos. Einige zeigten lediglich das inmitten eines majestätischen Buchenwaldes gelegene Gebäude, andere das Interieur, eine Mischung aus medizinischen Behandlungszimmern und Räumen mit gigantischen Rechnern, in denen Angestellte in weißen Kitteln zu sehen waren.

Auf einer der Seiten fand sich auch eine allgemeine Beschreibung der Aktivitäten des Instituts: *Die Stiftung widmet sich der Forschung und Innovation auf dem Gebiet der Neurowissenschaften. Auf gesellschaftspolitischer Ebene sollen Synergien zwischen menschlichem Geist und künstlicher Intelligenz angestrebt sowie Forschungsergebnisse veröffentlicht und zum Nutzen der Menschheit in Umlauf gebracht werden.*

Mila notierte die Adresse und beschloss, dem Institut einen Besuch abzustatten.

In der Eingangshalle des Krankenhauses zog sie ein paar Snacks aus einem Automaten, von denen sie glaubte, dass sie auch Hunden schmecken könnten, und kehrte zu ihrem Wagen zurück, in dem Hitch geduldig auf sie wartete. So empfing Berish ihn vermutlich nie, aber der Hovawart hatte es sich verdient. Sie ließ ihn aussteigen, damit er sich erleichtern konnte, während sie an den Volvo gelehnt eine weitere Flasche Wasser trank.

Am Horizont wurde es allmählich heller, und Mila überkam das Gefühl, kurz vor einer wichtigen Entdeckung zu stehen. Doch zuvor hatte sie noch eine weite Fahrt vor sich.

Das Institut zu finden, war alles andere als einfach. Sie musste die Autobahn verlassen, einer sich um einen Berg windenden Landstraße folgen, einige Dörfer durchqueren und schließlich in eine schmale Straße einbiegen, die bergan durch dichte Buchenwälder führte. Stunden später erkannte sie hinter einem Hügel die markante Fassade des Gebäudes, das Mila auf den Fotos im Internet gesehen hatte. Tatsächlich musste es im frühen zwanzigsten Jahrhundert erbaut worden sein.

Sie parkte den Wagen in der Einfahrt und ging mit Hitch auf das Haus zu. Entgegen ihrer Erwartung entpuppte sich der Eingangsbereich als ziemlich in die Jahre gekommen. An den Wänden hingen verblasste Fotos, auf denen Informatiker und Mediziner bei der Arbeit zu sehen waren. Doch aufgrund ihrer Bekleidung und der von ihnen verwendeten Technologie wirkten sie eher wie Menschen aus einer fernen, längst überwundenen Epoche. Der Raum wirkte seltsam verlassen. Nach einer Weile tauchte ein Angestellter auf, bei dem Mila sich nach dem Leiter des Instituts erkundigte.

»Dr. Stormark ist in seinem Büro«, sagte der Mann und deutete in die entsprechende Richtung.

Sie durchquerte einen laut hallenden Flur mit hoher Decke und stand schließlich vor Dr. Stormarks Büro. Sie klopfte an. Eine sonore Stimme forderte sie auf, einzutreten.

Mila öffnete die Tür und fand sich in einem eigentümlich dunklen Raum wieder. Mit Mühe erkannte sie einen Schreibtisch, dahinter einen rauchenden Mann.

»An oder aus?«, sagte er.

»Was?«, fragte Mila verwirrt.

»Das Licht«, erklärte der Mann.

»Es ist aus.«

»Ah, entschuldigen Sie. Schalten Sie es gerne ein, wenn Sie möchten.«

Mila betätigte den altmodischen schwarzen Drehschalter neben der Tür. Ein flackerndes Licht erhellte den Raum. Nun verstand sie auch den Grund für die eigenartige Begrüßung: Dr. Stormark war blind.

Im Zimmer herrschte eine ziemliche Unordnung. Zwischen Stapeln mit Büchern in Blindenschrift und alten elektronischen Geräten, die auf dem Boden standen, bahnte sich Mila ihren Weg zum Schreibtisch. Ein starker Zigarrenrauch lag in der Luft.

»Mein Name ist Mila Vasquez«, stellte sie sich vor und nahm dem Institutsleiter gegenüber Platz.

Hitch rollte sich unter ihrem Stuhl zusammen.

Dr. Stormark trug einen gelben Pullover, der von Ascheflecken übersät war. Er war so dick, dass er aus seinem Schreibtischstuhl hervorzuquellen schien. Gesicht und Hände waren von roten Äderchen durchzogen, und er hatte seltsam gekräuseltes Haar. Anders als viele Blinde trug er keine dunkle Brille, sein Blick irrlichterte durch den Raum.

»Sind Sie hergekommen, um mir einen Blindenhund anzudrehen?«, sagte er und lachte über seine eigene Bemerkung. »Einen Job kann ich Ihnen nämlich leider nicht anbieten: Wir haben gerade mal Februar, und doch sind die Mittel für dieses Jahr schon ausgeschöpft.«

»Nein, nein«, erwiderte Mila lächelnd. »Ich bin hier, um Ihnen ein paar Fragen zu stellen, wenn Sie gestatten.«

»Zu welchem Zweck?«

»Ich führe eine private Untersuchung durch.«

»Wenn es wegen des Vorfalls von letzter Woche ist, so haben die Jungs tatsächlich übertrieben. Die Versicherung wird alles übernehmen, darauf haben wir uns bereits verständigt«, grummelte der Wissenschaftler unwirsch.

»Keine Sorge, das, was ich Ihnen zu sagen habe, hat damit nichts zu tun«, beschwichtigte sie ihn.

»Dann bin ich ganz Ohr.«

Stormark nickte und sog an seiner Zigarre.

»Ich suche jemanden – einen Mann, um genau zu sein. Ich

habe den Eindruck, dass er früher einmal mit diesem Ort in Verbindung stand. Ich glaube, er war Kriminologe.«

»Von der Sorte hatten wir etliche hier, wegen unserer Recherchen ...«

»Was machen Sie denn genau?«

»Sie werden es nicht für möglich halten, aber das Red Forest Institut gehörte einmal zu den Vorreitern bei der Entwicklung des Internets ...«, sagte der Mann und kratzte sich an der bärtigen Wange. »Viele der Innovationen, die man heute so im Netz findet, sind in diesen vier Wänden entstanden.«

»Könnten Sie mir das etwas genauer erklären?«

Stormark lächelte.

»Natürlich, entschuldigen Sie. Das Institut wurde gegründet, um künstlicher Intelligenz den Unterschied zwischen Gut und Böse beizubringen.«

Mila zuckte zusammen.

»Ist das denn machbar?«

»Das ist die Herausforderung dieses Jahrhunderts, glauben Sie mir. Bevor wir unsere Sicherheit einer Maschine anvertrauen, müssen wir die Gewissheit haben, dass sie die ihr zur Verfügung stehenden Daten richtig interpretieren kann: Für uns Menschen versteht es sich von selbst, dass ein Kind mit einer Wasserpistole etwas anderes ist als ein Verbrecher mit einer automatischen Schusswaffe, aber ein Computer muss die Unterscheidung zwischen diesen beiden Dingen erst lernen. So wie ich in diesem Augenblick nicht in der Lage bin, zu beurteilen, ob Sie erstaunt oder entsetzt dreinschauen.«

»Beides«, sagte Mila. »Eines Tages wird es also eine Art intelligentes Internet geben?«

»Nur, wenn wir ihm beibringen können, welche Bedeutung ein Sonnenuntergang hat«, erläuterte der Wissenschaftler. »Doch solange ein Computer von der Schönheit der untergehenden Sonne nicht berührt ist, wird das nicht möglich sein.«

Mila dachte an ihre eigene Gefühlsblindheit: Vielleicht war auch sie eine Maschine, eine Maschine aus Fleisch und Blut.

»Manchmal aber sehen die Menschen Sonnenuntergänge, wo gar keine sind«, wandte sie ein. »Der Geist sieht, was der Geist sehen will.«

»Das *Herz* sieht, was das Herz sehen will«, korrigierte Stormark.

Der Satz durchbohrte sie förmlich.

»Manchmal täuschen wir unsere Intelligenz durch Emotionen, weil wir die Wirklichkeit nicht akzeptieren wollen«, fuhr der Wissenschaftler fort. »Die Mutter eines Mörders, der gestanden hat, wird niemals völlig von der Schuld ihres Sohnes überzeugt sein, denn dafür wird sie sich eingestehen müssen, ihm keine gute Mutter gewesen zu sein. Es ist eine Art Selbstschutz.«

Mila beschloss, die Karten auf den Tisch zu legen.

»Vor einiger Zeit bin ich in eine virtuelle Realität namens *Anderswo* geraten.«

Stormarks Gesicht verdüsterte sich.

»Haben Sie davon schon mal gehört?«

»Das Spiel ...«, sagte der Wissenschaftler nur.

»Nach dem, was ich von Ihrem Institut bisher weiß und was Sie mir erzählt haben, könnte ich mir gut vorstellen, dass es hier entwickelt worden ist. Oder irre ich mich da?«

»Das *Anderswo* ist nicht hier entstanden, aber wir haben in diese Richtung geforscht.«

Seinem Tonfall entnahm sie, dass er nicht gern darüber sprach. Doch sie musste es wissen.

»Ich nehme an, Sie kennen die Geschichte.«

»Die Welt der Zukunft, die sich in ein Inferno verwandelt? Ja, die kenne ich. Aber wie Sie sich vorstellen können, blieb es mir bislang verwehrt, eine VR-Brille aufzusetzen und sie zu besuchen.«

»Ich bin dort einer Art künstlicher Intelligenz begegnet, einem kleinen Jungen. Er wollte mir seinen Namen nicht nennen, hat mir aber erzählt, dass er im *Anderswo* lebt und …«

»O mein Gott«, murmelte der Mann. »Blond, blaue Augen?«

»Ja«, bestätigte Mila.

»Joshua«, sagte er leise. In seiner Stimme lag ein Hauch von Mitgefühl.

»Haben Sie ihn erschaffen?«

»Nein, Ms. Vasquez … Er hat tatsächlich existiert.«

»Das heißt, er …«

»Das heißt, er ist tot.« Er machte eine Pause. »Nehmen Sie den Hund ruhig mit, ich möchte Ihnen etwas zeigen.«

Die Erkenntnis, dass der Junge mit dem roten T-Shirt tatsächlich eine Art virtueller Geist war, erschütterte Mila.

Stormark griff nach einem Blindenstock und führte Mila über die Gänge des Instituts zu einem Labor. In der Mitte des Raums stand ein kleines Podest. Zahlreiche Projektoren waren darauf gerichtet.

»Die Qualität wird nicht die beste sein«, entschuldigte sich der Wissenschaftler vorab. »Mit modernen Mikroprozessoren würden wir ein viel besseres Ergebnis erzielen, aber diese Technologie können wir uns leider nicht leisten.«

»Was passiert jetzt?«, fragte Mila, die nicht die leiseste Ahnung hatte, wo sie waren.

»Vertrauen Sie mir, bald werden Sie verstehen«, erwiderte Stormark.

Er trat auf einen Techniker zu, um ihm Anweisungen zu geben. Der Mann stellte sich an eine Konsole, gab ein paar Befehle ein, und kurz darauf begann sich das Podest zu drehen. Die Projektoren wurden aktiviert und sandten Laserstrahlen aus, die sich in der Mitte des Raumes bündelten und ein holografisches Bild entstehen ließen.

Auf dem Boden saß ein einjähriges Kind und spielte mit seinen Schnürsenkeln. Es hatte blondes Haar und blaue Augen, es lächelte. Und es trug ein rotes T-Shirt.

»Joshua«, stellte Stormark den kleinen Jungen vor.

»Das Kind, das ich gesehen habe, war mindestens zehn Jahre alt, aber es ähnelte ihm.«

Ärgerlich schüttelte der Wissenschaftler den Kopf.

»Es hätte nicht passieren dürfen ... Aber es ist meine Schuld.«

»Was?«

Mila hatte genug Geheimnisse gehört, sie wollte endlich die Wahrheit erfahren.

»Joshuas Vater hat hier gearbeitet.«

»Ein Kriminologe?«

»Ein Kriminalbiologe«, erklärte der Wissenschaftler. »Sein Name ist Raul Morgan.«

So also hieß der Mann mit der Sturmhaube.

»Raul war der Leiter der Untersuchungen zu diesem Spiel.«

Pascal hatte von dem Versuch erzählt, Menschen mit einer Borderline-Persönlichkeitsstörung in die entvölkerte virtuelle Welt hinüberzuziehen. Ziel war es, herauszufinden, ob sie die Neigung zum Sadismus auch tatsächlich ausleben und zu Gewalt greifen würden. Doch das Experiment war gescheitert und hatte zu dem jetzigen degenerierten Zustand des *Anderswo* geführt.

»Die Sache geriet außer Kontrolle«, gestand Stormark.

»Doch als ich mir dessen bewusst wurde, war es schon zu spät. Ich hätte das Ganze stoppen sollen, die Verantwortung lag bei mir.«

Pascal hatte sich als »Wächter« bezeichnet, der auf Unregelmäßigkeiten im *Anderswo* zu achten hatte, da ab und zu einer der Spieler den *Sprung* wagte und die eigenen Gewaltfantasien in die Realität übertrug. Am Ende war der Mann mit der roten Sturmhaube offenbar der Einzige gewesen, der diese Funktion noch ausübte, ohne dass er gewusst hätte, was aus den anderen geworden war.

Doch zuvor musste etwas Folgenschweres im Leben des Kriminalbiologen geschehen sein, davon war Mila fest überzeugt.

»Was ist aus Raul Morgan geworden?«

»Er war zu sehr in die Sache verstrickt und wurde paranoid. Sah überall Feinde. Er hatte zu niemandem mehr Vertrauen.«

Die Beschreibung passte perfekt auf Pascal.

»Er behauptete, jemanden im Spiel getroffen zu haben, ›ein gefährliches Wesen‹. Das waren seine Worte.«

Mila dachte sofort an Enigma.

»Ich habe das Problem unterschätzt, bis das Unglück seinen Lauf genommen hat ...«

»Was für ein Unglück?«

Stormarks Miene verdüsterte sich.

»Raul Morgan war tüchtig, er hatte eine nette Frau und einen süßen kleinen Jungen von anderthalb Jahren. So hätte er nicht enden dürfen ...«

»Was für ein Unglück?«, hakte Mila nach.

»Irgendwann lebte Raul nur noch in der Parallelwelt – er war nicht einfach nur abgelenkt, nein, er hat sich von der Realität getrennt ... In der Frühe, auf dem Weg zur Arbeit, brachte er Joshua in die Kinderkrippe, seine Mutter holte ihn am Nachmittag wieder ab. Eines Septembermorgens kam Raul wie gewöhnlich pünktlich um neun Uhr zur Arbeit und ging in sein Labor. Acht Stunden später rief seine Frau an und wollte wissen, weshalb er den Jungen nicht in die Krippe gebracht hatte. Er stürzte zum Parkplatz und fand ihn angeschnallt im Kindersitz auf der Rückbank des in der prallen Sonne stehenden Wagens.«

Mila brachte kein Wort heraus.

»Drei Monate später reichte Raul die Kündigung ein. Seitdem habe ich nie wieder etwas von ihm gehört.«

Mila betrachtete das Hologramm des gedankenverloren spielenden Kindes mit dem roten T-Shirt.

»Wie kam es dazu?«, fragte sie und deutete auf das Hologramm.

»Nach seinem Weggang fanden wir auf seinem Rechner durch Zufall das Programm. Wir wussten zwar nicht genau, weshalb er es entworfen hatte, aber wir konnten es uns vorstellen.«

Der Wissenschaftler hob den Blindenstock, mit dem er sich durch die Dunkelheit tastete, schraubte die weiße Kugel am Stockende ab und warf sie in Richtung Leinwand. Joshua hob den Arm, als wollte er die Kugel fangen. Das war mehr als ein schlichtes Hologramm, dachte Mila.

»Joshua ist in der Lage zu interagieren«, sagte Stormark, als hätte er ihre Gedanken gelesen. »Vor allem aber ist er lernfähig.«

»Jetzt ist er zehn, das heißt, Raul hat ihn ins *Anderswo* gebracht, damit er dort wie ein normales Kind aufwächst.«

»*Ich lebe hier*«, hatte ihr der Junge geantwortet.

»Wie Sie sehen konnten, Ms. Vasquez, hat Joshua schon als kleines Kind auf äußere Reize reagiert, wenn auch auf zwangsläufig elementare Art und Weise. Wenn er Ihnen Antworten gegeben hat, bedeutet das, dass er sich in den vergangenen Jahren sehr stark entwickelt hat. Was mich nicht überrascht – Raul Morgan hat einen verdammt guten Job gemacht.«

»Aber Sie sagten, er sei Kriminalbiologe gewesen, kein Programmierer.«

»Das stimmt: Er hat den Maschinen beigebracht, was das Böse ist.«

26

Was auch immer du in der realen Welt getan hast oder was dir widerfahren ist – im Spiel konntest du von vorn anfangen.

Genau diesen Satz hatte Raul Morgan alias Pascal bei ihrer letzten Begegnung gesagt. Deshalb also hatte er einen Klon seines eigenen Sohnes erschaffen. Eine gefährliche Täuschung.

Mila verließ das Institut und fuhr sofort los. Sie hatte eine neue Spur. Es gab eine Verbindung zwischen Pascal und dem Jungen, so viel war sicher, auch wenn der Mann mit der Sturmhaube ihr geraten hatte, sich von dem Kind fernzuhalten. Bei ihrer letzten Begegnung hatte Joshua Mila gegenüber erwähnt, dass es Alice gut ging. Er wusste also, wo sie sich befand. Und wenn er es wusste, dann wusste es vermutlich auch Raul Morgan. Was bedeutete, dass sie Pascal finden musste.

Stormark hatte sich überaus hilfsbereit gezeigt und veranlasst, dass sie die Informationen bekam, um die sie ihn gebeten hatte. Er hatte nicht einmal wissen wollen, wozu sie sie brauchte. Wahrscheinlich ahnte er, dass ihr Besuch mit der Tragödie um Morgan und seinen Sohn zu tun hatte. Und da der Wissenschaftler sich zumindest teilweise dafür verantwortlich zu fühlen schien, hatte er jegliche Bedenken beiseitegeschoben.

Dennoch hatte Mila Raul Morgans Personalakte nicht viel entnehmen können. Sie enthielt weder Foto noch Dienstausweis. Eine weitere Parallele zu Pascal, der jegliche Spuren von sich selbst zu verwischen versuchte.

Die einzig nennenswerte Information, die sie der Akte entnahm, war der Name seiner Frau. Mary.

Auf der Rückfahrt regnete es in Strömen, und es fiel Mila schwer, sich in den Bergen zu orientieren. Da sie ihr Handy nicht bei sich hatte, steuerte sie eine Gaststätte an, um telefonieren zu können.

Mit Hitch an ihrer Seite betrat sie das rustikale Lokal, in dem sich wegen des schlechten Wetters nur das Personal aufhielt. Im Kamin brannte ein Feuer, an den Wänden waren alte Ski und ausgestopfte Hirschköpfe angebracht. Die Atmosphäre war heimelig, und Mila musste sich ohnehin aufwärmen. Sie bestellte eine Cola, ein Sandwich, um es mit Hitch zu teilen, und bat um einen Napf Wasser. Außerdem fragte sie die Kellnerin, ob sie das Telefon benutzen könnte.

Sie rief ein paar ehemalige Kollegen an, die ihr wegen vergangener Recherchen noch etwas schuldig waren. Die Kellnerin brachte die Bestellung, doch Mila brauchte mindestens eine Stunde, bis sie die letzte bekannte Adresse von Mary Morgan ausfindig gemacht hatte. Nach und nach gelang es ihr, die letzten zehn Jahre im Leben der Frau zu rekonstruieren.

Nach dem Tod ihres Sohnes war Mary lange wegen einer schweren Depression in einer Klinik behandelt worden. In dieser Zeit hatte sie sich von ihrem Ehemann scheiden lassen. Sie hatte versucht, in ein normales Leben zurückzufinden, hatte an verschiedenen Orten gewohnt, diverse Jobs gehabt, und doch schien keine dieser Veränderungen etwas bewirkt zu haben. In den letzten drei Jahren jedoch hatte sie eine gewisse Stabilität erreicht, indem sie sich in eine buddhistische Kommune zurückgezogen hatte.

Der Ort lag in den Bergen und damit so weit entfernt, dass Mila die Fahrt dorthin nicht auf sich nehmen konnte – für Alice und das *Anderswo* wurde die Zeit zu knapp.

Und doch musste sie irgendwie mit der Frau sprechen. Da die Kommune kein Telefon hatte, suchte sie die Nummer der nächstgelegenen Polizeistation heraus.

»Ich kann gerne da hochfahren, aber ich glaube kaum, dass jemand von denen Lust hat, mit Ihnen zu reden«, sagte der Polizist vor Ort, den Mila fragte, ob er sie mit Mary in Kontakt bringen könne, indem er ihr ein Handy brachte. »Das sind seltsame Leute, alles Vegetarier ...«

»Es handelt sich um einen Notfall.« Sie ließ nicht locker, ohne jedoch nähere Details preiszugeben. »Bitte, seien Sie so nett. Ich bin eine ehemalige Kollegin: Mein Name ist Maria Elena Vasquez. Sie können das überprüfen, wenn Sie möchten.«

Der Beamte überlegte kurz.

»Okay, aber ich warne Sie: Es dauert mindestens vierzig Minuten bis da oben hin, und es ist nicht gesagt, dass ich dann auch Empfang habe.«

Mila dankte ihm und gab ihm die Festnetznummer der Gaststätte. Dann begann das Warten.

Die vierzig Minuten waren bald um, doch weder Mary noch der Polizist meldeten sich. Es konnte alles Mögliche passiert sein, doch was sollte sie tun? Vielleicht gab es tatsächlich keinen Empfang in den Bergen, oder Mary Morgan weigerte sich schlicht, mit ihr zu sprechen. Vielleicht war der Polizist auch gar nicht erst hingefahren oder hatte sogar ihr Gespräch bereits vergessen und war inzwischen mit ganz anderen Dingen beschäftigt.

Nach über einer Stunde klingelte das Telefon der Gaststätte. Mila stürzte an den Apparat. Die Verbindung war schlecht, es rauschte und knisterte in der Leitung.

»Hier ist Mary«, meldete sich eine weibliche Stimme in leicht genervtem Tonfall. »Mit wem spreche ich?«

»Ich heiße Mila Vasquez – danke, dass Sie anrufen!«

»Was wollen Sie von mir? Der Polizist meinte, es handelt sich um einen Notfall, aber ich sage Ihnen gleich, egal, was es ist, es interessiert mich nicht!«

»Ich verstehe Sie, Mary, und bitte Sie, diesen Überfall zu entschuldigen. Aber mir blieb keine andere Wahl: Meine Tochter ist vor drei Tagen spurlos verschwunden.«

»Und was hat das mit mir zu tun?«, blaffte die Frau am anderen Ende der Leitung.

»Ich glaube, dass Sie mir helfen können, sie zu finden.«

»Ich wüsste nicht, wie. Ich lebe schon lange in völliger Abgeschiedenheit.«

»Ich weiß, dass Sie mich verstehen werden ...«

In ihrer Not hatte Mila spontan beschlossen, aufs Ganze zu gehen – immerhin war auch Mary einmal Mutter gewesen. Entweder verstand die Frau ihre Lage tatsächlich oder sie blockte ab und beendete das Gespräch. Mila konnte nur auf Ersteres hoffen, darauf, dass sich ihre Offenheit auszahlte.

Mary Morgan schwieg.

Vielleicht ein gutes Zeichen, dachte Mila. Mary schien zu überlegen, wie sie reagieren sollte.

»Es war bestimmt schwierig für Sie weiterzumachen«, fuhr die Ex-Polizistin fort und ließ durchblicken, dass sie Marys Geschichte kannte. »Es gibt Wunden, die verheilen einfach nicht. Als würde man mit einem Loch im Bauch leben: Es nässt und fängt an zu bluten, wenn man es am wenigsten braucht ... Na ja, ich möchte einfach nicht dasselbe Schicksal wie Sie erleiden, Ms. Morgan.«

Die letzten Worte hatten es in sich, doch Mila konnte nun einmal kein Mitgefühl vortäuschen.

»Wenn Sie ein Kind verloren haben, sind Sie fürs Leben gezeichnet«, erwiderte Mary. »Die anderen gehen dir aus dem

Weg, weil sie befürchten, das Unglück, das über dich hereingebrochen ist, könnte auch auf sie übergehen. Sie behaupten, dass es ihnen leidtut, aber in Wirklichkeit sind sie einfach nur froh, dass es nicht sie getroffen hat.«

Mila versuchte sofort, ihre Offenheit zu nutzen, musste sie doch befürchten, dass Mary es sich noch einmal anders überlegen und sie abweisen würde.

»Ich möchte mit Ihnen über Ihren Mann Raul sprechen ...«

»Was wollen Sie wissen?«

»Haben Sie eine Idee, wo ich ihn erreichen kann?«

»Ich habe seit der Scheidung nichts mehr von ihm gehört.«

»Irgendwie glaube ich, dass er noch nicht ganz mit der Vergangenheit abgeschlossen hat. Ich habe den Eindruck, dass er es in all den Jahren nicht geschafft hat, sich von seinen Erinnerungen zu lösen, so traurig sie auch waren.«

»Anfangs war es nicht so«, entgegnete Mary, »er schien wild entschlossen, einen Schlussstrich zu ziehen. Er war derjenige, der sich scheiden lassen wollte.«

Mila war überrascht. Sie war davon ausgegangen, dass Mary die Scheidung eingereicht hatte. Schließlich war Pascal für das Unglück ihres Sohns verantwortlich.

»Ich habe versucht, ihm zu vergeben«, sagte die Frau. »Mein Gott, wie sehr ich es versucht habe! Aber er hat mich nicht an sich herangelassen.«

»Das hat er danach niemandem mehr erlaubt«, versicherte ihr Mila. »Ich glaube, er hat sich seitdem völlig isoliert.«

»Wir waren sehr jung, als wir uns ineinander verliebten, und haben schon bald geheiratet. Dann kamen das gemeinsame Haus und sein Job, von dem er völlig begeistert war. Er sagte immer, dass er zum ersten Mal an etwas forschen würde, das ihn wirklich ausfüllt. Als dann unser Sohn geboren wurde, widmete Raul uns beiden seine gesamte Freizeit. Stellen Sie sich vor, er zimmerte ihm sogar ein Kinderbett in Form eines Raumschiffs!«

»Und was ist dann passiert?«, fragte Mila, auch wenn sie es zum Teil schon wusste.

»Ich hätte merken müssen, dass da etwas nicht stimmt …«, flüsterte die Frau. »Es waren nur kleine Signale, aber ich habe sie nicht deswegen unterschätzt. Tatsache ist: Raul war immer ein extrem zuverlässiger Mensch, ich hätte mir nie im Leben vorstellen können, dass er einmal so unberechenbar würde.«

»Sprechen Sie von seinem Verfolgungswahn?«

»Ja, aber nicht nur: Er sagte, jemand würde versuchen, sich in seinem Kopf einzunisten.«

»Und dieser Jemand hat ihm etwas eingeflüstert«, ergänzte Mila, die begriffen hatte, wovon die Frau sprach.

»Genau!«, bestätigte Mary. »Vielleicht halten Sie mich jetzt für verrückt, aber er erzählte immer wieder von einem tätowierten Mann, der ihn im Internet verfolgte …«

Mila hielt sie ganz und gar nicht für verrückt, konnte ihr das aber nicht sagen.

»Angeblich war der Mann überall mit Zahlen bedeckt.«

Enigma! Mila spürte, wie eine schreckliche Angst in ihr emporstieg.

»Hatten Sie nie den Verdacht, Ihr Mann könnte den Verstand verlieren?«

»Doch, kurz vor dem Unglück geschah etwas ganz Seltsames. Ich war mit dem Kleinen zu meinen Verwandten gefahren, und als wir zurückkamen, war unser Haus bis auf die Grundmauern niedergebrannt.«

Mila musste an die beiden abgebrannten Häuser denken, zu denen Pascal sie gebracht hatte.

»Die Feuerwehr und die Versicherung meinten, wahrscheinlich hätte ein Kurzschluss den Brand verursacht, doch nach dem Tod unseres Sohns gestand mir Raul, er selbst hätte ihn gelegt, um dem tätowierten Mann zu entkommen.«

Mila erstarrte. Sie musste sich zusammenreißen, um das Zittern in ihrer Stimme zu unterdrücken.

»Danke, Mary, Sie haben mir sehr geholfen.«

»Ich hoffe, Sie finden Ihre Tochter«, entgegnete ihr Mary mit einer tiefen Trauer in der Stimme. »Wissen Sie, Joshua wäre ein wunderbarer Mensch geworden.«

Zum ersten Mal hatte sie den Namen ihres Sohnes ausgesprochen.

»Ich weiß.«

Am liebsten hätte sie der Frau gesagt, dass sie Joshua kennengelernt hatte und ihm unendlich dankbar dafür war, dass er sie im *Anderswo* beschützt hatte.

»Nie werde ich unseren letzten gemeinsamen Morgen vergessen«, fuhr Mary fort, die jetzt gar nicht mehr aufhören wollte zu reden. »Ich zog ihn im Kinderzimmer an, eine Jogginghose, die Socken mit den bunten Tupfen, die er so liebte, sein erstes Paar weiße All Stars und einen Pullover, denn es war September und schon ziemlich frisch. Darunter trug er ein rotes T-Shirt ... Wie hätte ich ahnen sollen, dass das die letzten Minuten waren, die wir zusammen verbringen würden?«

Mila hatte den Eindruck, dass die Frau am anderen Ende der Leitung leise weinte. Zwangsläufig musste sie an die letzten Minuten denken, die sie mit Alice verbracht hatte. Hätte sie sie bei ihrer Schulfreundin übernachten lassen, statt sie mit nach Hause zu nehmen, wäre vielleicht gar nichts passiert. Doch als sie zu Jane gefahren war, nach der Verfolgung durch Enigmas Männer, hatte sie nur den einen egoistischen Gedanken gehabt: sich in Alices Arme zu flüchten. Auch wenn es dann nie zu dieser Umarmung gekommen war, weil sie, wie immer, zu feige gewesen war und sich hinter ihrer Gefühlskälte verschanzt hatte – die perfekte Ausrede, um nichts empfinden zu müssen.

»Wenn ich einen Wunsch frei hätte, er würde lauten, Joshua wiederzusehen – und sei es nur ganz kurz. Ich möchte Abschied von ihm nehmen.«

Mila wusste nicht, ob sie je imstande sein würde, sich in die schmerzliche Lage dieser Frau einzufühlen. Sie würde jedenfalls alles dafür tun, um Alice wiederzufinden.

»Vielen Dank noch mal«, sagte Mila und wollte auflegen.

»Warten Sie«, hielt Mary sie zurück. »Wenn die Dinge nicht nach Plan laufen, machen Sie sich keine Vorwürfe – das bringt nichts, glauben Sie mir … Raul hat versucht, mir die Schuld an dem Unglück in die Schuhe zu schieben, er hat mich davon überzeugen wollen, ich sei eine schlechte Mutter, weil ich seinen Verfolgungstheorien nicht genügend Glauben geschenkt hätte. Stellen Sie sich vor, er wollte Joshua sogar entführen, um ihn vor dem Tätowierten in Sicherheit zu bringen!«

Marys letzte Worte erschienen Mila wie eine Offenbarung. Endlich wusste sie, wer Alice gekidnappt hatte.

ALICE

27

Er hat den Maschinen beigebracht, was das Böse ist.

Die Worte, mit denen Dr. Stormark Raul Morgans Arbeit beschrieben hatte, waren eindeutig: Vielleicht war Pascal eben doch von dem Bösen besessen, dem Bösen, das er so gut zu kennen glaubte.

Ich bin ein Wächter ... Als das Spiel anfing, sich zu ver-
ändern, waren wir noch ziemlich viele. Wir hatten die Auf-
gabe, ungewöhnliche Entwicklungen im Anderswo *zu über-*
wachen. Offensichtlich hatte man damit gerechnet, dass etwas
in der Art passieren würde ... Ab und zu hat eben jemand den
Sprung gewagt, das war nicht zu vermeiden.

Nach ihrer Rückkehr in die Stadt steuerte Mila die Biblio-thek an, um an einem der öffentlichen Rechner zu recherchie-ren. Sie durchsuchte die Websites der Lokalzeitungen nach Artikeln der letzten Monate, in denen es um ausgebrannte Häuser ging. Sie legte eine Liste an, ließ aber die beiden Häu-ser weg, zu denen sie Pascal geführt hatte. Anschließend setzte sie sich wieder ins Auto, um die Orte abzuklappern.

Der Regen prasselte wie eine biblische Plage auf die Stadt nieder. Am späten Nachmittag gelangte Mila zu einem Dop-pelhaus in einem Arbeiterviertel. Das Feuer hatte genau eine Hälfte des Gebäudes zerstört, und anstelle der Fassade gähnte sie nur ein leerer schwarzer Schlund an. Die andere Hälfte hin-gegen war unversehrt, an den Fenstern waren Gardinen an-gebracht.

Die perfekte Versinnbildlichung von Gut und Böse, dachte Mila.

Es war ihr dritter Versuch nach zwei Fehlschlägen. Dass sie hier richtig war, bewies der petrolfarbene Skoda aus den Neunzigerjahren, der am Ende der schmalen Straße stand. Sie hatte keine Waffe bei sich, aber Pascal würde sich ohnehin nicht einschüchtern lassen. Sie beschloss, Hitch mitzunehmen.

»Du musst mir helfen, okay?«, sagte sie und streichelte dem Hovawart übers Fell. »Such Alice!«

Sie stiegen aus dem Wagen und huschten durch den Regen auf die Rückseite des Gebäudes. Mila hoffte, Pascal zu erspähen, bevor er sie bemerkte. Sie würde versuchen, ihn abzulenken, während Hitch nach Alice suchte.

Die ehemalige Polizistin warf einen Blick durch die Fenster im Erdgeschoss. Alles war dunkel, nur in einem Raum brannte Licht. Mila sah jemanden in der Küche, konnte aber nicht erkennen, ob es Morgan war. Immerhin stellte sie fest, dass aufgrund der Zerstörung durch den Brand die Eingangstür der einzige Weg war, um in das Gebäude zu gelangen.

Sie stellte sich unter den Dachvorsprung am Eingang. Vom Prasseln des Regens übertönt, brach sie das Schloss auf und drang ins Innere ein, Hitch folgte ihr auf den Fersen. Sofort bemerkte sie den Geruch nach verbranntem Plastik. Sie sah sich in dem dämmerigen Raum um. Unförmige Monster glotzten sie an – doch es waren nur die in der Hitze der Flammen geschmolzenen Möbel.

Sie ging auf die hell erleuchtete Küche zu. Der laufende Wasserhahn und das Klappern von Tellern verrieten, dass der Bewohner des Hauses beim Abwasch war.

Sie schickte den Hund los, die Umgebung zu erkunden, und betrat die Küche. Der Mann vor dem Spülbecken war tatsächlich Pascal.

Er hatte seine rote Sturmhaube abgelegt, dennoch konnte sie in diesem Moment nur einen Nacken mit pechschwarzen Haaren erkennen. Er trug seine braune Anzughose, aber nicht die zugehörige Jacke. Statt der Latexhandschuhe hatte er gelbe Gummihandschuhe übergestreift.

»Wo ist sie?«, fragte Mila.

Der Mann wirkte weder überrascht, noch sah er auf.

»Sie ist oben und schläft«, sagte er. »Keine Sorge, Alice geht es gut.«

»Ich möchte dir ins Gesicht sehen.«

Pascal spülte den letzten Teller ab und stellte ihn zu den anderen auf das Abtropfgestell. Langsam drehte er den Wasserhahn zu. Erst dann wandte er sich zu ihr um.

Er trug einen Seitenscheitel und einen Schnurrbart über den schmalen Lippen. Seine Augen waren grün, die Haut bis auf die geröteten Wangen auffällig hell.

»Deine Tochter ist ein sehr interessantes Mädchen«, verkündete Morgan. »Wir haben uns lange unterhalten in den letzten Tagen, und ich muss sagen, sie ist dir wirklich gelungen.«

Mila durchlief ein Schauer. Pascals Worte klangen falsch, fast, als wollte er sie auf den Arm nehmen.

»Von dir kam der anonyme Anruf, der Enigma das Handwerk gelegt hat. Aber dir war klar, dass sie mich in die Sache verwickeln würden, als du ihn als Todesflüsterer geoutet hast.«

»Die Polizei, meinst du?«, erwiderte er. »Ja, sie wussten davon.«

»Auf der Fahrt hierher habe ich lange darüber nachgedacht, weshalb du Alice entführt haben könntest. Und sag mir nicht, du hättest sie vor Enigma beschützen wollen, so wie du es auch mit deinem Sohn vorhattest.«

»Du hast recht, vielleicht habe ich es nicht nur deshalb getan ... Mir schien es unumgänglich, dir Alice wegzunehmen, ich musste dir ja etwas beibringen.«

Mila stockte der Atem.

»Weißt du, Mila, es ist wichtig, dass du dir bewusst machst, mit welchem Feind wir es zu tun haben ... Aber nur durch die Entführung deines Kindes, das Gefühl unmittelbarer Bedrohung und den übermächtigen Drang, eine Lösung finden zu müssen, konnte ich dich dazu bringen.« Er senkte den Kopf und sah sie mitleidig an. »Oder hast du in den letzten Tagen etwa keine Gefühle empfunden?«

»Meine Alexithymie ist unheilbar, das weißt du.«

»Das stimmt nicht«, versetzte er. »Du hast etwas in dir gespürt, da bin ich mir sicher. Und genau dieses Etwas hat dich hergeführt.« Er machte eine Pause. »Der Geist sieht, was der Geist sehen will – aber das Herz macht es genauso ... Also hör auf, dich blind zu stellen, und fang an, das zu sehen, was ich dir zeigen will.«

Sie hätte sich gewünscht, dass der Mann sich täuschte. Früher hätte sie sich wegen ihrer Gleichgültigkeit angesichts des Verschwindens ihrer Tochter bestraft, indem sie sich ritzte. Doch diesmal hatte sie tatsächlich etwas gefühlt.

»Hast du wirklich geglaubt, es würde genügen, dich an den See zurückzuziehen, damit das Dunkel dich nicht findet?« Er lachte auf. »Wir sind nicht wie die anderen, Mila Vasquez. Uns haftet der faulige Geruch des Schattenreichs an, denn wir haben es gesehen. Das Dunkel wittert ihn auch aus der größten Entfernung. Ihm entfliehen zu wollen, ist nicht ratsam.«

Aus dem Dunkel komme ich ...

»Du und Enigma, ihr bekämpft euch, und ich bin in die Schusslinie geraten. Du warst derjenige, der mein Spiel erfunden hat, richtig?«

»Du wurdest angelernt.«

»Ich habe mich gefragt, weshalb der Todesflüsterer Alice entführt und zugleich versucht hat, mich umzubringen. Dabei war ich bloß euer Spielball!«

»Doch mit unterschiedlichen Motivationen«, betonte Pascal.

»Es gibt aber keinen weiteren Wächter, oder? Die Geschichte, dass sie euch dezimiert haben, ist falsch. Du warst immer der einzige Verrückte, der einzige Paranoiker!«

»Du verstehst es immer noch nicht: Dieser Krieg wird andauern, solange es das Internet gibt. Denn ein einzelner Mensch kann nur sich selbst Schaden zufügen. Erst in der Gruppe werden die Menschen zu wilden Tieren. Also frage ich mich: Was hat uns die größte Vernetzung in der Geschichte der Menschheit überhaupt gebracht?«

»Sie hat auch sehr viele positive Aspekte, sie ermöglicht Teilhabe, Austausch, Zusammenarbeit«, entgegnete Mila.

»Wenn das stimmen würde, wäre das Internet wohl der glücklichste Ort der Welt«, gab Pascal mit sarkastischem Unterton zurück.

Mila hätte erwidern wollen, dass dies nur die Sichtweise eines desillusionierten Mannes war, der wie ein Eremit lebte und der, wenn er nicht gerade eine Sturmhaube trug, ständig sein Aussehen veränderte, indem er sich schminkte und Perücken aufsetzte. Stattdessen fragte sie:

»Und, was soll ich jetzt tun?«

»Du wirst eine großartige Wächterin sein … Ich habe dir den Weg gezeigt, jetzt weißt du, wo du suchen musst.«

»Aber das *Anderswo* löst sich auf.«

»Auch das dient dazu, dich zur Eile anzutreiben. Doch keine Sorge, ich werde Joshua stoppen, ich weiß, wie das geht.«

Mila dachte an den kleinen Jungen und seine traurige Aura.

»Du solltest ihn lieber befreien. Lass ihn gehen …«

In dem Moment tauchte Hitch in der Küche auf und Alice stand auf der Türschwelle. Das Mädchen gähnte und rieb sich die Augen.

»Was ist los?«, fragte sie ruhig. »Warum versucht Hitch, mich nach draußen zu zerren?«

Sie trug dieselbe Kleidung, die sie am Tag ihres Verschwindens angehabt hatte. Auch sonst schien sie unverändert.

Unendliche Erleichterung durchflutete Mila. Wie oft hatte sie erlebt, welchen Effekt das Dunkel auf Menschen hatte, die verschwunden waren, und sei es nur für wenige Stunden.

Sie trat auf ihre Tochter zu und schloss sie fest in die Arme. Alices Körper versteifte sich, überrascht von der Reaktion ihrer Mutter.

»Wie geht es dir?«, fragte Mila und strich ihr die Haare aus der Stirn.

»Ganz okay.«

Mila drehte sich zu Pascal um und sah ihn forschend an. Der Mann erriet ihre Gedanken.

»Ich habe wohl keinen Grund mehr, euch noch länger hierzubehalten«, versicherte er.

Mila nahm Alice bei der Hand und ging mit ihr durch den Flur auf die Haustür zu. Ein letztes Mal wandte sie sich um.

»Du hast meine Frage nicht beantwortet, Pascal. Was soll ich jetzt tun? Denn eins musst du wissen: So wie du will ich nicht enden. Ich will nicht mein ganzes Leben lang meine Spuren verwischen und in Angst und Paranoia leben.«

Pascal lächelte.

»Das Herz sieht, was das Herz sehen will«, rief er ihr in Erinnerung. »Und jetzt geh mit deiner Tochter nach Hause, Mila Vasquez. Du kannst vor dem Dunkel fliehen. Aber du kannst es nicht daran hindern, dich zu suchen.«

28

Die blühenden Linden vor dem Haus verströmten einen starken süßen Duft, der perfekt zur prickelnden Luft dieses Junimorgens passte. Es war herrlich, wenn der Wind ihn plötzlich durch die offenen Fenster ins Haus hineinwehte und gleich darauf wieder davontrug.

Es war einer der ersten warmen Tage. Der See lag ruhig da, und die Natur verteilte geradezu verschwenderisch ihre Farben. Alice hatte Ferien und schlief wie immer lange, während Mila früh aufgestanden war und gerade einen weiteren Kuchen für Alices Geburtstagsfeier in den Backofen schob.

Einige Freundinnen ihrer Tochter hatten sich angekündigt, aber auch die Mütter waren eingeladen.

Mila kam sich komisch vor, so etwas hatte sie noch nie gemacht. Sie wusste, dass sie den anderen Müttern nicht ganz geheuer war, wenn sie ihnen in der Schule, beim Elternabend oder bei den Aufführungen der Weihnachtsgeschichte begegnete. Bislang hatte sie das nicht gestört: Für die anderen war sie eben die »Ex-Polizistin aus der Stadt«, die ein wenig Abwechslung in ihr langweiliges Hausfrauendasein brachte. Daher ließ Mila sie in dem Glauben. Aber seit einiger Zeit war ihr klar geworden, dass es für Alice nicht unbedingt gut war, die Tochter einer unnahbaren, arroganten Mutter zu sein, die sich etwas auf ihren miesen Charakter einbildete. Früher oder später würden Alices Klassenkameradinnen sie wohl dafür büßen lassen.

Dr. Lorn hatte die Idee, ein paar Kinder mit ihren Müttern zu Alices Geburtstag einzuladen, sofort gutgeheißen. Der Rat der Psychologin lautete: »Die tägliche Routine durch kleine Veränderungen durchbrechen«. Alice ging zweimal die Woche zu ihr. Seltsamerweise war das Mädchen durch die wenn auch nur kurze Entführung nicht traumatisiert. Mila wusste, sie hätte dem Himmel auf Knien dafür danken müssen, stattdessen machte ihr die Apathie ihrer Tochter Sorgen. Vielleicht konnte Dr. Lorn ja den Grund dafür ermitteln. Und endlich in Erfahrung bringen, warum Alice derart von ihrem Vater besessen war, den sie doch nicht einmal kennengelernt hatte.

Ein solches Monster zum Vater zu haben, konnte nur eine starke seelische Belastung zur Folge haben, sagte sie sich. Früher oder später würde Alice sich fragen, wie stark der negative Einfluss ihres Vaters tatsächlich auf sie gewirkt hatte. Auch Mila fürchtete diese drohende Erkenntnis, vielleicht aber war es auch schlicht sinnlos, sich deswegen Gedanken zu machen.

Sie konnte es sich selbst nicht erklären, doch jedes Mal, wenn sie an Alices Vater dachte, kam ihr Raul Morgan in den Sinn. Auch er war für etwas Schreckliches, Unwiderrufliches verantwortlich. Der einzige Unterschied war, dass Pascal aus einer unverzeihlichen Nachlässigkeit heraus einen Fehler begangen hatte, der seinen einzigen Sohn das Leben gekostet hatte. Inzwischen hatte sich ihr Groll gegen ihn gelegt, weil diesem Mann für alle Zeiten die schlimmste Strafe auferlegt war, die das unerbittlichste aller Gerichte verhängt hatte: das eigene Gewissen.

Nach den Ereignissen vom Februar hätte die ehemalige Polizistin nur zu gerne festgestellt, dass wieder eine gewisse Normalität in ihr Leben eingekehrt war. Doch so war es nicht: Eine schreckliche Schlaflosigkeit quälte sie nachts, während sie tagsüber von Migräne geplagt wurde.

»In dieser Einöde auf dem Laufenden zu bleiben, ist ja so gut wie unmöglich«, beklagte sich Berish, der ins Haus kam und in hohem Bogen eine Tageszeitung auf den Küchentisch warf. »Eine Stunde bin ich rumgefahren, bis ich einen Kiosk gefunden habe!«

Er trug kakifarbene Bermudas, dazu Mokassins und ein blaues Hemd. Mit ihren verwaschenen Trainingshosen und Turnschuhen fühlte sich Mila in seiner Anwesenheit irgendwie deplatziert.

»Tja, wer interessiert sich heutzutage auch noch für bedrucktes Papier«, zog sie ihn auf und goss ihm eine Tasse frisch aufgebrühten Kaffee ein.

»Die Leute glauben, sie würden Bäume retten, indem sie sich nur noch online informieren – ein weiterer Coup des Silicon Valley.«

Mila schüttelte den Kopf und musste lächeln.

»Ja, lach du nur! Sobald sie wach ist, gehe ich mit Alice zum Angeln.«

»Du willst wohl einfach nicht wahrhaben, dass wir Vegetarier sind, was?«

»Ist dir klar, wie viele Insekten zusammen mit dem Korn für das Mehl deiner Kuchen zermahlen wurden?«, sagte er und deutete auf den Backofen. »Guten Appetit, meine kleine Vegetarierin.«

»Ist dir nie der Gedanke gekommen, dass es sich vielleicht um eine ethische Entscheidung handeln könnte?«

»Political correctness, die sanfte Diktatur.«

Mit diesen Worten ging Berish nach draußen, um sich unter eine der Linden zu setzen und sich in Ruhe seinem Kaffee und seiner Zeitung zu widmen.

Simon war für ein paar Tage zu ihnen gekommen. Mila war froh, dass er da war. Man hatte ihn auf unbestimmte Zeit vom

Dienst suspendiert. Sie hatten gemeinsam eine illegale Ermittlung durchgeführt und liefen Gefahr, für Totschlag, das Beiseiteschaffen einer Leiche und Justizbehinderung strafrechtlich belangt zu werden. Doch obwohl bereits vier Monate vergangen waren, hatte der disziplinarische Untersuchungsausschuss noch keine Anklage erhoben. Als bislang einzige Folge ihrer Ermittlungen war die Vorhölle geschlossen worden; die dort bearbeiteten Vorgänge hatte man auf andere Abteilungen verteilt. Die Fotos der Verschwundenen waren abgenommen worden, was es einfacher machte, sie zu vergessen. Die Jagd auf Unsichtbare versprach schlicht keine Lorbeeren.

Es war die Rache der Richterin.

Der ebenso plötzliche wie unerklärliche Anstieg der Verbrechensrate hatte das Ende der »Shutton-Methode« eingeläutet. Daher waren Mila und Berish ziemlich sicher, dass sie vom Zorn der Richterin verschont bleiben würden. Schließlich wollte sie wohl kaum das Scheitern der Ermittlungen in jenem Fall riskieren, der ihr das Überleben an der Spitze der Behörde sicherte: Enigma.

Die einzige Anklage, die gegen den Todesflüsterer erhoben worden war, lautete auf Anstiftung zum Mord, immerhin hatte er Karl Anderson dazu gebracht, seine Familie niederzumetzeln. Für eine Anklage auf lebenslänglich war das jedoch noch etwas dürftig. Ein Disziplinarverfahren gegen Mila und Berish hätte zwar die ganze Wahrheit ans Licht gebracht, aber eben auch die Verfehlungen der Dienststelle.

Mila schlief schlecht und träumte fast jede Nacht vom *Anderswo* und der Bluttat in der Wohnung, in der die Andersons vor ihrem Umzug auf den Bauernhof gelebt hatten. Sie konnte einfach nicht vergessen, auf welch grausame Weise Karl seine Fantasie ausgelebt und die eigene Familie ausgelöscht hatte. Genauso wenig konnte sie vergessen, was sie in der Spiegelwand des Zimmers der Zwillinge gesehen hatte: Der Geist hatte ihr geraten, sich im Spiegel zu betrachten, um ihrem Avatar ins Gesicht sehen zu können.

Schau dich an!

Wie oft hatte Mila sich gefragt, ob Frida das veränderte Verhalten ihres Mannes aufgefallen war. Vielleicht hatte sie tatsächlich etwas gemerkt, immerhin hatte sie ihn dabei unterstützt, in eine gottverlassene Gegend zu ziehen und auf beinahe jegliche Technik zu verzichten. Auf der anderen Seite: Sie selbst hatte vor zehn Jahren die Signale ignoriert, die vom Vater ihrer Tochter ausgegangen waren.

Das Herz sieht, was das Herz sehen will.

Mila verscheuchte die negativen Gedanken und sah wieder hinüber zu Simon. Hitch kam gerade auf ihn zugelaufen, um seine Streicheleinheiten einzufordern. Sie lächelte. Es war gut, dass die beiden da waren. Alice liebte Hitch sehr und hatte ihre Katze, die vor Monaten entlaufen war, schon fast völlig vergessen. Besser so, dachte Mila. Das hatte ihr Alice voraus. Es war richtig, denjenigen den Rücken zu kehren, die einen enttäuschten, sagte sie sich. Egal, wie sehr man an ihnen hing.

Die kleine Zusammenkunft am See begann verheißungsvoll. Mila hatte einen langen Tisch unter den Linden gedeckt. Es gab Kuchen und Quiche, Pasteten und farbenfrohe Kanapees mit Gemüse und Schmelzkäse. Die Eiswürfel glitzerten in den Krügen mit Limonade und Eistee, und die Tischdecke flatterte sanft im Wind, der von den Hügeln wehte.

Mila hatte Alice dazu überreden können, einen Rock anzuziehen. In letzter Zeit hatte sie ein paar Kilos zugenommen und bildete sich nun absurderweise ein, zu dick zu sein. Vielleicht waren die sich daraus ergebenden Spannungen zwischen ihnen das Vorspiel dessen, was ihr in der unmittelbar bevorstehenden Pubertät blühte. Doch die Unsicherheit ihrer Tochter konnte auch durch etwas anderes begründet sein: Mila hatte mitbekommen, dass die Klassenkameraden Alice den Spitznamen »Fräulein Seltsam« gegeben hatten, was sie darauf zurückführte, dass Alice die Welt mit einer Offenheit und selbstverständlichen Neugier betrachtete, die den anderen Angst machen musste.

Die Schulfreundinnen trafen gegen vier Uhr ein. Tatsächlich waren alle eingeladenen Gäste gekommen. Alice schien sehr erleichtert. Sie bekam jede Menge Geschenke, die sie mit funkelnden Augen auspackte.

Auch die Mütter der Mädchen wirkten aufgeschlossen und um Milas Gunst bemüht. Sie hatte den Verdacht, dass sie geradezu darauf lauerten, das eine oder andere aufregende Detail aus ihrem ehemaligen Berufsleben zu erfahren.

Es war eine rundum gelungene Geburtstagsfeier. Sie tranken Limonade und Kaffee zu den Songs von Elvis Presley, plauderten harmlos drauflos und lachten viel. Simon hatte ein paar Spiele organisiert und erwies sich unverhofft als der geborene Animateur. Harmonischer hätte der Nachmittag kaum verlaufen können. Bis die Schatzsuche begann.

Alles geschah ganz schnell, Mila aber würde die Ereignisse nie vergessen.

Die Mädchen suchten nach dem dritten Anhaltspunkt, den Berish ihnen genannt hatte. Das Rätsel, das sie lösen mussten, bezog sich eindeutig auf ein Versteck in der Nähe des Sees. Eines der Mädchen sonderte sich von der Gruppe ab und ging unbemerkt zum Ufer, wo sich eine alte Hütte für Ruderboote befand, die nicht mehr genutzt wurde.

Die Mutter des Mädchens unterhielt sich angeregt mit den anderen, stockte aber plötzlich im Gespräch, da ihr die Abwesenheit ihrer Tochter aufgefallen war. Mila bereitete gerade frische Limonade in der Küche zu, doch als sie durchs Fenster nach draußen sah, bemerkte sie den besorgten Blick der Frau und spürte das altbekannte Kribbeln im Nacken. Sofort stürzte sie nach draußen.

Als sie das Mädchen nicht auf Anhieb fanden, begann die Mutter, laut seinen Namen zu rufen. Je verzweifelter sie rief, desto höher schraubte sich ihre Stimme.

Mit einem Schlag war die fröhliche Stimmung vorbei. Stille machte sich breit. Berish tauschte hastig einen Blick mit Mila und ließ Hitch von der Leine. Alle Anwesenden strömten in verschiedene Richtungen aus und riefen immer wieder laut nach dem Mädchen.

Da erklang plötzlich ein Schrei aus dem Bootshaus – lang und schrill. Wie auf Kommando rannten Kinder und Erwachsene darauf zu.

Berish erreichte das Bootshaus als Erster, gemeinsam mit Hitch. Gleich darauf folgte Mila. Sie sah sofort, dass es dem Mädchen gut ging: Ihr war nichts passiert, sie hatte sich nur fürchterlich erschreckt. Doch ihre Erleichterung währte nicht lange, denn was sie an der Wand dahinter entdeckte, lähmte sie vor Entsetzen.

Auf der Holzwand prangte ein gemaltes rotes Herz, das von einem Schwarm Fliegen umkreist wurde. Darunter lag ein Messer, an dem geronnenes Blut klebte. Was sie aber noch viel mehr schockierte als die makabere Wandmalerei: Ihre Tochter, die inzwischen mit den anderen das Bootshaus erreicht hatte, war die Einzige, die vollkommen ungerührt dreinsah.

Das Messer stammte aus ihrem Haus, Mila erkannte es sofort. Sie hatte nicht einmal bemerkt, dass es aus der Schublade verschwunden war.

»Du kannst vor dem Dunkel fliehen. Aber du kannst es nicht daran hindern, dich zu suchen«, hatte Pascal gesagt. Doch bis zu diesem Augenblick hatte Mila erfolgreich verdrängt, dass er recht haben könnte.

In der Stille des Abends, als alle Gäste gegangen waren und Alice und Berish bereits schliefen, saß sie auf ihrem Bett und fragte sich, was sie tun sollte.

Zum ersten Mal hatte sie keine Antwort, keine Theorie des Vaters ihrer Tochter parat. Die Ratlosigkeit quälte sie so sehr, dass sie versucht war, eine Rasierklinge aus dem Bad zu holen und sich zu ritzen, um der Angst ein Ventil zu geben. Schließlich stand sie auf und trat zum Schrank, um nach dem Karton mit der alten Dienstkleidung zu suchen. Ihre Hände ertasteten den Mantel, den sie während der Ermittlungen getragen hatte. Sie wusste, in der Tasche steckte noch etwas, das einmal von Bedeutung gewesen war. Sie hätte es wegwerfen können, aber aus irgendeinem Grund war sie davor zurückgeschreckt.

Das am Computer bearbeitete Gesicht des Todesflüsterers starrte ihr entgegen. Ohne Tätowierungen. *Das Gesicht eines ganz normalen Mannes.* Zum x-ten Mal fragte sie sich, wer der Mann sein mochte. Hatte sie sich von seinem gewöhnlichen Anblick vielleicht einfach täuschen lassen? Das Monströse am Monster schlicht nicht wahrgenommen?

Das Herz sieht, was das Herz sehen will.

Sie stand auf und ging nach unten ins Wohnzimmer. Hitch lag auf dem Sofa neben dem erloschenen Kaminfeuer. Als sie ihn rief, kam er sofort angelaufen. Mila schnappte sich eine Taschenlampe und steckte das Messer aus dem Bootshaus ein. Gemeinsam verließen sie das Haus durch die Hintertür. Draußen schaltete Mila die Taschenlampe ein und ließ den Hovawart an dem Messer schnuppern.

»Such!«, sagte sie.

Für einen Moment schnüffelte Hitch mit der Nase am Boden, dann setzte er sich in Bewegung und lief auf den Wald zu.

Sie folgte ihm, doch er war bereits zwischen den Bäumen verschwunden. Im dichten Gestrüpp hatte Mila ihn aus den Augen verloren. Sie rief ihn, doch er kam nicht. Als sie schon aufgeben wollte, hörte sie auf einmal ein Rascheln in etwa zehn Metern Entfernung. Sie trat näher und bemerkte den Staub in der Luft. Dann sah sie auch Hitch, der wie besessen die Erde unter einem Busch wegscharrte. Mila richtete den Strahl der Taschenlampe auf das Loch, das er gebuddelt hatte. Etwas grau in grau Gestreiftes kam zum Vorschein.

Ein getigertes Katzenfell. Finz' Fell.

Der Kadaver wies tiefe Fleischwunden auf, die von einem Messer stammten.

Das Herz sieht nicht, *was das Herz* nicht *sehen will.*

War das etwa die Bestätigung? Fragen über Fragen drängten sich in Milas Kopf. Sie musste herausfinden, seit wann die tote Katze dort lag. Denn entweder hatte Alice die Gewalttätigkeit ihres Vaters geerbt und Finz umgebracht. Oder aber der Katzenmord war in der Zeit von Alices Entführung passiert.

Sie musste es wissen.

29

Die untergehende Sonne färbte den Himmel tiefrot. Langsam arbeitete sich der Hyundai den Hügel hinauf. Die schmale Asphaltschneise war gesäumt von blühenden Sträuchern und Bäumen, die, hätte man sie gelassen, sich ihr Terrain wohl binnen kürzester Zeit zurückerobert hätten. Der Polizist, der vor ein paar Monaten denselben Hügel hochgefahren war, um Mary Morgan ein Handy zu bringen, damit Mila mit ihr sprechen konnte, hatte recht gehabt: Hier sagten sich Fuchs und Hase Gute Nacht.

Mila hatte eine lange Fahrt hinter sich, doch endlich näherte sie sich ihrem Ziel. Die ganze Fahrt über hatte sie darüber nachgedacht, was sie bei ihrer Ankunft sagen sollte. Entscheidend war jedoch das, was sich in einer schwarzen Tasche auf dem Rücksitz befand.

Als die Sonne endgültig hinter der Bergkuppe verschwunden war, tauchten die Lichter der buddhistischen Kommune vor ihr auf.

Vor dem hölzernen Tor am Ende der Zufahrtsstraße wurde Mila von ein paar Kommunarden mit langen Haaren in wallenden bunten Gewändern empfangen, die sie zu einem großen Saal führten. Sie boten ihr Obst und ein Glas Wasser an.

Kurz darauf kam eine zierliche Frau auf sie zu, die eine Tunika aus gelbem Leinen trug und die weißen Haare zu einem dicken Zopf geflochten hatte. Ihre Augen waren so blau wie die ihres Sohnes.

»Ich hätte nicht gedacht, dass ich dich noch einmal persönlich kennenlernen würde«, sagte Mary.

»Am Telefon hast du gesagt, wenn du einen Wunsch frei hättest, würdest du Joshua wiedersehen wollen, und sei es nur kurz, um dich von ihm zu verabschieden«, kam Mila ohne Umschweife auf den Grund ihres Besuches zu sprechen.

Der Gesichtsausdruck der Frau verriet Beunruhigung, vielleicht fürchtete sie, ihr Wunsch könne sich tatsächlich erfüllen.

»Wir sagen viele Dinge so dahin, um unser Herz zu erleichtern. Aber ob wir sie wirklich wollen, ist die Frage …«

»Es ist nicht real, aber es wird sich so anfühlen«, entgegnete Mila und deutete auf die schwarze Tasche, die sie mitgebracht hatte. »Raul hat seine Erinnerungen an Joshua auf einen digitalen Klon übertragen. Er hat ein Videospiel benutzt, um euren Sohn wieder zum Leben zu erwecken.«

Mary riss die Augen auf.

»Man kann nicht in derselben Form wiedergeboren werden, in der man einmal gelebt hat«, stammelte sie verwirrt. »Joshuas Seele wird in anderer Gestalt weiterleben, da bin ich mir sicher, aber ganz bestimmt nicht in den Sphären eines Videospiels.«

»Ich muss Joshua eine Frage stellen, doch ich fürchte, er wird mir nicht antworten. Seiner Mutter allerdings …«

Mary zögerte. Mila sah ihr an, dass sie einen inneren Kampf mit sich ausfocht.

»Was soll ich tun?«, fragte sie schließlich.

Statt einer Antwort zog die ehemalige Polizistin ein altes Notebook aus ihrer Tasche, zwei VR-Brillen, zwei Controller und ein paar Pillen.

»Was ist das?«, fragte Mary und blickte auf die beiden blauen Pillen in Milas Handfläche.

»Engelsstaub. Eine für mich, eine für dich. Vertrau mir.«

Ohne mit der Wimper zu zucken, schluckte Mary die Droge. Doch gleich darauf packte sie Mila am Arm und starrte sie angsterfüllt an.

»Was ist, wenn ich nicht den Mut aufbringe, ihn endgültig gehen zu lassen?«

Mila hatte keine Antwort darauf. Wortlos drückte sie ihr die VR-Brille und den Controller in die Hand. Dann loggte sie sich ein und erschuf zwei vergleichsweise wirklichkeitsgetreue Avatare. Zum Schluss gab sie die Koordinaten des Hauses ein, in dem Joshua groß geworden war. Sie war überzeugt, dass sie ihn dort finden würde.

Schon nach wenigen Sekunden gelangten sie in ein virtuelles Kinderzimmer. Überall lag Spielzeug herum, das Bett hatte die Form eines Raumschiffs. Raul Morgan alias Pascal hatte so eines für seinen Sohn gebaut, Mary hatte Mila davon erzählt. Sie bemerkte, wie Mary neben ihr zusammenzuckte: Sie erkannte die Umgebung wieder, sie waren also am richtigen Ort.

»Das ist ja unglaublich …«, sagte Joshuas Mutter mit vor Staunen geöffnetem Mund.

Draußen vor dem Fenster lauerte das eisige Dunkel des *Anderswo*. Doch im Kinderzimmer herrschte eine wohlige Wärme. Plötzlich hörten die beiden Frauen ein Geräusch: Eine Spieluhr hatte sich von selbst in Bewegung gesetzt. Ein kleines Karussell. Vor ihnen tauchte der Junge mit dem roten T-Shirt auf. Obwohl der Klon zehn Jahre älter war als das Kind, das sie verloren hatte, erkannte Mary ihn sofort. Und auch in Joshuas Gesicht bemerkte Mila eine Veränderung.

»Mama?«, fragte er voller Neugier.

»Ja, mein Kleiner …«, schluchzte Mary auf.

Der Junge wirkte verwirrt. Fast schien es, als wäre er plötzlich außerstande, die Person einzuordnen.

»Du solltest nicht hier sein«, sagte er schließlich freundlich.

»Ich habe mich so danach gesehnt, dich wiederzusehen«, schniefte Mary. Sie streckte einen Arm aus, um ihren Sohn zu berühren.

Gespannt beobachtete Mila die Reaktion des Jungen. Joshua wich zunächst zurück, ließ sich aber schließlich über die blonden Haare streichen.

»Wie geht es dir?«, fragte Mary.

Mila musste unwillkürlich schmunzeln. Die Frage ließ unendlich viele Antworten zu, doch eine Mutter würde stets die Wahrheit hinter einer Lüge entdecken.

»Papa hat mich das noch nie gefragt«, erwiderte der Junge. »Vielleicht hat er Angst vor der Antwort.«

»Er hätte dich nicht hierherbringen dürfen«, stieß Mary hervor, enttäuscht und wütend zugleich. »Er hätte es nicht tun dürfen.«

»Ich habe versucht, diese Welt hier zu zerstören, aber ich habe es nicht geschafft. Bist du trotzdem stolz auf mich?«

»Aber natürlich, mein Schatz.«

Der Junge sah sich um.

»Ich habe es satt, hier zu sein, ich mag nicht mehr allein sein«, klagte er.

Mary sah hilflos zu Mila hinüber.

»Ich möchte sterben, Mama«, sagte Joshua. »Kannst du mir dabei helfen zu sterben?«

Es war ein erschütternder Wunsch, zumal er an die Person gerichtet war, die ihm das Leben geschenkt hatte. Doch im Grunde, dachte Mila, konnte nur eine Mutter so viel Mitgefühl aufbringen, den eigenen Sohn zu erlösen, wenn er dies wollte. Allerdings besaß Mary nicht die technischen Kenntnisse, um ihm den Wunsch zu erfüllen.

»Ich kann das nicht, mein Schatz.«

»Bitte!«

»Es tut mir leid …«, sagte sie und unterdrückte ein heftiges Schluchzen.

Mila hasste Pascal dafür, dass er das Kind in dieses Gefängnis der Angst und Gewalt verbannt hatte, nur um seinen eigenen Schmerz zu lindern.

Joshua fand nichts Schlimmes an der Antwort seiner Mutter, er nahm sie lediglich zur Kenntnis.

»Dann bist du nur gekommen, um dich von mir zu verabschieden …«

»Nein, ich wollte dir sagen, dass ich dich lieb habe. Ich werde dich immer und ewig lieb haben.«

»Immer und ewig? Tatsächlich?«, fragte er erstaunt.

»Immer und ewig«, versicherte sie.

»Jetzt geht es mir viel besser!«

»Du musst mir bitte einen Gefallen tun. Ich möchte, dass du dieser Frau hier hilfst.«

Der Junge wandte sich Mila zu.

»In Ordnung, aber erst musst du meine Mutter wegbringen. Ich möchte nicht, dass sie dabei zusieht.«

Mila drehte sich zu Mary um und erklärte ihr, wie sie aus dem Spiel herausfand.

»Setz die VR-Brille ab und leg dich hin, bis die Wirkung der Droge nachgelassen hat. Dann nimmst du das Niacin.«

»Ich möchte ihm einen Kuss geben. Darf ich?«

Mila wollte es ihr nicht ausreden.

Mary ging auf ihren Sohn zu. Sie beugte sich vor, schloss die Augen und berührte mit den Lippen seine Stirn. Joshua hatte ebenfalls die Augen geschlossen. Als er sie wieder aufschlug, war seine Mutter verschwunden.

Es vergingen einige Sekunden in völliger Stille. Dann sah der Junge Mila erwartungsvoll an.

»Ich muss wissen, was Alice zugestoßen ist«, sagte sie drängend.

»Er hat die Macht, Menschen zu verändern«, sagte Joshua, und Mila wusste, dass er den Todesflüsterer meinte. »Bist du sicher, dass du es willst?«, fügte der Junge fragend hinzu.

Doch für einen Rückzug war es bereits zu spät.

Schlagartig veränderte sich die Szenerie.

Mila verlor die Kontrolle über den Controller. Ihr wurde bewusst, dass sie auf einmal einen anderen Avatar verkörperte. Sie konnte nur das sehen, was auch er sah, und konnte ihn nicht steuern.

Es war ein sonniger Spätsommertag. Sie saß am Lenkrad eines Kleinwagens, eines Fords. Vor ihr erstreckte sich eine von Rotbuchen gesäumte Allee. Das Radio spielte heitere Musik: ein historisch angehauchter Swing – die Musiker schienen ihren Spaß zu haben. Der Wagen erklomm eine kleine Anhöhe, hinter der ein Gebäude aus dem frühen zwanzigsten Jahrhundert auftauchte. Das Red Forest Institut.

Mit einem Mal begriff Mila, wen sie verkörperte: Sie war Raul Morgan in seinem Auto, just an dem Tag, als er seinen kleinen Sohn im Kindersitz auf der Rückbank vergessen hatte.

Sie musste sofort hier raus, um nichts auf der Welt wollte sie dieser Szene beiwohnen müssen. Sie sah nur ihre eigenen Augen im Rückspiegel – die Augen Raul Morgans – und versuchte, den Controller so zu bewegen, dass der Kleine auf dem Rücksitz ins Blickfeld geriet. Sie hatte die aberwitzige Hoffnung, dass der Vater ihn dadurch vielleicht bemerkte. Vielleicht konnte sie das Ruder noch herumreißen.

Der Ford hielt auf dem Institutsparkplatz an. Milas Avatar schaltete den Motor aus und damit zugleich die Musik. Im Wageninneren herrschte vollkommene Stille. Hätte sie wenigstens die Atemzüge des schlafenden Kindes gehört! Doch nein, kein Mucks war zu vernehmen.

Mila öffnete die Wagentür, stieg aus, hob den Arm an und drückte auf den Autoschlüssel. Ein kurzes Piepen, dann schnappte die Zentralverriegelung zu.

Sie hörte das Knirschen ihrer Schritte, während sie sich vom Wagen entfernte. Doch statt den Haupteingang anzusteuern, wie sie erwartet hätte, begann ihr Avatar, um das Auto herum zu gehen. Er blieb direkt vor einem der hinteren Fenster stehen. Hinter der Scheibe sah Mila ganz deutlich Joshua in seinem roten T-Shirt. Selig schlafend in seinem Kindersitz.

Genau so, wie sie ihn da jetzt liegen sah, hatte ihn zehn Jahre zuvor auch Raul Morgan, sein Vater, gesehen.

Als der Mann dem Wagen den Rücken kehrte, wusste Mila, was damals tatsächlich geschehen war: Es war kein Unfall, Raul Morgan war nicht einfach nur zerstreut gewesen. Er hatte Joshua absichtlich sterben lassen.

Ein Brechreiz überkam sie, sie hatte genug gesehen. Sie wollte sich die VR-Brille herunterreißen, doch plötzlich bemerkte sie etwas, das sie in der Bewegung innehalten ließ.

Während ihr Avatar auf das Institutsgebäude zuging, spiegelte er sich in den Scheiben der geparkten Autos, und Mila erblickte zum ersten Mal das Gesicht des Mannes, den sie verkörperte.

Es war nicht Pascal, wie sie die ganze Zeit angenommen hatte, und doch hatte sie den Mann schon einmal gesehen. In Gestalt einer Computergrafik, ohne die Tätowierungen, die ihn sonst von Kopf bis Fuß bedeckten.

Das Gesicht eines ganz normalen Mannes.

Der Mann, den sie »Enigma« nannten, war niemand anders als Raul Morgan. Aber Raul Morgan war nicht der Todesflüsterer.

Der Todesflüsterer war Pascal, und er lief frei herum.

Der Tätowierte, den Mila im Hochsicherheitstrakt kennengelernt hatte, musste in Wirklichkeit einer seiner treuen Anhänger sein. Weshalb hätte er sonst stellvertretend für ihn einsitzen sollen?

Raul Morgan – der Mann mit dem *normalen Gesicht* – hatte das *Anderswo* in seiner Eigenschaft als Kriminalbiologe aufgesucht, hatte aber nie gegen den Willen des indirekten Serienmörders aufbegehrt. Im Gegenteil, er war seiner Verführungskunst erlegen. Wie Karl Anderson, der in der Folge dieses Teufelspakts seine eigene Familie ausgelöscht hatte.

Nach dem Gemetzel auf der Farm hatte Pascal Raul Morgan durch seinen anonymen Anruf denunziert, um die Polizei von sich abzulenken.

Mila saß am Steuer ihres Hyundais und versuchte verzweifelt, einen Sinn aus der ganzen Geschichte herauszulesen. Pascal hatte sie alle hinters Licht geführt. Er hatte vor allem *sie* hinters Licht geführt.

Es regnete in Strömen, die Droge vernebelte noch immer ihre Wahrnehmung, aber sie *musste* endlich dahinterkommen.

In dem Moment tauchte ein Hirsch aus dem Wald auf und sprang auf die Straße. Ein kurzer Blickwechsel zwischen ihr und dem Tier – war es dasselbe, das am Tag von Alices Verschwinden in ihrer Küche gestanden hatte, oder spielte die blaue Pille ihr einen letzten Streich? –, dann geschah alles wie in Zeitlupe. Mila verlor die Kontrolle über den Wagen, der Hyundai überschlug sich, kam von der Fahrbahn ab, schoss über einen Graben und prallte gegen einen Baum.

Der Krach war ohrenbetäubend, doch schon bald waren nur noch das Klicken des Motors und der prasselnde Regen zu hören.

Mila hing kopfüber zwischen all dem zerdrückten Blech

und musste sich zwingen, bei Bewusstsein zu bleiben. Sie war mit dem Kopf auf etwas Hartes geprallt. Eine schleimige Substanz troff von ihrer Stirn. Bestimmt hatte sie eine Platzwunde. Außerdem spürte sie ein heftiges Pulsieren unterhalb des Brustbeins.

Vorsichtig hob sie den Kopf. Doch was sie sah, verschlug ihr den Atem: Die Lenkradstange hatte sich in ihren Bauch gebohrt, aus dem eine schwärzliche Flüssigkeit austrat, Blut.

Mit zitternden Händen versuchte sie die Wunde zuzuhalten, doch es war völlig sinnlos. Sie brauchte dringend Hilfe. Wer aber sollte sie in dieser gottverlassenen Gegend finden?

Panik erfasste sie, als ihr bewusst wurde, dass sie sterben würde. Sie begann zu schluchzen, ihre Tränen vermengten sich mit dem Blut, dem Schleim und dem Regen. Wie oft hatte sie dem Tod in den letzten Jahren schon ins Auge gesehen? Diesmal aber war es tatsächlich so weit, sie würde in jenes Reich übertreten, das sie schon immer angezogen hatte.

Sie dachte an Alice, und ihr Schluchzen wurde heftiger. Sie hatte das einzige Geschenk, das ihr das Leben gemacht hatte, ihre Tochter, nicht zu schätzen gewusst. Sie würde sie nicht mehr aufwachsen sehen, würde in den traurigen wie in den glücklichen Momenten des Lebens nicht bei ihr sein können. Würde sie nicht mehr beschützen oder zur Selbstständigkeit erziehen können. Sie hatte alles verloren.

Doch wenigstens ein Gutes hatte der Moment des Abschieds für sie: Mila spürte, wie die Gefühle, die sie ein Leben lang zurückgehalten hatte, mit aller Macht an die Oberfläche drängten. Der Schmerz, den sie über den Verlust ihres Lebens und die endgültige Trennung von Alice empfand, war nicht ansatzweise mit demjenigen zu vergleichen, den sie sich mit der Rasierklinge zugefügt hatte. Dieser neue Schmerz kam aus ihrer Seele. Sie hatte ihre Gefühllosigkeit überwunden.

Fast war sie so weit, ihr Schicksal zu akzeptieren und sich dem Tod zu überlassen, als sie die Scheinwerfer eines Autos herannahen sah. Es kam direkt auf sie zu.

Mila konnte es kaum glauben. Sie würde gerettet. Vorausgesetzt, die Wageninsassen übersahen den Hyundai nicht.

Doch der Wagen wurde langsamer. Es war ein alter schwarzer Audi 80, der wenige Meter von der Unfallstelle entfernt zum Stehen kam.

Mila sah, wie sich die Fahrertür öffnete. Sie kniff die Augen zusammen und versuchte, die Gesichtszüge des Fahrers zu erkennen, der ohne Eile auf sie zuging. Aber sie sah nur, dass er schwarze Lederhandschuhe trug. Eine absurde Angst stieg in ihr hoch. Sie würde doch ohnehin gleich sterben, warum beunruhigte sie dieses Detail jetzt so? Sosehr sie sich auch bemühte, es gelang ihr nicht, die Angst zu unterdrücken.

Erst als die Gestalt in den Lichtkegel der Scheinwerfer trat und direkt vor dem Autowrack stehen blieb, konnte Mila sie trotz ihrer Position kopfüber klar erkennen.

Ein Mann. Bullig, brauner Anzug, Plattfüße.

Pascal hatte die Sturmhaube abgelegt und sah mit seinen pechschwarzen Haaren und dem dunklen Schnurrbart über den schmalen Lippen genauso aus, wie sie ihn in seiner Küche erlebt hatte. Doch wegen des strömenden Regens begann seine Maske sich in Sekundenschnelle aufzulösen. Mila musste an den Toilettentisch mit den Schminkutensilien und den Perücken denken. Je mehr der Regen das Make-up wegspülte, desto deutlicher traten die Tätowierungen hervor.

Zahlen.

Dann streifte sich der Mann auch die Handschuhe ab. Mila hatte Pascals Hände noch nie gesehen, sie dachte, er sei bedacht darauf, keine Fingerabdrücke zu hinterlassen. Doch nein, auch seine Hände waren über und über tätowiert.

Enigma.

Er war es.

Mit ihrem letzten Atemzug wollte Mila ihn fragen, was er Alice nach ihrer Entführung angetan hatte. Welchen bösen Zauber er ihr eingeimpft hatte. In welches Monster sich ihr Kind früher oder später verwandeln würde. Doch sie brachte nicht eine Silbe hervor.

Der Mann starrte sie unverwandt an. Vielleicht wartete er einfach darauf, dass sie ihr Leben aushauchte.

»Genieße dieses Geschenk«, sagte er schließlich sanft.

Kurz bevor sie das Bewusstsein verlor, sah Mila noch, wie er sich umwandte und zu seinem Audi zurückging. Sie sah ihn einsteigen und hörte, wie er den Motor anließ. Dann fuhr er davon, ins Dunkel der Nacht.

Mila schloss die Augen. Plötzlich war Alice da, präsent in ihren Gedanken. Endlich konnte sie sich von ihr verabschieden.

Der Geist sieht, was der Geist sehen will.

Wer hatte da gesprochen? Sie hatte es sich nicht eingebildet, es war tatsächlich die Stimme des Jungen mit dem roten T-Shirt. Was machte er hier im Wald? Wie war es Joshua gelungen, aus dem Spiel auszubrechen?

Ein Blitz blendete sie. Ein Gefühl, als wären ihr beide Augen aus den Höhlen gerissen worden. Doch man hatte ihr nur die VR-Brille abgenommen.

Mila blickte sich um. Mehrere Menschen standen über sie gebeugt. Stimmen erklangen im Raum.

»Kontrolliert den Blutdruck … Gebt ihr mehr Sauerstoff … Vier Gramm Niacin – Injektion bereit?«

Mila versuchte, die Gestalten zu fokussieren. Rettungssanitäter! Sie hatte gar keinen Unfall gehabt – zumindest nicht in der realen Welt. Blut und Wunde waren nur simuliert worden.

Wieder einmal hatte Joshua sie gerettet, indem er sie an die elementarste Regel des *Anderswo* erinnert hatte.

Sie konnte es nicht glauben. Eine plötzliche Euphorie bemächtigte sich ihrer. Sie erhielt eine neue Chance, eine andere zu werden. Eine richtige Mutter zu sein. Vielleicht hatte sie ihre Krankheit tatsächlich überwunden.

Doch mit einem Mal schlich sich ein dunkler Gedanke in ihr Glück. Ziel eines Todesflüsterers war es nicht, zu töten und paradoxerweise nicht einmal, Böses zu tun. Letzteres war eine absolut zweitrangige Folge seines wahren Antriebsgrunds: *der Macht, andere zu manipulieren und unschuldige Menschen in sadistische Mörder zu verwandeln.*

Aus dieser Macht zog ein Todesflüsterer seine Befriedigung, sein größtes Vergnügen.

Von Anfang an hatte Mila sich gefragt, weshalb sie für das Spiel ausgewählt worden war. Jetzt empfand sie Gefühle, wie sie es niemals für möglich gehalten hätte. Also hatte der Todesflüsterer auch auf sie Einfluss genommen. Doch während sich dieser Einfluss auf andere negativ ausgewirkt hatte, war es bei ihr zum gegensätzlichen Effekt gekommen.

Genieße dieses Geschenk.

Sie hätte ihm dankbar sein sollen für diese neue Version ihrer selbst, für das, wozu er sie gemacht hatte. Stattdessen empfand sie Abscheu und Widerwillen.

Am Schluss hatte er doch gewonnen. Irgendwo da draußen würde ein Schatten auf sie warten, ein neuer Todesflüsterer.

Aber sie würde nicht aufgeben.

Aus dem Dunkel komme ich, dachte sie. Und wenn ich aufhöre, das Dunkel zu suchen, wird es anfangen, nach mir zu suchen.

Ende

MEIN DANK GEHT AN

Stefano Mauri, Verleger – und Freund. Außerdem an meine sämtlichen Verleger auf der ganzen Welt.

Fabrizio Cocco, Giuseppe Strazzeri, Raffaella Roncato, Elena Pavanetto, Giuseppe Somenzi, Graziella Cerutti, Alessia Ugolotti, Tommaso Gobbi, Diana Volonté und selbstredend auch Cristina Foschini.

Ihr seid mein Team.

Andrew Nurnberg, Sarah Nundy, Barbara Barbieri und die fantastischen Mitarbeiter*innen der Agentur in London.

Tiffany Gassouk, Anais Bakobza, Ailah Ahmed.

Vito, Ottavio, Michele. Achille.

Gianni Antonangeli.

Alessandro Usai und Maurizio Totti.

Antonio und Fiettina, meine Eltern. Chiara, meine Schwester.

Sara, meine »Ewigkeit im Heute«.

1

Während für den Großteil der Menschheit an jenem 23. Februar ein Tag wie jeder andere begann, brach für Samantha Andretti der womöglich wichtigste Tag ihres jungen Lebens an.

Tony Baretta wollte mit ihr reden.

Wie die Teufelsbesessene aus einem Horrorfilm hatte sich Sam die ganze Nacht im Bett hin und her gewälzt und versucht, sich einen Reim darauf zu machen, was einen der süßesten Jungs der Schule – und der gesamten Schöpfung – dazu trieb, ausgerechnet mit ihr ein paar zusammenhängende Sätze wechseln zu wollen.

Angefangen hatte alles am Tag zuvor. Sie war natürlich nicht direkt und von ihm persönlich gefragt worden. Für gewisse Dinge galten unter Teenagern schließlich feste Regeln. Klar, die Initiative ging immer vom Interessenten aus. Doch dann folgte ein ganzer Rattenschwanz von Aktionen. Tony hatte sich an Mike aus seiner Clique gewandt, der es an Sams Banknachbarin Tina weitergegeben hatte. Und Tina hatte es ihr gesagt. Ein einfacher, klarer Satz, der jedoch im unergründlichen Universum der Mittelstufe alles Mögliche bedeuten konnte.

»Tony Baretta will mit dir reden«, hatte Tina ihr während der Sportstunde freudig hopsend mit leuchtenden Augen und strahlender Stimme ins Ohr geflüstert – eine wahre Freundin freut sich schließlich von ganzem Herzen, wenn einem etwas Schönes passiert.

»Woher weißt du das?«, hatte Sam gierig gefragt.

»Von Mike Levin, er hats mir gesagt, als ich vom Klo kam.«

Wenn Mike sich an Tina gewandt hatte, dann war die Sache vertraulich und sollte es auch bleiben.

»Was genau hat er denn gesagt?«, hatte Sam nachgehakt, um sicherzugehen, dass Tina ihn wirklich *richtig* verstanden hatte. Die gesamte Schule erinnerte sich noch allzu gut an die Geschichte von der armen Gina D'Abbraccio: Als ein Junge sie gefragt hatte, ob sie schon einen Begleiter für den Abschlussball habe, hatte sie seine Neugier mit einer Einladung verwechselt und dann in bodenlangem, pfirsichfarbenem Tüll in Tränen aufgelöst auf ein Phantom gewartet.

»Er hat gesagt: ›Sag Samantha, dass Tony mit ihr reden will‹«, hatte Tina wortgetreu wiederholt.

Und Samantha hatte sie den Satz wieder und wieder hersagen lassen, um sicherzugehen, dass Tina nichts verdrehte oder nicht irgendein Alien beschlossen hatte, ihre Freundin zu klonen, um sie reinzulegen.

Dass es über das »Wann« und »Wo« der Unterhaltung mit Tony keine Klarheit gab, machte Sam zusätzlich zu schaffen. Vielleicht würde sie im Chemielabor stattfinden oder in der Bibliothek, überlegte sie. Oder hinter der Tribüne der Sporthalle, in der Tony Baretta mit seiner Basketballmannschaft und Samantha mit ihrem Volleyballteam trainierten. Beim Betreten oder Verlassen der Schule passierte es ganz bestimmt nicht, und auch nicht in der Mensa oder auf den Fluren – zu viele neugierige Augen und Ohren. Doch die Qual, nichts Genaueres zu wissen, hatte auch etwas Schönes. Anders hätte Sam das seltsame Auf und Ab zwischen Euphorie und Herzensschwere, das diese schlichte Aufforderung ausgelöst hatte, nicht beschreiben können, denn immerhin konnte der Anlass des Treffens genauso gut eine Enttäuschung wie eine schöne

Überraschung sein. Dennoch war sie dankbar – ja, dankbar – für das, was ihr gerade widerfuhr.

Und es passierte ausgerechnet ihr, Samantha Andretti, und keiner anderen!

Ihre Mutter hatte unrecht, wenn sie sagte, gewisse Dinge, die man mit dreizehn erlebe, wisse man erst als Erwachsene richtig zu schätzen. Denn in diesem Moment wärmte sich Sam an einem Glück, das ganz allein ihr gehörte und das niemand sonst auf der Welt hätte empfinden oder begreifen können. Es machte sie zu einer Auserwählten ... Oder vielleicht war sie nur eine törichte Träumerin, die kurz davor war, mit der Nase auf eine grausame Wahrheit gestoßen zu werden. Immerhin war Tony Baretta berüchtigt dafür, sich bei Mädchen wichtig-zumachen.

Tatsächlich hatte Tony sie nie großartig interessiert. Zumindest nicht so. Die Natur hatte mit ihrem geheimnisvollen Werk an ihrem Körper begonnen, und Sam hatte sich schon an die kleine monatliche Strafe gewöhnt, die sie einen Großteil ihres Lebens würde abbüßen müssen, doch bis zu dem Moment waren ihr die positiven Seiten dieser »Wandlung« verborgen geblieben. Samantha empfand sich nicht als besonders hübsch – vielleicht ein bisschen, aber es hatte bislang keine Bedeutung gehabt. Die knospenden Rundungen, die die Jungs plötzlich neugierig machten, waren für sie selbst ebenso überraschend.

Waren sie Tony aufgefallen? Hatte er es darauf abgesehen? Wollte er ihr unters T-Shirt fassen oder sogar – *jesusvergibmir* – weiter unten hin?

Deshalb war Sam am Morgen des 23. Februar – dem Tag der Tage! –, während sie übermüdet von der schlaflosen Nacht zusah, wie das erste Morgenlicht über ihre Zimmerdecke kroch, zu dem Schluss gekommen, dass Tony Barettas Satz nicht wirklich gefallen war und Einbildung sein musste. Oder womöglich hatte sie zu viel darüber nachgedacht, und die Vorstellung hatte auf den verschlungenen Pfaden ihrer blühenden Teenagerfantasie an Glaubwürdigkeit verloren. Es gab allerdings nur eine Möglichkeit, der Sache auf den Grund zu gehen. Und so blieb ihr nichts anderes übrig, als ihre müden Glieder aus dem verschwitzten Bett zu quälen, sich fertig zu machen und zur Schule zu gehen.

Sam ignorierte die Vorwürfe ihrer Mutter, sie habe nicht genug gefrühstückt – sie konnte kaum atmen, geschweige denn etwas essen, verdammt! –, warf sich den Rucksack über die Schulter und schlüpfte hastig aus der Wohnungstür, um mit fatalistischer Furchtlosigkeit ihrem unausweichlichen Schicksal entgegenzugehen.

Um kurz vor acht waren die Straßen des Viertels, in dem die Familie Andretti lebte, so gut wie menschenleer. Wer einer Arbeit nachging, war schon vor einer ganzen Weile aufgebrochen, die Arbeitslosen waren damit beschäftigt, den Rausch der vergangenen Nacht auszuschlafen, die Alten warteten auf die wärmsten Stunden des Tages, um ihren gewohnten Spaziergang zu machen, und die Studenten würden sich erst in allerletzter Minute auf den Weg machen. Auch für Sam war es eine unübliche Zeit. Sie wäre gern bei Tina vorbeigegangen, wie sie es sonst häufig tat. Doch dann überlegte sie, dass ihre Freundin wahrscheinlich noch nicht fertig wäre und sie nicht die Geduld hatte, auf sie zu warten.

Nicht heute.

Auf ihrem Weg den grau gepflasterten Gehsteig entlang begegnete sie nur einem Postboten, der nach der richtigen Adresse suchte, um seine Lieferung loszuwerden. Sie bemerkte ihn nicht einmal, und der Mann sah das Mädchen kaum, das gelassen an ihm vorbeischlenderte – niemand hätte ihr den inneren Aufruhr angesehen. Sam ging an dem grünen Haus der

Macinskys mit dem grässlichen schwarzen Köter vorbei, der sich hinter die Hecke kauerte und sie jedes Mal zu Tode erschreckte, dann an der kleinen Villa, die früher einmal Frau Robinson gehört hatte und jetzt in sich zusammenfiel, weil die Angehörigen sich über das Erbe stritten. Sie passierte den Fußballplatz hinter der Kirche der Heiligen Barmherzigkeit. Dort gab es eine Grünanlage mit einem kleinen Spielplatz mit Schaukeln, einer Rutsche und einer großen Linde, an der Pater Edward die Bekanntmachungen mit den Gemeindeaktivitäten anschlug. Trotz der Stille ringsum konnte man am Ende der menschenleeren Straße bereits die mehrspurige Allee sehen, wo der Verkehr hektisch in Richtung Zentrum floss.

Doch Sam nahm all das nicht wahr.

Die Landschaft vor ihren Augen war wie eine Leinwand, auf die ihr Geist das lächelnde Gesicht von Tony Baretta projizierte. Ihre Füße folgten dem verinnerlichten, Hunderte Male gegangenen Schulweg wie von selbst.

Sie hatte die halbe Strecke bereits hinter sich, als Sam plötzlich der Zweifel ergriff, ob sie für das Treffen gut genug aussah. Sie trug ihre Lieblingsjeans – die mit dem Strass auf den hinteren Taschen und den kleinen Rissen über den Knien – und unter der ein paar Nummern zu großen schwarzen Bomberjacke das weiße Sweatshirt, das ihr Vater ihr von seiner letzten Dienstreise mitgebracht hatte. Doch das eigentliche Problem waren die Augenringe von der schlaflosen Nacht. Sie hatte versucht, sie mit dem Make-up ihrer Mutter zu kaschieren, doch so richtig überzeugt war sie nicht – sie durfte sich noch nicht schminken und hatte deshalb keine Übung darin.

Sie verlangsamte ihren Schritt und musterte die am Straßenrand geparkten Autos. Den metallicgrauen Dodge und den beigefarbenen Volvo schloss sie sofort aus, die waren zu dreckig. Dann entdeckte sie einen weißen Minivan mit verspiegelten Fenstern. Samantha überquerte die Straße und betrachtete sich. Nachdem sie festgestellt hatte, dass das Make-up die Augenringe gut verdeckte, verharrte sie noch vor dem Van und bewunderte ihr langes, kastanienbraunes Haar. Sie liebte ihre Haare. Und trotzdem fragte sie sich, ob sie wirklich hübsch genug für Tony war, und versuchte, sich mit seinen Augen zu sehen. *Was findet er an mir?* Und während sie noch darüber nachdachte, glitt ihr Blick für einen winzigen Moment durch das Spiegelglas.

Was ist das denn?, fragte sie sich. Sie schaute genauer hin.

Im Dunkel auf der anderen Seite der Scheibe hockte ein riesiger Hase und starrte sie reglos an.

Sicher, Samantha hätte weglaufen können – etwas in ihr drängte sie, die Beine in die Hand zu nehmen, und zwar schleunigst –, doch sie tat es nicht. Dieser abgrundtiefe, hypnotische Blick faszinierte sie. *Das kann doch nicht wahr sein,* sagte sie sich. *Das kann gar nicht wahr sein,* wiederholte sie mit der typischen Ungläubigkeit des Opfers, das von seinem Schicksal unerklärlich angezogen ist, statt ihm zu entfliehen.

Voll krankhafter Neugier starrten sich das junge Mädchen und der Hase eine endlose Weile lang an.

Dann, ganz plötzlich, glitt die Schiebetür des Minivans zur Seite, und Sams Spiegelbild entzog sich ihrem Blick. Während ihr Kindergesicht vor ihren Augen verschwand, konnte sie keine Angst darin entdecken. Allenfalls einen Funken Überraschung.

Als der Hase sie in seinen Bau zerrte, ahnte Sam nicht, dass sie sich für lange, lange Zeit zum allerletzten Mal gesehen haben sollte.